Darlis Stefany

CLOVER 2:
Soy tu trébol

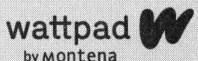

Primera edición: julio de 2023

© 2023, Darlis Stefany
© 2023, iStockphoto LP, por los recursos gráficos de interior
© 2023 Penguin Random House Grupo Editorial, S. A. U.
Travessera de Gràcia, 47-49. 08021 Barcelona
© 2023, Jennifer Giner, por las ilustraciones

Penguin Random House Grupo Editorial apoya la protección del *copyright*. El *copyright* estimula la creatividad, defiende la diversidad en el ámbito de las ideas y el conocimiento, promueve la libre expresión y favorece una cultura viva. Gracias por comprar una edición autorizada de este libro y por respetar las leyes del *copyright* al no reproducir, escanear ni distribuir ninguna parte de esta obra por ningún medio sin permiso. Al hacerlo está respaldando a los autores y permitiendo que PRHGE continúe publicando libros para todos los lectores. Diríjase a CEDRO (Centro Español de Derechos Reprográficos, http://www.cedro.org) si necesita fotocopiar o escanear algún fragmento de esta obra.

Printed in Spain – Impreso en España

ISBN: 978-84-19169-91-4
Depósito legal: B-9510-2023

Compuesto en Grafime Digital S. L.
Impreso en Black Print CPI Ibérica
Sant Andreu de la Barca (Barcelona)

GT 69914

Advertencia:
este libro incluye contenido sensible
relacionado con el consumo de drogas
y relaciones de maltrato.

Hola, querido lector y querida lectora, un gusto saludarte. Ante todo, gracias por aventurarte en esta historia. Espero que disfrutes del viaje, pero, antes de que inicie, es mi responsabilidad advertirte de que en ella encontrarás contenido sensible que podría despertar o desencadenar ciertos episodios, y confío en que conozcas tus límites.

En esta historia se presentan un lenguaje y unas situaciones extremas de carácter sexual y violencia gráfica y explícita; aborda temas como la salud mental, el acoso y abuso sexual, y alude al uso de las drogas. También se abarca el abuso físico, psicológico, emocional y de poder.

Los escenarios transcurren en Nottingham, en el Reino Unido. Sin embargo, la institución universitaria, junto con muchos escenarios de esta historia, son ficción.

Como autora, me he informado sobre datos de la medicina forense así como otros aspectos que se plantean a lo largo del libro, pero me he tomado unas pocas licencias literarias para adaptarlas a la historia.

DEDICATORIA

A las voces que han sido calladas a la fuerza con violencia física, verbal, mental y emocional.

A cada mujer que al salir de casa siempre espera poder regresar.

A las que ya no están porque su lucha fue interrumpida y nos dejaron un silencio desgarrador unido al dolor.

A todos los que alguna vez les ha costado llamarse «víctimas» aun cuando lo han sido.

A los inquietos, repletos de chispas especiales, curiosos y valientes que siempre quieren saber los porqués y hacer frente a lo que temen.

A los soñadores que buscan más y también a los que aún dudan de su camino pero eso no los detiene de despertar cada día con la esperanza de encontrar más.

Y a esos amigos que se han vuelto familia, un lugar seguro, que no juzgan y te abrazan en el marco de la soledad, te acompañan en los llantos y gritan por ti de felicidad.

Y, sobre todo, esto va para ti, que estás leyendo estas líneas, que te adentras valientemente una vez más en esta aventura llena de locura, porque te lo repetiré en esta y mil vidas: tu voz importa, eres una estrella que titila con fuerza en mi cielo, yo creo en ti y te agradezco por existir.

Y para finalizar, para tu buena suerte, repite conmigo: «Clover, Clover, Clover».

PLAYLIST

Follow You de **Bring Me the Horizon**

Just Right de **Got7**

Nothing's Gonna Stop Us Now de **Startship**

Heal de **Tom Odell**

Pretty Boy de **The Neighborhood**

King Of My Heart de **Taylor Swift**

S&M de **Rihanna**

Sex, Drugs, Etc. de **Beach Weather**

You Rock My World de **Michael Jackson**

Hold On de **Chord Overstreet**

Where Have You Been? de **Rihanna**

Anaconda de **Nicki Minaj**

Maneater de **Nelly Furtado**

Wow de **Sabrina Carpenter**

Continuo atardecer de **Latin Mafia**

Hero de **Sterling Knight**

Who I Am de **The Score**

Playing God de **Paramore**

22 de **Taylor Swift**

no body, no crime de **Taylor Swift**

Cómo dormiste? de **Rels B**

Porfa no te vayas de **Beret** y **Morat**

Paper Crown de **Alec Benjamin**

Satellite de **Harry Styles**

Bad Liar de **Imagine Dragons**

Debí suponerlo de **Morat**

Iris de **Goo Goo Dolls**

UNIVERSIDAD OCROX DE NOTTINGHAM: TOMANDO EL PASADO, APRENDIENDO DEL PRESENTE Y EDUCANDO EL FUTURO

Desde el equipo directivo y el consejo de la universidad, queremos hacer pública nuestra postura ante los sucesos ocurridos el pasado 30 de octubre a las afueras del campus. Pese a que este episodio tan sentido, lamentable y doloroso se desarrolló fuera de los límites de la facultad universitaria, reconocemos la participación de un porcentaje bajo de nuestra comunidad estudiantil.

Repudiamos lo sucedido y no aprobamos el uso de la violencia, el consumo excesivo de alcohol ni cualquier ingesta de sustancias estupefacientes. Como institución de orden mundial a cargo de la formación de un gran número de jóvenes, siempre nos hemos caracterizado por brindar seguridad, apoyo y bienestar a nuestro estudiantado dentro de los límites de su libertad y respetando su privacidad. Nos apena profundamente que esta libertad haya formado parte de la turbulenta violencia empleada en una fiesta organizada por uno de nuestros estudiantes.

La institución se compromete a colaborar con las autoridades que trabajan en la investigación y a brindar apoyo terapéutico a todos los estudiantes que lo necesiten.

Alentamos a la comunidad estudiantil a cooperar con las autoridades policiales para esclarecer lo sucedido. Asimismo, pedimos el cese de rumores infundados a raíz del pánico, que entorpecen la búsqueda de respuestas y perjudican a terceros.

Enviamos nuestro apoyo y condolencias a los familiares afectados por esta tragedia e invitamos a todos a participar en la misa conmemorativa para los estudiantes fallecidos.

Que esta oscuridad no caiga en las luces de esta institución y que no sea un precedente del futuro. Podemos ser mejores. Seamos responsables y no abuscmos de nuestra libertad.

Sigamos tomando el pasado, aprendiendo del presente y educando el futuro.

PRÓLOGO

Callum

Meses antes de la fiesta del amor (San Valentín)

Una mirada a mi alrededor es todo lo que necesito para darme cuenta de que muchos están angustiados e inquietos sobre los resultados de los parciales; afortunadamente, ese no es mi caso.

Y no se trata de que me crea un irlandés con mucha suerte o que cargue un trébol de cuatro hojas tatuado en la piel y otro palpable en mi billetera. No, se trata de que soy el mejor de esta clase, los profesores lo saben y mis compañeros también. Soy el mejor porque me esfuerzo, porque soy apasionado y parece que tengo un talento nato.

Hay muchas personas que cuando comienzan la carrera universitaria se cuestionan si están en el lugar correcto; ese no es mi caso. Cuando puse un pie en la OUON sentí que este era mi lugar de formación, no negaré que también hizo cosas buenas por mi ego el hecho de haber sido aceptado en una de las universidades más prestigiosas a nivel mundial, y no quiero presumir, pero pude haber optado por una beca, solo que mi papá es ese tipo super orgulloso que quiso derrochar dinero en mi educación.

Así que, sí, soy el mejor de mi generación de criminalista y, para mala suerte de los de Criminología y Ciencias Forenses, también me destaco como primero en sus clases, aunque reconozco que hay un sinfín de talentos y excelentes estudiantes; un ejemplo de ello es mi compañero Kevin, que en este momento intercambia unos mensajes que lo tienen sonriendo de manera sucia mientras el bombón de Oscar, un estudiante de Ciencias Forenses que es de los mejores de su clase, intenta lanzar miradas a lo que escribe. A su lado está la dulce y amorosa Maida, que cuando atrapa mi mirada me da un saludo con la mano que devuelvo, y también está Clover.

Clover Mousavi es una mujer difícil de ignorar, no solo por su cuerpo curvilíneo y la belleza exótica, se trata también de ese magnetismo que desprende, del poder de su mirada y sus ingeniosas palabras en las breves conversaciones que hemos sostenido. Es infinitamente inteligente y me atrevería a decir que ambiciosa cuando se trata de sus estudios, siempre está diciendo qué va a pasarme o que no descuide mi lugar, a veces me suena a coqueteo o quizá solo escucho lo que quiero, porque desde el primer día siempre lanzo vistazos hacia ella y me tomo el atrevimiento de prestar atención a algunos detalles de tanto en tanto.

Justo ahora, esos ojos rasgados hacia arriba y marrones conectan con los míos y cuando sus labios carnosos se entreabren yo sigo el movimiento con la mirada, lamiéndome los labios porque repentinamente me siento sediento. No sé por qué algo tan simple me seduce, y cuando ella se da cuenta de que la atrapo mirando mi boca, vuelve la atención al frente, haciéndome sonreír.

Me volteo de nuevo en el asiento y saco el teléfono para escribirle a mi imbécil, Stephan.

> **Callum:** me saltaré la próxima clase
> ¿Aún tienes el porro?

> **La gran perra:** haces que parezca que tráfico hierba

> **Callum:** pero ¿Aún lo tienes?

> **La gran perra:** lo siento mi machote me lo fumé

A mi hermana Kyra le daría un ataque si viera la manera espléndida en la que Stephan prescinde del uso de las comas.

> **Callum:** quería relajarme

> **La gran perra:** consigue una mamada

> **Callum:** tranquis, no te preocupes por mi satisfacción sexual

Rio por lo bajo ante la serie de emojis que envía en respuesta, y luego alzo la mirada en automático cuando dicen mi nombre para entregarme el parcial corregido.

Tomo la mochila y me guardo el teléfono mientras bajo detrás de dos personas que fueron llamadas después de mí, pero mi paso es perezoso. Así que cuando tomo mi examen de la profesora —que me ama porque soy su favorito— le sonrío, y puede que sea demasiado simpático mientras bajo la mirada justo a tiempo para ver un parcial sobresaliendo pese a la hoja que tiene encima, leo el nombre:

«Clover Mousavi».

¡Mierda! Lo que me sorprende no es que tenga una calificación igual a la mía, a mí lo que me sorprende es su letra, su caligrafía, porque he memorizado lo suficiente bien las íes, des y eles de mi trébol de las notas para sospechar que son inquietamente iguales a las de Clover.

Y vale, no son las únicas letras que se parecen, es idéntica, y a mí se me acelera el corazón mientras la profesora dice su nombre y lanzo un vistazo para verla reírse de algo que le dice Maida antes de tomar su mochila. Por un momento la veo venir a cámara lenta y luego me apresuro a salir del salón con la mente dando vueltas y una vocecita diciéndome: *«esa es la chica».*

Y de manera inoportuna, Joe Jonas aparece en mi cabeza cantando la icónica parte de *This Is Me* en la que le dice a Demi que ella es la chica, pero es que para mí este momento es épico.

Apresuro el paso mientras respondo los múltiples saludos que recibo y llego hasta la fuente de sabiduría en donde me dedico a pensar en los pros y contras de que Clover pudiese ser mi trébol de las notas —honestamente, estoy casi completamente seguro de que es ella, pero me da miedito admitirlo y que se rompa la magia—. Sorprendentemente hay un sinfín de pros, y en contra solo el hecho de que está saliendo con un insípido estudiante cuyo nombre no recuerdo.

Me convenzo de no indagar, de no pensarlo demasiado, pero en las siguientes dos semanas le lanzo más miradas de las usuales. Fijándome en sus sonrisas, cómo a veces se distrae en clase y cómo me mira cuando cree que no me doy cuenta —esa es especialmente mi parte favorita, en donde me luzco un poco para parecerle más tentador—.

Mientras más vistazos robo de ella, más rápido llego al entendimiento de que quiero y me ilusiona que se trate de ella, me llego a sentir afortunado y me pregunto por qué las notas y nunca hablarme directamente de su interés, por qué no se ha acercado cuando ha estado soltera o actúa con absoluta normalidad cuando conversamos.

En mi mente me encuentro deliberando qué tanto quiero enfrentar la situación y trato de alejar el temor de romper la magia, pero eventualmente me rindo y acudo a Jagger, el estudiante de primer año que siempre tiene respuestas.

Él solo me confirma poco después lo que ya sé, entonces saboreo la satisfacción, porque me hubiese decepcionado que no fuese ella y porque ahora, oficialmente, mi trébol de las notas tiene un rostro.

Dejo de lanzarle tantas miradas respetando que está en una relación, y porque no quiero ser rarito, pero sí que se me cruza por la cabeza de tanto en tanto.

Y cuando finalmente deja a su novio, me quedo a esperar que me enfrente, que se confiese, pero, ¡ja!, soy un iluso, porque es escurridiza y no dice nada.

Así que digo «Clover» tres veces y luego de una intensa fiesta del amor en San Valentín, meses después, en la que terminamos fumando hierba en mi auto y besándonos por primera vez, reafirmo algo: esa es la chica, y si soy inteligente, podría ser para ella ese chico.

1

CLOVER Y CALLUM

Clover

—Hogar, dulce hogar —canturrea Edna, haciendo acopio de toda la simpatía que pocas veces posee.

Giro y le dedico el intento de una sonrisa, porque estoy lidiando con un dolor de cabeza y lo único que quiero hacer es dormir.

Pasar los últimos dos días en el hospital ha sido agotador y francamente angustiante. No me gustaban el olor, la comida y el recordatorio de que me habían atacado. Por las noches me era inevitable no pasear la mirada por las paredes, las ventanas y finalmente la puerta a la espera de que alguien saltara sobre mí, de que terminaran lo que sea que empezaron, pero me limitaba a tomarle la mano a Callum. Que se quedara las dos noches conmigo ha ayudado.

Hace poco más de dos días fui agredida en unos edificios abandonados de la Universidad Ocrox de Nottingham, una de las universidades más prestigiosas del mundo y con un supuesto equipo de seguridad excelente. Pero todo eso son mentiras, te diré lo que he descubierto de esta institución tan reconocida y amada a la que yo me moría por venir y en la cual estoy pagando un precio muy alto con mi estabilidad mental, emocional y física.

Sí, la OUON cuenta con unas instalaciones espectaculares; tiene un profesorado dotado de experiencia y conocimientos superiores a otras universidades; se celebran fiestas, festivales, deportes y encuentros culturales; es costosa, aunque otorga becas, y el sistema de fraternidades y hermandades es lo que desea todo adolescente, viendo películas estadounidenses. Sí, eso la hace un sueño, hace que todos se queden boquiabiertos y sientan celos cuando dices que estudias aquí.

¿La pesadilla? Está corrompida, como otras muchas cosas en el mundo, y tiene en sus raíces un despliegue de drogas que va más allá del uso propio inofensivo y una red peligrosa liderada por Bryce Rhode, una basura humana que resulta que es el hijo de un importante criminal austriaco. Bryce pertenece a una mafia en Austria y lamentablemente en los últimos meses desarrolló una obsesión perversa por mí, y Callum, movido por su rabia y el deseo de protegerme, puso en peligro su vida.

Durante meses me sentí cazada, como si tuviese un blanco puesto en mi espalda, temerosa de encontrarme sola, desprotegida y a merced de Bryce para que me lastimara. Ahora tengo la sensación de que eso finalmente pasó...
¿Lo detuve?

—Clover. —El toque de la mano de Edna en mi codo acompaña sus palabras.

Me vuelvo para verla y fuerzo una sonrisa para hacerle saber que estoy bien, aunque en este momento no me siento de esta manera.

—Me ducho y me voy a dormir —le hago saber.

—¿Llamarás a Callum o quieres que lo haga yo? No ha dejado de escribirme, qué intenso.

A Callum le habría gustado traerme a casa, pero tenía una importante prueba en una de sus clases de Criminalística que no quería que se perdiera, por lo que llegamos a un arreglo con Edna, mi mejor amiga y compañera de piso, para que me trajera. No es que eso lo hiciera muy feliz, porque quiere cuidarme, pero aceptó.

—Dile que ya estamos en la residencia, solo quiero descansar.

En los ojos de mi amiga de la infancia veo su preocupación, pero me dedica una sonrisa falsa que es mucho mejor que la mía mientras me abro paso a mi habitación.

Tengo una sensación desagradable, un vacío en el estómago, y ganas de salir de mi propia piel o arrancármela. Me siento ajena al entorno e incluso a mi cuerpo.

Me desnudo poco a poco y, cuando termino, entro en la ducha sin preparar el agua. Una ráfaga de agua helada cae sobre mí; me estremezco y siento que mi piel se corta con el frío, pero no me importa, dejo que el agua caiga sobre mí mientras mis ojos se pasean por los moratones que alcanzo a ver.

Se supone que no debo mojar la venda de la mano y mucho menos la herida cosida donde falta un parche de cabello. Los rasguños y cortes en el rostro, junto con los raspones de otras partes de mi cuerpo, seguramente deberían arder, pero por un momento me siento entumecida.

Noto un frío que viene desde dentro, y giro la manilla de la ducha para que salga caliente. Cierro los ojos y dejo que el agua helada me envuelva mientras intento recordar.

Fui atacada y estuve desaparecida durante horas. Me encontraron magullada, lastimada y con parte de la ropa desgarrada. Sé que estaba corriendo y que en algún punto Edna se cansó y dijo que me esperaría en la cafetería, y yo continué trotando, pero el camino estaba cerrado… Fue entonces cuando una mujer apareció y la seguí por un camino alternativo, pero… ¿Por qué mi mente difumina su rostro? Ella tiene que ver con todo esto.

Recuerdo el dolor, la angustia y el miedo, pero no las voces, no los rostros, no lo que me decían. Sin embargo, lo sé, simplemente sé que esto es cosa de Bryce; era el único al que le traía placer hacerme daño.

¿Por qué esforzarme en recordar algo que lo más probable es que me haga daño? Si lo olvidé, tuvo que ser traumático o muy doloroso. Mi mente me protege de romperme, y tal vez lo mejor es dejar de intentarlo.

Lo mejor es olvidar.

El agua se calienta demasiado, pero no me muevo, y llego a un acuerdo conmigo misma: dejar de intentar recordarlo.

Lo que sí recuerdo es lo invadida que me sentí cuando me hicieron exámenes para determinar si había sido violada. Los resultados fueron negativos, pero, aunque no encontraron indicios de penetración forzosa ni voluntaria, sé que algo pasó, que mi cuerpo fue ultrajado de alguna manera. Él hizo algo y me da pánico averiguarlo.

Abro los ojos y tomo bastante jabón líquido. Comienzo a estregarme la piel, incluso sobre las heridas, esperando lavar cualquier rastro de esos recuerdos perdidos, cualquier toque, palabra… Todo. Y finalmente lloro mientras lo hago, me rasguño la piel y siento que me arde con la temperatura del agua.

Ya no estoy entumecida.

Siento, pero no recuerdo.

Abro los ojos con lentitud y me encuentro las cortinas cerradas, tal como las dejé antes de dormirme, y la lámpara encendida porque no quería estar a oscuras, aún no. Continúo moviendo la mirada hasta toparme con unos ojos verdosos acompañados de una sonrisa suave.

Callum está sentado en una butaca que ha movido hasta un lado de mi cama.

—Hola, mi trébol —susurra, deslizando sus dedos hacia mi cabello, y le sonrío.

Callum me hace sentir segura, querida y a gusto. Me hace sentir un montón de cosas con simplemente verlo, y cuando me toca no quiero que pare.

Todavía me sorprende que enviarle notas anónimas sin ningún propósito de tener una relación con él terminara así, cuando me cautivó en una fiesta del amor por San Valentín.

No pensé que me pillaría de él con tanta fuerza, ni siquiera imaginé que él podría ser mejor que todas mis expectativas. Nunca había conocido a alguien como Callum y nunca me había sentido así por un novio, es la primera vez.

—Hola, Irlandés —digo con voz rasposa por el sueño.

Su mirada se pasea por mi piel, irritada por los cambios bruscos y fuertes de temperatura en la ducha, pero no lo comenta. Estoy segura de que Edna se lo dijo.

—¿Qué hora es? —pregunto en medio de un bostezo mientras me incorporo.

Las sábanas se acumulan en torno a mis caderas, y él me mira durante unos largos segundos.

A veces me pregunto qué le ronda por la cabeza a Callum cuando tiene esa mirada, una que no es tan brillante y alegre como siempre, sino más oscura, calculadora e intimidante. Me queda claro que mi novio no es normal, que hay cosas que moralmente no son correctas y que a veces está dispuesto a hacer cosas peligrosas y destructivas hacia los demás. También está su pasión por los conocimientos de tortura y por cómo funciona el cuerpo ante el dolor o al morir, y cómo reacciona cuando alguien lo hace cabrear en niveles excesivos.

Aún recuerdo su mirada fría cuando casi mata a Bryce después de que en una fiesta me tocara sin mi consentimiento, y también me contó que huyó de un ataque y apuñaló a alguien. Son cosas de las que no se arrepiente, que sé con certeza que haría de nuevo, y eso no tiene nada que ver con que sea sobrino político de Lorcan McCarthy, un importante miembro de la mafia irlandesa; es algo que forma parte de Callum, y a veces me pregunto si se encuentra en sus genes.

Pero sé que no es una mala persona, que nunca haría daño a la gente a la que quiere y que le importa. Es un hermano increíble, un hijo soñado y un amigo difícil de no querer. ¿Y como novio? Ni siquiera puedo comenzar a describirlo.

—Son las diez de la noche, has estado dormida más de seis horas.

—Eso es bastante.

Nuevamente, su mirada se pasea por mi piel irritada, que unté con pomada antes de acostarme con la ayuda de Edna, después de que me reprendiera por mi descuido en la ducha.

—Estoy bien —aseguro, y su mirada conecta con la mía—. Soy una chica fuerte.

—Por supuesto que lo eres.

Y sé que lo cree, que no son solo palabras.

Me deshago de las sábanas y me pongo solo unas bragas tipo bóxer y una camisa que, de hecho, es suya y me queda ajustada. Bajo de la cama, voy hacia él para sentarme sobre su regazo y apoyo la cabeza en su hombro. Me remuevo hasta estar cómoda y suspiro.

—Aquí es donde quiero estar —susurro, inhalando el exquisito olor de su perfume, pero también ese olor que es simplemente suyo.

—¿En mis brazos? Es una excelente elección —bromea, y desliza los dedos sobre uno de mis muslos y me envuelve con el otro brazo—. ¿Quieres hablar de lo sucedido? —pregunta con suavidad, y durante unos cortos segundos mi respuesta es tensarme.

—No tengo nada de lo que hablar, Callum, no lo recuerdo. —Hago una pausa—. ¿Crees que miento? Si lo supiera, es evidente que querría que quien me lastimó pagara. No es bonito no tener recuerdos, siento que tengo un gran espacio en blanco del que todos quieren información.

Excepto que no quiero recordar, pero no se lo digo. No soportaría su mirada de decepción si supiera lo cobarde que soy con todo esto.

—Sé que no me mientes, solo quiero que sepas que estoy aquí para escucharte, sea lo que sea, Clover, y para recordarte que lo que ha pasado no es tu culpa, no lo provocaste.

—No me gusta ser una víctima —confieso, y su mano me toma la barbilla para que alce la mirada y me encuentre con la suya, llena de determinación.

—Ser una víctima es una mierda, pero no es algo de lo que avergonzarse, porque no hiciste nada malo, no pediste serlo y no te hace débil.

—No quiero que me miren diferente.

—No te miro diferente, y te aseguro que los demás tampoco. Solo estamos cabreados por no haber podido hacer más, por no haberte cuidado, por no haberlo evitado. Pero te seguimos viendo como nuestra hermosa y fuerte Clover, sigues siendo mi increíble novia que me da las erecciones más potentes y me acelera el corazón. —Su pulgar me acaricia debajo del labio inferior—. Aún quiero besarte esa boquita, perderme en tu mirada y en largas y duras folladas contigo. Tranqui, mi trébol, para nosotros esto no cambia lo maravillosa que eres.

Estoy enamorada, no hay manera de eludirlo ni negarlo.

Me he enamorado de un pelirrojo irlandés que me dedica canciones pop icónicas, siempre sonríe, está bueno, estudia Criminalística y es el mejor de su clase, es fiestero, popular, sucio y me da el mejor sexo de mi vida. Me he enamorado de un hombre que me quiere como soy, me ve como una diosa, quiere protegerme, me mima y se deja mimar. Estoy enamorada de Callum Byrne, un muchacho que a veces resulta peligroso, cuya mente es un misterio; puede que sea peligroso, pero también es el más leal.

Lo amo, y me pregunto si debería decírselo o esperar hasta que él se sienta igual que yo.

No me asusta amarlo. Me asusta lo que conlleva ese amor, pero me alegra que sea él quien tiene mi corazón, porque se siente tan bien... Para mí tiene sentido, me resulta algo del todo natural.

Lo tomo por el cuello y atraigo su rostro al mío con las intenciones claras de besarlo, pero él me detiene con una sonrisa.

—Tienes los labios magullados —me recuerda.

—No importa.

—¿Ahora eres una masoquista?

—¿Eso hará que me azotes? —susurro en respuesta, y su risa me hace sonreír.

—Qué ingeniosa. —Me da un beso en la punta de la nariz—. ¿Sabes qué? No puedo besarte en la boca, pero podemos encontrar otro lugar.

Sus labios se desplazan con suavidad por el borde de mi mandíbula hasta llegar a un punto del cuello que sabe que hace que me caliente con rapidez. Primero siento sus dientes y luego su lengua, antes de que comience a besarme. Seguramente me deje un chupetón, pero no es algo que me moleste, porque yo he dejado muchos en su cuerpo, así que llevo una de mis manos a su cabello, cierro los ojos y siento solo su beso. Nada más existe, solo nosotros.

Tengo miedo de que después de ese día no vuelva a ser la misma, tengo miedo de evadir esos recuerdos y tengo miedo de recordar, pero de lo que no tengo miedo es de nosotros, de Clover y Callum.

2

CLOVER, CLOVER, CLOVER

Callum

—Eh, eh, machote. ¿Me estás escuchando?
Parpadeo un par de veces antes de dirigir la mirada hacia mi imbécil: Stephan.

Él continúa con un libro de una de sus clases sobre el regazo mientras bebe leche, que asegura que ayuda con los dientes, y tiene la mirada hacia la pantalla del televisor, donde reproduzco una película de terror.

—Siendo honesto, no escuché nada de lo que dijiste, mi mente desconectó —aseguro, tomando una de las galletas bajas en sal que me ha dado.

Comer galletas bajas en sal no es mi cosa favorita, pero Stephan estudia para ser ortodoncista y muchas veces quiere controlar el cuidado de mis dientes, aunque suene extraño. Cuando bebo Coca-Cola en su presencia, me la quita; si como muchos dulces, me recuerda las putas caries, y si decido comer carne, recita el punto exacto en el que debe estar cocinada para no lastimarme las muelas.

—Quisiera comer Doritos —me encuentro diciendo.
—Es dañino para los dientes.
—¿No lo es también fumar cigarrillos y porros?
—Sí, pero por eso elegimos dañarlos con ciertas cosas y evitamos otras.

Me es inevitable no sonreír ante sus palabras, porque eso es muy típico de él. Siempre he sido un muchacho amistoso, tengo una gran cantidad de amigos y creo que pocas personas me odian, pero mi conexión con Stephan, aunque no compartimos clases, fue inmediata, casi como amor a primera vista, y eso que odio mucho ese tropo en los libros de romántica que leo, pero nos vimos y nos enamoramos platónicamente como amigos.

Aparte de mis hermanas, nunca me sentí tan cercano y conectado con alguien. Somos diferentes en muchas cosas y muy parecidos en otras tantas. No sé cómo, pero funciona, y a veces fantaseo con que en el futuro incluso podremos leernos la mente. ¡Loquísimo, lo sé!

—¿Sabes qué? Fumemos.

Y por un momento inocente pienso que se trata de cigarrillos, pero no pierde el tiempo y arma un porro. Mientras, yo me pongo de pie para abrir las ventanas y que así se ventile el olor cuando fumemos. Normalmente cuando lo hacemos es de noche y estamos en el jardín de la casa.

Ahora que no está Michael, que era nuestro compañero de piso y un lacayo de la basura de Bryce, la verdad es que las cosas van mejor. Vale, puede que los gastos sean más altos que antes, pero merece la pena, porque no queremos meter a un extraño que rompa nuestra armonía. Ya ves que Michael fue un completo error.

Cuando vuelvo al sofá me encuentro a Stephan dando la primera calada.

—Hacer porros rápido es una buena habilidad, digna de ponerla en el currículum —lo molesto.

—Estoy seguro de que a mi padre no le haría gracia.

Me pasa el porro mientras expulsa el humo. Al inhalar, lo siento en mi garganta y luego lo dejo salir por los orificios de la nariz.

—¿Y en qué pensabas, machote?

—En varias cosas —respondo, dando otra calada antes de pasárselo—. Lo primero, por supuesto, es Clover.

—¿Qué hay de Clover?

Ha pasado una semana y media desde el ataque. Aunque me encanta que ella esté bien, me inquieta su tranquilidad, la facilidad con la que descarta sus recuerdos perdidos y que finja que no ocurrió nada. Dos veces intenté sacar el tema, no para torturarla u obligarla a recordarlo, sino porque quería hacerle saber que nadie la juzgaba o culpaba, que estábamos con ella, pero, por la manera en la que ignoró el tema, casi creería que la hice enfadar.

—Me preocupa que no hable de lo sucedido.

—Bueno, fue lo suficientemente traumático como para olvidarlo —me recuerda, como si lo necesitara.

—Sí, pero donde otra persona tal vez quisiera recordar, parece que...

—¿Que no le importa?

—No, no es eso —respondo sin dudar—. Más bien parece que quiera que esos recuerdos nunca vuelvan, como si me mintiera cuando me dice «Quiero recordarlo». ¿Por qué mentirme?

—Tal vez siente que es lo que quieres escuchar.

—Lo único que sé es que cuando alguien comienza a mentir en una relación la confianza se va al carajo, y eso me preocupa.

—Es un argumento válido, háblalo con ella.

—Lo he intentado, pero me da la impresión de que se cabrea o lo evita.

Vamos, que me corta con rapidez. Sigue siendo mi trébol, pero no puedo evitar sentir que a veces se pierde.

—Tengo mucha fe en vosotros y sé que podréis superar esto y pasar página —me asegura, dándome nuevamente el porro.

—Estoy enamorado.

—Lo sé, es muy obvio. La deseabas desde las notas. Nunca te vi tan emocionado como cuando aceptó salir contigo, y eso que siempre eres muy risueño... Excepto cuando te vuelves el Terminator malvado. —Me dedica una sonrisa boba, lo que me hace saber que el porro comienza a hacer su efecto—. Pero eso no siempre pasa.

Le devuelvo la sonrisa y miro hacia el televisor, donde están matando a un hombre de una manera bastante gráfica pero muy falsa para mi gusto. Stephan asegura que no siempre soy un Terminator malvado porque él solo lo vio cuando intenté ahogar a Bryce Rhode, pero lo cierto es que en mi cabeza, de tanto en tanto, aparecen pensamientos siniestros o violentos sobre personas que me desagradan. Lo importante es que no actúo sobre ello y que no tengo interés en volverme un desalmado, pero tampoco me importa ser moralmente aceptado por la sociedad. Mis prioridades son mis intereses y las personas que me importan.

—La cuestión es que estoy enamorado con locura. Ella me encanta. —Sonrío—. Todo. Cuando la veo, te juro que siento un montón de mariposas en el estómago. Haría cualquier cosa por ver siempre su sonrisa y lo haría todo, pero todo, sea bueno o malo, por Clover. Salvaría o quemaría el mundo por ella. La idea de que la lastimen me vuelve loco, y mis celos... ¡Duendes! No me gusta pensar en terminar y que esté con otros. Desataría un infierno por ella y le conseguiría un gran pedazo de cielo. Ocultar cadáveres, lastimar, matar, ser bueno, ser normal, sangrar... Haría todo eso por mi trébol.

Stephan se queda con el porro colgando de la boca mientras me mira como si fuese otra persona. Incluso diría que me observa con cautela, así que le enarco una ceja.

—¿Qué pasa? —pregunto.

Él se aclara la garganta y da otra calada antes de volver a hablar:

—¿No crees que eso es excesivo?

—Creo que no es suficiente.

—¿Estamos hablando hipotéticamente? —quiere saber mientras me entrega el porro, y mi respuesta es encogerme de hombros.

Pero sé que no son hipótesis, para mí son verdades. Mi amor por Clover pueden criticarlo quienes lo vean como excesivo, tóxico o intenso, pero poco me importa. Ella es la persona que me ha cautivado, atrapado y enamorado;

tiene mucho poder sobre mí y ni siquiera lo sabe, porque así es mi trébol. De nosotros dos, yo soy el de las malas intenciones, el «desequilibrado», el cuestionable y el de la chispa especial de la que todos se ríen pensando que es una broma, sin aceptar que está en mí ser así.

El tío Lorcan, un importante miembro de la mafia irlandesa y el mejor amigo de mi padre, tenía razón. Me gusta el poder, y tener demasiado en mis manos podría ser peligroso. Soy curioso, demasiado arriesgado y siempre tiendo a estar feliz, pero cuando me molesto me voy a los extremos y me gusta interpretar a mi antojo lo que se considera bueno, malo y aceptable.

A mí no me molesta ser como soy, pero entiendo que a otros quizá podría incomodarlos y podrían considerarme peligroso para la sociedad.

—La otra cosa en la que pensaba era Bryce...

—¿Qué pasa con esa basura?

—Nos jodió tanto que me resulta difícil creer que simplemente se haya ido, que ya no esté y que podamos respirar en paz y vivir en armonía. —Me giro para mirarlo—. Los villanos solo desaparecen cuando están muertos, y Bryce no nos ha dado ese placer.

—O cuando van a la cárcel.

—Eso no es cierto, la cárcel es solo una anarquía disfrazada de control policial. Una jerarquía como cualquier otra donde escala el que pague más. Es donde los delincuentes descubren su lugar mientras escalan o perecen, y cuando salen, porque siempre salen, joden aún más. —Le sonrío—. Créeme cuando te digo que a los villanos solo los detiene la muerte, y es mejor si son espantosas.

—Tienes unos pensamientos muy... interesantes. Parece que el porro hoy tiene otro tipo de efecto en ti.

—Pero en serio, Stephan, piénsalo. ¿Cómo alguien con tanto poder, rabia y mala sangre se va sin más?

—Bueno, eso es gracias a tu tío Lorcan, ¿no?

Es lo que pienso, pero siento que todavía debería estar alerta y esperar que algún día pase algo. Que lo obligaran a irse tuvo que cabrearlo mucho, y él es vengativo, sé que volverá.

El sonido del timbre de la casa nos sobresalta a ambos y nos reímos. Gracias al cielo es él quien decide abrir la puerta, porque estoy demasiado cómodo mientras doy otra calada al porro.

—Oh, visita inesperada —canturrea Stephan con voz adormecida.

—Hueles a hierba. —Reconozco la voz de Edna mientras se cierra la puerta.

—Toda la casa huele a hierba. —Y esa es la voz de mi trébol.

Me inclino hacia atrás para no perderme su paseo hasta la sala. Cuando nuestras miradas conectan, sonrío y ella también lo hace. Está preciosa, como siempre. Lleva unos tejanos muy ajustados que seguro que le abrazan espectacularmente el culo, una camisa de tirantes con escote leve y un cárdigan de algodón abierto. Mi parte favorita es que tiene el pelo suelto, que se ha delineado los ojos de esa manera seductora y que los raspones de su rostro ya no se notan demasiado.

—Hola, mi trébol.

—También puedes saludarme a mí —se queja Edna, que es la primera en saludarme, y me toma el porro de los dedos.

—Sírvete a ti misma —digo con ironía antes de guiñarle un ojo.

Tiro la cabeza hacia atrás para ver al revés a Clover, quien se detiene detrás del sofá y se inclina para darme un beso suave en la boca, muy al estilo del Spider-Man de Tobey Maguire. ¡Increíble!

Stephan se encarga de preparar otro porro mientras Clover rodea el sofá hasta dejarse caer a mi lado. No tardo en subir una de sus piernas sobre mi regazo para acariciarle ese muslo carnoso que me encanta morder.

Edna no me devuelve el porro, aunque tampoco le quedaba demasiado, pero es una egoísta, y así se lo digo.

—¿Egoísta? Pero si ya comparto contigo a mi mejor amiga —me hace saber, y frunzo el ceño.

—No comparto a Clover con nadie, ni siquiera contigo.

—Deja de buscar pelea con Edna —se ríe Clover, acariciándome el pelo de manera muy placentera.

Los tres fijamos la mirada en el televisor, donde supongo que está muriendo el último personaje que quedaba con vida, mientras Stephan termina en tiempo récord el nuevo porro. Lo pasa por encima de mí para entregárselo a Clover.

—No, gracias, los porros tienden a…

No acaba la frase, pero sé lo que sigue: a adormecerla.

Y estoy a punto de tomarlo, pero entonces lo acepta y le da una profunda calada. No entiendo cómo no la hace toser, pero su cuerpo se relaja un poco y sus ojos se quedan mirando al frente como si pensara demasiado.

Comparto una mirada con Edna, quien también la observa con sorpresa e incertidumbre. No tengo ninguna conexión con ella, pero no es difícil entender que algo que para muchos puede parecer un acto normal a nosotros nos alarma.

Clover solo fuma hierba en contadas fiestas y cuando el ambiente es tranquilo entre amigos y se ha cansado de beber o no le apetece. De hecho, nuestro primer beso ocurrió después de que intercambiáramos unas caladas en mi auto. Pero fumar durante una tarde tranquila para adormecerse no es algo que suela hacer y, además, acababa de rechazarlo hace tan solo un minuto.

—Pensé que no querías —comenta Edna— porque te adormecía.

—Tal vez necesito dormir —responde dando otra calada, retiene el humo y alza el rostro hacia mí.

La entiendo perfectamente, por lo que presiono mis labios sobre los suyos antes de abrirlos y absorber el humo que libera su boca.

—¡Joder! Qué caliente. —Oigo a Stephan.

Y lo es. Justo después de pasarme el humo, Clover me mordisquea el labio inferior y comienza a besarme mientras le pasa el porro a mi imbécil antes de envolver los brazos alrededor de mi cuello y subirse a mi regazo.

Me odio un poco porque, ¡duendes!, mi angustia entra en pausa cuando siento la suavidad de su culo reposar sobre mi polla semidura y sus abundantes tetas contra el pecho. Ella tiene el control sobre el beso, metiéndome la lengua y mordisqueándome los labios a su antojo.

Sabe a la dulzura de las fresas y al humo del porro... Es muy apasionada, me tira del cabello y toma lo que quiere, y no es que yo me queje. Le dejo hacer lo que quiera conmigo; al fin y al cabo, soy suyo.

—¿Salimos y fumamos en el jardín? Al principio me pareció caliente, pero ahora entiendo que sobramos —oigo que dice Edna, pero no me concentro en la respuesta de Stephan, porque solo tengo cuatro segundos para respirar antes de que Clover me devore la boca de nuevo.

Finalmente, mi trébol me deja respirar cuando sus besos se trasladan hasta mi cuello, donde me lame, chupa y muerde mientras mis manos le masajean el culo, confirmando con una rápida mirada que Stephan y Edna se han ido, pero no puedo pensar demasiado en ello porque Clover se mueve contra mi polla y hace que comience a endurecerme del todo.

Desde el ataque, Clover y yo no hemos follado. Nos hemos besado un montón y ha habido toques insinuantes, pero me he comportado y ella no me había dado señales de querer iniciar el sexo. Sin embargo, hoy parece que quiere dejarme muy claro lo mucho que desea que esté dentro de ella.

Siento que todo va bastante rápido. Mientras me marca el cuello, una de sus manos se mete debajo de mi camisa y me pellizca un pezón antes de tirar del piercing, provocando que empuje mis caderas contra ella.

Le dejo quitarme la camisa y luego le aprieto con fuerza el culo cuando ella me lame la clavícula antes de ir a por mi pezón de nuevo y tirar de la argolla con los dientes.

Baja de mi regazo y cae de rodillas mientras trabaja en mi cinturón y el botón del tejano.

—¡Mierda! Mi trébol... —Lanzo otra mirada a mi alrededor y confirmo que no hay rastro de nuestros amigos—. ¿Quieres que vayamos a la habitación?

—No, te quiero ahora en mi boca.

Y no sé si yo iba a insistirle, pero cualquier pensamiento queda en el olvido cuando me saca del bóxer y me lame. Se toma el tiempo de recorrer cada vena y espacio de piel con esa lengua habilidosa, chupa la punta para recoger la humedad y luego baja la cabeza para meterse tanto como puede en la boca. Le toco la garganta... ¡Joder! Sus mamadas siempre son impresionantes. Durante un par de minutos, soy el objetivo de su ataque intenso y agresivo. No es suave, sino que parece que persigue algo, que quiere demostrar algo. Aunque me desconcierta, estoy tan sumido en el placer que no lo analizo demasiado.

La miro. Tiene la barbilla cubierta de saliva y presemen, los ojos oscurecidos y ese cabello precioso acunándole el rostro. Es preciosa y es mía.

—Haría cualquier cosa por esa boquita —digo, y su gemido me acaricia la punta—. Verte chuparme es de mis cosas favoritas.

—¿Qué otras cosas son tus favoritas? —pregunta antes de lamerme.

—Abrirte las piernas y comerte, follarte en cualquier posición, todo lo que se trate de ti.

Sus labios entreabiertos me acarician la punta. Por un momento parece pensativa, y me tenso porque siento que el ambiente cambia.

—¿Clover? —pregunto, incorporándome para acariciarle la barbilla.

Me mira enfocando esos hermosos ojos en mí. No sé qué encuentra, pero su cuerpo se relaja antes de volver al ataque hasta hacerme gemir mientras digo su nombre y tantas cosas sucias que ni siquiera registro. Mi mano le envuelve el cabello y soy brusco empujando hacia su boca, pero ella disfruta de las arcadas, la baba y el dominio. Cierra la boca en torno a mi grosor y gran parte de mi erección cuando me corro, disparando lo suficiente como para que incluso se derrame por la comisura de sus labios.

Estoy jadeando y la miro con los ojos entrecerrados.

—Ven aquí, mi trébol.

Nuevamente sube a horcajadas a mi regazo, y me encargo de lamerle la barbilla cubierta de su saliva y mi semen; no me importa, me encanta lo sucio. Cuando ya la he limpiado bastante bien, la beso. Como esta vez tengo el control, mi beso es lento pero invasivo mientras ella se relaja contra mi cuerpo.

—Ahora me toca comer a mí —susurro contra su boca, yendo a por el botón de su pantalón, pero me toma la muñeca y sacude la cabeza en negación.

—Ahora no —responde en voz baja sin mirarme, y apoya la mejilla en uno de mis hombros.

Asiento como si lo entendiera. En realidad sí lo hago, pero lo que no comprendo es lo que le pasa por la cabeza. Tengo miedo, porque el fuego que ardía hace unos minutos se ha extinguido. Ella es de las personas más fuertes que conozco, pero en este instante, mientras se acurruca contra mí y no dice nada, siento que incluso mis palabras podrían romperla.

¿Qué le hicieron a mi trébol?

Tragándome la ira, impotencia y tristeza, me muevo para guardarme la polla sensible antes de envolver a mi trébol en un brazo. Con la otra mano le acaricio el cabello, desenredando el desastre que ocasioné.

—Eres increíble, Clover Mousavi —susurro.

—¿Sí?

Suena vulnerable, y trago antes de asentir:

—Sí. Nunca te subestimes, mi trébol.

Su respuesta es plantarme un beso en el cuello antes de suspirar. Pasados unos minutos, se queda dormida sobre mí mientras miro al techo y me esfuerzo por no imaginar lo que sucedió, por liberar mi ira y entender cómo puedo ser el apoyo que ella necesita.

—Clover, Clover, Clover —musito, esperando que eso nos dé la suerte suficiente para todo lo que pueda venir en nuestro futuro.

3

LAS NOCHES LARGAS NO SON ETERNAS

Clover

—Te ves como la mierda —me dice Kevin de una manera que no deja espacio para la amabilidad.

—Pensaba que, en esta relación, era yo quien no tenía tacto —murmura Oscar antes de beber café.

—Solo digo que tiene unas ojeras bastante marcadas.

—No me dio tiempo de disimularlas con corrector. —Le saco la lengua, pero mantengo la cabeza apoyada en una mano.

La cabeza me duele y sé que es por la falta de sueño de las dos últimas noches.

Dos semanas y media han pasado desde ese día que no recuerdo.

En general he dormido bien, pero, aunque no tengo pesadillas, he experimentado unas pocas noches de insomnio en las que me siento inquieta y me asusta mi soledad. Cuando eso sucede veo vídeos en YouTube o leo alguna historia en JoinApp.

Las últimas cuarenta y ocho horas solo he dormido tres horas. Además del dolor de cabeza y los ojos irritados, también tengo un humor ácido.

—Si solo van a decir lo horrible que estoy, pueden irse.

—¿Qué pasa? —me pregunta de forma directa Oscar.

—Por cierto, Callum te está buscando —me hace saber Kevin.

Ahora escondo el rostro entre los brazos sobre la mesa.

Él me ha escrito esta mañana, pero como no soy la mejor versión de mí misma en este momento, no le he respondido. Admito que me estoy ocultando porque no quiero que me vea así y se preocupe. Callum me conoce demasiado bien, será difícil fingir que no me siento como una mierda si lo veo.

De hecho, es posible que, nada más verlo, me lance a llorar a sus brazos. Eso sería patético.

—No me pasa nada —digo sin mirarlos, pero apuesto a que el largo silencio significa que están intercambiando miradas.

—No nos creemos que no te pase nada.
—Entonces váyanse y déjenme sola.
—Si quieres hablar de lo sucedido... —comienza Oscar.
—¡Que no! ¡Que no quiero! ¿Tan difícil de entender es? —Me incorporo—. Dejen de preguntarme si estoy bien cuando ya pueden verlo, y dejen de preguntar cosas de las que saben que no quiero hablar. Si quisiera hablarlo, ¿no se lo habría dicho ya? —me exalto—. Estoy harta de que me pregunten por recuerdos que no tengo, de que me presionen a hablar de algo de lo que no sé. ¡No quiero hablar de cómo me siento! Tampoco pueden entenderme, así que basta. No puedo tenerlos a ustedes, a Maida, a Edna y a Callum intentando arreglarme como si fuese una muñeca rota. ¡No estoy rota! Simplemente tengo días malos como cualquier persona. No soy débil ni patética.

Aprieto las manos en puños cuando me doy cuenta de que me tiemblan, pero luego debo relajar una de ellas para enjugarme con rabia las lágrimas que se me escapan.

Es horrible hablarles de esta manera a mis amigos, que solo quieren ayudarme, pero es aún peor darme cuenta de que lo último me lo he gritado a mí misma, porque parece que hoy en día es fácil olvidar que me amo, que soy fuerte y que no soy patética.

He tenido muchísimos días buenos después del ataque. Los malos han sido pocos, pero, cómo se han sentido...

Cinco días malos en dos semanas y media que han ido empeorando.

—Clover, no queremos obligarte a hablar de algo de lo que no quieres hablar —me dice Kevin con una suavidad y seriedad que pocas veces usa—. Tampoco creemos que seas débil. Tú... eres valiente, fuerte y maravillosa. Caerte cuando no te sientes bien no es de débiles. A veces es necesario llorar, lamentarse y sentir para poder continuar.

—No quería gritarles, solo estoy irritada porque no he dormido. Iré a la residencia a descansar. ¿Pueden prestarme los apuntes luego?

Comparten una breve mirada antes de aceptar. Tomo mi mochila y les dedico un intento de sonrisa antes de alejarme mientras escribo un rápido mensaje en mi teléfono.

Clover: estoy cansada, no iré a clase

Clover: me echaré una siesta.
Te veo mañana, mi Irlandés

Doy otro vistazo a la hora en mi teléfono: 2.15.

Me envuelvo mejor con el edredón y desplazo la mirada por la oscura habitación antes de volver la atención al portátil que tengo frente a mí, específicamente a la pantalla que refleja mi búsqueda en Google: «Pastillas para dormir».
Estoy agotada.
Faltar a clase no me ayudó. No pude echarme la siesta; pese al cansancio de mi cuerpo y mi mente, no pude relajarme. Cerraba los ojos y nada pasaba. Lo intenté con música y pensando en cosas relajantes, pero no pude dormir, y ahora es de madrugada y sigo igual.

—El temazepam me ayudaría a dormir del tirón —murmuro, leyendo los componentes.

Pero es un medicamento con efectos secundarios y no puedo tomarlo sin receta. Sin embargo, estoy tan desesperada por dormir que por un momento me pregunto si debería escribirle a uno de los camellos del campus. Tal vez alguno de ellos pueda conseguirlo y...

—¿Qué piensas, Clover? —me pregunto horrorizada—. No puedes pedir pastillas para dormir que no te han recetado... No puedes pensar en ello. ¿Qué te pasa? ¿Tanto te han jodido la cabeza?

Cierro el portátil, molesta y decepcionada, y me sumo en una oscuridad inmediata antes de que encienda la linterna del teléfono. Aún envuelta en el edredón, me pongo de pie, abro la puerta de mi cuarto y camino hacia la habitación de Edna, pero las risitas que provienen de su interior me hacen saber que está acompañada, y no le cortaré el rollo con mi problema.

Suspirando, regreso a mi habitación y me acuesto tras dar otro trago a la botella de agua que traje conmigo. Apago la linterna del teléfono y cierro los ojos para intentar dormir.

—Vamos, puedes hacerlo.

Las lágrimas de frustración se deslizan por mis mejillas, humedeciendo la almohada antes de que presione el rostro contra ella para ahogar los sollozos.

Solo quiero descansar. Es lo único que quiero y necesito.

Vuelvo a mirar la hora en mi teléfono: 2.46.

> **Clover:** no puedo dormir
>
> **Clover:** llevo más de cincuenta horas sin dormir
>
> **Clover:** solo quiero descansar, ¿por qué no puedo hacerlo?

Bloqueo el teléfono y lloro un poco más antes de ordenarme que respire profundamente.

Los minutos pasan. Aunque mi mente no piensa en algo concreto, sigo igual de tensa y despierta.

Mi teléfono vibra sobre la mesita de noche y lo tomo. Son las 3.22. Sin embargo, reparo en la respuesta a mi mensaje:

Mi irlandés: abre la puerta, mi trébol

De nuevo, los ojos se me llenan de lágrimas mientras camino hasta la sala. En la habitación de Edna ya no hay ruido, deben de estar durmiendo.

Abro la puerta con lentitud y me encuentro a Callum con un pantalón de chándal verde menta y un suéter con el escudo de Ocrox, despeinado y con los ojos hinchados, pero luciendo una media sonrisa. Tiene una mochila colgando del hombro y en la mano sostiene un termo.

—Viniste.

—Si me necesitas, aquí estaré, mi trébol.

Acorto la distancia entre nosotros y lo abrazo antes de comenzar a llorar. Siento que me envuelve con uno de sus brazos mientras nos hace avanzar y cierra la puerta.

Odio que me vea así.

Pero me encanta que esté aquí, no estar sola, tener su apoyo.

—Lo siento —digo en medio de un llanto que trato de que sea flojito para no despertar a Edna y su compañía—. Es que llevo días sin dormir, mi cerebro no se apaga, lo intento y no puedo. Estoy desesperada. He buscado en Google pastillas para dormir sabiendo ya la respuesta, que todo es con receta médica, y la desesperación me hizo pensar por un instante en contactar con un camello del campus que me las conseguiría. ¿Te das cuenta? He caído bajo, muy bajo, Callum.

—No has caído bajo.

—Sí.

—Entonces, si lo sientes así, sabes que puedes levantarte. —Me planta un beso en la sien—. Vamos a tu habitación.

Cuando llegamos, gradúa la luz hasta que queda de una tonalidad tenue antes de abrir la mochila y sacar un juego de sábanas.

—Siéntate mientras me encargo.

Lo dejo tomar el control. Me recuesto en la silla de mi escritorio y lo miro mientras pone a un lado el nuevo juego de sábanas y me sirve en la tapa del termo lo que sin duda luce como té, y me lo entrega en mis manos temblorosas.

—Manzanilla con un toque de lavanda... y tres gotas de valeriana.
—¿Tienes valeriana en casa?
—Stephan tiene para cuando está muy estresado por alguna clase y necesita ayuda para relajarse, y ya sabes que le encanta toda esa mierda de las infusiones. Bébela, te ayudará a relajarte mientras cambio las sábanas.

Asiento. Bebo y continúo mirándolo.

—La almohada está mojada por mis lágrimas, no es baba —digo, y él ríe por lo bajo y sigue en ello—. ¿Crees que eso ayudará?

—Cuando Arlene era pequeña, tenía terrores nocturnos en ocasiones y mamá siempre le cambiaba las sábanas porque a ella le resultaba reconfortante y lo veía como una nueva oportunidad para intentar dormir. Es algo que Arlene continúa haciendo cuando no puede dormir. Puede que sea solo simbólico, pero la ayuda.

Asiento, me parece que tiene sentido. Puedo imaginar a la hermana menor de Callum siendo así de valiente.

Cuando termina de cambiar las sábanas, saca de la mochila su perfume junto con su loción de después del afeitado.

—Me escribiste porque te genero seguridad, confías en mí y me asocias con dormir sin problemas cuando pasamos la noche juntos —dice, rociando un poco de ambos en las sábanas—. Esto te hará sentirte acompañada cuando no esté.

Trato de fingir que los ojos no se me llenan de lágrimas mientras bebo la infusión.

Cuando termina saca algo de la mochila y se acerca a mí.

—Imaginé que tendrías los ojos irritados, por lo que traje mis lágrimas artificiales.

—Gracias al cielo —musito, inclinando la cabeza hacia atrás para que pueda aplicarme una gota en cada ojo.

El alivio refrescante es casi inmediato.

Me termino la bebida y él vuelve a tapar el termo, que deja en mi mesita de noche. Hace un montoncito con las sábanas sucias contra mi armario y me lleva a las sábanas frescas que huelen a él. Veo que toma algo de la mochila mientras me meto debajo de la sábana, se lo unta en la mano y, cuando se acuesta a mi lado, apago las luces y después siento sus dedos en un lateral de mi cuello hasta que bajan a mi hombro, masajeándome.

—Hay noches malas, mi trébol, pero no dejaremos que sean eternas —me promete.

Sus dedos trabajan mi cuello, mis hombros, mis brazos e incluso mis dedos antes de pasar a mi rostro y mi cabello.

No consigo dormirme de forma inmediata, pero me relajo sintiendo el calor de su cuerpo y siguiendo el ritmo de su respiración.

Le pregunto qué hora es, pero se niega a decírmelo, me pide que no piense en ello y continúa.

La manzanilla, las sábanas nuevas, sus manos y su compañía... Cuando creo que nada va a funcionar, finalmente me siento los ojos pesados.

Estoy segura de que han pasado horas, que es posible que el amanecer esté cerca, pero mi cuerpo se rinde y consigo sumirme en el sueño pensando en las palabras de Callum: las noches malas no son eternas.

4

¿Y BRYCE?

Callum

Estoy en un pequeño grupo de personas que mantienen una conversación interesante sobre una fiesta que se celebrará en una de las fraternidades. Normalmente prestaría atención y hablaría muchísimo más, en lugar de decir unas palabras aquí o allá, porque todos sabemos que me encanta hablar y a la gente le gusta escucharme.

Podría justificarme con que estoy distraído con la exposición que me tocará dar hoy en una de mis clases y que cuenta para el treinta por ciento de mi nota final, pero la verdad es que pienso en Clover.

En Clover llorando hace dos días en mis brazos mientras me confesaba que no podía dormir, y luego durmiéndose al amanecer pegada a mi cuerpo como si temiera que me fuese.

Agradezco haber sabido todos esos consejos para dormir sin medicación gracias a mi madre y también agradezco lo bueno que soy actuando para fingir que no me cagué de miedo cuando Clover me confesó que había estado pensando en ir a buscar a los traficantes del campus para que consiguieran droga bastante fuerte para dormir; mi preocupación radica en que son drogas duras y fuertes con serios efectos secundarios y probabilidades de adicción. Ingerir píldoras para dormir sin que te las hayan recetado es un tema grave.

Ayer nos perdimos las clases porque nos despertamos al mediodía. Al principio actuamos con normalidad, hasta que nos sentamos a conversar sobre lo sucedido.

Nunca había visto a mi novia como alguien terco, pero ayer me di cuenta de que tiene mucho de eso cuando le da miedo enfrentarse a realidades que no son bonitas y que duelen. Cuando mencioné ir a terapia, se enfadó. No insistí porque no puedes obligar a alguien, tiene que tomar la decisión por su cuenta, y vi que no estábamos llegando a ningún punto, así que opté por sugerirle que volviera a correr y que lo hiciéramos juntos. Aunque no lo dice, sé que le asusta hacerlo sola desde que estuvo desaparecida. La insté a que meditáramos juntos al menos media hora por la noche y eso le agradó, también le enseñé a prepararse la infusión para cuando yo no esté a su lado y le di una crema que ayuda a relajar los músculos.

—¿Tú qué opinas, Irlandés?

Parpadeo y vuelvo a la conversación sobre la fiesta. Les pido que me repitan la pregunta, que es una estupidez: sobre si creo que la cerveza será barata porque el hijo del embajador de Chile y dos hijos de una pareja perteneciente a la Cámara de los Lores forman parte de la fraternidad, además del sobrino o no sé qué de un actor que no conozco y que aparece en una serie nueva que les encanta a todos.

—Si quieren buenos tragos, lleven los suyos. —Es todo lo que digo, y me dan la razón como si hubiese dicho gran cosa.

Me quedo un poco más con ellos hasta que mi mirada se topa en Jagger y James, que van caminando juntos mientras se ríen de algo. Sé que con ellos estaré más entretenido, por lo que me despido de este grupo y troto hacia los dos estudiantes de primer año, que son sorprendentemente populares.

—Irlandés —me saluda James cuando me meto entre los dos.

—¿Irán a la fiesta de la que todos hablan?

—Iré al cine con Lindsay —me responde Jagger.

—Yo sí iré. ¿Te veré ahí?

—Paso, Clover y yo nos quedaremos a ver *Todo en 90 días: Antes del viaje*.

Jagger y James dejan de caminar para mirarme con desconcierto, y me encojo de hombros antes de sonreírles.

—A mi trébol y a mí nos encanta ver este tipo de programas, nos entretienen.

—Por cierto, ¿Clover está bien? —me pregunta Jagger, y arqueo ambas cejas hacia él.

—¿Por qué lo preguntas?

—Hace dos días la vi gritándoles a sus amigos y parecía estar a punto del colapso. Ni siquiera me oyó cuando le pregunté si estaba bien al irse.

—Tuvo un día difícil —me limito a decir.

Jagger no sabe que Clover estuvo varias horas desaparecida, cómo la encontramos ni las consecuencias con las que está lidiando.

Además, ese día todos estaban más concentrados en la expulsión de Bryce. Y hablando de él…

—Así que… ¿qué se sabe de Bryce? —pregunto, no tan casualmente.

—Nada, esa escoria por fin se fue y no sabremos más de él —celebra James, y asiento no muy convencido.

Una persona que tuvo tanto dominio y poder en el campus y que al parecer tenía planes con su droga no puede desaparecer y ya. Por supuesto, me encantaría que ese fuese el caso, pero me pregunto si en un futuro Bryce Rhode volverá.

El tío Lorcan dice que no puede acercarse ni a Clover ni a mí porque estamos bajo su protección, pero no dejo de pensar que, si no somos nosotros, ¿quién será su próxima víctima? ¿De verdad los estudiantes del campus estamos a salvo?

—Sé que podría empezar a estudiar en la Ocrox de Washington —comenta Jagger—, pero no preguntes cómo lo sé, porque no te lo diré.

—Muy típico de ti. Pero lo importante es que está lejos, en otro continente, con todo un océano separándonos —enfatizo—. No puedo evitar preguntarme cuántos líos montará en Washington, aquí dejó demasiados... Y debe de tener mucha influencia para que lo acepten en otra sede cuando debería tener un expediente abierto aquí.

—La burocracia y el nepotismo —agrega James.

Sé que se trata también de sus conexiones criminales, pero no puedo decirlo.

—Parece que nos deshicimos de él. —Jagger me sonríe y le devuelvo el gesto—. Bryce ya no es nuestro problema.

Y espero que tenga razón, porque Bryce Rhode ya me jodió mucho la vida. Es lamentable pensar esto, pero espero que él ya no sea mi problema y que se convierta en el de otro.

5
¿DÉBIL? FUERTE

Clover

Las personas suelen decir que el tiempo lo cura todo. Aunque mayormente sería escéptica con ello, tengo que admitir que, si bien el paso de las semanas no ha borrado lo ocurrido, podría decir que me he ido adaptando. Ha pasado un mes y medio desde el ataque. Todavía hay días en que me cuesta conciliar el sueño y en ocasiones me es inevitable no quedarme pensando en todo el espacio vacío de mi cabeza donde deberían estar mis recuerdos, pero entonces suspiro y la verdad es que un retorcido alivio me recorre al darme cuenta de que me estoy protegiendo, que probablemente puedo vivir sin esos recuerdos.

A veces, cuando me embarga la angustia de imaginar cosas que pudieron pasar, recuerdo que los exámenes determinaron que no fui violada, lo que me da una especie de tranquilidad. Me he esforzado mucho en no intentar suponer lo que pudo haber sucedido, y decidí convencerme de que ese día no existió. A veces resulta difícil y frustrante cuando tienes amigos y un novio preocupados, con ansias de saber qué ocurrió y con la necesidad de que vuelvas a ser tú misma.

Tomar la decisión de dejar mis recuerdos encerrados en un lugar de donde espero que no salgan me ha permitido avanzar y poco a poco me siento yo misma. Retomé mis rutinas, me divierto con mis amigos y, aunque Callum todavía no da el primer paso de intentar follar, hemos sido juguetones con nuestra boca y nuestras manos. Él ha ido con cuidado desde que se la chupé en su sofá y me negué a que me lo devolviera; creo que lo sintió como un rechazo y como sinónimo de que no estoy lista para el sexo.

La primera vez que su boca volvió a estar entre mis piernas, temí que aflorara algún recuerdo o evento traumático, pero lo único que sentí fue placer, confianza y comodidad mientras le dejaba hacerme algo en lo que sabía que era muy bueno. Comernos el uno al otro ha sido increíble, y también tocarnos y besarnos hasta el orgasmo, pero me estoy volviendo impaciente por la falta de sexo. Me preocupa pensar que Callum tenga sus reservas debido a la incertidumbre de lo que pasó ese día, incluso cuando una parte de mí reconoce que eso es un pensamiento estúpido.

Me enerva que la «normalidad» no llegue con facilidad. Si bien todo mejora, me pregunto si en algún momento todo será como antes, si tal vez el hecho de negarme a recordar lo empeora, pero no pienso retroceder, no pienso mirar atrás.

—¿Te quedarás con los ojos perdidos para siempre o moverás el culo para que vayamos a por café? —me pregunta Oscar con su bondad y sutileza habituales.

—Tan amoroso como siempre —se ríe Maida.

Asiento en acuerdo mientras guardo mi libro de prácticas forenses dentro del bolso tipo mensajero y me pongo de pie para seguirlos hasta la salida.

—Siento que el próximo examen será un ataque brutal a nuestros cerebros —dice Maida, enlazando el brazo con el de Oscar.

—Podemos con ello —aseguro, porque sé que somos malditamente buenos.

No me queda duda de que a mis amigos y a mí nos espera un futuro brillante dentro del mundo de las Ciencias Forenses, y que nuestro título universitario vaya a tener el sello de la Universidad Ocrox de Nottingham garantiza que se abrirán muchas puertas. Por eso me he esforzado en ser de las mejores de mi promoción y así conseguir siempre ser una de las primeras opciones, y ha funcionado muy bien, excepto en las clases que comparto con Callum, porque creo que aún nadie es capaz de superarlo, pero, para mi fortuna, él estudia Criminalística.

Oscar, siendo como es, no puede evitar comentar que el examen será un juego de niños comparado con el hecho de que nos acercamos cada vez más al momento temido de muchos: el trabajo de fin de grado. Y sonrío al escucharlos debatir sobre qué es peor, pero no intervengo porque mientras camino intercambio mensajes con Callum.

Clover: ¿Qué tal pasar la noche en mi resi?

Clover: estoy dispuesta a dormir desnuda si tú me calientas

Mi irlandés: pensé que tenía el talento nato de calentarte con solo mi presencia

Lucho contra la risa mientras escribo con rapidez mi respuesta antes de que entremos en la cafetería, donde pido un chocolate caliente y me pongo a un lado junto a mis amigos y espero la respuesta de Callum, que no tarda en llegar.

Mi irlandés: sé que te mueres por mis huesos

No es algo que pueda negar, pero me planteo ser directa en mi próximo mensaje. Decido hacerlo porque siempre hemos sido sinceros el uno con el otro y no está en mí guardarme mis pensamientos e inquietudes. La honestidad y confianza es algo que me encanta de nuestra relación, así que apoyo la cadera sobre el mostrador mientras tecleo con rapidez.

Clover: ha cambiado algo desde ese día que deba saber? Siempre hemos tenido un apetito sexual muy grande y no puedo evitar pensar que, pese a que te la chupo con regularidad y tú me comes siempre que puedes, más allá de eso, de meterme dedos y hacerte pajas, no hemos follado. No soy una mujer insegura, pero tengo que admitir que me inquieta el estatus del sexo en nuestra relación

Clover: no quiero que me percibas como una mujer frágil a la que vas a romper, porque me gusta que seas duro conmigo, adoro cada instante en el que siento que empujas dentro de mí. Estoy bien, Callum, y también tengo necesidades. Estoy ansiosa de que me folles, de que el sexo vuelva. Amo tu boca y tus dedos en mí, pero también me encanta cómo se siente tu polla en mi coño

Clover: puede que no recuerde lo que sucedió ese día, pero no estoy rota. Aprecio tu cuidado y delicadeza fuera de la cama, pero eso no tiene lugar en el sexo entre nosotros, no somos así. Quiero recuperar nuestra vida sexual, confía en mí, puedo con esto. Quiero esto

> **Clover:** soy una bomba de deseo sexual a nada de explotar. Un mes y medio sin estar juntos es demasiado y lo sabes. Sé que me deseas, pero si temes por mi salud mental o emocional, ellas están a bordo de que volvamos a follar. En serio, estoy bien, soy fuerte

—Pareces estar escribiendo algo realmente intenso —dice Oscar, intentando ver mi pantalla, pero la bloqueo tras confirmar que los mensajes se marcan como leídos.

—Asuntos de novios —respondo—. Es que...

—¿Sí? —me insta Maida mientras tomamos nuestros pedidos ya listos.

Hago un gesto con la cabeza para que nos sentemos en el lugar menos concurrido antes de comenzar a hablar:

—Callum y yo no hemos follado desde aquel día.

—¿No lo han hecho? —Maida suena incrédula, y yo bebo de mi chocolate, que está demasiado caliente—. Pero si ustedes siempre andan cachondos el uno por el otro. Tengo la teoría de que en el campus nadie folla tanto como ustedes.

—Hemos tenido sexo oral y trabajo manual, pero no hemos follado con penetración.

—¿Temes que sea porque Callum te ve diferente por lo sucedido? —me pregunta Oscar, leyéndome muy bien.

—Sé que suena estúpido, pero sí.

—No es un pensamiento estúpido —me tranquiliza—, pero te sientes así porque en el fondo sabes que él solo quiere ser cuidadoso, que tal vez crea que no estás lista para ello. Él no lo ha iniciado, pero tú tampoco, ¿verdad?

Asiento antes de maldecir al quemarme la lengua con el chocolate.

—Canela Pasión Oriental —me dice Maida con suavidad, sosteniendo el café entre ambas manos—, seré honesta. Cuando te encontramos, te veías... mal. Fue aterrador y angustiante.

Egoístamente no había pensado en el impacto que tuvo que ser para ellos encontrarme en esas condiciones. De alguna manera eso también los marcó. Ese día no solo fue catastrófico para mí, y debo tenerlo en cuenta.

—No me gusta que me pregunten por algo que no sé. Tienen razón, soy fuerte y no voy a romperme.

—Bien, entonces todo aclarado —celebra Maida, dándole un apretón a mi mano antes de ponerse cómoda en el asiento—. Volviendo al tema de Callum. Igual que acabamos de hablar, debes hacerlo con él...

—Justo eso es lo que escribí por mensaje. Lo solté todo y...
En ese preciso momento, mi teléfono vibra con su respuesta, que rápidamente decido leer.

> **Mi irlandés:** Te estaba esperando.
> Sé que eres fuerte, mi trébol. Prepárate, te follaré tan fuerte que no sé cómo conseguirás volver a caminar

—Esa sonrisa sucia me dice que él lo entendió —comenta Oscar.
—Oh, mi irlandés lo entendió muy bien.
Mi teléfono vuelve a sonar y pienso que se trata de Callum, pero en realidad es una foto que proviene de un número desconocido.
La imagen enfoca una parte del lateral del rostro de alguien. Lo llamativo es que la piel tiene una cicatriz de un rojo profundo, como una especie de queloide, y aunque apenas se muestran unos pocos centímetros, parece que hay más fuera del enfoque de la cámara.
Eso es todo.
—Qué raro —musito mientras le escribo a la persona que se ha equivocado. Poco después, la imagen se elimina y el número me bloquea.

Este mes y medio de ausencia de Bryce nos ha dado la oportunidad de llevar una vida universitaria normal, sin más preocupaciones que las clases, los amigos, estar en contacto con mi familia y Callum. Incluso he ido a varias fiestas, pese a que me he dedicado más a bailar que a beber, pero me lo he pasado bien.

Ya no tengo que caminar con miedo ni angustiarme por tener a Bryce respirando detrás de mí. Además, Lorcan nos prometió alertarnos si alguna vez Bryce volvía al país. Con esa escoria fuera de nuestras vidas, Callum y yo tuvimos la oportunidad de comenzar a salir más. Bueno, no todo era idílico, teniendo en cuenta que aún estaba la sombra de lo que ocurrió ese día, pero, tras mi arrebato de mensajes de ayer, siento que finalmente va quedando atrás.

Pensé que Callum aparecería ayer en mi resi, directo a follarme, pero la verdad es que solo fue a hacerme la cena y darme unos deliciosos besos, y luego tuvo que irse porque debía terminar un trabajo de alguna clase para hoy.

Sin embargo, me compensa muy bien con el pícnic que estamos teniendo en este momento al aire libre frente a la Facultad de Medicina. Los toques sutiles, las sonrisas y miradas me hacen saber que estamos iniciando un juego previo al sexo, y estoy muy emocionada.

Incluso la pequeña discusión que estamos teniendo sobre una de nuestras clases compartidas parece leña que arrojamos a nuestro fuego.

—Deja de actuar como un sabelotodo y rellena tu libro de práctica como quieras. Luego verás que tengo razón cuando tu nota sea más baja que la mía —aseguro.

—¿Le preguntamos a Oscar para confirmar quién tiene razón? Si estoy equivocado, quiero saberlo antes de comenzar a estudiar para el examen final.

—¡Bien! Vamos a preguntarle y verás que yo gano.

—¡Apostemos! —dice con una sonrisa entusiasta—. ¿Qué quieres si ganas?

Entrecierro los ojos hacia él, consciente de que apostar con Callum es tanto un peligro como un extraño juego previo.

—Si gano yo, cumpliremos una de mis fantasías.

—No necesitas apostar por ello, con gusto lo hacemos. —Me guiña un ojo—. Ahora, viendo que esto va a ser sobre sexo, si yo gano, te follaré en un lugar inesperado que yo elija.

—Trato. —Extiendo la mano.

—Trato.

Por cómo suena, me irá bien tanto si pierdo como si gano.

Mientras él saca su teléfono y comienza a escribirle a Oscar y también a Kevin, el mío vibra y sonrío al ver que se trata de Valentina.

—¡Hola! —la saludo con entusiasmo.

—Cariño, si quieres estar para el nacimiento de tu hermanito, será mejor que te pongas en marcha. Las contracciones ya han empezado y, aunque son muy leves, podría nacer en pocas horas. Odio esta sensación.

—¡Por fin! —digo, recogiendo con una mano todos mis apuntes de sobre la mesa—. Estaré ahí, lo prometo. Ya mismo me pongo en marcha. Te amo, puedes con esto y más.

—No tengas bebés, Clover —se lamenta con un pequeño gemido lastimero—. Date prisa, aquí te espero.

La llamada finaliza y Callum me pregunta qué sucede.

—Necesito tu auto o un taxi. Mi hermanito va a nacer y tengo que estar ahí. —Cierro la mochila—. Tengo que llegar a Londres hoy.

—Es un viaje de tres horas, creo. Puedo llevarte. —Recoge sus cosas y el pícnic improvisado que teníamos.

—Es jueves, te perderías la clase de mañana.

—No he faltado nunca, y Kevin puede darme los apuntes. Vamos, mi trébol, te llevaré a conocer a tu hermanito.

Sonriendo, me acerco a él y le doy un beso en la boca antes de abrazarlo.
—Gracias, gracias, estoy emocionada.

Conseguimos preparar la mochila rápidamente con unas cuantas prendas de ropa, poner gasolina y llevarnos bocadillos para el largo camino. Contenta, les escribo a todos mis amigos haciéndoles saber el acontecimiento. Cuando nuestro viaje por carretera comienza, Callum detiene el auto.

—¿Qué sucede? —pregunto alarmada.

—¡Duendes! Conoceré a tu papá —dice con los ojos muy abiertos.

—Oh.

—Sí. «Oh».

6

CALLUM, POR FAVOR

Callum

No me asusta dormir solo en una habitación extraña, no soy quisquilloso, pero cuando oigo el sonido de la puerta de mi cuarto abriéndose, de inmediato me pongo alerta y durante unos breves segundos me pregunto si estoy en presencia de un demonio o un espíritu perdido en esta casa.

Es viernes y ayer por la tarde-noche nació Shadi Santiago, el bonito hermano de mi trébol. Mañana le darán de alta junto con su linda mamá, que aún le reprocha al señor Mousavi los dolores del parto. Fue muy amable conmigo cuando pasé rápidamente a felicitarla en su habitación. Por supuesto, hice un par de bromitas sobre sus gritos que no le parecieron graciosas a Ehsan Mousavi, pero Valentina sí que se rio.

Todavía no soy la persona favorita de Ehsan Mousavi, pero se lo atribuyo a que nos conocimos en el hospital cuando se encontraba tenso y asustado y todo era caótico mientras su esposa gritaba en el parto. Nunca pensé en tener hijos, pero escucharlo todo desde fuera de la habitación me dejó pensando sobre si en realidad quiero alguno en el futuro.

Desde ayer estoy durmiendo en la bonita y espaciosa casa de dos pisos de los Mousavi. Es algo más grande que mi casa en Irlanda, pero, teniendo en cuenta que el papá de Clover es riquillo, siento que su casa es una muestra de humildad de lo que podría tener si quisiera. Eso sí, la decoración interior es muy distinguida, de buen gusto y costosa. Por un momento pensé que algunas cosas eran de oro, aunque no se lo he preguntado a Clover para confirmar.

Me han asignado una de las dos habitaciones de invitados, con una gran cama matrimonial muy cómoda que tiene un cabecero enorme y sábanas que seguramente son de algodón egipcio. Ayer no sabía que estaba tan cansado hasta que me quedé dormido sin cenar, y esta mañana me he despertado con la misma ropa. Hoy hemos pasado por el hospital y estuvimos un rato con los felices padres, y después aprovechamos el tiempo para tener una cita muy londinense. Cenamos en un restaurante medio caro, luego volvimos para ver un programa de reposteros que compiten por miles de dólares y nos despedimos con un beso de buenas noches. Ahora un espíritu está abriendo la puerta de mi habitación.

O eso pienso hasta que al girarme me encuentro a una mujer curvilínea con unos *shorts* diminutos ajustados y una camisola en la que resaltan de manera maravillosa sus pezones. Le doy un repaso desde los muslos gruesos que me encanta apretar y mordisquear, pasando por el delicioso vértice entre sus piernas que se humedece siempre con mis atenciones, el abdomen que me gusta besar y el par de tetas más increíbles que me han presentado en la vida (mis queridas Cal y Lum). Y toda esa belleza es completada por unos cabellos abundantes, largos y sueltos que envuelven un rostro hermoso que tiene una inconfundible mirada de deseo.

Con lentitud, muevo las sábanas para salir de ellas. Estoy semiduro, con este espectáculo visual. Bajo de la cama sonriendo, porque sé que mi trébol sucio quiere jugar y profanar la casa mientras su papá pasa la noche en el hospital. Pues me apunto.

Ha sido más de un mes y medio sin follar. Comérmela y meterle los dedos es increíble, son dos de mis cosas favoritas junto con que me haga pajas o me la chupe, pero extraño estar en su interior. Ya que sus mensajes fueron claros, me ha quedado claro que está tan loca por follar como yo.

Sé que no voy a romperla, pero quiero follarla tan duro que de verdad espero que pueda andar con normalidad por la mañana después de que empuje entre esos preciosos muslos.

Camino hacia Clover con lentitud y la veo exhalar poco a poco. Me apuesto a que sus bragas ya se encuentran empapadas, porque el juego previo le encanta. Al pararme frente a ella, meto un dedo por el tirante de su camisola y luego lo suelto y la rodeo. Me detengo a sus espaldas y me inclino hacia su oreja para que oiga mi susurro:

—Quiero que te desnudes lentamente y luego subas a la cama, te agarres al cabecero y levantes tu hermoso culo al aire. ¿Puedes hacer eso por mí?

—Sí puedo —dice con la voz afectada.

Avanza, dándome aún la espalda, se detiene en un lado de la cama y comienza a sacarse la camisola, la deja caer al suelo. Me es inevitable no estremecerme al imaginar la espléndida manera en la que sus tetas desnudas han de verse. Hace un movimiento sensual con las caderas y el culo cuando comienza a bajarse los *shorts* minúsculos, e inhalo con fuerza cuando se inclina para terminar de bajárselos por los muslos, dándome un vistazo de su abertura húmeda. Así es como me hace saber que no traía bragas.

Paso de semiduro a duro cuando se sube a la cama, gateando con las piernas abiertas para adquirir la posición que le he pedido. Su espalda se arquea de forma atractiva, las manos toman el cabecero, las rodillas la sostienen y su culo se levanta al aire.

Por todo el oro de Irlanda, tuve que ser una persona muy buena en mi vida anterior, porque desnudarse con Clover es un privilegio.

Su respiración es agitada y resuena por la habitación mientras la expectativa la pone aún más cachonda, y yo me tomo mi tiempo para llegar a ella. Cuando la cama se hunde bajo el peso de mis rodillas al situarme detrás de ella, Clover jadea y yo sonrío.

—Pareces ansiosa, mi trébol. ¿Por qué lo estás?

—Porque quiero que me toques, que me folles —dice sin aliento.

—¿Cuánto?

—Lo suficiente para sentir que empapo mis muslos, Callum.

—Tendré que comprobarlo.

—Sí… Hazlo —me invita, separando incluso más las piernas.

Con lentitud pongo la mano detrás de su rodilla y la deslizo por la cara interna del muslo. En efecto, cuando llego a la altura de la entrepierna, esa franja de piel está humedecida. Al retirar la mano, gime en protesta mientras saboreo su humedad pegajosa impregnada en mis dedos. Deliciosa.

No creo que alguna vez me canse del sabor de Clover. Comerla se siente como un puto privilegio.

Ella empuja hacia atrás, y la tomo por absoluta sorpresa al bajar el rostro para mordisquearle una nalga y luego lamérsela, creando un leve chupetón.

—¿Cómo podría explicarte lo mucho que me encantas? —murmuro contra su piel.

—Puedes demostrármelo.

Ubicando una mano en cada nalga de su culo, se las separo y me lamo los labios antes de sentirla estremecerse cuando percibe mi aliento contra esa entrada fruncida que muchos consideran prohibida.

—Me encanta demostrártelo —confieso.

Y, dicho eso, mi boca pasa a estar ocupada. Mi lengua no es tímida y amable, sino que indaga y acaricia desde atrás paseándose por cada rincón, lamiendo desde su culo hasta su núcleo, saboreando la humedad que no deja de aparecer. Alzo una de mis manos y la dejo caer con un azote espléndido que resuena por todo el cuarto y hace que ella empuje el culo contra mi cara, restregándose y gimiendo sin vergüenza alguna. Mi palma cae nuevamente sobre la nalga mientras chupo, y su gemido es más fuerte y va acompañado de un «¡Joder!». Tras un par de azotes más, me encuentro recogiendo con el pulgar parte de su humedad, y luego ese pulgar se traslada al orificio fruncido que hemos explorado muy poco y que ya está recubierto también por mi saliva.

Clover se tensa, pero cuando mi lengua se sumerge en su entrada, se distrae y busca más, por lo que a mi pulgar le resulta mucho más fácil hacer una pequeña inmersión de la yema. Al percibir que puede tomar más, la sigo devorando con besos, lamidas, succiones e incluso mordiscos mientras adentro cada vez más el dedo en su culo. Para cuando se encuentra profundamente dentro de ella, está jadeando y sacudiéndose.

—¿Te gusta? —susurro contra su carne húmeda.
—Me... me enloquece.
—Vamos a hacerlo mejor.

La follo poco a poco con el pulgar a la vez que continúo comiéndola. Cuando introduzco dos dedos en su entrada, se siente lo suficiente llena como para sacudirse y murmurar cosas obscenas diciendo que quiere más, que es lo mejor, que no pare y que le demuestre que soy su irlandés.

Sus gemidos son altos y roncos, y cuando doblo mis dedos dentro de ella, parece que doy con el preciado punto G, porque se le escapa un grito mientras la follo con mis dedos por delante y por detrás con más rapidez. Mis caderas se sacuden contra la cama buscando alguna fricción, y el sudor me recorre la piel porque esto me enciende mucho.

—Hum, qué bien sabe, mi trébol —susurro antes de levantar el rostro y besarle una nalga—. Y qué bien se ve la manera en la que succionas mis dedos, como si no pudieras concebir la idea de no tenerlos dentro de ti. ¿Te gusta sentir mis dedos en tu coño y tu culo?

—Lo amo. ¡Lo amo!
—¿Mucho?
—Sí, sí. Muchísimo.
—¿Lo amas tanto que te correrás? ¿Puedes, mi trébol?
—¡Joder! Te doy todo lo que quieras. Todo.

Mis dedos consiguen empujar dentro de ella mientras uno de ellos hace movimientos sobre el clítoris y le muerdo una nalga. Sus grititos y gemidos son música para mis oídos cuando se corre con fuerza, apretando mis dedos tanto delante como detrás, lo que hace que mi polla esté envidiosa y deseosa de ocupar cualquiera de los dos lugares.

Es increíble lo húmedos que salen mis dedos. Me inclino para lamerla mientras se estremece en sus réplicas y solloza mi nombre, y río contra sus pliegues húmedos antes de incorporarme y bajar de la cama en busca de mi mochila, de donde saco un condón.

No tardo en volver detrás de ella. Me bajo el pantalón de pijama por debajo del culo y, como no llevo bóxer, me cubro rápidamente con el látex mientras ella está con el torso contra el colchón y las manos aún aferradas al cabecero.

Nuestras respiraciones agitadas llenan el lugar cuando me tomo en una mano para darme un par de tirones. Me arrodillo, con los muslos separados, y paso un brazo alrededor de su cintura para atraer su culo contra mí. Tras un poco de juego de mi miembro contra sus dos orificios, me mantengo metiendo y sacando la punta en el lugar que más húmedo esté.

—Callum, por favor.

—¿«Por favor», qué?

—Fóllame. Quiero sentirte todo, quiero que me llenes. Te extrañé mucho.

Alzo de nuevo la mano y le doy un azote que le sacude el culo, y luego me empujo en su interior. Qué puto paraíso.

Con ambas manos en sus caderas, le levanto el culo lo suficiente para que básicamente descanse sobre mi regazo mientras empujo contra ella con movimientos profundos y contundentes, y ella se sacude de atrás hacia delante contra la cama. Ambos gemimos, porque esto se siente delicioso. Además, al bajar la vista, lo que encuentro me enloquece aún más: sus nalgas rebotando cada vez que me estrello contra ella y mi miembro cubierto de látex, húmedo con sus fluidos, perdiéndose en su cuerpo una y otra vez. Pronto, ella empuja hacia atrás y me muerdo el labio con fuerza, pero me parece que no es suficiente y me siento sobre los talones, le ordeno que suelte el cabecero y la hago incorporarse para que esté de espaldas a mí rebotando sobre mi polla con mi ayuda en sus caderas. Imagino cómo sus tetas se mueven con el movimiento y casi podría correrme, pero tengo fuerza de voluntad y resistencia.

Viendo el excelente trabajo que hace, le libero las caderas para rodearle con los dedos una vez más el nudo de placer entre sus piernas y pellizcarle un pezón, y eso es todo. Sus gemidos incrementan, su cabello me golpea el rostro y luego se inclina hacia delante para apoyar las palmas en la cama mientras sube y baja, haciendo movimientos circulares que me enloquecen. Al apretarme cuando comienza a correrse, me hace ver las putas estrellas y empujo mis caderas hacia arriba para que lo disfrute todavía más.

Cuando estoy seguro de que ha acabado, con suavidad salgo de ella y la hago girar. Está muy sudada y el pecho le sube y baja con rapidez debido a la respiración. Los ojos le brillan con las pupilas dilatadas y tiene la boquita hinchada con un toque de sangre, donde se ha estado mordiendo.

Bajo su atenta mirada, y más duro que en toda la vida, me saco el condón, lo dejo a un lado y le sonrío.

—Chúpala, mi trébol.
—Con gusto —dice con la voz enronquecida.

De rodillas frente a mí, con los codos apoyados en la cama y el trasero en el aire, una de sus manos me toma la polla y sube y baja mientras me lame, antes de envolverme entre los labios y adentrarme hasta la garganta. Me lleva al cielo con la calidez, la humedad y su garganta cuando me trabaja de manera experta. Al recordar que le encanta que la dominen durante las mamadas, enredo los dedos en su cabello y la insto a tomar más de lo que puede. Oigo los sonidos ahogados y veo que sus ojos humedecidos me miran con pasión y que la saliva le corre por la barbilla hasta el valle entre las tetas.

Somos unos sucios, y me encanta.

—Estoy seguro de que puedes tomar más, ¿verdad? —digo.

Clover tararea ante mis palabras, haciéndome estremecer.

Me empujo hacia su garganta y permanezco unos pocos segundos que la tienen sin respirar, pero ella aprieta las piernas porque le encanta. Cuando ya ha pasado suficiente tiempo, me retiro. Lo repito varias veces, entrando y saliendo, deteniéndome largos segundos en su garganta y gimiendo. Me estremezco y un cosquilleo comienza desde la base de mi columna vertebral, se me tensan las monedas de oro y me hincho para, poco después, acabar en su boca. Ella traga todo lo que puede, pero algo de mi semen se desliza por la comisura de su boca y baja hasta su cuello.

Nuestra respiración es agitada y creo que ambos intentamos asimilar lo que acaba de pasar. Hemos tenido sexo intenso y sucio, pero siento que hoy nos estábamos volviendo locos y fue… ¡Duendes! ¡Ha sido el mejor sexo de mi vida! Y he tenido mucho sexo bueno, pero esto, de lejos, es otra cosa.

Con el pulgar le limpio mis restos de los labios y la barbilla antes de llevármelo a la boca y guiñarle un ojo. Lo siguiente que sé es que le lamo lo que cayó de su barbilla al cuello, saboreándome a mí mismo en su piel salada antes de dejar un suave mordisco.

—¿Eres el trébol de este irlandés? —susurro contra la vena de su cuello, donde su pulso aún late rápido.

—Soy tu trébol —responde sonriendo, todavía con jadeos.

7

SEÑOR SOCIABLE VS. SEÑOR DE LOS VIEJOS TIEMPOS

Clover

La pequeña boca del bebé se abre en un bostezo y es tan contagioso que me encuentro haciendo lo mismo. Valentina se ríe de inmediato y yo alejo cualquier pizca de sueño, porque la noche es joven y yo tengo planes.

Planes con mi novio, que me ha estado follando muy bien mientras recuperamos el tiempo perdido.

No es la primera vez que tengo sexo en casa de papá, pero sí es la primera que genuinamente he tenido que morder almohadas, mi puño o contenerme por el puto éxtasis en el que Callum me envuelve. Nadie nunca me había follado como él, nunca había sentido tanto placer.

—No te duermas —dice mi madrastra—, parece que te espera una noche divertida.

La miro, sentada frente a la mesa, despeinada y con dos parches húmedos en las tetas, de donde sale la leche materna. La pobre está aprovechando los pocos minutos que tiene para comer mientras la ayudo con el bebé.

Decir que no quiero tener hijos seguramente sea temporal, pero entre los gritos de Valentina al traerlo a este mundo, el bebé llorón y el aspecto de destruidos que han adoptado papá y ella en pocos días, la maternidad me parece un río bastante lejano que no quiero cruzar por ahora. Para reforzar aún más mi opinión, mi hermanito comienza a quejarse y luego a llorar, y lo alzo, apoyo su pequeño cuerpo en mi pecho y sostengo con una mano su cabeza contra mi hombro, y segundos después siento la calidez de su vómito blanquecino corriendo por mi brazo. Pensarías que no es tan malo por tratarse de leche materna, y, vale, no tiene el hedor del vómito de alguien adulto, pero tampoco me hace precisamente feliz.

Shadi lloriquea cuando lo subo al primer piso, en concreto a su magnífica habitación superdecorada. Papá y Valentina hacen que destaque bastante bien todo el asunto de la maternidad deseada, viendo lo preparados que estaban para la llegada de mi hermanito.

Acuesto al bebé apestoso en su cambiador después de reunir lo que necesito. Mientras patalea y suelta unos pequeños quejidos que no llegan al llanto, me limpio el brazo con una toallita húmeda, permitiéndome admitir que estoy muy asqueada, y a continuación le cambio el pañal.

—Es una fortuna que durante un par de meses tus pañales no sean mi asunto —le digo, limpiándole el trasero—. ¿Cómo alguien tan pequeño logra hacer tanta caca?

Me lo pongo en brazos en pañal mientras busco otro pijama, porque el otro es un desastre marrón. Una vez está listo, nadie creería que hace unos minutos apestaba. Acuno a mi hermanito limpio entre mis brazos y sonrío al verlo bostezar de nuevo con los ojos entrecerrados. Pensando que tal vez está a punto de dormirse, comienzo a balancearme, tarareándole una canción. Me parece que está funcionando hasta que siento un aguijonazo en el pezón. Al bajar la vista lo encuentro chupando mi pezón a través de la tela, es como una sanguijuela hambrienta.

—¡Teta equivocada! —exclamo—. ¡Ay!

Tiene sentido que se haya confundido, porque debajo de la camisa ajustada llevo un *bralette* que no hace mucho por ocultar mi pezón erguido, pero, en serio, está chupando fuerte. Salgo de mi horror para alejarlo, y él se comienza a cabrear mientras succiona como un enloquecido.

—¡No, Shadi Santiago!

—¿Lo estás amamantando? —pregunta Callum—. No es que vaya a juzgarte si quieres saber qué se siente, pero sí me parece algo inesperado.

Cuando volteo, me lo encuentro apoyado en el marco de la puerta. Está increíble, pero también desconcertado por lo que acaba de ver.

Con cuidado, alejo la pequeña boca de bebé de mi pezón. Él se cabrea y adquiere un rostro rojo y contraído cuando comienza a llorar con todas sus fuerzas, tanto que me asusta que sufra algo por tanta molestia acumulada.

Entro en pánico, y Callum, siendo un salvador, entra y toma al bebé. Lo acuna contra su cuerpo y se balancea susurrándole palabras a la vez que se inclina hacia mí y me olisquea antes de fruncir el ceño.

—Hueles a mierda —dice sin ningún tipo de sutileza.

—¡Es su culpa! Ha vomitado, cagado y, además, me ha atacado buscando comida —resoplo con fuerza—. Llévalo con Valentina para que tenga su querida teta, que yo necesito tomar otra ducha y cambiarme de nuevo.

Comienzo a alejarme y oigo que Callum le murmura a mi hermanito que no debe cagar ni vomitar sobre su hermana mayor. Esperemos que le haga caso.

Cuando llego a la sala, Valentina está luchado contra el sueño sentada en el sofá mientras amamanta, Callum está entretenido con su teléfono.

—Ve a acostarte, Valentina —susurro con cuidado para no exaltarla.

—Estoy esperando a tu... —empieza, y entonces la puerta se abre y Valentina sonríe— papá.

Papá nos dedica una sonrisa a nosotras y una mirada de reconocimiento a Callum —porque Ehsan es un hombre difícil—, y se va directo al piso de arriba para lavarse antes de acercarse al bebé.

Me encanta ver a papá en esta faceta de padre nervioso pero atento, y apoya a Valentina pese a todas sus responsabilidades con la empresa. Valentina y él lucen como si no hubiesen dormido en semanas, pero no se ven arrepentidos y parecen felices.

Le doy un beso sonoro a Valentina en la frente antes de caminar hacia Callum. Extiendo la mano hacia él, que no duda en tomarla y ponerse de pie dedicándome una sonrisa con la mirada clavada en mi escote. Me distraigo por un momento al darme cuenta de que va vestido completamente de negro: pantalón, camisa básica con cuello en V y chaqueta. Eso hace que su piel se vea incluso más pálida, y su cabello, más rojo que naranja.

—Me gusta —susurro, deslizando una mano por su pecho—. Te ves superpálido, pero no de manera espeluznante, sino sexy como un vampiro.

—¿Quieres que te muerda? —dice, inclinándose hacia mi cuello y dejando un mordisco juguetón.

Lo único que hago es reír por lo bajo y aceptar el beso que me planta después en la barbilla.

—¿Vamos con el auto de Valentina o pedimos un taxi? No quiero ser la conductora designada.

—Taxi, quiero tener más de un brindis contigo —me susurra con su característica sonrisa.

Asiento. Él pide el taxi y espero hasta que baja papá y para despedirme de ambos. El bebé parece estar dormido, seguro que durará menos de quince minutos antes de ponerse a llorar. Tomo un abrigo de Valentina del perchero y le lanzo unos besos de despedida, y sonrío al verlos juntos en el sofá, ella con la cabeza apoyada en el pecho de papá y sujetando al bebé contra su pecho.

—Vayan con cuidado —nos dice papá, mirando del uno al otro— y no hagan ruido al volver.

—Nos portaremos bien, señor Mousavi.

—Claro —responde con desconfianza, dándome una larga mirada.

—Estaremos bien, papá —aseguro.

Él asiente sonriéndome, pero oigo el bajo resoplido de Callum y le doy un ligero empujón.

—Ese es nuestro taxi —me dice cuando suena una bocina—. Seremos cuidadosos al cien por cien, señor Mousavi. Ni siquiera nos gustan las fiestas.

Papá pone los ojos en blanco, pero veo el pequeño indicio de una sonrisa. Sé que le agrada Callum, de cierta forma. Es verdad que la personalidad de mi irlandés, tan activa y extrovertida, lo pone de los nervios, pero es difícil no sentir cariño por él incluso sin darse cuenta.

Subimos al taxi y comienzo a explicarle la dinámica de la fiesta a la que vamos, donde sé que estarán algunos pocos compañeros de la escuela, dos amigos y unos conocidos. Seguramente habrá marihuana y alguna que otra droga, y podría producirse alguna pelea. Las canciones serán tan variadas en cuanto a ritmo y estilo que no tendrá sentido.

—Suena como una buena fiesta —dice, dejando caer la mano sobre mi muslo—. Ahora, ¿qué tal si nos liamos un poco antes de llegar?

Río por lo bajo y luego me inclino hacia él, que termina de acortar la distancia y atrapa mis labios en los suyos. La verdad es que somos bastante desvergonzados, porque realmente iniciamos una sesión de besos profundos con mucho juego de lengua y algún que otro gemido de placer. Su mano encuentra el camino a mi pelo, que está recogido en una cola, y tira de manera leve para hacerme desear más.

Descubrimos que hemos llegado porque el taxista se aclara la garganta. Riendo, bajamos del auto después de que Callum pague. Por cómo me siento la boca palpitante, estoy segura de que mis labios se ven más carnosos de lo normal, y estoy más que un poco excitada por todos esos besos intensos.

—Empezaron la fiesta sin ti —dice para fastidiarme. Me toma de la mano y mira hacia la casa, de donde se oyen gritos y risas mientras suena Beyoncé—. *Boy, I'm just playing. Come here, baby* —comienza a cantar, y me libera la mano para bailar—. *Hope you still like me. F you, pay me. My persuasion can build a nation.*

Saco el teléfono de mi pequeño bolso diagonal para grabarlo mientras canta y hace la coreografía a la perfección. Las pocas personas que se encuentran fuera silban, ríen y lo alientan, y él no se avergüenza o aflige, sino que hace muecas hacia mí y sigue con lo suyo.

Y cuando canta a gritos el «Who run the world?» cinco veces, las personas gritan «Girls!», cosa que me hace reír. Poco después, él también se ríe, deja de bailar y me toma la mano para adentrarnos en la casa, con los aplausos de su público borracho y fiestero de fondo.

—A esto lo llamo una «llegada triunfal» —señalo, aún riendo, tras guardar el móvil.

En la casa nos recibe un desconocido con una lista de invitados. Nos deja pasar después de comprobar que estoy en la lista y nos indica dónde podemos dejar la chaqueta de Callum y mi abrigo. Aunque la vivienda es bastante amplia, hace calor por el cúmulo de gente. Huele a una mezcla de sudor, alcohol y marihuana, además de algún que otro perfume. No es muy agradable, pero ninguna fiesta de este estilo huele a rosas.

Saludo a un par de personas a mi paso y presento a Callum. Más tarde, mientras río y doy saltos, me encuentro con Isaac, un buen amigo de la escuela que pasaba el rato con Edna y conmigo. Percibo unas pocas burlas hacia él de fondo, porque antes Isaac era Isabel; al nacer, sus padres le dieron el nombre con base a su sexo, pero desde pequeño se identificó como niño y, gracias al cielo, su familia lo apoyó. Les dedico una mala mirada a los imbéciles porque no puedo creer que mi amigo todavía lidie con esas mierdas, pero Isaac me toma el rostro entre las manos para que me enfoque en él. Mi sonrisa es amplia al conectar con su mirada, y, cuando me libera, procedo a las presentaciones. A Callum parece agradarle; le estrecha la mano y ríe ante las palabras de Isaac, que dice que le robó el corazón de «su chica».

—No sabía que el corazón tenía dueño, pero tonto no soy, y me dije que tenía que ponerme en marcha para que saliera conmigo —grita Callum por encima de la música, pellizcándome la mejilla.

—Clover siempre ha sido bella, pero ¿su personalidad? Espectacular, la amo —dice Isaac con su sonrisa aniñada, que siempre me encantó.

—Estoy de acuerdo en todo —asegura mi novio sin perder la sonrisa—. ¿Dónde conseguimos bebidas?

—Fuera hay una estación de bebidas, puedes prepararte el trago o pedirlo.

Callum se inclina hacia mí desde atrás con las manos en mis caderas y me planta un beso detrás de la oreja antes de susurrar:

—Iré a por bebidas. ¿Algo en particular que desees beber?

—Sorpréndeme, Irlandés. Tus sorpresas siempre son buenas —respondo, ladeando el rostro.

Cuando nuestros labios se rozan, me muerde al labio inferior antes de retroceder.

—Ahora vuelvo —anuncia, y comienza a alejarse.

Me encanta que nunca se sienta intimidado cuando llega a algún lugar nuevo y que podamos separarnos sin desfallecer o enloquecer. Isaac finge que me hace cerrar la boca, y yo río y vuelvo mi atención a él antes de que nos alejemos hacia la pared más cercana a la ventana para oírnos mejor.

—Me duele que Edna no esté, habría sido genial.

—Porque es más divertida que yo. —Hago rodar los ojos y él ríe.

—No más divertida, pero sí más salvaje y... ¡Oye! Un pelirrojo, ¿eh? Te ves perdida por él.

—¿Recuerdas cuando Edna mencionó en nuestra última visita que estaba dejando unas notas de amor? Bueno, no eran notas de amor, pero eran para Callum.

—¡No me jodas! —Sus ojos azules se abren mucho, cosa que me hace reír—. Mis respetos, ahora el chico está aquí contigo.

—No es mío todo el mérito. Básicamente, él dio el primer paso para que hiciéramos algo más que las notas. —Sonrío—. Pero me alegra porque él es... —Hago gestos con la mano y él se ríe—. Es... demasiado.

—¿Bueno?

—Muy bueno, en todos los sentidos.

—No como ese ex tuyo que conocí cuando fui. Vaya tremendo imbécil te follabas.

—Podemos olvidarlo y fingir que no ocurrió.

Vuelve a reír y se termina la bebida mientras mueve la cabeza al ritmo de la canción. Aún no me acostumbro a que sea moreno en lugar de su rubio original, pero le queda bien.

—Y, aparte de tu pelirrojo, ¿qué más ha pasado?

Podría hablarle de que fui acosada por un criminal, de que conocí al subjefe de la mafia irlandesa y de que salgo con su «sobrino», contarle que hace un mes y medio perdí los recuerdos de varias horas de mi vida, que a veces no puedo dormir, que he empezado a mentir, que siento que todas las cosas podrían estar mejorando, que me metieron un dedo por el culo y que estoy todo el día mojada porque Callum me calienta, pero, en su lugar, sonrío y sacudo la cabeza.

—No mucho —acabo por responder—. Voy estudiando, salgo con Callum...

—Abres muertos.

—No tantos como piensas. —Hago una mueca—. ¿Cómo te va a ti en la universidad?

—La dejé —responde, y se encoge de hombros ante mi sorpresa—. No era lo mío. Me estaba estresando hasta el punto de enfermarme, no lo disfrutaba y, en lugar de ayudarme a mejorar la técnica, me bloqueaba.

—¿Dejaste la música?

—No, sigo tocando el piano, vivo para ello, pero ya no voy a la universidad. Mi abuelo está profundamente cabreado por ello, pero, a la mierda. Él ya ha vivido sus ochenta y tantos años de vida, que me deje a mí vivir la mía. Además, se está ahorrando el dinero.

—¿Y qué estás haciendo?

—Doy clases, y eso me llena bastante. —Sonríe—. Recuperé mi inspiración y me gusta, aunque el sueldo hasta el momento es bajo... Ah, también me rompieron el corazón. ¿Recuerdas a Susan?

—Muy bien, era bonita y la encargada del periódico escolar.

—Sí, salimos un mes y luego me dejó por otro chico. Dijo que yo la confundía porque sabía que nací siendo una chica.

—Pero eres un chico.

Se emociona por mi respuesta. Me entristece que unas palabras tan normales se sientan especiales para él.

—Me dijo que se sentía lesbiana al estar conmigo y que ella no lo era. Que era mucho para manejar y no era tan fácil como pensaba.

—¿Y te gustaba alguien así?

—No juzgues, todos tenemos amores equivocados de tanto en tanto.

—Bueno, como se dice por ahí, esquivaste una bala.

—Sí, fue una conversación muy incómoda. Yo decía que soy un chico y ella lo negaba por «las evidencias». Nos enfadamos y no volvimos a hablar. Está aquí en la fiesta con un chico, al final decidió que solo quería experimentar.

—Lo siento, Isaac.

—Ya llegará la indicada. Y, si no sucede, al menos llegará alguien especial. —Me guiña un ojo con su optimismo y alegría de siempre—. ¿Sabes quién más está aquí?

—No, aún no he podido verlos a todos y no creo que lo logre, hay muchas personas.

—Frankie —responde, y abro los ojos hacia él.

—¿Quién?

—Fran-kie —repite, exagerando la pronunciación.

—¿Frankie Lutz?

—Ese mismo —dice con cautela al ver mi expresión—. El que fue tuyo.

—¿Qué? Nunca fue mío.

—Ah, cierto, ese era el problema.

De acuerdo, eso es un golpe duro para la antigua Clover, que lloró y sufrió mucho por Frankie Lutz.

—Pero ¿no está estudiando en España?

—Sí, pero vino a pasar unos días por algo de su familia que ya olvidé. Te lo advierto porque sé que entre ustedes las cosas quedaron medio raras.

—¿«Medio»? Quedaron horriblemente raras sin ningún tipo de aclaración.
—¿Cuándo fue la última vez que se liaron? ¿Hace un año?
Niego con la cabeza y él enarca una ceja.
—¿Hace más o menos que un año? —intenta de nuevo.
—Menos.
—¿Antes del imbécil de tu ex?
—Unas semanas después de cortar con él —admito, como alguien que ha cometido un crimen. Por su expresión, creerías que es lo que hice.
—Pero... ¿por qué te hiciste eso, Clover? ¿Te va el masoquismo?

Hace una mueca de pesar, y no puedo evitar desplazar la mirada por el lugar como si esperara encontrarlo solo por mencionarlo, pero en su lugar veo a Callum avanzando hacia nosotros con dos vasos y sonriendo mientras conversa con un tipo que no conozco pero que al parecer ya es su amigo. Yo también sonrío; eso es típico de mi irlandés.

Me giro de nuevo hacia Isaac y me inclino para susurrarle al oído:
—Pero es el pasado, aquello fue un desliz. La verdad es que estoy con alguien que me importa mucho, me siento diferente con Callum, y él me corresponde.

Cuando me alejo de Isaac, me doy cuenta de que sonríe. Ahora es él el que se inclina para susurrarme:
—Me alegro. No se debe sufrir eternamente por amores no correspondidos, y te veo feliz con tu irlandés.
—Lo soy. —Sonrío y me alejo, y veo que Callum todavía está riendo con ese tipo—. Es especial.

Mientras Callum abandona a su nuevo amigo y se acerca a nosotros al ritmo de la música, pienso en que fui una tonta al pensar en ser solo el trébol de las notas por no querer arriesgarme. Quería mantenerlo todo platónico, y cuando me expuso, yo argumenté que quería estar soltera, porque se suponía que era la etapa de la vida en la que quería estar. Casi me saboteé a mí misma como he hecho otras tantas veces en mi vida, y como seguramente haré otras tantas en el futuro.

Cuando Callum llega hasta nosotros, menea las caderas de forma atractiva al ritmo de un rap que habla de follar culos, y luego me entrega mi bebida, que huele bastante fuerte.
—Es tequila con Red Bull —me dice, poniéndose detrás de mí y envolviendo un brazo alrededor de mi cintura a la vez que se mueve al ritmo de la canción y sostiene su trago en la otra mano.
—Parece una combinación interesante y muy peligrosa —grito por encima de la música, oliendo el contenido.

—Sabe bien, es un tequila de calidad de México. El vodka y el ron que tenían eran baratos y de mala calidad, te darían una resaca de mierda. Mejor mi trago.

Me encojo de hombros y, tras beber, descubro que sabe bastante bien. Sigo el movimiento de sus caderas iniciando un baile mientras Isaac anuncia que va a buscar otra bebida y a saludar a la gente.

Mi irlandés tiene ritmo, es uno de esos tipos raros que se mueven en lugar de quedarse postrados como una pared. Eso sí, sus movimientos no son muy inocentes, y se restriega contra mi culo y me susurra la letra obscena del rap en el cuello. Doy otro sorbo de mi bebida antes de girarme y pasar un brazo alrededor de su cuello, agradecida por llevar tacones, que me permiten no estar tan lejos de su cara a pesar de nuestra diferencia de altura. Él también bebe de su trago, pero su otra mano se mantiene en una de mis nalgas sin dejar de moverse.

—Vi que hiciste un nuevo amigo —comento.

—Ah, fue de lo más divertido. Mientras me preparaba el trago lo vi jugando a algo que a Stephan le encanta. ¿Lo conoces?

—Para nada, creo que nunca en mi vida lo había visto.

—Tal vez te lo presente más tarde —dice con diversión.

—Yo soy la que te presentará a más personas. Vamos, señor sociable.

—Espera a que termine la canción. Me gusta todo esto de follar en seco al ritmo de un rap sucio que sería censurado en la radio.

Río y le sigo la corriente a la vez que él me tienta y me restriega contra su cuerpo. Cuando la canción termina, estamos sudados y cachondos, pero eso no es algo nuevo.

Salimos afuera para rellenar las bebidas y me encuentro con algunos excompañeros del instituto que se alegran de verme. Les presento a Callum y conversamos brevemente, y al final terminamos cerca de Isaac, que está con un par de desconocidos y con otro rostro que sí me es familiar y que grita al verme. Eso lo ha hecho siempre, por lo que me río cuando me abraza y continúa gritando emocionada.

—¿Por qué nadie me dijo que estabas aquí, Clover?

—Porque nos moríamos por oírte gritar, Paulette —bromea Isaac.

Estoy muy segura de que las palabras en francés de Paulette son un insulto hacia nuestro amigo. Luego me toma el rostro entre las manos y me mira fijamente, y contengo la risa por su expresión de absoluta concentración emocionada.

—Pero qué preciosa. Estás hecha un bombón, mi dulce niña.

—Deja de actuar como una francesa vieja con clase —se queja Isaac.

—Tú también estás hecha un bombón, Pau. Deja que te presente a mi novio. —Me aparto de su agarre y hago un gesto hacia Callum, que extiende la mano.

Paulette —amiga francesa que nunca perdió su acento y de la que admito que muchas veces sentí celos en la escuela por mis propias inseguridades— mira boquiabierta a Callum y luego murmura en francés con apreciación antes de estrecharle la mano.

—¿Quién tiene más suerte? —pregunta a nuestro pequeño grupo—. ¿Clover por tener semejante novio, o el novio por tener tan increíble novia? Son una pareja impresionante. *N'est-ce pas, mon idiot d'ami?* —añade, dirigiéndose a Isaac.

—Sabes que no hablo francés —se queja él.

—*Oh, merci pour le compliment* —dice Callum, y le damos nuestra atención—. *Mais je suis chanceux que Clover me donne le temps.*

—¡Y habla francés! —Paulette aplaude.

—Y habla francés —repito desconcertada.

—No lo hablo, pero ayudaba a mi hermana a practicarlo cuando estudiaba. Ella es la experta, solo sé un poco porque me obligó y me hizo chantaje para prestar apoyo.

—Me encanta. Cásense y reprodúzcanse. —Paulette nos guiña un ojo—. ¿Dónde está Edna? Ella es la fiesta.

—En la universidad, yo vine de escapada.

—Oh, entiendo. —Mira a los dos chicos que quedan y sonríe—. Este es mi follamigo italiano, Paolo —me dice, señalando a uno—, y este es mi buen amigo Liam, con quien no follo.

—Qué específica —digo, estrechando la mano a ambos—. Soy Clover, un gusto conocerlos.

—En este momento, somos un grupo variado —comenta Isaac—. Un irlandés, una francesa, una iraní brasileña, un italiano y dos ingleses. Es como una pequeña reunión de la ONU.

—O un festival internacional de música —agrega Callum antes de beber de su trago.

No me sorprende que se meta en el grupo con facilidad cuando comenzamos a hablar, incluso cuando mis dos amigos cuentan anécdotas del pasado. Los acompañantes de Paulette también se integran bien, solo que son más callados que Callum, que habla y aporta sin ningún tipo de problema.

En algún punto, Paulette se va a bailar con sus amigos, e Isaac, que se niega a ser un sujetavelas, se retira y me deja a solas con Callum, que aguanta nuestros vasos vacíos uno encima del otro.

—Parece que tienes el don de encontrar buenos amigos, son agradables. —Les caíste muy bien —aseguro, acercándome a él, y le paso los brazos alrededor del cuello.

—Es que soy encantador, mi trébol.

—¿Cuán encantador? —murmuro cuando me acaricia la nariz con la suya.

No me responde. En lugar de ello, me lame el labio inferior antes de comenzar a besarme de manera lenta y seductora. Entrelazo los dedos en la parte baja de su nuca y me entrego al beso, dejando escapar un sonido de placer cuando siento que su mano tira de mi cola de caballo para tener mejor acceso a mi boca.

—¿Clover? —preguntan detrás de mí.

Callum lo registra primero, porque deja de besarme y se lame los labios mientras mira detrás de mí. Cuando me giro, me encuentro con un castaño de ojos marrones y sonrisa familiar.

No puede ser.

¿El amigo con derecho a roce que me enseñó muchas cosas buenas pero también muchos males de amores? Sí, ese mismo, Frankie Lutz.

Le hago un repaso visual: alto, cuerpo tonificado, cabello corto casi al ras, ojos cálidos, piercing en la nariz y labios carnosos. Sexy y atractivo como siempre.

—Sí, sabía que eras tú —dice con una sonrisa ladeada.

Avanza hacia mí. Antes de que pueda parpadear, me tiene envuelta en un abrazo cariñoso que le devuelvo de manera torpe, y vagamente registro que lleva el mismo perfume que antes. Cuando retrocede no se aleja demasiado; en serio, deja una corta distancia mientras continúa sonriendo y observándome con la típica mirada que me derretía.

—Qué sorpresa encontrarte aquí. Alguien me dijo que te había visto y te estaba buscando porque no quería quedarme sin verte, y aquí estás.

—Aquí estoy.

—Sí, aquí está —añade Callum detrás de mí.

La sonrisa de Frankie disminuye un poco al mirarlo. Tal vez en este momento está recordando que acaba de encontrarnos besándonos, pero vuelve su atención a mí como si le restara importancia a la situación.

La mano de Callum se mantiene en mi espalda baja y permanece detrás de mí.

—Este es Callum. Y, Callum, este es Frankie —los presento.

—Soy su muy buen amigo —explica Frankie, sonriendo, y le estrecha la mano—. Años de historia, ¿eh, Clover?

—Yo soy su muy buen novio. —Callum no pierde el paso—. Una historia bastante genial, ¿eh, Clover?

Asiento, consciente de que el ambiente es un poco denso. Si pudiera, me iría corriendo.

—Así que tienes novio de nuevo, Clover, qué mala sincronización la nuestra —dice Frankie, metiéndose las manos en los bolsillos delanteros del pantalón—. ¿Algún día será un buen momento para nosotros? Pensé que podríamos ponernos al día desde la última vez que nos vimos, pero veo que no. —Le da un rápido vistazo a Callum.

—Eh, pues no —respondo, frunciendo el ceño—. Quiero decir, podemos ponernos al día, pero no «así».

El significado del «así» queda flotando en el aire y comienzo a transpirar en la frente por la situación.

Me doy cuenta de que creé un horrible hábito; Frankie podría tener la idea de que cada vez que nos vemos y estoy soltera sucumbo a los viejos sentimientos no correspondidos a cambio de un par de horas de placer. En cierta manera me sabe mal que tenga esa concepción de mí, porque es exactamente lo que estuve haciendo.

Se hace un incómodo silencio y siento la mirada de Callum sobre mí. Cuando me volteo para mirarlo, enarca ambas cejas antes de dirigir la mirada a Frankie. Me encojo de hombros, y Callum murmura un «Hum, ya veo».

—Estoy feliz de verte —rompe el silencio Frankie—. ¿Cómo están tu papá y Valentina? La última vez que los vi fueron geniales. Creo que tu papá es de los pocos tipos que se ríe con mis chistes. —Me lo pregunta a mí, pero mira Callum, que le devuelve la mirada.

La mención de mi papá hace que mi irlandés, que ahora está a mi lado, se cruce de brazos como si se protegiera del golpe bajo de que mi papá sea muy frío con él pero se ría de los chistes malos de Frankie.

—Están bastante bien. De hecho, ahora tengo un hermanito recién nacido. No te lo dije la última vez que… eh… nos vimos, pero Valentina estaba embarazada.

—Bueno, es que esa vez hablamos muy poco. Fui a visitarte para que conversáramos, pero me parece que hicimos de todo menos eso. Luego me fui con el mal sabor de boca por no haberte dicho todo lo que quería, pero con una sonrisa por todo lo que pasó. —Me sonríe de costado.

—Interesante —comenta Callum—. Pero, sí, Valentina tuvo un bonito bebé que llora un montón pero es muy lindo.

—Sí, mi hermanito es lindo. —Sonrío. Quiero mantenerlo en la conversación—. Callum vino conmigo para conocerlo y nos iremos mañana. Bueno, en unas horas. Vamos a la misma universidad, a la misma facultad. Así nos conocimos, y ahora estamos juntos.

Me doy cuenta de que doy demasiados detalles cundo no le debo ningún tipo de explicación. Tampoco tendría que estar nerviosa, porque no estoy haciendo nada malo.

—Soy experto extirpando articulaciones y órganos de personas y sé tapar la escena de un crimen… Bueno, y también descubrirlas —aporta mi novio.

Me volteo para mirarlo de inmediato y me lo encuentro con una sonrisa ladeada y una mirada desafiante, pero cuando nota que lo miro me guiña un ojo, lo que me hace sacudir la cabeza riendo.

Frankie asiente y nos mira del uno al otro antes de preguntarme por Edna. Luego hace un breve recorrido por el pasado y yo le voy respondiendo un tanto nerviosa, porque no quiero hablar de ello ni incomodar a Callum, que se mantiene murmurando «hum», «interesante», «ya veo» y «ah». Para mi fortuna, uno de los amigos de Frankie lo llama, pero antes de irse vuelve a hablarme:

—Sé que tienes un nuevo número. ¿Me lo das? Sería bueno hablar, ponernos al día, tal vez visitarte cuando vuelva a estar libre de la universidad o esté por acá y, ya sabes, ver qué sucede…

Hay tres segundos de silencio antes de que Callum hable. Sí, los he contado.

—«Ver qué sucede» —repite Callum con sequedad—. Sí, Clover, deberían hablar y, ya sabes, ver qué sucede, por los viejos tiempos.

Frankie dirige su atención a él y me doy cuenta de que mi irlandés ha borrado la sonrisa y ha adquirido una expresión seria y fría.

—Amigo, es una mierda lo que estás haciendo. Clover tiene novio, estoy aquí, y si la conoces tienes que saber que no me hará la mierda de ponerme los cuernos para revivir los viejos tiempos contigo. De hecho, tu viaje por el pasado la ha incomodado, pero, bueno, no es asunto mío decirlo. —Me da un breve apretón en el hombro y, a continuación, se dirige a mí—: Iré a por nuestras bebidas, te dejo aquí con tu viejo amigo, que cree que sería bueno hablar y, ya sabes, ver qué sucede…

—Callum, no es… —empiezo, pero me interrumpe cuando sonríe y me da un beso en la boca.

—Lo sé, mi trébol. Ahora vuelvo.

Al verlo alejarse siento mariposas en el estómago, y Callum sabe que mis ojos están en él porque alza las manos, aun dándome la espalda y caminando, para hacer un corazón con las manos por encima de la cabeza, lo cual me hace reír.

—¿Es celoso? —pregunta Frankie, sacándome de mi trance.

Callum es posesivo de una manera que me gusta. Nunca le he dado razones para estar celoso, y, más que celos, creo que en este momento está irritado. Puedo entender que la situación fue totalmente incómoda para ambos, pero más para él.

—Un poco de celos inofensivos no hacen daño cuando la situación se pone tensa. —Es lo que respondo, todavía persiguiendo con la mirada a Callum.

—No pretendía incomodar a nadie, solo quería hablar contigo. Lo digo en serio, cuando te visité quería hablar contigo de varios temas, pero se nos fue de las manos y ocupamos el tiempo en otras cosas.

—Tu amigo te llama —le digo, volviéndome para mirarlo rápidamente y cortando el rumbo de la conversación—. Ha sido agradable ver que estás bien, te veo luego, ¿de acuerdo?

—Creo que nos debemos una conversación, Clover, siempre lo hemos hecho.

—Me parece que es tarde para esa conversación. —Me encojo de hombros y le dedico un intento de sonrisa—. Ya no la necesito. Tengo novio y lo quiero. Callum tiene razón, me ha puesto incómoda todo el rollo de hablar del pasado, porque creo que ambos sabemos bien cómo fue nuestra historia y no me gusta hablar de ello.

—Oh, lo siento, no creí qué…

—No, no te preocupes, es bueno que al fin te lo diga y, eh… También quiero aclarar que no es que siempre esperara que, ya sabes…, folláramos al vernos, porque tengo la impresión de que pensaste que estaba aquí y…

No continúo, pero el significado queda implícito. Frankie frunce el ceño y mira hacia donde está Callum, preparando las bebidas y hablando con un desconocido que seguramente será su nuevo amigo, y luego vuelve a mirarme.

—Siempre hemos tenido algo especial, pero sabemos que nunca funciona. Por algún motivo, jamás es el momento adecuado; tienes novio o yo tengo novia o simplemente no estamos en la misma página. —Medio sonríe—. Parece una trágica historia.

—No creo que sea así…

—Somos la típica película cliché que se haría popular. Tal vez todavía no es nuestro momento.

—O quizá nunca lo sea. Hubo oportunidades y no salió bien.

—¿Estás segura?

—Sí. Mi historia ahora es otra y estoy bien con mi relación.

—Espero que te vaya bien en ello y en todo, lo digo en serio.

—Gracias, yo también espero que te vaya bien en todo y en España. Buen bronceado, por cierto —añado con torpeza, y eso lo hace reír.
—¿Ves por qué es difícil que no me gustes?
—Mira, tu amigo te sigue llamando —miento, y ríe de nuevo.
—Vale, lo entiendo. —Suspira—. Te veo luego, Clover Mousavi, espero que lo pases bien y que nos reencontremos en un mejor momento.

Me da un ligero asentimiento y luego comienza a marcharse, pero no me lo quedo mirando, porque vuelvo a centrar mi atención en Callum, que alza uno de los vasos hacia mí en la distancia con una sonrisa.

Hace un tiempo estaría por el suelo o sintiéndome una mierda por rechazar a ese amigo con derecho a roce que me daba placer pero no correspondía mis sentimientos. O aún peor: habría fingido que no me dolería follar con Frankie, cuyos sentimientos parecía que nunca iban más allá de lo amistoso. Era mi absoluta tortura de la adolescencia, porque siempre era honesto y, aun así, yo seguía lanzándome al desamor. Pero actualmente no es así; hoy le doy la espalda y sonrío flexionando los dedos hacia Callum en una señal de que venga a mí. Me río cuando, una vez más, se acerca bailando.

Cuando me alcanza, me entrega la bebida manteniendo los ojos entrecerrados.

—¿Qué pasa, Irlandés?
—¿Me vas a contar la historia con el señor de los viejos tiempos?
—¿Quieres escucharla?
—Sí, para odiarlo un poco más de lo que ya lo hago.
—Celoso.
—Pues claro. Te comía con la mirada. ¿Y lo del número y «ver qué sucede»? Quise lanzarle una maldición de siete años. Cuéntame la historia, hazme odiarlo más, porque en serio me cabreó, Clover.
—No creo que lo odies, no fue mala persona y el daño me lo hice yo misma.
—Espera. ¿La historia me hará llorar? Porque no quiero hacerlo y seguramente me cabrearé e iré a golpearlo si me entero de que te hizo daño.
—No, no te hará llorar. —Me río.
—Entonces ¿te hizo daño?
—No adrede.

Se deja caer sobre el césped y luego tira de mi mano para que me siente entre sus piernas y me insta a apoyar la espalda en su pecho mientras juega con mi coleta.

—Comienza el chisme, quiero saberlo, mi trébol. Estamos en confianza, no te juzgaré.

No me molesta hablar del pasado porque eso es lo que es. Quiero que mi historia sea con Callum, ese es el tipo de destino que quiero. Sabiendo que, en efecto, no me juzgará y que es un buen oyente, suspiro antes de comenzar a hablar.

8

EL PASADO VE QUE EL PRESENTE SE CONVIERTE EN EL FUTURO

Callum

—Frankie y yo fuimos a la misma escuela. Él iba un año por delante y nos hicimos amigos o algo así —comienza Clover—. Nos llevábamos bien y creo que fue inevitable que me gustara y que yo también le gustara.

—Lo cual no es ninguna sorpresa. ¿A quién no le gustaría mi hermoso trébol?

—Como si nos viésemos igual que hace unos años. —Se ríe y se pone más cómoda contra mi pecho.

He visto a hombres y mujeres salivar por Clover en fiestas, pero nadie había tenido el descaro de coquetear con ella delante de mí ni mucho menos arrastrar un pasado sexual que quedaba implícito en la conversación.

¿Me puse celoso? Por supuesto, cada minuto que pasé escuchándolo hablar sobre dicho pasado me torturé pensando en cómo pudo haber sido y, peor aún, ¡si a Clover le gustaba todavía! Pero, de acuerdo, puedo fingir madurez. Después de un par de palabras amables con un claro «Vete a la mierda» implícito, los dejé a solas y sentí regocijo cuando finalmente lo vi alejarse.

Frankie quería jugar a tener las pelotas más grandes mientras decía gilipolleces, pero lo único que hacía era poner incómoda a Clover y darme ganas de activar mi instinto asesino.

No me considero un tipo con niveles extremos de celos, pero tampoco me siento feliz ante una situación así. En serio, odio a ese tipo y odio más que no sea feo y que el desgraciado lo sepa. Llegó con demasiada confianza, lo cual me indicó la familiaridad que había entre ellos. Sumado a sus miradas y sonrisas, me recalcó fuerte y claro que había un conocimiento íntimo que él estaría encantado de repetir. Pero está loco, porque, mientras mi trébol esté con su irlandés, eso no sucederá. ¡Duendes! Sé que Clover no me pondría los cuernos y que está tan perdida en mí como yo en ella, pero eso no evita que me moleste, que desprecie al dichoso Frankie.

—Estoy seguro de que siempre fuiste linda. Y, de no haber sido el caso, igualmente tenías esta personalidad radiante que atrapa a la gente.

—Gracias —murmura antes de aclararse la garganta—. Sobre Frankie, nos gustábamos y en una fiesta hubo algo, pero no llegamos muy lejos. Poco tiempo después había demasiada tensión sexual entre nosotros, lo deseaba, así que me pareció práctico y divertido cuando me dijo que podríamos tener una relación de amigos con derecho a roce. —Se encoge de hombros y da un sorbo a su trago—. Acepté y nos lo pasábamos bien, era bueno conmigo y me sentía emocionada por todo lo que hacíamos y lo que…, eh, aprendía.

Claro, porque el despreciable de Frankie no podía ser un mal polvo fácil de olvidar.

—Pero fui estúpida y con el paso del tiempo comencé a tener sentimientos. En mi mente me creé la idea de que él tal vez sentía lo mismo, así que me dejé llevar, y meses después creo que sospechó que yo sentía algo más. —Entrelaza los dedos de una mano con la mía—. Fue honesto conmigo y, aunque fue una conversación terrible para mi corazón, estuvo bien que no alimentara mis fantasías.

—Y todo terminó —concluyo, sintiendo empatía por una Clover más joven que vivió el desafortunado suceso de un amor no correspondido.

—Eh… No.

¡¿Cómo que no?!

Debo de haberlo dicho en voz alta, porque ella ríe y se incorpora para volverse y que estemos sentados frente a frente. Arrastra el culo hasta que está lo suficiente cerca para que sus piernas descansen en cada lado de mi cintura.

—Tuve un par de meses duros y lo vi pasar página en fiestas. Me sentía fatal. Lo peor es que la química entre nosotros aún era tangible, lo sentía en sus miradas y en la torpeza de cuando nos encontrábamos.

Maldita química.

—Pero pasaron los meses y creía que lo había superado porque, bueno, tuve algo con otro chico, hasta que nos encontramos en otra fiesta y…

En este momento odio las fiestas.

—Follamos y luego fue incómodo, pero le dije que estaba bien y que podíamos volver a lo de antes. Él no creyó que fuese buena idea y le propuse que tal vez podríamos ver a otras personas.

—Cosa que no querías.

—No, pero la Clover de entonces pensó que sí, porque me gustaba cómo funcionábamos. Hicimos ese trato y me dolió cada chica con la que salió, me obsesioné por llegar temprano a las fiestas para alcanzarlo primero, pero también en parecer desinteresada para no aburrirlo. —Se mira las manos antes de beber lo que queda de su trago—. Viéndolo con perspectiva, me doy cuenta de que estaba muy insegura sobre muchas cosas de mí misma. Estaba en un mal lugar y pensé que tener poco era mejor que no tener nada.

Es difícil asociar a esa Clover con mi Clover, pero entiendo que a veces no somos las mejores versiones de nosotros mismos. ¡Y, joder! Cagarla a lo grande cuando estás creciendo es como un rito universal para la adultez, y encima la seguirás cagando durante toda la vida.

—Lo peor es que no era su culpa. Mis decisiones me estaban haciendo daño, y Edna, Frankie y Paulette me lo hacían saber. Edna no dejaba de decirme que debía ser honesta conmigo y con él sobre mis sentimientos, pero insistí en que lo tenía controlado. Creo que fue el primer chico del que me enamoré, porque, en serio, sentía mucho por él. —Hace una mueca y toma mi vaso para terminarse mi bebida también.

—¡Oye! Eso era mío —me quejo, tomándole el rostro entre las manos, y pongo mi boca en la suya.

Aún no se ha tragado todo el tequila, por lo que mi lengua y boca lo obtienen. Es sucio y un equipo de salubridad no lo aprobaría, pero, maldita sea, me encanta su jadeo sorprendido cuando la bebida pasa de su boca a la mía. Tras tragar, le lamo los labios y me alejo con una sonrisa.

—Pero, Callum... —dice boquiabierta.

—Por ladrona —sentencio—. Nadie roba lo que es mío.

Sonríe sacudiendo la cabeza. En cierta manera, lo que he hecho aligera toda la atmósfera melancólica de la triste historia que cuenta.

—Prosigue con tu desgarrador relato —pido, y eso le hace poner los ojos en blanco.

—Seguimos así hasta que se graduó y algo después de que se fuera a estudiar a España. En ese tiempo me desintoxiqué, pero no te mentiré, lo extrañaba. Me enfoqué en estudiar y en mis amigos, y pronto comencé a sentirme mejor. Tuve un par de ligues e incluso tuve un novio muy dulce, pero...

—Los peros son un mal presagio —aseguro, y ella sonríe.

—Tienes razón. Entonces Frankie vino a visitarme y, a pesar de que no pasó nada, el aire era intenso; al final me dijo que me extrañaba y que me quería, pero que respetaba que yo estuviera en una relación. Dejé a mi dulce novio poco después porque... Bueno, seguro que sonará horrible, pero estaba aburrida y pensaba que no había chispa después de sentir tanto solo con compartir el mismo aire que Frankie. No tuve más novios durante ese tiempo, pero sí algunos ligues.

—Que espero que al menos disfrutaras, porque, no te ofendas, pero está siendo una historia muy triste. Soy celoso, pero también quiero saber que conseguías orgasmos o la historia será aún más lamentable.

—Sí, Callum, me lo pasaba bien —dice, y yo aprieto los labios.

—Bueno, mira, me está ardiendo la sangre irlandesa ahora que lo admites, pero lo acepto.

—Qué bueno, porque nada se puede hacer sobre el pasado. —Se encoge de hombros—. Después me fui a la universidad y mantuvimos el contacto por las redes sociales. Era agradable, como ser amigos.

—Y tuviste novios y ligues, tipos que francamente no te merecían.

—A mí me gustaban. —Vuelve a encogerse de hombros.

—¿Así termina la historia?

—No.

Maldita sea de nuevo. No sé cuál es mi expresión, pero ella suelta una carcajada antes de jugar con el borde de mi camisa.

—Frankie y yo coincidimos aquí algunas veces, en Londres, y teníamos sexo si estábamos solteros, sin ningún compromiso. Al fin sentía que no había emociones intensas ni estaba enamorada, así que era divertido. Luego salí con el imbécil de mi ex, pero rompimos al cabo de unos meses, y un par de semanas después Frankie me visitó y puedes imaginar lo que pasó.

—Follaron —digo, y ella asiente.

—Todo estuvo bien con Frankie después, fue la última vez que lo vi hasta hoy.

—Fue la última persona con la que follaste antes de mí.

—Sí —murmura.

Hace menos de un año.

Ahora que tengo la historia completa, entiendo la sorpresa de Frankie al encontrarme como parte nueva de la ecuación. Evidentemente imaginó que podría divertirse con ella como hace unos meses.

Qué encantador es romper los sueños y las ilusiones del ex de mi novia. Fíjate que se me da bien y no siento culpa ni remordimiento: en realidad siento dicha y satisfacción, y ninguna brújula moral me hará pensar lo contrario.

Incluso sonrío.

—¿Sonríes por mi triste historia, Callum?

—Ah, no, eso me apena, pero, bueno, te hizo crecer y seguramente aprendiste alguna moraleja. Me siento mal por la Clover del amor no correspondido, pero mírate ahora, todopoderosa. Sonrío porque le destrocé las ilusiones a Frankie. Él llegó y pensó: «Ah, Clover está aquí. Qué afortunado soy, porque esa diosa me dará la hora», pero entonces me encontró con la lengua en tu boca, una mano en tu culo y la palabra «novio» acompañada en mi presentación. —Me río—. ¡Duendes! Lo destrozaste, Clover, y me encanta.

—¿De qué hablas?

No puede ser tan ingenua. Mi descarada y sucia novia no puede ser tan inocente como para no ver lo que para mí es obvio. Pero, por si no lo capta, decido decírselo:

—¿Crees que no ha conocido y follado con un montón de mujeres en España? ¿O qué hay de todas las que se folló cuando tenían una relación abierta? Pero aun así volvía a ti, cuando te veía sucumbía. Ahora sabe que esa boquita solo obtiene besos de la mía, que ese espectacular pelo solo lo envuelve mi mano, que el único que te apretará así —digo, y envuelvo la mano alrededor de su cuello— mientras te folla soy yo, que la polla que quieres en la garganta es la mía, y que el sexo es conmigo. ¿Sabes qué más sabe? Que me traes loco y que no soy un imbécil que te dejará ir. Eso fue lo peor para él: saber que mientras me mires y me quieras, él no tiene ninguna oportunidad, porque valoro cada momento que estoy contigo.

—Callum… —dice, atrapada en mis palabras.

—Me contentan sus ilusiones rotas. Ese pobre bastardo no aprovechó todas sus oportunidades y se arrepiente porque eres valiosa, Clover. Cualquiera querría salir contigo y se enamoraría de ti porque eres especial e increíble, y mientras me quieras contigo, no pienso ir a ningún lado, no quiero ser un Frankie. Quiero ser tu Callum, tu irlandés.

Pasan unos segundos y de pronto tengo a Clover encima de mí, lo cual hace que caiga de espaldas contra el césped cuando ella se sienta a horcajadas sobre mis caderas y baja el rostro para comerme la boca. Porque eso es lo que hace: la devora.

Su lengua es agresiva, sus succiones, fuertes, e incluso el beso es ruidoso. Apuesto a que, si te fijas bien, puedes ver el duelo de lenguas. Por supuesto, mis manos la presionan contra mí: una en una nalga y la otra contra su espalda arqueada. Se oyen unos silbidos y gritos a nuestro alrededor mientras nos besamos y ella ríe contra mis labios, pero después gime al sentir que se me está poniendo dura. Cuando se aleja, me encuentro duro como una roca, con el corazón acelerado y una sonrisa tonta en la cara que seguramente hace juego con la suya.

—Vamos a pasárnoslo bien en esta fiesta, Irlandés. Estoy feliz de que estés aquí conmigo.

—Y a mí me encanta estar aquí, en Londres, en esta fiesta, con tu dulce culo encajado sobre mi erección. Es perfecto.

Me da otro beso y luego se incorpora riendo. Tras ponerse de pie, me extiende una mano.

—Ven, vamos a por más tequila y luego a bailar.

Estoy de acuerdo, así que tomo su mano y me levanto. Me pongo detrás de ella y envuelvo los brazos en su cintura, haciéndonos caminar así. Es incómodo, pero se ríe. Sonrío mirando a mi alrededor y me encuentro con la mirada de Frankie junto con sus arrepentimientos.

Lo observo con suficiencia y su mueca me dice que me desprecia tanto como yo a él, lo cual me parece genial porque no estábamos destinados a ser amigos. Pobre, el pasado ve que el presente se convierte en el futuro.

9

EL YERNO MALICIOSO

Callum

Estoy seguro al noventa por ciento de que la mirada que me está dedicando el señor Mousavi en esta fría mañana no está llena de calidez y amor, y en cierta manera me hace preguntarme si nos pilló la pasada madrugada llegando de la fiesta borrachos y bajo los efectos de la picadura de ese bichito llamado «lujuria».

Tras mi desprecio abierto hacia Frankie, tuve que verlo toda la puta noche (¡sorpresa, sorpresa!) porque parecía que siempre nos topábamos. Tenía esa mirada deseosa hacia mi trébol e incluso la invitó a bailar. Que me demanden, pero mi expresión de asco tuvo que haber sido muy evidente, y la situación se volvió incómoda cuando Clover le dijo que no tenía ganas, excepto que sí bailó conmigo, con Isaac, un desconocido simpático y un par de sus conocidos.

Mi divertido cóctel de tequila, en términos sutiles, nos volvió unos calenturientos inútiles. ¿A qué nivel? Hasta terminar detrás de un árbol follando en seco. Por si alguien se lo pregunta, sí, me corrí dentro del pantalón, pero afortunadamente era negro y no se reflejó en las fotos el gran manchón oscuro. Y hablando de fotos, hice una serie de publicaciones graciosas en mi Instagram.

La primera era una foto de Clover acostada en el césped con los ojos cerrados y sonriendo, cuya descripción era bastante simpática y posesiva: «MI TRÉBOL, SÍ, DE NADIE MÁS. AJÁ, ES MI NOVIA». Todo en mayúsculas.

Respondí cada comentario que llegó. No es que la gente de la universidad no supiera que estamos saliendo, pero, ahora que lo pienso, nunca habíamos hecho ninguna declaración pública en nuestras redes. ¡Duendes! Si hasta fui un borracho agresivo en los comentarios cuando respondí a un par de imbéciles que decían que yo estaba comiendo bien (refiriéndose a las tetas de mi novia): ofrecí puñetazos y dije que les sacaría las vísceras con un bisturí, y espero que esa gente no muera, porque, sin duda alguna, yo sería uno de los principales sospechosos.

La otra foto era de nosotros, ella con los brazos envueltos alrededor de mi cintura y yo con las manos en sus mejillas. Sonreíamos ampliamente el uno hacia el otro y de nuevo el Callum borracho fue bastante raro en la descripción: «UN LIKE Y NOS CASAMOS».

Al parecer esta madrugada tenía predilección por las mayúsculas.

Regresamos a casa en un taxi compartido con sus amigos. Supongo que hicimos el viaje incómodo o entretenido con una seria sesión de besos que concluyó con unas risitas bajas al entrar en su casa, algunos tropiezos, besos húmedos y manoseos en las escaleras antes de encerrarnos en la que fue mi habitación durante estos días. Tuvimos sexo borracho, divertido y caliente, y duró bastante porque mi erección jugaba entre estar semidura y estar dura de tanto en tanto debido a mi estado alcoholizado. Al parecer, borracho tengo un aguante de puta madre, porque al final acabé cuando Clover me dijo que estaba cansada de ser martilleada (llevaba dos orgasmos) y me dio una de sus espléndidas mamadas... Recibió una lluvia facial que le encantó, basándome en la sonrisa boba que me dedicó antes de que se limpiara con mi camisa y cayéramos rendidos en la cama.

A la luz de la mañana, superando mi resaca, me planteo si fuimos muy ruidosos. Mientras Clover se encuentra dándose una ducha y se siente mucho más humana que yo, el señor Mousavi me mira por encima del periódico desde el otro lado de la mesa y yo trato de permanecer tranquilo bebiéndome un café bien cargado. En otra ocasión, estaría parloteando para llenar el silencio y porque soy supersimpático, pero mi resaca es monumental y me impide actuar en modo Callum completo, por lo que mi encanto irlandés está en modo avión.

—¿Se divirtieron en la fiesta? —dice finalmente el señor Mousavi, dejando el periódico sobre la mesa.

Le doy una rápida mirada a Valentina, que me dedica un leve asentimiento —supongo que es un abrazo espiritual de «Estoy contigo en esta batalla»—. Está amamantando a Shadi, y siento que el bebé no hace más que comer. Cada vez que lo veo está pegado a los pezones de su mamá, pero no juzgaré.

—Sí, estuvo entretenida —respondo, y dejo la taza de café en la mesa.

Por favor, que no diga nada sobre nuestro ruido al llegar. Por favor, si oyó algo, que no lo mencione. Para no darle la oportunidad de hablar de ello, saco una de mis espinas más profundas sobre el papá de Clover:

—Conocí a un amigo de su hija que le envió saludos. Se llama Frankie.

Durante unos segundos parece desconcertado, pero luego enarca una de sus espesas cejas.

—¿Frankie?

Le doy una breve descripción y veo el reconocimiento en su mirada.

—Ah, sí —asiente.

No puedo negar que siento mariposas en el estómago ante la nota de indiferencia que detecto en su voz, porque casi me volví loco cuando ese bastardo se pintó como un gran amigo del señor Mousavi.

—Dijo cuánto extrañaba venir y contarle chistes, que lo hacían reír como a nadie —exagero, lleno de malicia y sin remordimientos.

—Sus chistes eran sacados de internet, no eran tan buenos, pero la compasión es un rasgo agradable, así que me reía por ello. Nada memorable. Ah, ese es mi suegro. En Irlanda, el señor Mousavi siempre tendrá a un irlandés que lo quiere. Sonrío y él me mira arqueando las cejas.

—¿Qué te resulta tan divertido?

—Me cayó mal. —Y decido ser más malicioso—: Además, era un poco pegajoso con Clover. Estaba todo el tiempo encima de ella y decía que ningún padre en su sano juicio dejaría que un desconocido durmiera en la misma casa que su hija. Siento que cuestionó sus decisiones como padre, y eso me irritó.

—¿Eso hizo? —Suena genuinamente indignado, y me siento complacido.

—Sí, solo que su lenguaje fue un poco más... ¿despectivo?

—Pequeña mierda —se le escapa.

Lucho contra mi sonrisa por haber quemado el puente entre el señor Mousavi y Frankie.

—Frankie era lindo y agradable —asegura Valentina, y entrecierro los ojos hacia ella.

Se supone que ella y yo somos mejores amigos por siempre y para siempre, así que espero que no esté pensando en apuñalarme por la espalda.

—Era regular —sentencia el señor Mousavi.

—A mí me parecía simpático —dice Valentina, y la miro con más intensidad—. Pero tú estás en otro nivel, Callum. Tranquilo, Irlandés.

Ah, sí seguiremos siendo amigos por siempre y para siempre sin puñaladas por la espalda. Podría incluso hacerme el padrino de Shadi, yo aceptaría.

—En cualquier caso, no cuestiono las amistades de mi hija, aunque pueda hacerlo mejor.

Todos los presentes sabemos que Frankie no era solo un amigo y que yo tampoco lo soy, pero fingimos que no es así.

—¿De qué hablan? —pregunta Clover, que aparece con ropa deportiva y ojeras, pero seguramente se ve mejor que yo.

—De tu gran amigo Frankie —respondo. Me pongo de pie y llevo mi taza vacía a la cocina, por lo que no oigo su respuesta.

La cocina de mi casa es enorme, y mamá la usa siempre que puede porque ama cocinar, pero es desordenada y eso hace que papá tenga que ordenar y limpiar el desastre. En cambio, esta cocina empotrada, reluciente y espectacular podría usarse para un programa de televisión. Hasta llegué a pensar que era de adorno. Lavo la taza y la pongo en su lugar antes de volver a la sala y dejarme caer al lado de Valentina mientras Clover conversa en voz baja con su papá.

Miro al niño, que está enganchado a la teta de su mamá de manera perezosa, como si no tuviese hambre, pero se niega a despegarse de ella.

—Debes de tener los pezones en carne viva, Valentina, ese niño no deja de chupártelos —comento de forma casual, y alguien se atraganta tosiendo.

Volteo y confirmo que se trata del señor Mousavi, que me dedica una mirada de pocos amigos, y Clover sacude la cabeza con una pequeña sonrisa. Me encojo de hombros antes de volver la atención a Valentina, que me sonríe.

—La verdad es que incluso me los magulló. Sangraron y todavía duelen, pero mi mamá me dijo que mientras Shadi continúe chupándolos, sanarán. Nunca me habían chupado tanto los pezones, aunque mi esposo ha hecho un gran trabajo desde que nos conocimos.

—¡Valentina, por favor! —se queja Clover, y de nuevo el señor Mousavi tose—. Ten respeto por mis oídos.

—Mis respetos para ti, Valentina —murmuro de forma distraída, luchando contra la risa en tanto que le acaricio el pie a Shadi—. Es muy lindo.

—Gracias. Lo hicimos con mucho amor y pasión, había mucho sudor de por medio.

—Oh, lo haces adrede —se lamenta mi trébol.

—A Clover también debieron de hacerla así, porque mira lo bella que es —digo, señalándola—. O tal vez es cosa del señor Mousavi.

—Es que mi esposo hace un trabajo estupendo cuando se trata de hacer bebés.

—¡Valentina! —exclama el señor Mousavi esta vez.

—Muy bien, Irlandés, vamos a ponernos en marcha para llegar temprano al campus y evitar que Valentina y tú terminen diciendo cosas más inapropiadas. ¿Ya lo recogiste todo?

—Sí, no había mucho.

Subimos a por nuestras mochilas y luego Clover les hace saber que desayunaremos en el camino. Le doy un cálido abrazo a Valentina, prometiéndole volver pronto y beso el pie cubierto con un calcetín de mi pequeño cuñado antes de acercarme al señor Mousavi, que me ofrece la mano y me la estrecha con fuerza.

—Cuidado con lo que haces con mi hija.

«Señor, tenemos sexo candente y he sido el primer tipo en comerle y penetrarle con los dedos el culo», pienso, pero por supuesto que no es lo que digo en voz alta.

—Soy un ángel, señor Mousavi, y a los ángeles nos envían para cuidar de los mortales. —Le guiño un ojo—. Gracias por recibirme en su casa y, otra vez, felicidades por el nuevo miembro de su familia.

—Gracias, Callum. —Da la impresión de que quiere sonreírme pero lucha contra ello—. Tengan cuidado y buen viaje.

Se despiden de Clover con amor, abrazos y besos. Parece que quiera llevarse a su hermanito, pero se lo piensa mejor cuando llora y Valentina, una vez más, le da la teta. Pronto nos ponemos en marcha, y esta vez es ella quien conduce, porque yo espero a que el medicamento haga efecto y me alivie el dolor de cabeza.

—Oye, me gusta tu última publicación en Instagram. —Me río.

Es una foto mía con los ojos cerrados, las mejillas sonrojadas, sudado, sonriendo y extendiendo una mano hacia ella, con la fiesta de fondo. Ella sí que fue una borracha cursi y lujuriosa con su descripción: «Le tomaría la mano siempre porque sé que no me dejaría caer y también porque sé en qué lugares interesantes me tocaría con ella». Hay que hacer mención especial a que, pese a la ebriedad, mantiene la ortografía.

Salgo de Instagram y descubro que en el chat familiar somos tema de conversación.

Lele: miren la última foto de Call-me con Clover
OMFG es un anuncio de relación oficial

Moi-Moi: fue un anuncio oficial cuando me la presentó duhhh

Kyky: presumida.

Kyky: y recuerden las comas.

Lele: pues conmigo vio las Kardashian (ni siquiera se quejó de haberse perdido las temporadas anteriores)

Mamá: olvidé mi clave de Instagram y quiero comentarle a mi bebé y a nuestro trébol

Moi-Moi: tu clave es el nombre de papá con punto al final y la D en mayúscula

Lele: voy a hackearte mamá

Kyky: es una bonita foto, comenté un corazón. ¿Y saben qué me respondió Callum?

Lele: sé qué respondió pero dilo para reírme otra vez

Kyky: USA LAS COMAS, ARLENE.

Lele: ¿Eso te respondió?

Kyky: no, pero intentaba recordarte una vez más la importancia de las comas.

Kyky: Y lo que Callum me respondió fue: "si vas a comentar un simple corazón, borra esa mierda y no me dejes ni un like".

Mamá: muy mal por parte de Callum

Mamá: pero Kyky tienes que admitir que podías poner más que un simple corazón eso es desagradable

Kyky: ¡Mamá!

Papá: es muy desagradable

Kyky: insólito, eso es lo que es.

Moi-Moi: es desagradable Call-me tenía razón en su respuesta

Kyky: ¡USEN LAS MALDITAS COMAS!

Moi-Moi: no trates de desviar lo desagradable que fuiste

Kyky: no me lo puedo creer.

Lele: yo sí PORQUE FUE DESAGRADABLE

Me río y llego hasta el final de la conversación, que fue hace casi una hora. Busco en mi galería las fotos que Clover y yo nos tomamos y envío una en la que estamos riendo mientras capturaron que se le caía la bebida. Bloqueo el teléfono y me vuelvo para mirarla.

—Tu papá me ama.
—No iría tan lejos. —Se ríe—. Pero no te odia.
—Odia a Frankie.
—¿Dijo eso?
—Es totalmente lo que quiso decir —exagero, y ella se encoge de hombros.
—¿Te obsesionarás con Frankie? Porque puedo pasarte su cuenta de Instagram si quieres ligar con él —bromea.
—No es mi tipo —descarto. Podría haberlo sido, pero lo desprecio con pasión.

Vuelvo a ponerme cómodo en el asiento y cierro los ojos. Estoy dispuesto a dormitar un rato, pero entonces abro los ojos de repente, recordando algo.
—¡El cuarteto! —grito.

Clover se sobresalta y el auto se va a la izquierda por un breve momento.
—¡Maldita sea, Callum! ¿Cómo me asustas así? —me grita cuando el auto de nuestro lado nos pita la bocina y seguramente nos insulta—. ¿Quieres que nos matemos?
—A besos y orgasmos sí, pero no en un accidente de tránsito.

Masculla algo en persa que estoy seguro casi al cien por cien de que es un insulto, por la expresión de su rostro, pero no me lo tomo como algo personal y recupero el tema que casi nos mata.
—De madrugada, antes de irnos de la fiesta, mientras hacías pis y yo te daba la espalda para tener algo de privacidad...
—No necesitamos esos detalles.
—La cuestión es que me dijiste que deberíamos hacer un cuarteto porque eso te ponía caliente.
—Estaba ebria.
—Pero eras sincera. Bueno, no sé si era cierto, pero quería decir que es algo delicado, ¿sabes? Encontrar a las personas correctas y estar seguros de que no nos sentiremos incómodos.
—Has tenido cuartetos —deduce, y yo afirmo—. Me parecen interesan-

tes, pero no sé si es algo que me sienta segura de hacer, al menos por ahora, me parece.

—Está bien, mi trébol. No hay que hacer nada que no quieras y yo no lo necesito, tampoco. Lo menciono porque sonabas bastante entusiasmada, pero si alguna vez quieres, no te cohíbas de decírmelo.

Asiente y me dedica una breve sonrisa antes de enfocar la atención en la carretera. Al cabo de un rato paramos a desayunar, y cuando retomamos el camino es mi turno de conducir. Mientras tanto conversamos y reímos de las cosas que hicimos durante la fiesta. Cuando llegamos al campus, la dejo en su residencia con un intenso beso de despedida y sonrío hasta que llego a mi casa, abro la puerta y me encuentro algo que me hace dejar caer la mochila al suelo.

—Pero… ¿qué demonios?

10

SUCESOS INESPERADOS

Callum

Sentados en la sala, ellos en el sofá de tres plazas y yo en la butaca, me dedico a dedicarles unas miradas acusatorias. Tengo que admitir que el ambiente no es incómodo, pero sí silencioso mientras esperamos a que alguno de nosotros rompa el silencio.

Para aclararlo: no creo que el sofá sea solo de uso exclusivo para mí y las cosas sucias que hago, pero no estaría mal dar una advertencia a tu compañero de piso de con quién te enrollas, y Stephan falló en ello.

Un día tu amigo está follando con todas y al siguiente te lo encuentras lamiéndole entre las piernas a la amiga de tu novia. Tendría que haberme dado una carta que dijera: «Eres mi mejor amigo, Callum, y qué bien que tengas novia. Pssst, pssst, se la meto a su amiga». De esa manera, mi entrada no habría sido tan dramática y me habría ahorrado esta imagen tan caliente. No me pueden culpar por haber encontrado la escena excitante, en serio lo era.

Me pongo aún más cómodo en el sofá. Stephan luce muy relajado y me sonríe, mientras que ella está fastidiada, como si yo le hiciera perder el tiempo, lo que me parece ofensivo, si me lo preguntas.

—¿Desde cuándo intercambian fluidos corporales? —rompo el silencio.

Me gustaría tener tiempo para hacer más espectáculo, pero tengo que ponerme al día con una de mis clases, por lo que no puedo extenderme.

—¿Un mes? Algo así —responde Stephan sin perder la sonrisa—. Aunque intercambiamos saliva desde hace un poco más, como un mes y medio.

Miro hacia su cómplice, que ahora está ocupada con el teléfono. Tal vez intenta ignorarme, cosa que no funcionará. Estiro el pie lo suficiente para patearle el suyo, y ella alza la vista y frunce el ceño ante el asentimiento que le doy, pero emite un suspiro eterno.

—Ya lo has oído. ¿Quieres la fecha de la primera vez que me la metió o de cuando se la chupé? —me desafía, como si esas palabras me espantaran.

—Cualquiera de las dos me sirve, Edna —contesto con suficiencia.

La razón por la que me siento timado es que yo vigilaba a Stephan en sus encuentros con Maida, siempre preocupado pero ansioso de que pasara algo, y resulta que tenía los ojos puestos en la amiga equivocada. ¡Y llevan un mes empotrándose contra todo! No entiendo nada. ¿No tenía química con Maida? ¿Cuándo comenzó a hablar realmente con Edna? Nunca los he visto solos, nunca han compartido miradas de complicidad. ¡Joder! Nunca he visto que se la trajera a casa.

¿Clover lo sabía? Es que tenían que follar aquí o en la resi, porque dudo que se lanzaran billetes en camas de hoteles o que echaran un polvo rapidito en lugares públicos. Son preguntas que no me dejarán dormir, aunque no sea asunto mío.

Aunque, espera, espera, retrocede.

El último mes oí gemidos unas cuantas veces, incluso en una ocasión oí un golpeteo contra la puerta de su baño. Asumí que, como siempre, los líos de mi imbécil eran algo casual. ¿Todas esas veces era Edna? ¿Son exclusivos?, ¿tienen una relación abierta?, ¿cómo afecta esto a nuestro círculo de amigos?, ¿y si se pelean y se odian, y Clover y yo tenemos que tomar un bando? Podría armarse un buen jaleo.

Edna se pone de pie, ajena a mi creciente angustia, toma el bolso y me dedica una mirada antes de fijar la atención en Stephan.

—Lidia con él, te dije que no tenía mucho tiempo libre y lo hemos perdido por culpa de Callum.

—Eres una cínica —digo, viéndola alejarse.

—Y tú muy inoportuno —me responde sin perder el tiempo.

—Perdóname por preocuparme por nuestra dinámica de grupo.

—Dramático... —Le oigo decir antes de salir de casa.

Stephan y yo mantenemos el silencio durante un breve momento hasta que él bosteza y asiente hacia mí.

—Me bloqueaste la polla.

—Me bloqueaste la mente —respondo.

—¿Cómo estuvo el viaje? Vi la foto del bebé. Es enorme y lindo.

—No, no, aquí primero hablamos de tu lío sexual con Edna. ¿Qué está pasando?

—Pues ya lo has dicho, es un lío sexual caliente.

—¿Son exclusivos?

—No, no quisimos.

—¿Piensan seguir follando?

—No está establecido como una regla, pero seguimos haciéndolo porque nos encanta. —Sonríe.

—¿Clover lo sabe?
—No, pero supongo que le irás a contar el chisme o seguramente Edna se lo diga antes de que lo hagas tú.
—¿Y qué pasa con Maida?
—¿Con Maida? —Parece confundido de verdad.
Ahora me siento confundido yo.
Estoy seguro de que a Maida le gusta y pensé que a él también le gustaba, pero resulta que está superperdido y no capta la vibra… ¿Y todas esas tardes sentados en este sofá hablando de sexo y tonterías? ¿Las risas y sonrisas cómplices? ¡Duendes! ¿En qué momento me cambiaron la trama de la vida de mi imbécil? Ahora estoy asustado. ¿Y si se monta un caos y todos terminamos odiándonos?
—¿Maida sabe que estás follando con Edna? —tanteo.
—Eh, no… ¿Por qué tendría que decírselo? Edna y yo nos estamos divirtiendo y no tenemos que hacer ningún anuncio público. —Se encoge de hombros—. ¿Por qué actúas así de raro?
—Si esto explota, ¿qué bando debo elegir? —pregunto con preocupación.
Él se echa a reír, se pone de pie y camina hacia la cocina. Por supuesto, lo sigo.
—Stephan, mi preocupación es real.
—Si esto explotara, sería asunto mío y de Edna, de nadie más. —Se sirve jugo—. Háblame de tu viaje y tranquilízate.
Asiento confiando en su criterio, que claramente es un error de mi parte. Le hablo del viaje y exagero la estima que me tiene Ehsan Mousavi, pero disfruto de cada detalle que le doy sobre Frankie.
—Lo destrozaste. —Me palmea el hombro—. Se tuvo que querer morir cuando vio a Clover con mi guapo machote.
—Fue increíble, lo odié. Quería hablar sobre el pasado, no se callaba… En el pasado está él.
—¿Seguro? —se burla—. Algunos pasados se convierten en el presente.
—El presente soy yo, y me iré a los puños si es necesario para ser el futuro.
—Qué agresivo es mi machote. —Se ríe.
Continuamos hablando y dejamos atrás su aventura sexual y al estúpido de Frankie para ponerme al día con cosas aburridas que sucedieron en el campus.
—Ah, Jagger te está buscando —añade antes de encerrarse en su habitación.
¿Y ahora qué quiere ese?

Tengo que admitir que siento que mi cerebro por poco se fríe durante la larga clase que acabo de presenciar. Soy un alumno increíble, el mejor de mi clase, pero la verdad es que mis clases son difíciles y a veces quiero salir corriendo y gritando para dedicarme a algo más práctico y que ya tengo asegurado, como los bares de mis padres, pero la sangre, el misterio, la investigación y la violencia me llaman para ser de los mejores criminalistas.

Decidí estudiar Criminalística cuando tenía diez años: mamá y papá se distrajeron siendo cursis, Moira pasó los canales de la televisión y terminamos viendo un programa de criminales que a ella la asustó y a mí me hizo sonreír. Mamá pegó un grito cuando dibujé en una hoja la silueta típica que se hace de un cadáver y de inmediato me llevó a un psicólogo, que tras tres largos meses le aseguró a mi madre que no tenía a un psicópata o sociópata en potencia.

Al crecer también quise ser doctor. Vale, me interesaba un poco el tema de salvar vidas, pero era más grande mi curiosidad por estudiar el cuerpo humano en su deceso, por unir lo que parecían acertijos para dar con la causa de la muerte, armar escenas del crimen de la manera épica que se veía en las series y los programas televisivos. No me interesaba ser el criminal; quería ser el que diera las respuestas.

Después pensé en ser abogado, pero en el fondo seguía queriendo ser criminalista. Durante un tiempo me planteé las ciencias forenses, pero, pese a que me gusta —de hecho, me encanta— estudiar un cuerpo bien muerto, también me gusta el desafío de dar un cierre a la historia, investigar, calcular y pensar como un criminal para entender cómo sucedieron los hechos, completar acertijos y atar cabos… Y no es que lo diga en voz alta, pero amo cuando son eventos violentos que ameritan más esfuerzo, lo cual es una gran tristeza para la víctima, pero adrenalina para mí. A los dieciséis años le comenté eso último a mamá y de nuevo me envió al psicólogo. Esa vez, el médico dudó un poco con mi diagnóstico, pero concluyó que solo era muy entusiasta sobre el tema.

Por supuesto, mi familia esperaba que cambiara de opinión. Puede que por un momento lo fingiera para tranquilizarlos, pero eso no impidió que mamá gritara cuando le dije a los diecisiete años que esto era lo que quería, y fui muy astuto y me preparé los argumentos correctos para que lo entendiera sin mandarme de nuevo al psicólogo. Ser aceptado en la Ocrox de Nottingham fue un buen incentivo, porque ellos sabían tan bien como yo que era una oportunidad que no se le presenta a cualquiera y que era mi oportunidad para ser el mejor. Y como los padres increíbles que son, lo hicieron posible.

El programa de Criminalística de esta facultad prácticamente me excitaba de lo bueno que se veía, y de esta universidad han salido grandes criminalistas. Soy muy minucioso con mis estudios y admito que siempre quiero ser el mejor. O lo hago bien o mejor no lo hago, lo cual puede ser una actitud un poco mierda, pero soy así.

Y ahora que estoy a dos semanas de terminar mi tercer año e iniciar el último, ¡duendes!, casi quiero hacer un baile irlandés, de la emoción.

—¿Terminaste de sonreír de manera rara o debo esperar un poco más para hablarte? —me pregunta la voz de Jagger.

—¡Jagger! —exclamo, sonriendo, y él me devuelve el gesto.

—Te he estado buscando, necesito algo de ti.

—¿Tú? ¿Algo de mí? Eso sí que es interesante.

Salimos de la facultad y atravesamos el campus de lado a lado. Me molesta darme cuenta de que me estoy dejando llevar por él, que es quien lidera el camino.

—Una vez más, necesito a Kyra. Bueno, Maddie la necesita.

Me cuesta unos segundos entender por qué necesita a mi hermana, pero entonces recuerdo que hace unos meses Kyra ayudó a Maddie a cambio de que Jagger borrara el vídeo de la mamada que me hizo Clover en un aula.

No sé cómo está Kyra de trabajo y sé que odia que la comprometa sin avisar, pero también sé que me perdonará porque me ama. Además, Jagger muy pocas veces se permite pedir favores.

—Está bien —respondo, y me percato de que nos acercamos a uno de los estacionamientos.

—¿Así de fácil? ¿Sin pedirme algo a cambio?

—No necesito nada, y a veces simplemente le hacemos un favor a un amigo, Jagger.

—«A un amigo» —repite, como si saboreara la palabra.

—No siempre se hace todo a cambio de una recompensa, pequeño mafioso.

—No soy un mafioso. —Pone los ojos en blanco, pero se tensa cuando nos detenemos frente a su auto y veo que toma una nota que hay en su parabrisas.

Basándome en cómo frunce el ceño y mira a su alrededor con cautela, no creo que sea una nota divertida y coqueta como las que Clover me entregaba.

—¿Todo bien? —cuestiono.

Da otro repaso visual por el lugar antes de centrar la atención en mí. Hace una bola con la nota y la arroja dentro del auto.

—Nada importante, alguien está haciéndome una bromita o intentando intimidarme. —Saca un cigarrillo y me ofrece uno, pero lo rechazo—. He estado recibiendo notas tontas con errores ortográficos y acertijos mal hechos. Comienza a hacerse molesto, pero me haré cargo de ello.

—Bueno, si necesitas ayuda al respecto, no dudes en decírmelo. —Le palmeo de manera exagerada el hombro—. Hablaré con Kyra y te haré saber cuándo está disponible para Maddie.

—Bien, cuento con ello.

Lo miro expulsar el humo por la nariz y me doy cuenta de que este chico está creciendo muy rápido. No es que antes se viera como un niño, pero las cosas que hace en la universidad comienzan a volverlo un adulto a gran velocidad.

—¿Cómo está Lindsay? —pregunto, y lo tomo por sorpresa—. El otro día vi una publicación de la Facultad de Derecho felicitándola por un artículo. Tienes una novia muy inteligente.

—Lindsay está... bien. —Esto último lo dice con cautela, y enarco una ceja—. Es muy lista, estoy seguro de que la publicarán mil veces más con todo lo bueno que hará.

—Que así sea, dale mis saludos. — Vuelvo a palmearle el hombro y él se ahoga con el humo cuando ríe.

—¿Por qué sigues haciendo eso?

—No sé, parece un gesto de hermano mayor.

—¿Así que eres mi hermano mayor?

—No, un hermano mayor no te comería el culo con la mirada de vez en cuando —confieso.

Jagger no se inmuta. En lugar de ello, se da una palmadita en el culo antes de guiñarme un ojo.

—Tengo buen culo —bromea, y asiento.

—En fin... Debo irme, tengo otra clase en media hora y debo repasar el texto para el examen final. ¿Te veo más tarde en la fiesta de fuera del campus?

—Creo que iremos a la de una fraternidad —responde antes de dar otra calada al cigarrillo.

—Pues te veo luego. —Me despido con un gesto de la mano y giro para continuar con mi día, que no está yendo nada mal.

Este será mi último examen para declararme oficialmente como estudiante que ha aprobado todas las clases de tercero y que cada vez está más cerca de su primer objetivo académico: graduarse en Criminalística.

Esta noche se celebrará por todo lo alto. Puede que falten dos semanas para cerrar el curso de verdad, pero todos ya son bastante conscientes de cómo pintan sus resultados finales y, ya sea para festejarlo o consolándose, hoy quieren darlo todo.

Sin embargo, pese a que mi cuerpo ansía la fiesta, mi sangre irlandesa no siente la vibra. No quiero decir que eso sea señal de mala suerte, pero se siente bastante raro.

Me pregunto si alguna vez Clover y yo llegaremos juntos —de manera dramática, sexy y romántica— a una fiesta; ella siempre llega primero y yo soy el pobre que corre a buscarla. Pero esto también tiene sus cosas buenas, no va a ser todo malo. Mientras la busco, saludo a muchas personas e incluso me detengo a charlar brevemente con varias.

Le digo «hola» con la mano a Jagger cuando lo veo a lo lejos; al final ha decidido venir a esta fiesta y no a la de la fraternidad. Me acerco a él, que se encuentra con los brazos alrededor de Lindsay, y no puedo evitar pensar que son una pareja adorable y atractiva. Conozco poco a la chica debido a su timidez, pero me resulta agradable.

—Hola, ardiente pareja —saludo con una sonrisa—. ¿Qué pasó con la fiesta de la fraternidad?

—Cambio de planes —responde Jagger, regalándome una sonrisa—. Qué raro verte aquí en lugar de corriendo hacia tu trébol.

—Oh, sabía que tú podrías decirme dónde está.

—Cerca de la piscina, se está divirtiendo.

—Apuesto a que sí. —Le guiño un ojo y luego centro la atención hacia la silenciosa Lindsay—. ¿Qué tal te fue en tu primer año entre leyes, Lindsay?

—Bastante bien, sobreviví.

—Emocionante —digo con exagerado entusiasmo, y eso la hace sonreír—. Iré a buscar a mi trébol. Los veo después y, si no lo hago, diviértanse como la pareja ardiente que son.

No espero a que me respondan. Me voy bailando mientras atravieso la pista de baile, que empieza a llenarse de un espeso y caliente vapor que emana de todos los cuerpos ahí presentes. Milagrosamente consigo salir por un lateral de la enorme casa de tres plantas donde se celebra la fiesta y visualizo a lo lejos las luce de colores que desprende la gran piscina.

Es una casa bastante extravagante y te hace cuestionarte quién se gastaría tanto dinero en alquilarla para una fiesta, pero en cierto modo es una inversión, teniendo en cuenta que cobran doce libras por la entrada. Hasta el momento, creo que hay más de ochenta personas.

—¡Callum! —grita un chico. Casi me voy corriendo cuando lo identifico: me enrollé con él y al final fue todo muy incómodo porque me robó la camisa y me etiquetó en una foto de gatitos enamorados abrazados.

Le doy un saludo breve y me voy rápido para que no lo tome como una invitación a acercarse. Pero no es el único en saludarme. Cuando uno tiene una vida tan sociable desde el primer día de universidad, es normal que pasen cosas así, aunque no me imaginaba que sería tan exagerado. No me sorprende demasiado saber que me he enrollado con muchas personas que están en esta fiesta; al fin y al cabo, soy como soy y estoy bien orgulloso. Eso que me llevo. Lo que sí me choca es ver que me he convertido en un momento inolvidable para toda esa gente.

—Mira lo que tengo aquí —dice Stephan, que aparece de la nada y comienza a caminar a mi lado.

Con un rápido vistazo a sus manos veo una bolsa con unos cuantos gramos de hierba que me enseña de manera triunfal.

—¿Y a ti quién te regaló hierba? —pregunto, localizando finalmente a Clover con la mirada.

Lleva un vestido negro superajustado y corto, unas deportivas blancas y el abundante pelo suelto. Pese a que estamos a una distancia considerable, apuesto a que luce uno de esos maquillajes dignos de vídeos de internet.

—Hice un trueque —responde mi imbécil.

—¿Sexo por drogas? —me burlo.

—No, no me prostituyo. Tengo sexo por placer.

Me encojo de hombros y al fin llego hasta Clover, que se encuentra con Oscar, Kevin y Maida. Al estar de espaldas, no se percata de mi presencia hasta que mis manos se posan sobre sus caderas y tiran de su espalda hacia mi pecho. En paralelo, le doy un beso en la oreja que la hace estremecerse.

—Siento las tiras de un tanga muy pequeño —susurro, y casi pierdo la respiración cuando ladea el rostro para responderme.

Lleva los ojos muy delineados de color negro, lo cual hace que sus ojos se vean más rasgados y las pupilas parezcan más grandes. Me mira con gesto seductor mientras los labios brillantes esbozan una sonrisita.

Por encima del vestido, engancho un dedo en la delgada tira de su ropa interior, a la altura de la cintura, y bajo el rostro para que pueda hablarme al oído.

—Es muy pequeño —susurra, y exhalo con lentitud—, puedes comprobarlo.

Me muerde el labio inferior antes de lamerlo y atraparlo entre sus labios, iniciando un beso lento con mucha lengua. Mantengo una mano en su cintura y la otra descaradamente extendida justo en medio de la hendidura de su culo, encantador y cursi en mi máxima expresión. Despego la mano de ese culo que tanto me fascina, la muevo al frente para deslizarme entre sus pechos y termino rodeándole el cuello con los dedos. Tal como esperaba, hay un cambio sutil en su cuerpo: se vuelve más dócil, y su beso, más hambriento.

—No sé si esto es incómodo o caliente —dice la voz de Maida.

Sonrío contra los labios de Clover y luego deslizo los míos para plantarle un beso en la sien. Le doy otro apretón en la garganta y la libero, y luego me quedo detrás de ella y acepto cuando me ofrece lo que resta de su trago.

—¿Qué me he perdido? —pregunto.

—Gente vomitando, un par de tipos coqueteando con Maida, otros con Clover y unos cuantos más con ambas —dice Oscar con tranquilidad—. Una propuesta de trío para Kevin y yo. El rechazo de comprar éxtasis, un ofrecimiento amigable de coca y buenas canciones.

—Muy buenas —asegura Kevin, que se enciende un cigarrillo y me sonríe—. Pero la noche es joven, no te has perdido mucho.

—En resumen, una fiesta típica —concluye Clover, apoyando la espalda en mi torso.

—¿Qué tienes ahí? —pregunta Maida a Stephan, y él se acerca para susurrarle algo en respuesta.

Los miro con atención cuando se ríen y ella asiente. Dando un rápido vistazo al grupo de amigos, me pregunto si tienen idea de que Stephan y Edna follan con desenfreno.

—Hazme uno —pido a Stephan, asintiendo hacia la bolsa de hierba mientras desplazo la mirada por el lugar.

Ver la enorme y bonita piscina me trae recuerdos de aquella fiesta en que le di un buen baño a Bryce. El pobre lo necesitaba. Pero, a diferencia de aquella noche en que me convertí en el Terminator malvado, hoy estoy tranquilo; fumando pero tranquilo.

Me sorprendo gratamente ante la discreción de Stephan cuando me mete el porro en el bolsillo delantero del pantalón. Hago un breve intercambio de miradas con él en agradecimiento y luego llevo los labios a la oreja de mi trébol.

—Ven conmigo —le pido a Clover, extendiéndole la mano, y me encanta que no lo dude.

Atravesamos de nuevo toda la fiesta, salimos y caminamos una cuadra hacia abajo, hasta mi auto. Su única reacción es enarcar una ceja cuando abro la puerta trasera del auto para ella. Se sube y yo voy justo detrás, y cierro la puerta para mantenernos dentro, ajenos a lo que suceda fuera.

—¿Recuerdas la fiesta del amor? —pregunto, inclinándome hacia delante entre los asientos para sacar de la guantera el encendedor.

—Por supuesto, salí corriendo.

—Cierto. —Río por lo bajo antes de volver a mi sitio y sacar el porro—. Pero antes inhalamos el mismo humo, fue muy caliente. ¿Quieres hacerlo de nuevo?

Se muerde el labio inferior para no sonreír y asiente antes de susurrar un «sí» que suena muy sexy.

Me llevo el porro entre los labios y lo enciendo. Le doy una leve calada y le pido con señas que se acerque. Luego tomo una calada más grande y ladeo el rostro antes de dejar ir el humo entre sus labios.

—Hagámoslo mejor que la última vez —murmuro, dejando la palma de la mano sobre su muslo.

—Me gusta esa idea —responde. Se arrodilla en su asiento y abre las piernas, dándome espacio para deslizar la mano con lentitud a la vez que ella toma una calada y luego expulsa el humo en mi boca.

Hay varios factores que hacen que este encuentro sea muy diferente del de hace unos meses. Para empezar, nuestra posición: yo estoy con las piernas extendidas frente a mí y la espalda apoyada en el asiento, y ella está de rodillas a mi lado. Ya no solo inhalamos y compartimos el humo, sino que también nos besamos, lo cual lo hace más ardiente. Mientras nos fumamos lentamente el porro, mi mano se desliza entre sus piernas por debajo del vestido, haciendo círculos por encima de su tanga. Clover se humedece y gime contra mis labios, inhala el humo que exhalo en su boca y se mueve contra mis dedos, que ahora se cuelan debajo de su ropa interior.

Los minutos van transcurriendo y consumimos la hierba. Le meto dos dedos y ella cabalga sobre ellos a la vez que nos besamos. Para cuando el porro se termina, tiene los ojos un poco caídos, los labios hinchados y la respiración agitada.

—Tengo hambre, Clover, hambre de ti —confieso, moviendo los dedos dentro de ella—. ¿Qué tal si me montas?

No tengo que decirlo dos veces. Ella me desabotona el pantalón con una sonrisa, me baja la cremallera y se pone a horcajadas sobre mí, tomando el condón que le extiendo y que tenía muy bien guardado en el bolsillo trasero —porque he aprendido que con Clover los condones nunca están de más—. Cuando me toca, me hace cerrar los ojos al tiempo que me mordisquea la barbilla. Luego me cubre con el látex y lo siguiente que sé es que me guía adentro de su cuerpo y nos hace gemir a los dos.

Pensaba que, debido al leve atontamiento de la hierba, iríamos lentos, pero al parecer la he estado torturando, porque se muele contra mí antes de comenzar a rebotar.

—Sí, toma lo que quieras y como quieras, mi trébol.

—Tócame —me pide, y por supuesto que lo hago.
Reúno su cabello en una mano y tiro de su cabeza hacia atrás para poder mordisquearle el cuello. Mi otra mano se desliza hacia su boca para que me chupe dos dedos y los lubrique lo suficiente para después arrastrarlos por su espalda y entre las nalgas. Como siempre, se tensa ante el primer roce de mis dedos, pero luego disminuye la velocidad de los movimientos, haciendo pequeños círculos a la espera de que haga más. Le muerdo con fuerza el cuello cuando mi primer dedo se presiona en lo que de manera divertida llamamos la «puerta trasera». ¡Carajo! Me enamora por la manera en que aprieta, gime y empuja hacia atrás para que le dé más. Estoy seguro de que en cualquier momento se cansará y dejará caer la frase: «Ya basta, métemela por el culo». Y yo diré: «Por supuesto, querida».

La follo lentamente con un dedo mientras ella me folla la polla. Somos un buen equipo. Cuando el segundo dedo consigue entrar en ella, le tiro con fuerza del pelo antes de liberárselo y envolverle los dedos alrededor de la garganta.

—Más fuerte —me pide.

—Estás preciosa con mis dedos en tu culo y mi polla dentro de ti. Acércate y déjame ponerte la lengua en esa bonita boca.

Las pupilas se le dilatan, pero hace falta que le apriete la garganta para que venga en medio de un beso descoordinado, con demasiada lengua pero excitante, que combina con la manera en que sus caderas se mueven de nuevo con rapidez y mis dedos se doblan dentro de su cuerpo. Hay un desesperado canto de «Sí, sí, joder» contra mi boca mientras yo aprieto los dientes y lucho contra el orgasmo al sentir que me aprieta los dedos y el miembro al correrse. Yo también me corro con fuerza y pienso que les daré una buena reseña a los fabricantes de estos condones, porque consiguen retener todo mi maldito esperma.

Nos reímos cuando sale de mí y me quita el condón y lo anuda. Seguramente es el efecto droga, pero nos parece medio divertido mientras se arregla el tanga y yo me abrocho el pantalón.

—¿Cómo es que tu maquillaje sigue intacto? —pregunto, tirando el condón a la bolsa de basura que tengo en el auto.

—Fijador —responde, tocándose el cuello—. Me arde.

—Sí, es que tienes una gran mordida y un chupetón —le hago saber—. La pasión se me ha ido de las manos. Ahora mi auto huele a marihuana y a sexo, parecemos unas estrellas de rock —digo, mirando por las ventanas. Tienen los vidrios tintados, pero sé que puedes ver a través de ellos si te esfuerzas.

Seguramente las pocas personas cercanas nos vieron de manera borrosa, pero, como no hubo desnudos, no hay daño. Era obvio que estábamos follando por cómo debía de moverse el auto, pero me parece evidente que no habrá ningún vídeo sexual. Lo que pudimos provocar es excitarlos con la insinuación de lo que hacíamos, así que se deben de sentir agradecidos.

Bajamos del auto, dejando la puerta abierta para que se ventile el olor del que lo hemos impregnado, y comenzamos a charlar. Me encanta que podamos fumar, follar y luego tener una conversación divertida como dos viejos amigos. Nunca termino de entender esta química que hay entre nosotros, es adictiva.

—¿Edna no viene? —pregunto. Es la apertura perfecta para comprobar si sabe de lo suyo con Stephan.

—No, está en una fiesta en el campus.

—Hum… ¿Y ella no te cuenta nada sobre sus amoríos?

—Me lo cuenta todo con muchos detalles.

—Ya veo.

—¿Por qué lo dices?

—Curiosidad —respondo, peinándole el abundante cabello con los dedos—. No sé qué tiene tu pelo que me fascina.

—¿Ahora te pondrás romántico?

—Podría. —Le sonrío, y me la acerco para apoyar su cuerpo en el auto y encerrarla contra el mío.

—¿Me crees si te digo que te voy a extrañar? —susurra.

—Te creo, porque me siento exactamente igual.

Nos besamos y conversamos un buen rato. Al final creo que ni siquiera estamos disfrutando de la fiesta, porque nos perdemos en nosotros mismos. Supongo que a veces te diviertes fuera de la fiesta si estás con la persona correcta. Nuestro viaje de hierba también nos hace hablar de tonterías, como qué Kardashian consideramos más importante y que Simon Cowell nos da mala espina. Luego hablamos de cosas muy profundas, como la creación del mundo y la evolución del hombre, y terminamos charlando sobre un caso de asesinato que vemos por internet, intentando deducir quién es el asesino antes de llegar al final del episodio, y chocamos los cinco al ver que teníamos razón.

Creo que pasan un par de horas antes de que el hambre comience a aparecer, por lo que propongo asaltar la cocina y ver si mágicamente alguien pensó en dar de comer a los invitados —¡que pagamos doce libras!—. Con las manos entrelazadas, volvemos a adentrarnos en la fiesta, que parece en pleno apogeo. Hay demasiadas personas, como si todas hubiesen decidido entrar de pronto.

Sin soltarle la mano, intento guiarnos hacia la salida lateral para llegar a la piscina. Choco con mucha gente y casi pierdo el equilibrio cuando tropiezo con un tipo vestido de negro, que baja de inmediato la cabeza y se aleja, pero algo rueda en el suelo y cuando bajo la vista veo… ¿una jeringa? Unos pies la patean y la pierdo de vista mientras avanzo.

Cuando conseguimos llegar al destino, encontramos a Maida y Stephan acostados en el césped, cabeza con cabeza y mirándose fijamente mientras ríen. Es obvio que están fumados. Hay un par de borrachos en un rincón e incluso alguien está vomitando.

—Es molesto que haya tanta gente —se queja Clover—. Vamos a quedarnos aquí.

Asiento en acuerdo y me libero la mano durante unos instantes para limpiarme el sudor del rostro con el borde de la camisa.

—Callum… —dice Clover, buscando mi mano—. Hay alguien flotando en la piscina.

—Hay alguien… ¿qué?

Miro hacia delante y, en efecto, parece que hay alguien flotando en la piscina.

No creo que sea una broma, y gracias al cielo mis reflejos son rápidos.

Me saco los zapatos mientras corro. Ni siquiera lo pienso demasiado y me arrojo al agua, que me quema la piel por el impacto, y nado hacia el cuerpo flotante en medio de la piscina. Al alcanzarlo, descubro por su vestimenta que es una mujer, pero no me enfoco en identificarla, porque estoy bloqueado por la idea de querer sacarla del agua, y le grito a Clover que llame a emergencias.

Un par de personas aparecen, pero no registro que me ayuden a sacar el cuerpo de la piscina ni tampoco a mí mismo saliendo. Entonces, cuando despejo el cabello del rostro pálido con labios alarmantemente azules, golpeado y magullado, descubro que es Lindsay.

Lindsay, con la ropa desgarrada y la respiración tan lenta que parece inexistente.

¡Mierda, mierda, mierda! ¿Qué ha sucedido?

11

ELIMINEN A LA HUMANIDAD

Clover

Jagger grita muchas cosas que no logro entender porque estoy ayudando a Callum a sentir el pulso de Lindsay mientras intenta reanimarla. Mis manos se mantienen frías y calculadoras, algo que es importante cuando trabajas en algo relacionado con la medicina, pero mi mente es un caos al registrar la ropa rasgada, la sangre, los moretones... Todo.
Mi mente está en Callum intentando reanimarla con la determinación de salvarla.

Todos hablan de esa fiesta del fin de semana en la que una estudiante de primer año de Derecho fue agredida sexualmente y casi muere en una piscina.

La gente habla de ello como si hubiesen estado ahí, como si lo supieran todo y se tratara de algún chisme de la tele, en lugar de una persona de carne y hueso que está recuperándose en un hospital con secuelas más que físicas.

Las personas especulan y algunos son lo suficiente ignorantes como para hacer suposiciones como «La chica se drogó y lo gozó, pero se arrepiente porque tiene novio» o «Tal vez no pasó nada y lo han exagerado». Pero yo estuve ahí, vi a Callum reanimando su cuerpo sin rendirse, vi a Jagger llamar a su novia a gritos y enloquecer preguntando qué había pasado.

Vi los moratones, los golpes y las marcas de dedos en los lugares donde tenía la ropa desgarrada. Después viví el momento que me rompió el corazón y quebró mi fachada serena y fría: mientras los paramédicos la levantaban, de entre sus piernas corría sangre, que empapaba de carmesí sus muslos con mordiscos, marcas, laceraciones y maltratos.

No fui la única que en ese momento temió por lo que pudo haberle pasado. Había tantas suposiciones que me negaba a creer...

Lo único que sé son las pocas cosas que James le hizo saber a Callum por ser quien la salvó. Pero Jagger no ha aparecido, está con ella, y ella... no lo cuenta, y nadie puede obligarla a hacerlo.

Lo sucedido es una incógnita. Nadie lo vio o todos callan, y a falta de una historia oficial, los asquerosos chismosos extienden un rumor tras otro.

Así no es como deberíamos vivir las últimas dos semanas de clases.

Así no tenía que terminar la fiesta.

La universidad no se hace responsable porque todo sucedió fuera del campus. Aunque, es cierto, es una mierda no encontrar un respaldo más allá de la policía local, que es invasiva y presiona a Lindsay.

Los exámenes confirmaron que fue violada múltiples veces. Le desgarraron el conducto vaginal y anal hasta el punto de ocasionarle hemorragias internas. Cuando lo supe, vomité mientras lloraba. No entiendo cómo una chica a la que vi horas antes y me saludó con la mano y una sonrisa desde los brazos de su novio sufrió algo tan atroz. No solo eso, sino que tenía costillas rotas, heridas punzantes, órganos inflamados y claras señales de tortura, de las que no habla. Solo llora.

Cuando la subían a la ambulancia y estuvo consciente unos instantes, fui de las pocas que la oyó murmurar: «Por favor, déjame morir».

Me siento en esta cafetería pensando en Lindsay, pensando en todas las Lindsay del mundo, y no puedo beberme el café.

Su dolor no es mío, pero lo siento y empatizo porque podría haber sido yo, podría haber sido cualquier estudiante, y posiblemente fueron varias mujeres de distintos lugares del mundo.

Pienso en mí hace unos meses cuando me persiguieron, tocaron y trataron como a un pedazo de carne destinado a complacer los viles deseos sexuales de una basura. Pienso en esa mañana perdida, esa en la que no sé qué me sucedió, qué me hicieron. Se demostró que no fui violada, pero ¿y si me hicieron algo más? ¿Y si abusaron de mí?

—Clover.

Parpadeo para salir a regañadientes de los tormentosos pensamientos y me encuentro a Oscar sentado frente a mí, mirándome con preocupación.

—Come, necesitas hacerlo. Sé que ayer no comiste y Edna me dijo que estuviste demasiado callada.

—No consigo tener apetito... Pienso en ella y no puedo.

Visualizo su cuerpo en la piscina y luego en el césped. La veo maltratada, con la sangre corriendo por sus muslos. Le oigo decir que la dejen morir y después pienso en que nunca podremos entender su dolor.

No fui yo, no me pasó a mí, pero me duele. Siento su dolor como mío y me desgarra.

—Es duro, todos estamos conmocionados, pero tienes que comer.

Suspiro y tomo apenas un mordisco de la hamburguesa mientras se me retuerce el estómago. Oscar intenta entablar una conversación y tratamos de ignorar los murmullos que se oyen a nuestro alrededor sobre lo sucedido. Mi amigo aprieta las manos en puños cuando alguien dice «Pero ¿viste cómo iba vestida? Lo estaba pidiendo». ¿Por qué existe esta clase de seres humanos? Los que se regocijan o encuentran un placer perverso en situaciones tan terribles como esta.

—¿Sabes qué? Vayamos a clase —se rinde Oscar, perdiendo también el apetito.

Asiento en acuerdo y tomo mi Coca-Cola con la esperanza de que por ahora la cafeína sea suficiente. Recorremos el camino hasta nuestra clase y, cuando llegamos, fuera se encuentra Callum, que me pide unos minutos mientras Oscar entra y se sienta junto a Maida para esperar a Kevin.

—Hablé con mi tío —susurra Callum, poniéndome un mechón de pelo detrás de la oreja—. Quería saber si Bryce podría tener relación con esto, aunque no veo la conexión de por qué le haría daño a Lindsay. Ni siquiera por Jagger, porque él no le ha hecho nada, por lo que sé.

»Bryce continúa en Alemania y es posible que próximamente lo trasladen a Estados Unidos, por lo que queda descartado. —Suspira—. Pudo ser cualquier asistente a la fiesta, estudiantes de esta universidad o de otras, gente de aquí o turistas.

—Tienen que encontrar a los culpables, Callum, es lo mínimo que pueden hacer.

—Lo sé. Esto es una mierda. No logro sacarme ese momento de la cabeza, pensé que no lograría ayudarla.

Lo atraigo hacia mis brazos intentando entender cómo se siente. Se dedicó sin parar a reanimarla y no se detuvo ni siquiera cuando ella comenzó a vomitar.

—No sé cómo ayudar —susurra para que solo lo oiga yo mientras nos abrazamos.

—Ya la ayudaste, Callum, y eso cuenta.

Pero sé a qué se refiere, porque me siento exactamente igual. Minutos después entramos en la clase, porque la profesora llega y tenemos que fingir que es como cualquier otro día, aunque no es así.

Cinco días después, cuando estoy caminando hacia mi residencia me llega un vídeo de un número desconocido.

En cuanto le doy clic me arrepiento.

Primero, todo es negro, pero enseguida se ve a una chica con el cuerpo lánguido mientras le desgarran la ropa. Sus atacantes tienen máscaras y están desnudos y… Oh, Dios. Ella grita, y yo cierro el vídeo antes de doblarme y comenzar a vomitar.

Sollozo y chillo. Quiero borrar de mi mente esos segundos que acabo de ver.

Es grotesco. Es horrible y cruel.

Es un vídeo de pocos minutos de esas horas de tortura que sufrió Lindsay. Aunque yo lo borro de inmediato y no lo miro, muchos lo reproducen durante el resto del día. Alguien incluso lo cuelga en una página pornográfica.

—¿Viste el vídeo de la chica de Derecho? Hombre, es sexo duro —oigo que dice alguien.

—¡Es una violación, maldito enfermo! —exclamo, perdiendo los nervios, y le doy un puñetazo al imbécil.

Él me empuja, pero me vuelvo a levantar y arremeto con un puñetazo en el ojo. Cuando me empuja de nuevo, caigo al suelo de culo. Veo la furia de su mirada y me pregunto si este desconocido podría ser uno de ellos. Quiere venir a por mí, pero su amigo lo sujeta del brazo mientras lo miro con asco.

—Asqueroso de mierda. ¿«Sexo duro»? Es una violación.

—Ella lo pedía —dice sonriendo—. Tal vez tú también lo estás pidiendo.

Estoy a punto de responder, pero entonces desde atrás alguien lo agarra del pelo y hace que su cabeza se eche hacia atrás de manera dolorosa. Al girarme encuentro la mirada furiosa de Kevin.

—Lo que estás pidiendo es que te quite cada hebra de este cabello grasoso —dice mi amigo, tirando de él otra vez antes de liberarlo.

—¿Qué coño? Ella es la imbécil histérica que me ha golpeado —se excusa, señalándose el ojo ligeramente hinchado, porque no golpeé con tanta fuerza como quería.

—Y tú eres el asqueroso que hablaba de una violación —le grito.

—Amigo, vámonos —le dice el otro, tirando de su brazo.

—Maldita histérica —me gruñe, alejándose.

Creo que la rabia es la que me impulsa a ponerme de pie e ir hacia él para empujarlo con fuerza. Se gira y no puedo esquivar la bofetada que me da en la mejilla izquierda. Es tan fuerte que me voltea el rostro.

—¡¿Qué demonios?! —oigo que grita Kevin, pero no me detengo.

Mis uñas se convierten en garras y se las clavo en la mejilla, y él grita mientras la sangre se me encaja entre las uñas.

El tipo me tira del cabello y yo le doy puñetazos sin registrarlo del todo. Pronto Kevin se mete y recibe un golpe en la mandíbula, pero le da una patada experta en el costado al imbécil, que le hace perder todo el aire y retorcerse.

—Malditos locos —escupe este antes de dejarse arrastrar por su amigo. Se va rasguñado, golpeado y sangrando.

Jadeo frenéticamente, me siento caótica. Quiero gritar y golpear cosas.

—Clover —dice Kevin con cautela, y lo miro con los ojos enloquecidos.

Me noto dolor en la mejilla, que se siente demasiado caliente, y creo que me raspé los codos al caer.

—¿Por qué son tan crueles? —pregunto con la voz quebrada.

—Ya sabemos que hay gente terrible por el mundo —responde con pesar, lamiéndose la sangre del labio inferior, que lo tiene roto.

También me doy cuenta de que tiene el cuello de la camisa desgarrado. Además, al parecer, algunas personas grabaron la pelea.

Mi amigo recoge mi mochila y se acerca para ayudarme a ponérmela sobre los hombros antes de atraerme con un abrazo.

—Es duro, lo sé, pero no puedes caer en estas peleas, Clover. Entiendo que sientes impotencia, pero no puedes dejar que esto te absorba. Empatiza, pero no tomes un dolor que no es tuyo.

Sé que tiene razón, que lo estoy sintiendo todo a flor de piel, pero no sé cómo evitarlo al pensar que podría haber terminado así cuando Bryce me perseguía. Y luego está ese profundo vacío en el estómago con los «¿Y si...?» de esas horas que no recuerdo. Hay muchas formas de abusar y violar a una persona sin penetrarla, y pensar en ello me enferma.

—Kevin, cuando desaparecí... —digo, aferrándome a su camisa.

Su cuerpo se tensa y creo que no encuentra las palabras para consolarme. A veces es mejor no hablar cuando no sabes qué decir.

Permanecemos en silencio durante mucho rato hasta que comenzamos a caminar hacia la facultad, pero no hemos llegado cuando Callum, Maida y Oscar aparecen medio furiosos, medio preocupados.

Callum está que echa humo, pero hay ternura en su tacto cuando me toma la barbilla para evaluar mi mejilla. Veo que su boca se mueve haciendo preguntas, pero no respondo. Él frunce el ceño y Kevin le cuenta lo sucedido.

—¿Quieres que lo mate? —bromea Callum, y eso al final consigue traerme de vuelta.

Aunque es broma, su expresión es seria y las mejillas se le sonrojan por la rabia.

—Yo comencé —admito.

—Clover... —suspira, atrayéndome hacia su pecho con un abrazo.

—Lo sé. Lo siento. Es que las cosas que dijeron...

Simplemente asiente y me abraza. No necesita decirme lo que Kevin ya hizo.

Nos quedamos fuera de la facultad y me doy cuenta del esfuerzo que hacen para hablar de otra cosa, pero se siente mal porque no debemos olvidar lo ocurrido.

Al final vamos a clase y consigo concentrarme, pese a que es una clase tranquila de repaso, porque ya no queda nada por dar cuando el año está cerrando.

Pienso que tal vez esos horribles comentarios desaparecerán en el transcurso del día, pero pierdo más fe en la humanidad cuando oigo a unas mujeres diciendo que Lindsay tiene tetas de pera y que es normal que se desgarrara porque era sexo muy duro.

El campus se vuelve un lío. Unas personas exigen borrar el vídeo y no difundirlo, pero otras están enfermas y son poco empáticas. Corren chismes y comentarios con compasión, crueldad o lástima. Constantemente oigo: «Qué bien que no fui a esa fiesta» o «Qué bien que no fui yo».

Cuando me siento en mi cama y me abrazo las rodillas, pienso que si a mí me enferma y me duele, ¿cómo debe de sentirse, Lindsay? Y eso me rompe aún más el corazón.

12

CUANDO NOS VOLVAMOS A VER...

Clover

Una semana y media después, el vídeo de Lindsay desaparece. Nadie sabe cómo, y algunos se quejan. Es como si no hubiese existido, aunque vive en la memoria de quienes lo vimos.

Lindsay fue dada de alta e hizo una declaración mínima a la policía antes de trasladarse a Londres con su familia.

Jagger ha regresado a la OUON, pero no es el mismo. Hay más brusquedad y frialdad en él, también se ve más delgado y agotado cuando se mueve por el campus. Es distante incluso con Callum cuando intenta acercársele.

Otra semana después, dos días antes de cerrar oficialmente el semestre y el año universitario, el papá de Jagger se lo lleva a Londres, y nos preguntamos si Lindsay o él volverán.

Poco a poco, la gente habla menos de lo sucedido y el ambiente ya no parece tan explosivo. Me pregunto cómo todo el mundo lo descarta tan rápido y me angustio ante el hecho de que aún no hayan atrapado a los culpables. Me decepciona lo fácil que es desechar el dolor ajeno cuando no es un familiar o amigo tuyo, que la gente lo resuma en «Eso que le pasó a la estudiante de Derecho».

Las autoridades universitarias se desentienden y comienzo a sospechar que ellos están haciendo callar el caso, volviéndolo invisible en los pasillos del campus; se están centrando en otro tipo de información e incluso organizan actividades de ocio que ocupen la mente de los estudiantes. Se vuelven cómplices, porque están en el poder pero no alientan la búsqueda de los culpables, sino que entierran lo sucedido para que nada manche el prestigio de su importante universidad.

Algunos dirán que me lo tomé como algo demasiado personal, pero me es inevitable no sentir dolor por Lindsay o por cualquiera que pase por algo tan horrendo. Sin embargo, trato de no olvidarme de vivir mi propia vida aunque me dé cuenta de lo fácil que es salir lastimado y que todo cambie.

Valentina me dijo que está bien que me duela y lo sienta, que la apoye y defienda, pero que no puedo descuidarme a mí misma, porque sabía que estaba comiendo fatal y que mis horas de sueño estaban descontroladas. Así que trato de hacerle caso, de no retraerme y de continuar adelante, pero no es algo que quiera esconder bajo la alfombra. Quiero justicia para Lindsay, y es frustrante ser una simple estudiante que no puede aportar demasiado.

No estaba cuando sucedió y mi declaración no aportó nada sustancial, pero Callum me dice una y otra vez que Lindsay podría haber muerto si no la hubiese visto flotando en la piscina, que solo era cuestión de segundos. Aun así, al igual que muchos, tengo esa sensación de impotencia de cuando quieres ayudar y no puedes hacer más.

James nos dijo ayer que Jagger está bien y se encuentra con Lindsay en Londres. Por el momento sabe que él volverá el próximo semestre, pero aún no sabe qué hará Lindsay.

—¿Lo tienes todo listo? —pregunta Edna desde el marco de la puerta de mi habitación.

—Me falta recoger algunas cosas —respondo, mirando a mi alrededor—. No es tan fácil empaquetarlo todo, pero, por suerte, tenemos una semana.

Al final, para nuestro último año universitario Edna y yo hemos conseguido un piso barato a quince minutos del campus. No está en mal estado, tiene dos habitaciones y podemos ir caminando a clase. Antes de irnos a Londres, estamos tratando de trasladarlo todo porque la universidad necesita que dejemos la resi.

—Deja eso para después, deberías ir a ver a Callum. Faltan unas tres horas para que se vaya al aeropuerto.

Verifico rápidamente la hora en el teléfono y tiene razón.

Hoy Callum toma un vuelo a Irlanda. Durante el verano estará por sus «tierras mágicas», como él lo llama, trabajando en los bares de sus padres y pasando tiempo en familia.

Lo voy a extrañar mucho.

—Iré a verlo. —Tomo las llaves, el bolso y el teléfono—. Incluso creo que acompañaré a Stephan para llevarlo al aeropuerto.

—Avísame, tal vez me una a ustedes —dice con una sonrisa.

Me sorprende que lo considere, pero no le doy demasiada importancia.

Salgo de la residencia para ir a ver a mi irlandés y ver su apuesto rostro, besar sus adictivos labios y convencerme de que el tiempo pasará volando y no tendré tiempo de echarlo de menos.

Cuando llego a su casa, lo encuentro discutiendo con Stephan por una camisa que él se quiere llevar y que Stephan quiere ponerse en los próximos días porque se queda para ir a la escuela de verano. Es una discusión tonta que me divierte, y al final Callum cede.

—¿Buscarán otro compañero de piso? —le pregunto a Callum, sentada en su cama mientras lo observo cerrar la maleta.

—No, Stephan y yo cubriremos los gastos. Es nuestro último año y no queremos un compañero que no encaje o no nos agrade.

Mira a su alrededor para verificar que lo tiene todo y asiente satisfecho antes de venir hacia mí. Me acuesta boca arriba en la cama, y lo acuno entre mis piernas mientras apoya los antebrazos en los lados de mi cabeza.

—¿Vas a extrañarme? —murmura con el rostro muy cerca de mí.

—Muchísimo.

—Qué bien, porque yo te extrañaré con locura. —Me da un beso suave—. Me alegra ver que estás mejor sobre lo ocurrido.

—Valentina habló conmigo.

—Hablando de mi amiga Valentina, te dejaré un regalo para ella y para tu hermanito.

—No tenías que hacerlo.

—Pero quería. —Me da otro beso y luego mira el reloj de la mesita de noche—. Hum… Tenemos tiempo para un polvo rapidito. ¿Te apetece?

—Siempre —respondo, abriendo aún más las piernas.

Y, en efecto, nos desnudamos solo de cintura para abajo con bastante rapidez mientras nos tocamos y besamos. Conseguimos que él esté tan duro como una roca y que yo esté lo suficiente mojada como para que se deslice dentro de mí sin problema tras ponerse el preservativo. Me folla con fuerza a cuatro patas, y no nos preocupamos por estar callados a pesar de Stephan. Siento que me quedarán las marcas de sus dedos en las nalgas cuando me da un par de azotes y me aprieta con fuerza. Como siempre, me hace pedir más, enloquecer y tener un orgasmo que me hace apretar los dedos de los pies.

Cuando terminamos, nos acurrucamos unos minutos. Nos miramos a los ojos a la vez que sus dedos me peinan el cabello, y pienso en que no me esperaba terminar de esta manera mi penúltimo año de universidad.

—Callum —susurro.

—Hum…

—Cuando nos volvamos a ver…

—¿Sí?

—Quiero más que tus dedos en mi culo. —Su mano en mi cabello se paraliza—. Quiero hacerlo así contigo.

—¡Uf! Ahora pensaré todo el verano que tengo sexo anal pendiente. Eso es un poco cruel, mi trébol, podrías haberlo mantenido en secreto.

—Es un incentivo para que ansíes verme de nuevo.
—No era necesario, es lo que quiero siempre. —Me da un suave beso en el cuello.

Poco después, cuando nos ponemos de pie para hacer el viaje de un par de horas hasta el aeropuerto, aprovecho que está distraído para meterle algo en la mochila.

El trayecto es divertido. De hecho, Edna nos acompaña, y Callum no para de dedicarle miradas y le pregunta de tanto en tanto: «¿Algo que quieras compartir?». Pero mi amiga pone los ojos en blanco y niega.

Cuando llegamos al aeropuerto, Callum quiere hacer una despedida dramática, pero yo me río y él se queja porque no le sigo el rollo. Luego me hace suspirar con su profundo beso de despedida.

—Dale recuerdos a tu familia —murmuro contra sus labios mientras me besa de nuevo, sosteniéndome el rostro entre las manos.

—Con gusto.
—Y llámame al llegar.
—Lo haré.
—Y haremos muchas videollamadas.
—Por supuesto.
—Y haz que el tiempo pase rápido.
—Me esforzaré. —Se ríe contra mi boca antes de alejarse y sonreírme—. Nos vemos pronto para el sexo anal.

—Nos vemos pronto para el sexo anal —concuerdo a modo de despedida, y ambos reímos.

Estoy sonriendo cuando Stephan, Edna y yo hacemos el camino de regreso, porque sé que Callum encontrará la nota en su mochila, tal como hizo el año pasado cuando le dejé una al terminar el segundo curso.

No creería que mis notas se detendrían, ¿verdad?

> *Hola, Callum:*
> *Aquí estoy una vez más.*
> *¿Qué tal fue tu año? Bueno, creo que te fue muy bien.*
> *No es que sea una acosadora, pero llámalo «intuición».*
> *Mi año estuvo bastante bien. El comienzo fue como los anteriores, pero ¿sabes qué ocurrió? Que en San Valentín, en una fiesta del amor, compartí un porro con un tipo sexy y encantador y mi vida empezó a cambiar.*

Comencé a salir con el hombre más divertido, increíble, caliente y amable que he conocido. ¡También es muy inteligente! Y, aunque pasaron muchas cosas de mierda en el camino, él siempre estuvo ahí.

Me encantan su familia, sus amigos, sus ocurrencias y el hecho de que yo le encante. ¡Y, Dios! Me encanta cómo me folla. Le dejé meterme los dedos en el culo y lo disfruté.

Ahora lo llamo «novio» y hoy me he despedido de él en el aeropuerto.

Él dice que soy su trébol, y para mí, él es mi irlandés.

Así que, Callum, esta vez cuando te vi metiéndole la lengua en la garganta a alguien no sentí celos, porque era una foto de nosotros, ja, ja, ja. (Ahora entiendo por qué todos quedaban prendidos de ti después de un beso).

Sigues siendo mi sol de puntas rojizas con sonrisa cautivadora y, ahora más que nunca, tus sonrisas me hacen sonreír a mí.

¡Ten buen viaje a casa!

Nos vemos pronto. Un montón de besos para esa boca seductora.

Para ti, Irlandés. 🍀

13

LA PEOR BROMA

Clover

Me digo que, si mantengo los ojos cerrados durante un tiempo, podré volver a dormir y Shadi dejará de llorar, pero a mi hermanito le encanta que sepamos lo desarrollados y sanos que están sus pulmones. En la semana que llevo en casa, durante las vacaciones de verano, he descubierto que Shadi es el bebé más feliz por el día y se echa unas siestas envidiables, pero apenas cae la noche, cuando Valentina y mi papá están agotados y quieren dormir, Shadi prefiere estar despierto y decide llorar mucho. Solo descansa en pequeños intervalos cuando se pega a la teta de su mamá, pero vuelve al ruedo poco después. Eso hace que yo duerma fatal todas las noches.

Al igual que mi hermanito, parece que ahora vivo de las siestas. Por la noche, por mucho que lo intente, sus llantos me mantienen despierta, e incluso en ocasiones me ocupo de calmarlo para que papá y Valentina descansen un par de horas. Hace unos días estaba tan desesperada que le introduje el pezón en la boca. Me dolió y, encima, él pegó un grito como un niño engañado por la teta prometida. Por fortuna aprendí que el chupete puede servir durante unos pocos minutos y que a veces un biberón con un poco de leche de fórmula ayuda, pero hoy no tengo la fuerza de voluntad de ofrecerme para ayudar, aunque claramente no podré dormir.

No tengo ni pizca de sueño y el reloj marca que estoy a pocos minutos de la medianoche, así que tomo el teléfono y me planteo escribirle a Callum, pero es jueves y a estas horas debe de estar trabajando en uno de los bares de sus padres. De jueves a domingo suelen ser noches movidas, me lo ha dicho cuando hemos hablado por teléfono.

Hablar con él no ha sido tan sencillo como esperaba. Por la mañana y parte de la tarde, Callum aprovecha para descansar, puesto que trabaja básicamente hasta el amanecer, y por la noche está trabajando, pero hablamos en ese pequeño tramo en que está despierto y no le quito demasiado tiempo con su familia. Por ahora, eso es suficiente. Hemos tenido un par de videollamadas, que he disfrutado y me hacen sonreír al verlo; las llamadas son más seguidas y nos enviamos mensajes, tanto como podemos, aunque alguno de nosotros a veces tarda en responder. Está funcionando bastante bien, pero admito que en esta semana que ha pasado ya lo extraño mucho.

Me deslizo entre mis contactos y decido escribirle a Edna. Para mi sorpresa, me responde bastante rápido.

> **Edna Moda:** ¡Anímate a venir a la fiesta! No está muy loca

Me muerdo el labio. Desde lo ocurrido con Lindsay, me he sentido un poco ansiosa respecto a las fiestas. Sin embargo, sé que no podré volver a dormir, y estar a solas con mis pensamientos tantas horas y estresada por la falta de sueño no me hará ningún bien.

> **Clover:** voy, te veo en media hora

> **Edna Moda:** aquí te esperooo

Me pongo de pie y decido simplemente cambiarme, debido a que ya me duché antes de acostarme. Me pongo unos tejanos ajustados, unos botines trenzados, una camisa negra suelta con escote muy marcado y una chaqueta tejana. No me convence mucho el *look*, pero quiero salir cuanto antes. También me hago rápido el delineado de los ojos y me aplico un labial mate. No quiero llevar bolso, así que meto el carnet de identidad junto con el teléfono en el bolsillo del tejano y ya estoy lista.

Mientras bajo las escaleras me doy cuenta de que el llanto de Shadi ha cesado. Sonrío cuando encuentro a papá sentado en el sofá con mi hermanito de casi dos meses contra el pecho mientras hace un crucigrama con lápiz azul. En silencio, camino hacia él y lo alerto de mi presencia besándole la mejilla.

Mi mirada se encuentra con la de Shadi, que mantiene la mejilla contra el pecho de papá mientras succiona de manera experta su chupete. Me devuelve la mirada y deja de chupar para quejarse.

—No, no me manipules. —Me río y le meto el chupete.

Nuevamente lo succiona. Mi hermanito cada día se vuelve más bonito. En serio, es un bebé muy pero que muy bonito, tanto que Callum me dijo que tendría que vivir sabiendo que de grande Shadi Santiago será más bonito que yo, y que eso ya era decir mucho porque yo soy una diosa, según él.

Le beso la mejilla y luego le doy otro beso a papá antes de incorporarme.

—Iré a reunirme con Edna. ¿Puedo tomar uno de tus autos?
—Sí, conduce con cuidado. Tal vez es hora de que tengas tu propio auto.
—Tonterías. Por ahora puedo vivir usando el tuyo de vez en cuando. La verdad es que odio conducir porque tiendo a estresarme por los demás, así que cuando me fui a la universidad vendí mi auto, que lo usaba poco o nada, y me guardé el dinero para futuros gastos. Desde entonces, cuando vuelvo a casa tomo uno de los autos de papá o el de Valentina. En última instancia, si Edna también se encuentra aquí, se convierte en mi medio de transporte.

A papá no le hace mucha gracia que ande sin auto; Callum tiene razón: soy una niña de papi y él vive con la constante necesidad de darme caprichos o consentirme. Tengo que admitir que me ha costado desprenderme de esa protección y esos mimos, aunque la universidad ayudó bastante con eso.

—Preferiría que te quedaras en casa, pero sé que no lo harás. Por favor, ten cuidado, Clover.

—Lo haré, papá. Espero que consigas que ese pequeño manipulador se duerma.

—Yo también lo espero —dice en medio de un suspiro, y vuelve a su crucigrama.

Tomo las llaves del deportivo blanco, porque la camioneta, que es el último modelo, me intimida demasiado y tiene la silla de Shadi. Al subir ajusto el asiento y le envío un mensaje rápido a Edna para hacerle saber que ya voy de camino. Además, le escribo a Callum, quizá en algún momento tenga oportunidad de leerlo.

> **Clover:** otra noche sin poder dormir, perooo Edna me ha salvado

> **Clover:** voy de camino a una reunión con amigos. ¡Espero que estés ganando muchas propinas para que me invites a tragos después!

> **Clover:** te extraño y te envío mil besos

Bloqueo el teléfono y me pongo en marcha para ir a la pequeña reunión. De hecho, al llegar no es tan pequeña. Cuando me recibe el anfitrión, un viejo compañero de escuela, veo que hay poco más de veinte personas. No me es difícil localizar a Edna, que está tomándose una hilera de tres chupitos con Isaac. Me lamento por no encontrar a Paulette; aún no ha vuelto para las vacaciones de verano y ni siquiera está segura de si lo hará. Lo que no me esperaba era toparme con Frankie riendo en el sofá con una desconocida y una chica que sí conozco.

Mi mirada conecta con la suya y parece sorprendido, pero después me sonríe y alza la mano en un saludo. Se lo devuelvo antes de caminar hasta mis amigos, que me reciben con gritos y besos pegajosos en la mejilla. Isaac me pasa un chupito, pero lo rechazo.

—El tequila sería demasiado fuerte. —Sacudo las llaves del auto y luego me las guardo en el bolsillo del tejano y me saco la chaqueta—. Vine conduciendo.

—¡Buuu! —me abuchea Isaac, y se bebe el trago que me ofrecía.

—¡Dios, Clover! Cada vez que te veo con un escote así me muero de envidia por tus tetas —dice Edna, y de inmediato me manosea y me ahueca los pechos—. Mira esto, ni siquiera tienes que usar sujetador con copa.

—De acuerdo, pongamos fin a esta mamografía que me están haciendo tus manos. —Me alejo riendo y bajo la vista para verificar que no me ha bajado de más el escote—. ¿Hay algún cóctel o algo que no tenga tanto alcohol?

—Seguro que en la cocina algo habrá, Alonso siempre está bien preparado —responde Edna.

—¿Dónde está tu irlandés? —me pregunta mi amigo—. Me agradó muchísimo. ¡Gran tipo!

Sonrío porque dudo que haya muchas personas a las que Callum no les agrade.

—Está en Irlanda. —Hago un puchero—. También me gustaría que estuviese aquí.

—Bueno, pero no llores. Deberías ser feliz de tenerme a mí —dice Edna, alzando la barbilla.

—Tú no me das orgasmos y, aunque besas bien, Callum besa más rico —le hago saber, y de inmediato Isaac se parte de risa.

—Perra inmunda —me insulta ella—. Mis labios son muy buenos.

—No lo niego, pero los de Callum son supremos.

—Hazte un favor y ve a por una bebida antes de que me vuelva una gata y te arañe por tus ofensas —bromea, y me empuja para que me aparte.

Me voy a la cocina riendo, aunque me detengo cada tanto a conversar.

Tardo más de quince minutos en llegar a la cocina y conseguir una copa de vino, cosa que no esperaba encontrar en el piso de un universitario como Alonso. Tras conversar unos minutos con su hermana, tomo una galleta de la bandeja que la chica está preparando.

Cuando mi teléfono vibra, enseguida sonrío al ver que se trata de un mensaje de Callum, que llega seguido de otros.

> **Mi irlandés:** habrá que castigar a mi cuñado por no dejarte dormir, pero es taaan lindo que se le perdona
>
> **Mi irlandés:** el bar está bastante lleno, es una locura
>
> **Mi irlandés:** Kyra llegó hoy y Moira llega mañana
>
> **Mi irlandés:** pásatelo genial en la fiesta y te extraño más
>
> **Mi irlandés:** extraño tu ingenio, sonrisa, ojos, manos, boquita, garganta, culo, todooo
>
> **Mi irlandés:** ahora vuelvo al trabajo. Un beso, mi trébol
>
> **Mi irlandés:** ohhh! Y otra cosa: estoy guardando las propinas para comprarte un buen trago. Podemos hacer unos chupitos de tequila corporales

Riendo, abro la cámara y frunzo los labios en un beso para hacer una foto y enviársela. Poco después me guardo el teléfono, me bebo el trago y vuelvo a la fiesta.

Observo divertida a Edna bailando con Alonso, aunque me da la impresión de que es un juego previo. Mientras, Isaac conversa con un grupo de chicas que se ríen con una de las tantas ocurrencias que debe de estar compartiendo. Estoy a punto de unirme a él cuando unos dedos cálidos me tocan ligeramente en el brazo y me detienen.

—Mi querida Clover —susurra detrás de mí, en mi oído, la inconfundible voz de Frankie.

Me rodea hasta estar frente a mí con su característica sonrisa ladeada. Me es imposible no hacerle un repaso; el tiempo no hace más que favorecerlo. Termino por sonreírle, porque esto no tiene por qué ser incómodo.

—Hola —lo saludo—. Pensé que estarías en España, por eso de que hasta hace poco estuviste por aquí. —Inicio la conversación con la esperanza de que mantengamos la distancia.

—Mi abuela está enferma. —Hace una mueca con los labios—. Y decidí venir, ya sabes, en caso de que sea…

No termina, pero entiendo que se refiere a la posibilidad de que este sea todo el tiempo que le quede con ella. Veo la tristeza en su mirada antes de que la enmascare con una sonrisa. Siempre he sabido que su abuela es una de las personas más importantes en su vida, incluso más que su mamá, cuya personalidad es bastante difícil.

—Lamento mucho lo de tu abuela, pero sé positivo, quizá…

—Es terminal, Clover —me corta con suavidad, y juego con los dedos sin saber qué decirle—. Hace tiempo que está enferma, es solo que no lo decía, no me gusta hablar de ello.

—No te gusta hacer las cosas personales —no puedo evitar decir, y él hace una mueca.

—Supongo que es así.

Ambos miramos en diferentes direcciones mientras la música suena y llena el espacio. Luego dice mi nombre nuevamente, por lo que me volteo para mirarlo.

—En realidad vine para despejar un poco la mente de todo… ¿Qué te trae a ti por acá?

—Mi hermanito no me deja dormir. —Bebo de mi copa—. Es lindo, pero se cree que la noche es para estar despierto llorando.

—¿Tienes foto?

Me saco el teléfono y busco en la galería una de los cientos de fotos que tengo de Shadi. Encuentro una de esta mañana que tomé para Callum, donde sale bostezando y con un pijama afelpado de unicornio.

—Es muy bonito —dice—. ¿Cómo te va con él? Nunca fuiste muy de bebés.

—A él lo amo porque es mi hermano. —Me río—. Pero durante el parto y la semana posterior me reafirmé que tal vez los bebés no sean para mí.

Antes de que pueda bloquear el teléfono para guardarlo, aparece una notificación con un mensaje de Callum:

> **Mi irlandés:** Aún ocupado a morir, pero agradecido con…

Alejo enseguida el teléfono del rostro de Frankie para terminar de leer el mensaje, en el que me agradece la foto y dice lo bonita que le parezco. Luego lo bloqueo y lo guardo.

—Así que… —continúa Frankie cuando vuelvo la atención a él—. ¿Qué tal está tu novio? Imagino que aún lo es.

—Está bien, en Irlanda. Justo ahora hablaba con él. —Hago una breve pausa—. ¿Qué hay de ti?, ¿tienes alguna relación?

—No, estoy eternamente soltero al parecer, por ser un idiota que deja pasar oportunidades que a otros les vienen de maravilla.
—Al menos podrás decir que aprendiste de ello. —Sonrío, y me devuelve el gesto.
—Supongo.

Poco a poco me relajo mientras comenzamos a ahondar en la conversación sin parecer dos torpes extraños o dos personas con una historia que no tuvo cierre. Empiezo a sentirme cómoda hablando sobre las clases y algunos compañeros con los que estudiamos, y él me cuenta cómo le va la vida en España. Nos movemos hacia un sofá para charlar más tranquilos y de tanto en tanto echo un vistazo a Edna, que no está ebria porque paró de beber debido a sus potenciales planes con Alonso.

—Me alegra mucho ver lo bien que te va, Clover. —Frankie me sonríe antes de pasarse una mano por el cabello—. Por alguna razón, siempre consigues tener este brillo.

—«Brillo...» —repito—. No siempre es fácil, solo te cuento las cosas buenas, las malas me las reservo.

—¿Y eso por qué?

Me pienso muy bien qué responder, pero termino por ser honesta:

—Porque antes siempre era la que hablaba y daba más de sí misma con la esperanza de que bastara para que me dejaras ser más que sexo, para conocer tus temores o malos momentos. Pero ahora sé que esas son cosas que no compartes y ya ni siquiera el sexo nos une, y no siento que deba compartir contigo los momentos difíciles que he atravesado.

Se siente bien decirlo al fin y dejar claros los límites entre nosotros.

—Clover, lo lamento. Sé que la versión de mí durante esos años no fue la mejor, al menos no con respecto a tus sentimientos ni con mi manera de manejarlo.

—Siempre fuiste claro sobre este tema y yo tomé mis decisiones, Frankie.

—Pero podría haber sido más honesto, estar menos asustado o explicarte que me aterraba volverlo más que sexo casual porque era un soñador que sentía que una relación lo ataba, aunque fuese con una chica maravillosa que me encantaba y me hacía pensar locamente en ella.

»Debí hablarte de cómo me sentía, de que no estabas sola en tus sentimientos, y en lugar de ello tuve una conducta deplorable. Y, aun así, cuando volví a Inglaterra nos comprometimos a mantener sexo casual. —Sacude la cabeza—. Me gustabas mucho, Clover. Te quería, tenía sentimientos hacia ti. Sentimientos fuertes.

»Todavía me gustas, y podría decir que te quiero, pero sé que ambos hemos cambiado y que para quererte tendría que conocer a la mujer en la que te has convertido. Sin embargo, en aquella fiesta me decepcioné cuando me presentaste a tu novio, porque había oído que estabas soltera.

—Lo estuve antes, pero cuando Callum y yo nos acercamos, no hubo vuelta atrás.

Con él he iniciado un tipo de relación que nunca había experimentado. No es que todas mis relaciones anteriores fueran complicadas y estuvieran estancadas, pero en ninguna me sentí tan en sintonía y entregada como con Callum.

—No puedo evitar sentir que llegué tarde o que perdí el tiempo, que desperdicié mi momento, y eso me jode, Clover. Me pregunto si en un futuro habrá alguna oportunidad, pero también me odio por pensarlo, porque te veo feliz y… ¡Dios! Sé que te lo mereces, pero no dejo de pensar en los «¿Y si…?». ¿No te pasa?

—Antes sí —confieso—. Te veía y siempre me preguntaba «¿Qué pasaría si…?», pero ahora ya no. Tengo sentimientos por Callum que van más allá de la atracción y me siento tan bien con él que no necesito pensar en otras posibilidades.

—¿Lo amas?

—Esa no es una respuesta que tenga que darte a ti —digo, y se ríe por lo bajo.

—Tienes razón. Parece un buen tipo, pero si algún día la relación no funciona…, ¿podría tener una oportunidad? Lo haré infinitamente mejor que en el pasado, lo prometo.

—La vida es incierta, Frankie, y la verdad es que hablar ahora de una hipotética ruptura con Callum no me hace sentir cómoda.

—Lo entiendo. —Se pasa una mano por el rostro—. Perdón, he hecho que la situación se vuelva incómoda.

—Un poco —respondo sonriendo—, pero podemos traerla de nuevo a un terreno más tranquilo y menos personal.

—Hecho… Así que ¿qué tal es abrir un cadáver?

Río ante su pregunta y él también lo hace mientras se pone más cómodo en el sofá, lo cual me indica que genuinamente espera una respuesta. Me encargo de dársela con detalles muy gráficos, y él hace unas muecas de asco que me parecen de lo más divertidas.

En un mundo paralelo, ese donde solo le enviaba notas a Callum y nunca conversamos sobre ello ni nos acercamos, hoy todo podría haber sido muy diferente con Frankie, pero me gusta mi realidad actual.

Las horas pasan sin darme cuenta mientras hablo con Frankie y algunas personas que se unen a nosotros. Cuando me canso de estar sentada, nos ponemos de pie y veo el momento exacto en el que Edna sube las escaleras con Alonso, guiñándome un ojo para asegurarme que está bien.

Cuando el reloj marca las cuatro menos veinte de la madrugada, lucho contra un bostezo, pero supongo que se refleja en mi rostro debido a la risa de Frankie.

—Parece que la fiesta te aburre.

—Solo estoy cansada. —Sonrío.

—Hagamos que esta fiesta se vuelva emocionante.

—¿Qué planeas? —pregunto con los ojos entrecerrados, y solo los abro cuando hace el primer movimiento.

Él da un paso al frente, yo retrocedo.

—Frankie, no sé qué planeas, pero no estoy a bordo.

Se lame los labios e intento pasar de él, pero me detengo cuando su mano va a mi cintura.

—¿Qué haces? —pregunto, mirando a mi alrededor.

—¿De verdad todo terminó, Clover? ¿No sientes nada?

Lo que siento es que tengo que salir de esta situación.

Pongo una mano sobre su pecho para intentar alejarlo, pero su cuerpo apenas se mueve unos centímetros. Nadie parece interesado en intervenir; al fin y al cabo, tal vez piensan que simplemente estamos actuando igual que siempre.

—Basta —le siseo.

Se me acelera el corazón. Una parte de mí me dice que él nunca me ha lastimado, pero otra está asociando a aquella tarde en la que me atacaron el hecho de sentirme acorralada y que no me escuche cuando digo que «no».

Mis manos comienzan a sudar y el miedo me entumece las extremidades. Me quedo paralizada y detengo mi lucha.

Esto no puede estar pasándome.

—Frankie, no...

Pero mis palabras mueren cuando sus labios se posan sobre los míos en un beso, y aprovecha mi jadeo para profundizarlo con la lengua. Me hace sentir usada y estoy aterrada, preguntándome qué pasará después.

No le devuelvo el beso. Mi cuerpo está tenso y unas lágrimas me ruedan por las mejillas ante la impotencia.

Él se vuelve insistente con el beso. Aunque solo me pone las manos en la cintura, mi subsconciente me hace sentir toques invisibles y no deseados en lugares del cuerpo donde no quiero que me toque. La pesadilla se mezcla con la realidad y comienzo a temblar.

—Clover... —susurra contra mis labios, pero no puedo verlo porque mantengo los ojos cerrados con fuerza—. ¿Clover? ¡Jesús! Estás temblando. ¿Qué sucede? —pregunta con angustia, deslizando las manos hasta mi hombro. Las náuseas me invaden.
—Te he dicho que pares y no lo has hecho —susurro, tratando de enfocarme.
—Clover...
—Te he dicho que no.
—Yo...
—¡Te he dicho que no! No quiero que me beses. No quiero que me toques. No quiero. No. No. No. No.
—Lo siento, pensaba...
Quiero abalanzarme sobre él y golpearlo, arañarle el rostro y descargar un sinfín de emociones, pero tiemblo por la impotencia de que me haya usado a su antojo, de que no me haya escuchado, y estoy molesta conmigo misma por los viejos hábitos de no hacer nada, de ser una inútil.
Me abrazo a mí misma mientras me alejo, temblando, y él grita mi nombre detrás de mí e intenta alcanzarme. Solo quiero irme a casa.

14

VOLVERSE VIRAL

Clover

El zumbido de mi teléfono debajo de la almohada me hace despertar. Miro la hora al tomarlo y veo que solo he dormido cinco horas. Me siento superagotada y me duele el cuerpo debido a que estoy tensa, aunque en este momento no recuerdo el porqué. Leo en la pantalla que me está llamando Oscar y, tras bostezar, respondo.

—¿Sí? Te extraño —murmuro adormilada.
—Explícame qué carajos está pasando.
—¿Ah?
—¿Cómo es que tus redes están repletas de un vídeo de ti besándote con un tipo que no es Callum?

Me incorporo y la madrugada vuelve a mí. Encontré a Isaac en el jardín, histérica. No dejaba de repetir que había dicho «no», y cuando Frankie intentó acercarse le grité que se alejara, y a Isaac, que me trajera a casa.

En la seguridad de mi cama no lloré, simplemente me acurruqué mientras me reprendía por no haberlo alejado cuando me besó, por no haberlo abofeteado, por sentirme tan débil. No conseguí dormirme hasta que comenzó a amanecer.

—¿Qué dices, Oscar? —pregunto con cautela.
—Revisa tus redes sociales, Clover.
—No cuelgues —le pido.

Lo pongo en altavoz y abro primero la cuenta de Instagram. Cuando entro en mis etiquetas encuentro fotos de Frankie abrazándome, de nosotros conversando y riendo en el sofá y de pie, e incluso de él con la mano en mi muñeca. Pero lo peor es el vídeo y las fotos de él besándome, donde parece que yo estoy a gusto.

No se me ve forcejear o alejarlo, y el beso parece durar demasiado.

Veo con impotencia que los demás interpretarán esta situación, que tanto miedo me produjo a mí, como si yo estuviera disfrutando del beso.

Las personas comentan y algunas etiquetan a Callum y le preguntan qué pasó con nosotros.

—No... No fue así. —Me llevo una mano a la boca.

—¿Qué mierda pasó? —me pregunta Oscar.

No respondo. Entro en mis otras redes sociales y descubro que tienen el mismo lío. Algunos comentan que sabían que estábamos destinados a volver juntos desde que nos vieron enamorarnos en la escuela, y muchos estudiantes de mi universidad etiquetan a Callum para burlarse.

—¡Clover! ¿Engañaste a Callum?

—¡Por supuesto que no! —grito, leyendo todo el caos—. No, no fue así. Yo no quería, le dije que no, te lo prometo. No quería, no es lo que parece. Te lo explicaré después, necesito hablar con Callum antes de que esto explote. ¡La gente no deja de etiquetarlo!

—Porque se supone que es tu novio y ahora estás por todo internet liándote con otro.

—¡Cállate! Te llamo después, Oscar.

Cuelgo antes de que responda y me doy cuenta de que tengo muchos mensajes, pero ninguno es de Callum. Sin embargo, mi dedo se desliza sobre un número desconocido y me aparece la imagen de una cobra escalofriante devorando a un roedor.

Es una imagen cruel y sangrienta y va acompañada de un mensaje que no entiendo:

«No se juega con las cobras.

No se marca a una cobra».

Con el ceño fruncido, bloqueo el número. Veo que mi último mensaje a Callum está marcado como «leído», pero siento náuseas cuando noto algo más. Lo llamo esperando que no esté durmiendo debido al trabajo y rogando tener el tiempo de explicárselo todo antes de que lo vea.

—Vamos, Irlandés, contesta.

Pese a que suena, no responde y luego me envía adrede al buzón de voz. Lo intento de nuevo, pero el resultado me hace pegar un grito porque esta vez es diferente: me ha bloqueado.

—¡Callum, no! ¡No, no, no!

Me pongo de pie, salgo corriendo de mi habitación y sigo la voz de Valentina, que está en la habitación de Shadi.

Al gritar su nombre, la asusto. En consecuencia, Shadi, que se encontraba dormido, comienza a llorar. Ella maldice levantándolo otra vez, pero parece preocupada en cuanto me ve. Seguramente estoy horrible.

—Clover, ¿qué sucede?

—Necesito tu teléfono, es una emergencia.
—¿Todo bien?
—No, no. ¡Dame el teléfono!
Casi me lo arroja, y me apresuro a marcar el número de Callum. ¿Cómo es posible que haya despertado con todo este caos viral de internet?
—Vamos, responde, Irlandés.
Pero no lo hace. Me envía al buzón de voz una y otra vez. No sé qué hacer, así que le envío mensajes, pero creo que tiene bloqueada a Valentina, porque no le llegan.
—Clover, ¿qué sucede? —repite Valentina, que nota mis lágrimas contenidas.
—Callum cree que lo engañé porque hay un vídeo de mí besando a Frankie y parece que lo disfruto.
Parpadea con incredulidad mientras mece a Shadi y después le mete la teta.
—Me ha bloqueado el móvil y en las redes sociales, a ti también, y no responde. —Me muerdo el labio inferior, tembloroso—. Él nunca se enoja así, no conmigo, y ahora no quiere que le contacte. Estoy asustada.
—Oh, cariño, no creo que Callum haga eso.
—Eso es porque no has visto las fotos y los vídeos.
Porque Frankie y yo parecemos una pareja enamorada dándose una nueva oportunidad, porque en esas fotos y vídeos parece que Callum dejó de existir para mí y Frankie se convirtió en mi todo.
Y Callum debe de haber visto cada una de esas publicaciones donde aún está etiquetado.
¡Dios! Esto se ha vuelto un desastre absoluto, y lo peor es que él está en Irlanda y yo aquí.
Mierda, mierda. ¿Qué hago?

15

EL HURACÁN CALLUM

Callum

Una madrugada llegas a casa agotado del trabajo, lees un mensaje de tu novia y te dices que lo responderás después de descansar, pero luego te despiertas por la vibración constante de tu teléfono, por infinitas notificaciones en las redes sociales, mensajes e incluso correos electrónicos con fotos y vídeos de más de un minuto de Clover y quien se supone que es su ex besándose.

Es todavía peor cuando te envían el vídeo diciendo: «¿Ella no era tu novia?». Cuando lo vi, estoy seguro de que mi expresión de asco era tan evidente como el cabreo monumental que me embargó. Mi molestia fue tan pero tan grande que de inmediato me invadió una migraña. Aunque no me medí la presión arterial, estoy convencido de que se me elevó, porque comencé a tener mucho calor y a sentirme agitado mientras reproducía ese vídeo de terror una y otra vez hasta que memoricé cada segundo.

Sé que ese espectáculo no puede ser real de ninguna manera, pero eso no quiere decir que no esté cabreadísimo e histérico, con ganas de ir a quemarle la casa a Frankie —que ni siquiera sé dónde vive—. Me conozco; como siempre estoy de buen humor y pocas veces estallo, cuando lo hago arraso con todo a mi paso. ¡Joder! Sabía, y podría apostar todo el oro de Irlanda, que si hablaba con Clover no iba a ser sensato y no diría las cosas adecuadas, porque cada mensaje o etiqueta que me llegaba solo lo empeoraba. En resumen, necesitaba mi espacio.

Aún oigo las palabras de mamá esta mañana cuando le conté a Arlene y a ella lo que sucedía:

«El problema de los que siempre son felices es que, cuando se enojan, son como un huracán y se lo llevan todo a su paso».

Pues bien, soy el huracán Callum.

—Eres un encanto, contigo detrás de la barra es imposible que las personas no quieran volver —me dice una treintañera rubia mientras se toma el trago que acabo de prepararle, y me saca de mis pensamientos.

—Es que soy encantador. Ahora vuelvo, disfruta de la bebida. —Le sonrío antes de deslizarme hacia otro cliente, un hombre con un traje hecho a medida—. ¿En qué puedo ayudarte?

—En dos cosas: la primera es que quiero un trago del mejor ron que tengas, y la segunda es que me enlaces con ella. —Asiente con disimulo hacia la mujer a la que acabo de atender.

La miro de nuevo. Está sonriendo hacia el pequeño escenario, donde una banda de jóvenes con sueños que aún no se han frustrado está tocando una versión de una canción conocida. Devuelvo la mirada al hombre de piel morena, reloj caro, rapado y musculoso, que me observa a la expectativa.

Visualmente harían una pareja espectacular, pero me pregunto por qué un hombre atractivo, sexy y con dinero pediría ayuda a un barman pelirrojo. ¿Dónde está la trampa?

—¿Por qué no te acercas por tu cuenta? —Tomo la botella de ron más cara y de calidad y comienzo a servirle un vaso.

—Soy tímido —responde con una sonrisa ladeada que desmiente sus palabras.

—Inténtalo con una respuesta más real.

—Porque cada vez que ella viene a este sitio, rechaza a cualquiera que se le acerque. Creo que odia a los hombres, pero no te odia a ti.

—Porque soy encantador —repito, deslizando el vaso hacia él.

—Te pagaré.

—¿Cuánto? —pregunto con diversión, pero esta desaparece en cuanto oigo la cifra—. ¿Eso no es demasiado para hacer de cupido?

—El amor no tiene precio.

—No estoy seguro de que la frase sea así, y apostaría a que me hablas de lujuria; el amor te llegará después de hablar con ella. ¿Estás bromeando sobre pagarme o vas a en serio?

—Hablo en serio… —empieza, pero no termina la frase porque no sabe mi nombre.

—Callum. Me llamo Callum.

—Hablo en serio, Callum. Soy Lincoln, por cierto. —Se saca una tarjeta de presentación y me la desliza.

La leo con rapidez y descubro que este tipo es socio o dueño (tendré que averiguarlo) de una cadena de hoteles bastante cara y reconocida internacionalmente. No entiendo cómo ha llegado a nuestro bar, pero, qué sorpresa.

La verdad es que lo habría ayudado gratis porque me gusta la idea de conectar a las personas. Lo que ocurra después de eso ya es su asunto, pero el dinero suena bien y ya sé qué haré con él.

—También tendrás una membresía para acudir a cualquiera de los hoteles a nivel mundial, en cualquier ciudad del mundo donde haya uno.

Esto es sospechoso, pero también emocionante.

—¿No la estás acosando? —pregunto—. Debo comprobar que no eres un maldito loco.

—Puedes comprobar que no te estoy mintiendo sobre mi identidad.

—Sí, eso haré —digo.

Retrocedo y le hago una seña a una de las baristas, a Princess (no sé en qué pensaba su madre al llamarla así) para que se encargue brevemente del bar mientras busco a este tipo por internet.

Lo busco en mi teléfono y confirmo que, en efecto, el hombre es Lincoln George, un empresario de éxito que no tiene ningún escándalo más allá de su encanto. No tiene cargos policiales ni nada raro. Lo único que me sorprende es que tenga abundante cabello castaño en las fotos, pero un clic en su cuenta de Twitter me hace saber que en un evento se estableció un precio para raparle la cabeza y donar el dinero a alguna fundación. Es una persona asquerosamente buena. Me guardo el teléfono y, en lugar de ir hacia él, me dirijo hacia la rubia.

—¿Qué tal el trago? —pregunto.

—Bastante bueno. —Me sonríe—. El trago, el ambiente y el personal siempre hacen que regrese a este bar. No te había visto antes.

—Soy el hijo que huyó de casa —digo con seriedad, pero termino riendo—. En realidad, estudio en Nottingham y ayudo con el bar cuando estoy en casa.

—Supuse que eras de la pandilla pelirroja —bromea—. Así que Nottingham...

—Estudio en Ocrox. —El orgullo se nota en mi voz, porque, ¡hola!, es una de las mejores universidades.

—Guau, sí que eres inteligente, ¿eh? Me aceptaron en Ocrox, en la sede de Berlín, pero era pobre y la beca no cubría lo suficiente.

—Ay, qué doloroso.

—Sí, pero me gradué en una buena universidad y ahora tengo una carrera de éxito, ya no soy pobre.

No soy psicólogo ni terapeuta, pero parece obvio que es algo importante para ella. De todos modos, vuelvo al objetivo de esta charla.

—Tengo un amigo que te quiere conocer.

—No me interesa —dice, volviendo la vista al escenario.

—Pero ni siquiera te he dicho quién es.

—No me interesa —repite.

—¿Estás casada, tienes novio o novia, o solo sientes odio por el romance?

—No. Soy independiente, me siento realizada profesionalmente y no tengo interés en embarcarme en dramas por unos cuantos orgasmos.

—¡Duendes! —Me río—. Eres ruda. Con lo dulce que te ves... Pero hazlo como un favor para mí, que soy tu nuevo amigo. Me pagarán por esto —le digo con honestidad— y, verás, mi novia y yo hemos tenido un problemita en el paraíso y con este dinero pienso que podríamos arreglar algo de esto.

—¿Cómo lo arreglaría? Véndeme bien la historia y decidiré si puedo ayudarte.

Suspiro y me paso una mano por el cabello. Luego comienzo a hablar sobre por qué quiero el dinero y qué haría con él en pro del romance. Cabe destacar que, por supuesto, lo exagero y activo todo el potencial de mi encanto para ganármela. Ella simplemente bebe de su trago en tanto que me escucha. Cuando termino, la miro a la expectativa.

—Me llamo Edén, por cierto. —Es lo que dice al terminar el trago—. ¿Estás seguro de que tu relación tiene potencial?

—Por todo el oro de Irlanda que lo estoy.

—Siendo así, haré el sacrificio. ¿Quién es tu amigo?

Asiento hacia Lincoln, que está con el ceño fruncido mirando el teléfono. Parece furioso. ¿Adónde se fue el Lincoln feliz?

—No sé, se ve demasiado bueno. ¿Por qué no se acercó él?

—Te ha visto rechazarlos a todos y es tímido.

—«Tímido...» —repite—. Bueno, te haré el favor, pero consígueme otro trago por este sacrificio.

—No es ningún sacrificio. Es bastante sexy y caliente, y parece muy buena persona.

—Yo no busco envoltorios bonitos. Me interesa lo sustancial que tienen para dar.

Y, dicho eso, se pone de pie, se alisa el vestido negro ajustado y camina hacia Lincoln, que parece sorprendido de que yo lo haya conseguido. Me palmeo el hombro a mí mismo, satisfecho por mi logro, cuando ella se desliza en el asiento de su lado y le sonríe.

—¡He llegado! —anuncia Kyra, pellizcándome el brazo.

—Tarde. —Me giro hacia ella.

—Es que estaba viendo un k-drama, no podía venir sin ver el final.

—Claro que podías —aseguro, siguiéndola mientras se lava las manos—. ¿Dónde está Moira?

—Llevando a Arlene a una fiesta. —Se recoge el cabello—. Llegará en treinta minutos, más o menos.

—Son unas irresponsables.

—¿Dónde me necesitas? Para que te calmes, te dejaré ser el que mande hoy.

—Fuera. Atiende las mesas, el lugar ya se está llenando —respondo.

—Perfecto... ¡Oh! ¿Cómo te sientes? Leí en el grupo lo de Clover.

—No quiero hablar de eso.

—Tiene que ser doloroso —concede—. Tu novia besándose con otro, y las pruebas rulando por todo internet.

—¿Qué clase de consuelo es ese, Kyra?

—Ah, perdona. ¿Tenía que consolarte? —Sonríe.

—Lárgate, mal intento de pelirroja. —La empujo hacia la salida de la barra y ella se ríe.

—Soy la encantadora rubia rojiza que resalta entre los pelirrojos.

—Lo que digas, ahora vete a trabajar.

Me tomo un rápido respiro antes de ponerme de nuevo en marcha, porque el bar se está llenando y pronostico que será una noche movida como la de ayer, lo cual es infinitamente bueno pero también bastante agotador.

Mientras atiendo a los clientes, les envío alguna que otra mirada a Lincoln y Edén. Sus lenguajes corporales me hablan de deseo y atracción, pero también de reservas y tensión en ambas partes, por lo que no tengo ni idea de cómo terminarán.

Moira llega una hora tarde y le grito que se lo diré a mamá y papá, que se encuentran en el otro bar, y ella asegura que me depilará la cejas cuando esté durmiendo si lo hago.

—¿Tan difícil es llegar temprano? —pregunto, observándola servirse un chupito—. ¡Y eres tan sinvergüenza que te estás echando un trago!

—Para poder soportar al Callum dolido por los cuernos —me dice antes de bebérselo en seco sin limón ni sal.

—¡No sabes nada!

—Hum, me parece que tú tampoco.

—Voy a golpearte. Y eso estará bien, porque no te veo como una mujer, sino como una hermana.

—Si me golpeas, te daré un puñetazo. En realidad toda la familia me estará agradecida de que lo haga, para ver si eso consigue reiniciarte el humor.

—Estoy de un humor genial. ¡He unido a una pareja! —Señalo a Edén y Lincoln.

Ahora sus lenguajes corporales denotan molestia. ¿Qué pasó?

—Claro, Call-me. —Moira pone los ojos en blanco y me da una palmada fuerte en la mejilla—. Me haré cargo de la barra durante un rato. ¿Por qué no te tomas un descanso? Parece que lo necesitas.

—No lo necesito, pero lo haré —digo. Salgo de la barra, camino hacia la puerta trasera y me tomo un merecido respiro.

Inhalo y exhalo como si estuviese trotando. Hago un ejercicio de respiración y absorbo todo el aire frío de la noche.

Me saco el teléfono y le escribo un mensaje a papá.

Callum: Moira y Kyra llegaron tarde

Papá: no crie a un soplón

Callum: criaste a un hombre honesto

Papá: pero no a un soplón

Callum: a un hombre con sentido de la responsabilidad y justicia

Papá: pero nunca a un soplón

Callum: Bieeen! Lo entiendo, entonces mañana llegaré supertarde

Papá: hazlo y te despido

Callum: injusto

Papá: la verdad es que no nos cae bien el Callum gruñón

Callum: ¡Papá!

Papá: tenía que ser honesto

Papá: no queremos al huracán Callum

Callum: se supone que eres mi padre y me amas en todas mis facetas

Papá: tonterías

Papá: hoy me caes mal

—¡Ja! Que le caigo mal. —Me río y le envío emoticonos llorando antes de salir del chat e ir al de Clover—. Muy bien, es hora de tener esta conversación —murmuro, desbloqueando su número, y luego presiono el botón de llamar.

El teléfono no suena demasiado porque de inmediato ella responde con un «¿Callum?». Me derrito al oír su voz, aunque suene insegura.

—Clover Mousavi —digo, apoyando la espalda en la pared.

—Estás enojado.

—No —digo—, estoy cabreadísimo.

—Y eso es una gran diferencia. —Suspira.

—Exacto.

Se hacen unos largos segundos y me paso una mano por el cabello.

—¿Qué carajos ha sido todo esto, Clover? ¿Cómo es que un día me despierto con gente etiquetándome en vídeos virales de mi novia con el detestable Frankie?

—Pero ¡no es mi culpa! Ni siquiera quería. Yo…

—Y tal vez, no sé, por casualidad, ¿no pensaste en contármelo al llegar a casa?

—No, no lo pensé porque estaba demasiado ocupada temblando y sintiéndome horrible por una situación que ni siquiera me dejas explicarte.

—Suena dolida, y mi enojo se esfuma—. ¿Crees que yo te haría algo así?

—¡Sé que no lo harías!

—Entonces ¡¿por qué me bloqueas?! ¿Por qué no me preguntas cómo estoy? Me siento fatal, y no porque creas que te engañé. Me siento fatal por lo que sucedió. —Su voz se quiebra—. Me besó sin mi consentimiento y me paralicé como en el pasado, me encerré en un baño con una crisis y llegué a casa temblando por el miedo y la impotencia. No podía dormir. Cuando lo conseguí, me desperté al ver todo este desastre. —Se sorbe la nariz y me noto una presión en el corazón al darme cuenta de que está llorando—. Y, en lugar de hablar conmigo, me alejaste. Te necesitaba.

—Yo… ¡No podía pensar! Sabía que no podía ser real, pero me dolía que no me lo dijeras, y había tantos comentarios… No quería decir algo de lo que me arrepintiera.

—Pues me ha dolido un montón, Callum. Lo único que quería era… que me escucharas.

Cierro los ojos y saboreo en la boca la amargura de la culpa. Clover últimamente no quiere hablar de las cosas que la afligen, y cuando quería hacerlo conmigo, no estuve porque ardía en celos y molestia por lo que decían los demás, aunque eso nunca me ha importado.

La cagué.

—Mi trébol.

—No quiero hablar ahora, Callum —susurra—. Lamento que te enteraras por un vídeo. Te prometo que planeaba decírtelo cuando me sintiera capaz de ser más que una cobarde temblorosa.

—No eres una...

—De verdad, no quiero hablar —me interrumpe.

Me llevo una mano al pecho como si así pudiese calmar mi corazón.

Más silencio pesado.

—Creo en ti, creí en ti. El problema no era que no confiara en ti. Simplemente verlo me hizo sentir caótico, aunque fuese una mentira. Lo siento.

La puerta de detrás de mí se abre y Moira aparece. Debe de percibir mi estado de ánimo, porque hace una mueca.

—Lo siento, Call-me, pero te necesito, el bar está a reventar.

—Dame un minuto —le pido, y ella asiente antes de entrar—. Debo volver al trabajo, Clover, y creo que la conversación no nos ha salido muy bien. ¿Hablamos después?

—Está bien, quizá podamos hablar mejor la próxima vez.

Se siente mal finalizar la llamada así, por lo que añado:

—Lo siento y te extraño.

Se hacen unos segundos que me parecen eternos.

—Yo también te extraño y sé que no dudas de mí, solo necesito espacio, ¿de acuerdo? Tenemos que calmarnos.

—Bien, descansa. Saludos a tu familia —digo con torpeza, y ella suspira antes de decir lo mismo hacia mi familia.

Cuelgo con una sensación incómoda por cómo han ido las cosas. Tras respirar hondo, entro de nuevo en el bar, que se encuentra bastante lleno. Una vez detrás de la barra, me doy cuenta de que Lincoln y Edén ya no están.

—Los clientes que Kyra dice que uniste se fueron —me dice Moira.

—¿Juntos?

—No sé si juntos, pero sí al mismo tiempo. No parecían muy felices.

—Qué decepción. Pensé que había potencial, pero al parecer hoy todo me sale mal y es una noche de mierda —mascullo enojado.

—De todas maneras, el hombre dijo que lo llamaras para darte lo acordado, sea lo que sea eso. —Hace una pausa—. ¿Estás bien? ¿Necesitas conversar o algo? Siento que llevas demasiado tiempo así de enojado… y raro.

Veo a los clientes esperando y a Kyra yendo de un lado a otro, y luego vuelvo a mirar a Moira.

—Tranquis, Moi-Moi, estoy superbién —respondo antes de volverme y continuar mi trabajo.

—No, no lo estás —alcanzo a oírla.

—Levántate —me exige alguien mientras intento aferrarme a mis horas de sueño—. Sé que me oyes, levántate.

Quiero dormir. Pensé demasiado al llegar del trabajo y apenas concilié el sueño hace unas pocas horas. Además, estoy agotado en todos los sentidos. Aún no me quiero levantar y enfrentarme a que llevo una racha de mierda, como si hubiese quebrado un espejo o cagado sobre un duende vengativo.

—Déjame —gruño, presionándome la almohada en la cabeza, pero me la arrancan—. ¡Que me dejes dormir!

Algo frío se presiona contra mi frente y pocos segundos después identifico qué es. ¡Un arma! Abro los ojos con rapidez y me encuentro a alguien que no esperaba ver.

—Si te digo que te levantes, te levantas, Call-me.

—¿Qué clase de visita es esta, tío Lorcan?

Pero ¿qué carajos? Supongo que hoy será otro día lleno de sorpresas.

16

QUÉ BUEN DÍA PARA SER CALLUM BYRNE

Callum

—¿Qué narices te pasa, tío Lorcan? No me gusta para nada tener un arma contra la frente.

—Pero no te asusta —analiza, ladeando la cabeza.

—No mucho —respondo con un bostezo.

—¿Crees que no me atrevería? Porque sería un desperdicio matarte, pero lo haría si me dieras motivos.

—No lo pongo en duda, pero una simple arma apuntándome no me da miedo. Supongo que es un nuevo descubrimiento.

Pienso en cuando fui atacado en el campus de la universidad hace unos meses y en el tipo armado con el que me enfrenté. El recuerdo no es tan nítido como quisiera, porque en ese momento estaba lleno de adrenalina luchando para que no me subieran a la camioneta, pero en realidad el arma no me asustó tanto como la idea de que me llevaran y torturaran.

—Eres bastante raro. Tal vez eres la oveja negra de tu familia.

—Vas a acomplejarme. —Le sonrío.

Se guarda el arma y camina hacia la ventana de mi habitación mientras yo me incorporo y me siento en el borde de la cama. Estoy un poco desorientado. Bostezo de nuevo y me pregunto si sería muy malo que me quedara en la cama.

—Vine a buscarte —llena el silencio su voz.

—¿Por qué? ¿Me llevarás de paseo?

Me paso las manos por el cabello y dirijo la mirada hacia él, bostezando una vez más.

—¿Puedes hacer algo más que bostezar?

—Perdóname por trabajar toda la noche, estar angustiado por mi relación y conseguir dormirme… —Miro la hora en el despertador de la mesita de noche antes de continuar—: Tres horas y media antes de que un mafioso me despierte con un arma en la frente. ¿Tengo sueño? Sí. ¿Estoy fingiendo que no estoy cabreado porque me despertaste? Sí. ¿Es mi culpa tener sueño? No.

Finalmente consigo levantarme y estirarme. No he pensado demasiado en lo arriesgado que es hablarle así a un líder de la mafia, aunque creciera llamándolo «tío», pero es que todavía estoy adormilado.

Salí muy tarde del bar y luego pasé un par de horas tirado en la cama leyendo los mensajes que había intercambiado con Clover estas últimas semanas y paseándome por las redes sociales. Descubrí que algunas de las etiquetas de su perfil habían desaparecido y que en otras pedía que dejaran de etiquetarla a ella o a su novio.

Me siento mal porque lo primero que tendría que haberle preguntado era cómo estaba. Soy consciente de que lo está pasando mal y que tengo que darle el espacio que me pide, pero, ¡joder!, me mata no poder consolarla y disculparme en cada minuto que pasa. Sé que al final estaremos bien, pero me inquieta que estemos tan callados.

—Callum —me llama la atención el tío Lorcan.

Me lo encuentro con las manos en los bolsillos delanteros del pantalón.

—¿Qué pasa? ¿Por qué estás aquí?

Suele hacer unas cuatro visitas sociales a lo largo del año, pero mayormente se ve papá con él en lugares alejados de casa, por lo que es confuso que esté en mi habitación.

—Vengo a cobrarme el favorcito que os hice a tu novia y a ti.

Es una respuesta que no se me había pasado por la cabeza, porque ¿qué querría de mí? Tengo que admitir que estoy más intrigado que asustado, pero ya hemos establecido que soy una rareza. Estoy seguro de que si en este momento me hicieran un estudio psicológico a fondo, descubrirían que muy tranquilito, que se diga, no estoy. Sin duda, hay ciertas conductas y características medio raritas y peligrosas en mí, pero llamémoslo «mi chispa especial».

—¿Qué tienes en mente para el pago? —pregunto en un tono ligero—. Te lo advierto: no vendo mi cuerpo, no mato, no cato comida para saber si está envenenada, no vendo fotos de mí desnudo, no grabo vídeo sexuales... Bueno, si Clover me lo pide, lo haría, pero no es algo que haría si tú, por ejemplo, me lo ordenaras.

—Escucha bien mis instrucciones, Call-me, porque sé que no eres estúpido, sino que eres de los chicos más inteligentes de tu generación. Y sé que hay cosas aterradoras en ti que los demás deberían agradecer que no liberes. Tomarás una ducha, te vestirás, saldrás como cualquier otro día a la sala de estar y conocerás a Vanessa...

—¿Quién es Vanessa? —El desconcierto es evidente en mi voz—. Si vienes en modo casamentero, te recuerdo que tengo novia.

—Vanessa es mi prometida.

—Ah, la de mi edad. —Sonrío—. Será un gusto conocerla.

Aprieta los labios antes de continuar:

—Saldrás de casa, te subirás a una camioneta azul y dejarás que te lleven a un lugar. Después te alcanzaré para que tu papá no sospeche nada.

—¿Por qué se supone que iré a ese lugar?

—Por muerte.

—¿Qué significa eso?

—Eres el mejor de tu clase, tal vez de muchas universidades, y sé que varias facultades tienen los ojos puestos en ti para que hagas el posgrado ahí. También sé que si te doy un cadáver para que me digas cómo rayos murió, elaborarás un informe de hasta si eructó unas horas antes.

—¿Quieres que vaya a un lugar que desconozco para estudiar un cadáver y descubrir las causas de su muerte?

—Es mucho más que eso, pero es una buena premisa.

—¿Las autoridades no saben de este cadáver?

—No.

—¿Es de tu gente?

Ambos sabemos que por su «gente» nos referimos a la mafia, es como papá lo llama.

—Sí. Muévete y no hagas más preguntas.

Sale de la habitación y me quedo sonriendo.

Sé que debo ducharme y seguir sus indicaciones para este día de «Visita el trabajo de tu tío, el mafioso», así que tomo el teléfono y camino por el pasillo. Mi casa es grande y el salón principal se encuentra en el piso de abajo, junto a dos baños y las habitaciones del servicio (ja, ja, ja, quiero decir «las habitaciones de Arlene y Kyra»). En la planta de arriba corro el desafortunado destino de compartir baño con una de las criaturas más peligrosas y letales: Moira. Pero, para mi fortuna, al parecer sigue durmiendo.

Una vez en el baño, me desvisto y tomo el teléfono para leer los últimos mensajes que le mandé a Clover tras ver su publicación.

> **Callum:** lo siento mucho, en serio. Soy un idiota

> **Callum:** pero este idiota te quiere un montón

Su respuesta llegó hace una hora.

> **Mi trébol:** mi idiota

Río por lo bajo y respiro hondo antes de pasarme una mano por el rostro. ¡Joder! La extraño y odio toda esta discusión entre nosotros.

Presiono el botón de llamar y no tarda demasiado en responder, exhalando mi nombre.

—¿Crees que exageré? —pregunto tras un breve silencio.

—En un principio lo llegué a pensar, pero hablando con Edna me puse en tu lugar y me di cuenta de que yo lo habría quemado todo por la ira. Siento que fuiste sensato para evitar decir cosas de las que podías arrepentirte y que no imaginaste que yo estaría tan afectada.

—Pero tal vez podría haberlo manejado mejor —confieso—. Tendría que haberte preguntado cómo estabas, qué pasó exactamente y si te lastimó.

—Fue una mierda lo que hizo y odio que no lo detuve, pero no quería que me besara.

—Lo sé, mi trébol. Quiero partirle la cara por atreverse a hacer algo en contra de tu voluntad.

—No creo que vuelva a relacionarme con él, no puedo aceptar lo que hizo. Odio toda esta situación porque me ha dejado hecha un lío. ¿Cuál es mi problema?

—No hay ningún problema contigo.

Permanecemos en silencio escuchando nuestras respiraciones. Ella necesita un tiempo para despreocuparse de todo lo sucedido y yo necesito abrazarla, quererla y mimarla.

—Ven a Irlanda —me encuentro diciendo—, venga.

Tengo el dinero que me dio Lincoln por ayudarlo anoche en el bar.

—Callum…

—Solo piénsalo. Conocerías a mi familia, podríamos aclarar todo esto y nos veríamos. ¡Duendes! Puedo estar enojado, pero eso no me impide extrañarte como un loco. ¿No me extrañas?

—Por supuesto que sí, y ahora más que nunca quiero verte…

—Entonces haremos que vengas —prometo.

—Pero, Callum, es que…

—Hablamos más tarde, me esperan abajo.

—Bien, hablamos más tarde —cede.

Enarco una ceja porque me parece que suena fastidiada. Sin embargo, cuelga antes de que pueda preguntarle al respecto.

En el salón principal, mamá, papá y Arlene están sentados en un sofá, mientras que Kyra es la pretenciosa sentada en una butaca. En el de dos plazas están el tío Lorcan y su inesperada prometida.

He leído un montón de libros sobre mafias, pero Moira más que yo (está obsesionada, la pobre), y Vanessa no cumple el prototipo de los libros. En primer lugar, está rellenita y tiene unas curvas para morirse, tiene el cabello rubio lacio y unos grandes ojos marrones que me miran con calidez a través de unas gafas. Viste un modesto vestido de flores y cuando se pone de pie veo que es muy bajita. Es como la típica protagonista de los libros de amor a primera vista superdulces y calientes en que la chica hace tartas y el protagonista asegura de una manera un poco cavernícola que le gusta la carne en las mujeres. (No es mi tema favorito, pero es una lectura rápida que luego se olvida con facilidad). Tengo un choque literario y cultural en este momento, pero logro reponerme. Le sonrío y me acerco, ofreciéndole la mano. Ella me la estrecha con suavidad y noto que lleva un sinfín de pulseras en la muñeca.

—Es un placer conocerte, Vanessa, no he hecho más que oír cosas buenas de ti —digo, mintiendo con descaro y como todo un profesional.

—Es bueno saberlo —responde. Incluso su voz es dulce.

Luego se vuelve a sentar y su mano busca la de mi tío. Tomo asiento en la otra butaca y calculo que estaré cinco minutos antes de fingir que tengo que irme.

No me sorprendo cuando le responde a mamá que es maestra, lo que me hace preguntarme: «¿Cómo fusionas la mafia y la educación primaria?». Bueno, los niños de los mafiosos también van a la escuela; podría funcionar.

—Eso es encantador —comenta mamá, pero mira de mi tío a ella como si pensara lo mismo que yo—. Te brillan los ojos al hablar de ello.

—Es que lo amo, me encantan los niños.

Al tío Lorcan no. Según la leyenda, cuando éramos bebés solo llegó a sujetar en brazos una vez a Kyra, y durante un escaso minuto.

—¿Y cómo funciona eso con el tío? —le pregunta Arlene, y mamá dice su nombre dedicándole una mirada llena de significado.

—Oh, está bien, nos las apañamos. —Vanessa sonríe—. Son pequeños obstáculos.

—«Pequeños obstáculos» —repite papá mirando del uno al otro—. Por supuesto, casi ni se nota. ¿A quién le importa?

—Donovan —dice mamá, palmeándole la rodilla—, son solo detalles.

—¡Hola! Aparece la estrellita que más brilla en esta casa —interviene Moira para anunciar su llegada.

—Ella es a la que queremos menos —hago saber a nuestra invitada.

—En eso tengo que apoyarlo —bromea Kyra.

Moira se sienta en el apoyabrazos del sofá donde está Kyra, y de inmediato mamá se vuelve para mirarla. No hace falta que hable para que Moira se ponga de pie y se deje caer sobre las piernas de Kyra.

—¿Y esta visita milagrosa, tío Lorcan? —comenta antes de desplazar la mirada a Vanessa—. No nos conocemos, yo soy Moira.

—Soy Vanessa, la prometida de Lorcan.

—¿La qué? —Mi hermana mayor abre mucho los ojos.

—Tienes un choque cultural por los libros, ¿verdad? —pregunto, hablando en un idioma que nosotros dos entendemos muy bien.

—En los libros no es así. O sea, estás bellísima y me transmites unas vibras geniales, pero no es así en los libros. ¿Qué está pasando, Call-me?

—La escritora de la historia del tío Lorcan se descontroló —respondo.

—Tendrás que disculpar a mis niños, puede que de pequeños se fumaran un porro que su padre y yo nos dejamos desatendido —nos excusa mamá.

—¡Solo fue una vez! —exclamo—. Pensé que era una golosina cualquiera porque Kyra me lo dijo. ¡Era un pobre niño de diez años! La negligencia es de ustedes.

—Te dije estrictamente que no lo tocaras —me gruñe papá, y abro la boca con indignación.

—Pero ¿me dijiste que era un porro? ¿Y por qué tenías un porro?

—Para soportarlos, la paternidad es difícil —se lamenta papá, pero luego se ríe junto con mamá.

—No era nuestro, te hemos dicho mil veces que fue un amigo que echamos de casa precisamente por eso —insiste mamá.

Cabe destacar que esta declaración todavía me parece dudosa.

—No les creemos —dice Kyra.

—No recuerdo esa historia, y eso siempre me entristece. —Arlene hace un puchero—. ¿Podemos recrearlo?

—No —respondemos todos los pelirrojos presentes.

Nadie quiere repetir ese día en que estaba embobado, iba lento en todo, me reía por cualquier cosa y me dormía. Mamá iba a llevarme a urgencias, pero Kyra, siendo una sabelotodo, le dijo que posiblemente los detendrían aunque la hierba no fuera de ellos, así que mis padres le hicieron caso a una niña de doce años a quien le encantaba leer datos curiosos. Tras confirmar la cantidad que me había fumado, supieron que no tendría una sobredosis y me bajaron de mi nube temprana.

Ay, dulce anécdota familiar. ¿Qué es la vida sin que tu familia te drogue por error?

—Entonces ¿cuándo se casan? —pregunto a la pareja.

—¿Puedo ser dama de honor? —me sigue Arlene.

—¿Cómo funcionará? ¿Invitados armados en un lado y civiles en el otro? —se suma Moira.

—¿Qué dice tu familia al respecto, Vanessa? —añade Kyra con expresión curiosa.

El tío Lorcan se aprieta una vez más el puente de la nariz con los dedos y su prometida se mantiene sonrojada y con una pequeña sonrisa. Le toma la mano como si así lo calmara de algún modo, lo cual es muy loco, porque nadie calma ni controla a esa bestia.

—Te dije muchas veces, Donovan, que no debías tener descendencia. Nada más miren a los hijos que han traído al mundo —comenta Lorcan.

—Cuatro rostros espectaculares e inteligentes —dice mamá.

—Deberían tener sus dudas con Moira —intervengo.

—JA. JA. JA. JA. Mira cómo me río, Callum.

—No es ningún chiste, Moi-Moi. —Me encojo de hombros.

—Porque claramente no eres gracioso —señala Kyra, sonriéndome.

—Claramente, tú tampoco.

—No pretendía serlo.

—No te pregunté —le hago saber.

Alguien suspira.

—Me gusta tener a mis hijos reunidos, pero a veces extraño esos momentos en los que no están y los extraño, ¿sabes? —comenta papá de manera casual, jugando con un mechón de pelo de mamá—. Creo que a veces me gusta extrañarlos. Refuerza nuestro lazo y me recuerda que ya los crie, que solo me queda una y entonces me jubilaré de la paternidad.

—La paternidad va más allá de la muerte —responde Kyra.

—La paternidad es eterna. Estos pelirrojos seremos tu responsabilidad toda tu vida —confirmo.

—Te perseguiremos para siempre —agrega Moira sonriendo.

—Tus bebés, papá, siempre seremos tus bebés —sella Arlene.

—Debí leer la letra pequeña del contrato —suspira papá.

—Mis niños son lindos, cualquiera los querría como hijos —nos defiende mamá—. Se adaptan bien a la locura y son algo raros, pero eso los hace especiales.

—Claro —zanja el tío Lorcan.

La conversación vuelve a preguntas curiosas sobre la boda, pero no las responden, y entonces me doy cuenta de que he perdido más de cinco minutos, así que me pongo de pie, lo cual hace que capte la atención de todos.

—Me voy, quedé con alguien.

—¿Con quién? —pregunta Arlene—. ¿Puedo ir contigo?

—No, no puedes. Quedé con... Dilon.

—¿Por qué quedaste con tu ex? —pregunta Kyra—. Es sospechoso.

—Porque no lo odio.
—Eh… Sí lo odias —dice Moira.
—Lo odiamos —concuerda mamá—. Tú, yo, nosotros; es un odio de familia unida. Odiar en familia nos une.
—En mi casa no vuelve a entrar —asegura papá, señalándome.
—¡Duendes! Solo quedamos para ver si lo odio un poquito menos —miento con descaro.
Siempre lo odiaré.
El rencor es malo, pero no mata. Mírame, sigo vivo.
—En esta casa somos equipo Clover —me hace saber Arlene.
Pongo los ojos en blanco y les sonrío a Vanessa y a Lorcan a modo de despedida antes de irme. Encuentro la camioneta azul de la que me habló el tío y vagamente me pregunto por qué no es negra.
Al subir, el conductor tan solo asiente. Me sorprende un poco que no pase como en los libros, donde te vendan los ojos para que no veas el camino. Ahora a mí me dan la oportunidad de memorizar y analizar a qué parte de la ciudad me llevan.
Termino en una zona industrial bastante céntrica y concurrida, con mucho tráfico. Es un absoluto dolor de cabeza desplazarse por aquí. Tengo que admitir que me esperaba más bien un bosque o una zona olvidada, pero lo único que veo son edificios importantes, tiendas reconocidas, transeúntes y el bullicio estresante con el que se olvidan de describir mi país. No todo es verde y como un cuento de hadas; la globalización también llegó aquí.
Cuando el vehículo se detiene, enarco una ceja. Reconozco el edificio, al menos de vista; es un bloque empresarial, o eso creía.
—Desliza la tarjeta en la entrada y escanéala en el ascensor, te llevará al piso correspondiente. Lorcan vendrá pronto, preséntate como Call-me.
Le agradezco las instrucciones. Hago exactamente lo que me ha dicho y veo que se marca el piso número siete en el ascensor.
Suena una música instrumental molesta y no puedo evitar mirar un momento hacia la cámara, que registra mis movimientos. Al final me giro y aprovecho que esta caja de metal me da unas grandiosas vistas del centro de la ciudad.
Vivo en la zona norte, donde no hay tanto lío de tráfico pero se mueve muy buen turismo. Allí opera uno de los bares más populares de la familia, y otro de ellos curiosamente se encuentra aquí, en el centro.
Aunque me gusta la tranquilidad de mi zona, tengo claro que, si en un futuro desarrollo mi vida profesional en Irlanda, tendré que vivir en el centro. Por fortuna no me molesta todo el ajetreo que hay, puedo adaptarme.

El ascensor anuncia que he llegado a mi destino antes de que las puertas se abran. Apenas doy cuatro pasos por el pasillo cuando oigo el sonido inconfundible de gente recargando unas pistolas, y resuena por todo el lugar. Allá vamos.

—Soy Call-me, Lorcan me envió. —Alzo las manos—. No estoy armado, vengo a ver qué sucedió con el cadáver. Pueden llamar a Lorcan y confirmar la información.

Pasan unos segundos hasta que un tipo rubio aparece frente a mí y me arranca la tarjeta magnética de la mano.

—Revísalo —le ordena a alguien; luego, manos invasoras me palpan.

—¿No te parece que las manos están siendo demasiado amistosas? —pregunto cuando me tocan los muslos.

—No siempre revisamos a los sexis —coquetea el extraño—. Está limpio.

—Bien —responde el rubio—. Síguenos. Será mejor que sepas lo que haces.

En realidad, no tengo ni idea de qué hago aquí, pero ofréceme un cadáver para estudiarlo y ahí estaré. Una parte de mí desea que Clover estuviese aquí, porque está igual de capacitada que yo y también le maravilla el estudio del cuerpo humano, pero la parte egoísta se siente eufórica porque por primera vez tendré un caso para mí solo, sin supervisión, sin tener que recitar lo que hago y sin compartir el espacio con compañeros.

Cuando ejerza mi profesión, esta no será el área que trabajaré. Aunque pase por estos lugares, esta tarea corresponderá al médico forense, así que esto es una oportunidad de oro. Minutos después entro en una sala con la temperatura bastante baja y me pongo mascarilla, guantes de látex y una bata blanca sobre la ropa.

En una camilla, desnudo y con signos de hinchazón, se encuentra un hombre, posiblemente de treinta y pocos años. Paseo la mirada desde sus pies hasta la cabeza, y a primera vista ya noto algo extraño.

—Mi señor difunto, hoy seré su doctor —murmuro—. No importa si dedicó su vida a un trabajo poco honesto, seré respetuoso. Espero que no tenga calor, porque, bueno, parece obvio que está en el infierno.

—¿Qué haces? —dice una voz por unos altavoces que no sé dónde están. Al alzar la mirada, veo las cámaras.

Por supuesto, unos mafiosos no me iban a dejar solo con el cuerpo de uno de los suyos.

No respondo. Tomo el pobre intento de expediente que hay y leo la poca información que incluye. No me dice nada importante del caso, así que lo dejo a un lado y le doy otra mirada superficial al cuerpo.

Muy bien, manos a la obra. Veamos qué le pasó a este sujeto y terminemos el día con una buena cerveza después de esta experiencia.

Pero supongo que mi error fue no decir «Clover» tres veces, porque mi suerte se va al carajo cuando descubro la naturaleza del caso.

«Qué buen día para ser Callum Byrne», había pensado.

Táchalo. Es un muy pero que muy mal día para ser yo, y te voy a decir por qué.

17

LLAMADA ERRÓNEA

Clover

—¿Qué pasó con Frankie realmente? —pregunta Paulette.

Edna e Isaac me miran a la espera de que le responda, y aprieto con fuerza el batido de fresa.

No me gusta recordar lo sucedido porque me pone nerviosa revivir las emociones que experimenté.

—Me besó sin mi consentimiento. No lo pedí y no lo quería —señalo.

—Pensé que había sido un desliz —confiesa Paulette.

—Tengo novio y no lo engañaría.

—Es que Frankie siempre fue tu punto débil, te volvía agua el coño, y pensé que habías caído de nuevo —dice Paulette antes de comerse un bocado de ensalada César.

—Ni es mi punto débil ni me vuelve agua nada. Hizo algo que no pienso perdonarle.

—Fue un beso, Clover —intenta conciliar ella.

Sé que no pretende ser mala ni restarle importancia, pero está normalizando acciones erróneas como hemos hecho todos alguna vez.

—No lo entiendes —dice Edna al final—. Está mal en muchos sentidos. Esa noche fue un beso, pero ¿qué podría ser después? Además, vi sus comentarios riéndose y bromeando en las etiquetas, como validando lo sucedido.

—Intentó sabotear tu relación y no vio lo mal que estuvo —interviene Isaac—. Yo vi lo fatal que te puso la situación y estoy de acuerdo en que lo saques definitivamente de tu vida.

—¿Qué opina Callum de todo esto? —pregunta Paulette, y enfoco la mirada en mi bebida.

—Se enojó y las cosas se pusieron raras —admito—. Entiendo cómo se sintió y que estuviera molesto, pero no me gustó su reacción.

—Pero están bien, ¿verdad? —me insta Edna.

—Bien a la perfección no estamos, pero no terminaremos por esto.

También ayuda que, junto con Valentina, tomé una alocada y arriesgada decisión para hacer algo por mi relación. No se lo quiero comentar en este momento a mis amigos, prefiero hacerlo después de que suceda; se me ha pegado un poquito la superstición de Callum.

—¿Y hablaste con Frankie? —quiere saber Paulette.

Asiento haciendo una mueca.

Intercambié algunas palabras tensas con él porque estaba muy enojada, no solo por besarme de esa manera, sino también por sus comentarios en redes alentando a la gente a creérselo y bromear. Me inquieta que no vea el problema, que, al igual que muchos, sienta que exagero «un simple beso». Sin embargo, tal como dijo Edna, esa noche fue un beso, pero ¿otro día podría ser más? Estoy harta de que se normalicen malas acciones y luego nos llamen «exageradas» por temer y molestarnos. En lugar de entender que actuó mal, sugirió que Callum debía relajarse o que tal vez debería reevaluar mi relación si esta se basaba en la premisa de la posesión y en los celos enfermizos. No fue mi mejor momento gritarle justo enfrente de su edificio mientras discutíamos, y puede que algún que otro vecino se asomara y uno amenazara con llamar a la policía.

No me gustaron sus ojos de cachorrito ni cuando me tocó intentando apaciguarme, como si yo fuese una lunática fuera de control.

En conclusión: después de muchos gritos, opiniones encontradas y desacuerdos, le dije que no me escribiera más y que esperaba no volverme a topar con él, y luego me fui. Lo mejor es que no hablemos. No se trata de Callum, sino de mí y de lo que pasó, de cómo me hizo sentir.

—No terminó bien —acabo por decir, y le cuento lo sucedido.

—Tal vez de verdad solo era una broma que se le fue de las manos —dice Paulette.

—Te quiero mucho, y por eso mismo espero que nunca nadie te obligue a participar en cualquier tipo de acto sexual sin tu consentimiento —respondo, mirándola con fijeza—. Ojalá nunca experimentes la impotencia, el miedo y la ansiedad de sentir que no te escuchan, que te presionan y hacen cosas contigo que tú no quieres.

—Yo… Lo siento, Clover. —Parece avergonzada.

—¿Saben qué? Hablemos de otra cosa —sugiero—. Es la primera vez que estamos juntos en mucho tiempo y Paulette pronto regresará a Francia.

Todos aceptan cambiar de tema y pronto nos encontramos conversando de cosas mucho más agradables.

Nuestras risas resuenan por la cafetería. Como siempre, Paulette habla en un tono más alto de lo que está aceptado socialmente, por lo que algunos clientes nos miran con molestia, pero no nos echan del local y plantamos el culo durante un par de horas. Y mientras nos reímos, mi teléfono vibra por una llamada entrante de un número desconocido.

—¿Hola?

—Es muy molesto pagar cirugías que no lo arreglan —dice una voz femenina que me provoca escalofríos.

—¿Perdón? —pregunto antes de ponerme de pie y hacerle señas a mis amigos de que regreso pronto.

—Cometiste un error, vaca gorda.

—Creo que te equivocas de número —digo antes de colgar, y entro en el baño.

Mi reflejo en el espejo se ve pálido, y un sudor frío me brilla en la frente. El teléfono vibra una vez en mi mano y lo miro con desconcierto antes de contestar.

—Vaca gorda, ¿fingirás que no lo recuerdas?

Esta vez cuelgo sin decirle que se equivoca de número. Nerviosa, espero a que llame de nuevo, pero no lo hace y respiro profundamente.

Una sensación amarga se me instala en el estómago. Es como si mi cabeza se vaciase antes de querer empujar unos recuerdos que no consigo ni quiero alcanzar, pero la voz femenina de la llamada me evoca miedo, angustia y asco.

Siento un dolor lejano en el cuero cabelludo como si tiraran de él y saboreo el cobre de la sangre. De repente quiero correr, huir como si fuese cuestión de vida o muerte.

Sin embargo, me digo que no la conozco, que se ha equivocado de número. Desde que Bryce se fue de la universidad, todo ha estado bien y así continuará porque no hay más peligros ni obstáculos.

Me salpico agua en el rostro y respiro hondo, apartando esa voz femenina con un acento arraigado. Me sonrío y vuelvo con mis amigos para dejar esa llamada errónea muy detrás de mí.

18

OH, NO

Callum

—¿Es normal que tarde tanto? —pregunta a través de los altavoces el tipo que fue demasiado amistoso con las manos.

—Si quieres, vienes y lo haces tú —respondo a la vez que termino con la autopsia craneal, que consiste en tomar una muestra del cerebro y estudiarla. Suspiro, consciente de que ahora sigue la autopsia raquídea. Creo que podría hacer un cambio que no suele hacerse, pero algo me dice que es muy necesario en esta ocasión, o tal vez es solo mi ego que quiere demostrarme que puedo hacerlo incluso sin supervisión. Sin embargo, tengo que admitir que me fastidia un poco porque es un trabajo muy minucioso y complicado. No puedo evitar estar tenso cuando tomo la sierra de rotación y comienzo a extraer las vísceras con cuidado.

—Puedo bajar, no me importaría pasar el tiempo junto a alguien sexy —dice el tipo—. Creo que es sensual verte despellejando a alguien.

—Hazte a un lado, Colin —interviene la voz del rubio—. ¿Cuánto vas a tardar? Tiene que estar listo para cuando Lorcan llegue.

—Toma un tiempo —contesto, alzando la vista hacia la cámara—. ¿Creen que estoy desplumando un pollo o qué?

—Creo que me estás pintando una fantasía sangrienta espectacular —dice el tipo coqueto, que ahora sé que se llama Colin.

—¿Puedes dejar los malditos juegos, Colin? Esto es serio.

—Siempre tan tenso, Neal… Quizá te hace falta polla.

—Ya te he dicho mil veces que no me gustan las pollas —enfurece Neal.

—El que protesta demasiado tal vez se las come —me burlo.

—Cierra la puta boca. Te haya enviado Lorcan o no, te la coseré como sigas diciendo gilipolleces y no hagas tu trabajo. Date prisa, esto tiene que estar listo ahora.

—Entonces cierra la boca y déjame trabajar. ¡Duendes! Tu voz y la de ese jodido acosador me tienen aturdido.

—Cuidado con lo que dices —insiste.
Pero no me da miedo. Quizá tengo demasiada confianza en este momento porque me siento como un puto Dios abriendo este cadáver.
—¿Me dejas hacer mi trabajo o qué? —Miro directamente a una de las cámaras—. No me intimidas y me cabrea mucho que me interrumpan cuando hago lo mío, así que cierren la puta boca si quieren que Lorcan no les patee el culo cuando llegue y vea que me han atrasado.
—Me excitas —dice el tal Colin.
¡Joder! Qué ambiente más fastidioso para estudiar la muerte de alguien.
Continúo extrayendo las vísceras con concentración hasta tener los cuerpos vertebrales expuestos. Me acerco los dedos al rostro y me los froto, y al hacerlo noto un toque aceitoso en la sangre y el color me parece demasiado oscuro, así que obtengo otra muestra en un tubo de ensayo. Después tomo los pedículos y hago un corte de manera lateral. Todo está tan expuesto y crudo que, una vez más, pienso que es estupendo que tenga un fuerte estómago y mucha pasión por esto.
—Qué asco —oigo decir a Neal.
Me es inevitable no entornar los ojos. Estoy seguro de que ese tipo ha matado a un montón de personas y es probable que no las dejara en un aspecto decente para que sus familiares las lloraran, pero ahora se siente asqueado.
Cuando tengo a la vista y alcance la médula, la froto con lentitud y frunzo el ceño porque la sangre es bastante oscura. Pese a que eso me intriga, mi atención se centra en que hay una pequeña coagulación ennegrecida muy parecida a las pocas gotas acumuladas que encontré en los globos oculares.
—Definitivamente, aquí hay algo raro —murmuro para mí mismo, tomando otra muestra con los dedos enguantados. Al presionarlos confirmo que la textura es viscosa, y eso es algo que no se supone que produzca el sistema humano por sí solo.
Por lo que he visto en las últimas horas, puedo aventurarme a pensar que fue una muerte relativamente rápida. Sus ojos tienen los vasos sanguíneos reventados, lo que podría deberse a una muerte por asfixia, y sus pulmones lo respaldan, pero hay otras señales confusas, como el estado de una de las venas en el corazón, la pesadez parecida al aceite de su sangre y la médula, los coágulos ennegrecidos, las cuerdas vocales parecen haberse desintegrado como si se tratase de ácido, la lengua está tan hinchada que sobresale de la boca y en la cabeza se desprendieron trozos de cuero cabelludo, dejando pus y coágulos negros a su paso. Sus músculos también lucen afectados y, aunque el cuerpo está frío y han pasado más de veinticuatro horas desde la muerte, da la impre-

sión de que sigue transpirando: la piel segrega una capa de agua apenas perceptible que podría confundirse con sudor, pero no lo es.

Hay muchos indicios extraños, pero si lo piensas bien y poco a poco, puedes unir los puntos y todo se va esclareciendo. Cuando finalmente lo entiendo, me doy cuenta de que estoy jodido. Hago un repaso rápido de mis clases de Toxicología y, tras procesar lo que está sucediendo, retrocedo lo más rápido que puedo aunque sé que ya es demasiado tarde.

—Mierda. —Retrocedo aún más, con las manos frente a mí—. Mierda.

—¿Qué sucede, Call-me?

Reconozco la voz del tío Lorcan por el altavoz. No tengo ni idea de cuándo habrá llegado.

Repite mi nombre para captar mi atención, y sacudo la cabeza para ordenar todas las ideas que tengo en la cabeza antes de hablar:

—No sé con precisión qué tipo de agente contaminante han creado, pero es algo tóxico y ha estado a temperaturas bajas, lo que le permite prosperar, reproducirse y seguir consumiendo el cadáver. Está en su sangre. —Muestro mis guantes cubiertos de ella—. La hace más aceitosa y provoca unos pocos coágulos negros. No deja rastro, o al menos ningún indicio que se pueda detectar sin una autopsia raquídea, procedimiento que no suele hacerse. Quien hizo esto lo sabía. —Lucho contra las ganas de rascarme la nariz ahora que no puedo tocármela—. Es eso lo que me ha permitido ver las evidencias. Son sutiles, pero están ahí. Estudié esta clase de agentes en mi clase de Toxicología y sé que la textura, el color e incluso el aroma que desprende la sangre no corresponden al sistema del cuerpo humano. Es un elemento extraño y químicamente dañino, fue creado en un laboratorio. Es decir, este tipo fue envenenado con un arma química que lo mató en poco menos de una hora sin que se diera cuenta. Y no solo fue envenenado, sino que convirtieron el cuerpo en un arma tóxica. Exuda las toxinas a través de la piel y la sangre, y, al estar expuesto a temperaturas bajas, este agente sigue presente. No perece, sino que se extiende y se vuelve muy contagioso.

Hago una pausa mirándome los guantes ensangrentados y los antebrazos salpicados de sangre. También percibo el olor del agente.

—¡Hijo de puta! —grito—. ¡Me trajiste a abrir a un tipo que es un arma química! Yo podría estar contaminado. ¡Duendes malditos! Podría morir en unas pocas horas. Tendrían que haberlo cremado de inmediato, este cadáver es un peligro para todos.

Me agacho y miro al suelo mientras tomo profundas respiraciones para mantener el control. Soy un tipo bastante centrado, pero ¡joder, joder! ¿Y ahora?

He pasado más de tres o cuatro horas de mi vida expuesto a esta mierda, posiblemente está en el aire o en objetos y superficies palpables, además de en el cadáver, al que sigue devorando poco a poco.

—Sal de ahí, Call-me —me ordena Lorcan, pero me río mirando hacia la cámara.

—Claro, salgo y contamino todo el puto país —digo con ironía—. ¡No puedo salir! No puedo ir a mi casa y enfermar a mi familia. No puedo irme de aquí sin saber si el agente está en mí.

—Sí, el pelirrojo tiene que quedarse ahí —confirma el tipo rubio—. Ahora él también es un arma, y es probable que muera.

Sí, ciertamente es una posibilidad.

—¿Qué se supone que debo hacer, Call-me? —Oigo la tensión en la voz de Lorcan.

Exhalo con lentitud y me pongo de pie de nuevo, dispuesto a enfrentarme a esta situación con madurez e inteligencia. En este momento soy yo quien tiene las respuestas, y mi vida depende de mí.

—Tienes que conseguir agentes especiales preparados para lidiar con enfermedades infecciosas o virus letales.

—Oh, esa gente que se viste como astronautas —aporta con diversión el tal Colin.

—Sí, esos. Sacad este puto cadáver e incineradlo junto con las muestras que yo había obtenido, aunque también podéis congelarlas y hacer que algún experto las estudie para ver qué le pusieron a este tipo.

»En cuanto a mí, tengo que ducharme y necesito jabón antiséptico. Que me saquen en un traje de astronauta, como los llama tu divertido amigo, y luego tengo que pasar al menos cuarenta y ocho horas aislado antes de someterme a un test de toxicología. Incluso si da negativo, por precaución tendré que estar unos días en cuarentena porque estuve expuesto durante varias horas. Deberás investigar qué tipo de agente químico crearon y, para mayor seguridad, deberías limpiar tu casa o los lugares en los que estuvo ese tipo, la comida que tocó, las personas a las que vio... —Hago una breve pausa—. Es posible que él fuese contaminado por algún alimento o rociándole algo en la piel. No creo que fuese mediante gas, porque entonces quien lo encontró ya estaría padeciendo por los residuos que tendrían que haber quedado en el aire.

—¡Mierda! —exclama Lorcan. Ya sabes, es un tipo calculador y analítico, pero cuando se cabrea, se cabrea de verdad.

Parece que arroja algo mientras maldice, ladra órdenes para ponerlos a todos en marcha y hace alguna llamada. Con mucho cuidado, me retiro los guantes, los tiro a la papelera junto con la bata blanca y luego camino hacia el lavabo para limpiarme hasta los antebrazos. Aunque pueda ser tarde, meto la cabeza y me enjabono el pelo, el rostro, las orejas y el cuello.

No tengo con qué secarme y, francamente, no quiero tocar nada, por lo que goteo por todas partes mientras me esfuerzo por mantenerme sereno, como nos enseñaron en clase de Toxicología por si alguna vez estábamos en este escenario. Me siento en una silla de plástico porque estoy a punto de colapsar y espero.

¿Espero la muerte o la salvación? Solo el paso de las horas los dirá.

—¡Joder! Tengo que contárselo a Donovan, Call-me —se lamenta Lorcan.

—No —digo, poniéndome de pie—. No se lo digas a papá. Te matará y me matará a mí también si esto no me mata antes.

—No puedes desaparecer unos días, se preocupará. Y más cuando las razones por las que estarás ausente son tan alarmantes.

—Mierda, se cabreará mucho.

Papá es un hombre que habla lo necesario, sonríe cuando le viene en gana y se siente a gusto, y pocas veces alza la voz porque su mirada es lo suficiente intimidante y directa para gritar por él. Pero ¿cuando se cabrea? No es nada bonito ni pacífico.

—Eso no debería ser tu preocupación actual. Haré sangrar a los responsables de esto —me promete mi querido tío.

Yo no quiero venganza, yo quiero salvación.

—Parece evidente que tienes alguna manzana podrida entre tu gente... Por cierto, ¿este tipo muerto quién es? —me atrevo a preguntar.

Parece que no va a responder, pero ¡vamos! Soy el pobre irlandés atrapado con su cadáver contaminado.

—Quiero decir, podría morir por estudiar el cadáver. Me debes algún tipo de consuelo, y esto es lo que quiero.

—Es Dugan... Confórmate con saber que era importante al mismo nivel que yo.

—Joooder. —Silbo— ¡Uf! Tendrás un montón de trabajo. Qué caro me ha salido pagarte el favorcito, ¿eh? Creo que ahora eres tú quien me debe a mí.

—Ahora vuelvo, Call-me. Y, sobre tu diagnóstico del cadáver..., eres bueno.

—Soy muy bueno.

Ríe por lo bajo, pero suena tenso. Luego los altavoces se apagan y lo dejan todo en silencio y lleno de incertidumbre para mí.

—Amigo, solo quería saber por qué te mataron, y quedé atrapado en esta situación. —Miro hacia el cadáver, aún abierto, y me siento mal.

Me da una sensación de culpa dejarlo abierto de esta manera, porque es irrespetuoso, y no se debe tratar así a un difunto, aunque fuera miembro activo de la mafia irlandesa. Voy al estante lleno de complementos y esta vez me pongo un gorro quirúrgico, ropa quirúrgica por encima de la mía y dos guantes de látex en cada mano antes de acercarme y darle al cuerpo el trato que se merece: terminar de suturarlo y dejarlo tan intacto como se puede.

Como no hay ropa a la vista, simplemente lo cubro por completo con una sábana, que supongo que es con la que lo taparon antes, y luego hago de nuevo el proceso de lavarme el cabello, el rostro, el cuello, los antebrazos y todo lo que pueda. Luego tiro la ropa quirúrgica y me pregunto qué pasará conmigo.

Fue totalmente surrealista cómo ayer me sacaron unos profesionales vestidos, en efecto, como astronautas. Me pregunto cómo no se enteró la prensa, pero todo fue muy discreto. Me trasladaron en un vehículo especial apto para enfermedades infecciosas o armamento químico, y supongo que la mafia irlandesa pagó mucho por ello.

Llevo poco más de veinticuatro horas en esta habitación aislada en una clínica. No es incómoda, pero es muy raro estar aquí. Tomé múltiples duchas con jabón antiséptico y estoy solo, pero puedo hablar por medio de un gran ventanal con mi tío o el imbécil de Colin, que vino a verme porque dice que soy «bonito», lo cual no es mentira; pero tiene que superarme, porque entre nosotros no pasará nada.

Permanezco sentado en la cama entreteniéndome con unos libros de filosofía y con mis pensamientos. Ni siquiera me dieron el teléfono. Tal como esperaba, los astronautas entran en la habitación y me hacen múltiples pruebas que van desde extraerme sangre hasta tomarme muestras de saliva, mucosidad y orina. Es incómodo, y más cuando estas personas no están dispuestas a hablar conmigo para hacer que la situación sea un poco más agradable.

Todo es impersonal, indoloro y clínico, por lo que al final me rindo y coopero en silencio. Me siento como si estuviera en una especie de mundo paralelo; esto es demasiado loco para ser mi realidad.

No debería haber abierto ese cadáver, pero ya está hecho. ¡Y, oye! Tiene algo bueno: sí tiene sentido ser el mejor de mis clases, ¡mira el increíble hallazgo que hice yo solito! Es una mala circunstancia, pero da orgullo.

Poco después vuelvo a estar solo. Tras un viaje breve al baño, que es mi mayor privacidad en este momento, regreso al libro de Hobbes. No es que me guste demasiado, pero, debido a que lo cuestiono, me entretengo hasta que casi me cago en los pantalones cuando, llegando a las treinta horas de aislamiento, papá aparece en el otro lado del ventanal.

Le doy una sonrisa tensa mientras camino hasta él. Sus orejas están tan rojas como su cabello y delatan que se está conteniendo.

Durante unos largos segundos que se vuelven incómodos se dedica a mirarme.

—¿Qué tal todo, papá?

—Agradece que esta pared nos separa. No creo en la violencia y no me gusta, pero no estoy seguro de qué te haría en este momento, Callum Byrne.

—Lo siento.

—¿Lo sientes? —Se ríe, pero está tenso, y me encojo en mí mismo—. ¿Crees que un «lo siento» engloba toda esta situación de mierda?

—No, por supuesto que no.

—¿En qué carajos pensabas cuando decidiste que sería buena idea hacerle la autopsia a un cadáver para Lorcan? ¿Qué te he dicho todos estos años? —Alza la voz y me quedo en silencio—. ¡Dime! ¿Qué te he dicho todos estos años sobre Lorcan, Callum?

¡Duendes! Está muy cabreado.

—Que es como de la familia pero debemos trazar límites porque esta no es nuestra vida, no es lo que quieres para nosotros.

—Entonces ¿por qué tengo que enterarme por Lorcan de que mi hijo se encuentra aislado porque puede que esté contaminado con alguna mierda de química letal? ¿Se suponía que no debía saber esto?

Quiero decir muchas cosas, pero no quiero explicarle que le debía un favor al tío Lorcan a raíz de lo que viví en la universidad con Bryce, el peligro en el que estuve y que no soy tan bueno porque al parecer hay cosas que no cuestiono o que me perturban.

—Lo siento mucho, papá, no quería decepcionarte y quizá no lo pensé bien. Solo vi la oportunidad de estudiar algo que me gusta y me cegué.

Mis palabras son un pobre intento y veo cuánto lo frustran.

—¿Mamá lo sabe?

—Si lo supiera, Erin estaría aquí. Más te vale estar sano, Callum, porque no me enfrentaré a tu madre para decirle que uno de sus hijos está metido en este lío de mierda de vida o muerte. Esto es mi culpa, tal vez debí poner más distancia con Lorcan o ser más claro con ustedes sobre esta vida...

—Papá, soy adulto y tomé una decisión. No es tu culpa, fue mi idiotez y ya está.

Se pasa las manos por el abundante cabello rojo y luego suspira. Me pesa verlo tan angustiado.

—¿Cómo te sientes? Lorcan me dijo que te han dado comida y que estás relativamente bien.

—Estoy bien, un pelín nervioso y ansioso, pero bien. Dentro de poco saldré de aquí. ¿El tío Lorcan y tú... están bien?

—Debí golpear más fuerte a ese imbécil por poner a mi hijo en esta situación.

—Papá, yo lo busqué.

—No me importa. Él debería haber dicho: «Maldita sea, no, lárgate de aquí y sigue con tu vida de bien».

—Entiendo que estés enfadado, y él tiene parte de la culpa, pero yo tomé la decisión, fue mi irresponsabilidad.

—Cállate, Callum, cállate —me exige—. Estoy teniendo un día muy jodido y me mata verte ahí. No necesito que me calientes más, estoy al límite.

Querría decir muchas cosas, pero entiendo que ha tenido demasiado por hoy y hago lo que pocas veces hago: me callo, por respeto a él y a la situación en la que lo he puesto.

—Aunque las pruebas salgan bien, estarás aislado durante setenta y dos horas más. Le dije a tu mamá que estabas con Clover.

—¿Con Clover? ¿Le dijiste que fui a Londres?

—Clover llegó anoche a Irlanda, Callum.

—¿Que Clover qué?

—Ella podrá explicártelo mejor. —Me mira de arriba abajo—. Estoy asustado por ti, Callum. Puede que esté ardiendo por la rabia, pero soy tu papá y mi amor es más grande. Estoy aterrado por las pruebas y quiero que salgas de ahí.

—Estaré bien, papá, y me portaré bien.

—Nunca te portas bien. —Frunce el ceño.

—Pero al menos soy amable.

—¿Y eso qué tiene que ver? —pregunta, enarcando una ceja.

—No sé, parecía un buen momento para destacar esa cualidad.

Muy a su pesar, se ríe. Yo también lo hago y siento que disminuye la tensión del momento.

—Incluso en las situaciones difíciles consigues hacerme reír. —Me sonríe a medias—. Será mejor que salgas de ahí intacto para que pueda cumplir mi papel de papá cabreado, porque, aunque seas adulto, firmé una responsabilidad eterna contigo en el momento en que asumí la paternidad. Eso significa que tendrás cincuenta años y aún te regañaré.

—Me parece justo si a los cincuenta años me sigues dando mesada, papá.

El ambiente no se vuelve más ligero, pero conseguimos tener una conversación sobre que debo cuidarme y lo que le diré a mamá cuando salga, porque ambos aseguramos que saldré de esto. Odio ver su preocupación.

Sé que tengo derecho a tomar las decisiones que quiera y también que se me permite ser egoísta en muchas cosas. Incluso agradezco la experiencia que viví abriendo un cadáver sin supervisión ni compañeros por primera vez, pero me habría encantado no angustiar y cabrear a papá. No quiero imaginar cómo fue su charla con Lorcan ni en qué condiciones quedaron.

Para él es muy difícil entender por qué acepté ayudar al tío Lorcan porque hay muchos cabos sueltos que no le cuento, que no quiero ni puedo decirle.

—Debo irme si quiero que tengas un rato con Clover antes de que nos obliguen a marcharnos.

—¿De verdad Clover está aquí, papá?

—Sí, y apuesto a que está muy molesta de que su viaje comience así. Fui a buscarla al aeropuerto porque tengo tu teléfono y llamó. No ha visto a nadie más de la familia. Ellos creen que andas de luna de miel con ella y que aún no la quieres traer a casa. La ayudé a hospedarse en un buen hotel y a moverse por la ciudad estas últimas horas, porque no conoce nada de aquí. Está muy preocupada por ti, insistió mucho en que la trajera conmigo para verte... —Hace una pausa y luego esboza una media sonrisa—. Me cae bastante bien, me gusta, parece buena niña.

«Niña». Casi me río, pero solo sonrío y asiento, feliz de que le guste para mí.

—No puedo creer que esté aquí.

—Sí, está aquí y tú estás aislado. Bonito recibimiento le das, Callum Byrne.

—Guau. Gracias, papá, me haces sentir superbién. Tranqui, no me duele.

—No voy a guardarme las verdades —dice con la voz envuelta en un gruñido—. Será mejor que salgas de aquí vivo o me enfadaré mucho. Cuídate, Call-me, vendré mañana y cada día para verificar que estés bien. La espera de los resultados será angustiosa, pero todo saldrá bien.

—Claro, papá. Dale un abrazo a mamá de mi parte, y a mis hermanas, una patada.

—No patearé a mis hijas.

—Entonces llámalas «estúpidas».

—Tampoco haré eso.

—Bah, entonces no les des ningún recado.

—¿Qué tal si les doy un abrazo de tu parte?

—Tranqui, no les des nada.

Se ríe y yo sonrío antes de presionar la mano contra el vidrio. Él pone los ojos en blanco pero me imita en mi dramatismo.

—Te amo, papá. Y, de nuevo, lo lamento. Gracias por estar aquí.
—Iría a cualquier lugar por ti, hijo, aunque a veces te pasas un poco.

Le lanzo un beso y sonríe antes de alejarse.

Sé que lo volveré a ver pronto, no creo que me muera. Siempre he pensado que soy tan terco y elocuente que ni siquiera la muerte se quiere topar conmigo aún.

Me quedo de pie con las manos sobre el vidrio y la mirada fija en el pasillo que hay frente a mí, esperando ese momento, ese instante.

Pero no es Clover quien aparece.

Es ese rubio estúpido llamado Neal mirándome con asco.

19

LARGA DISTANCIA

Callum

—Ciertamente no eres a quien deseo ver —digo, mirando detrás de él a la espera de mi trébol.

—Lo sé, pero antes de que esa basura entre a contaminarlo todo, me gustaría saber por qué metes la polla en un coño asqueroso.

Me cuesta procesar que este imbécil haya dicho eso de mi novia. De manera irracional, golpeo con el puño el ventanal, pero ni siquiera parpadea. En cambio, uno de mis nudillos se abre.

—Pareces ofendido.

—Vuelve a decir algo así de mi novia y te mataré arrancándote la piel.

—¿Matarías a uno de los tuyos por ella?

—¿Uno de los míos? Pero ¿de qué hablas?

La rabia se mezcla con el desconcierto cuando comienza a sacarse la camisa, y entonces la piel pálida deja al descubierto un horrible tatuaje justo donde late su corazón. Es un trébol de tres hojas con tallo, todo de un verde muy vívido, pero el problema y lo que lo hace espantoso es que en el centro del trébol hay una esvástica blanca.

Es el puto símbolo de la Hermandad Aria, a la que pertenecen muchos pandilleros y personas importantes de Irlanda, aunque la mayoría reside en la costa este de Estados Unidos. En su momento estuvo enlazada con la mafia irlandesa, pero en la actualidad me gusta soñar que es diferente, porque Lorcan no piensa así.

Es un movimiento horripilante que me da ganas de vomitar. Aunque sé que el tío Lorcan no forma parte de ello, me asquea darme cuenta de que basuras como este tipo permanecen en su clan del crimen.

Ahora entiendo las palabras de Neal. Los orígenes de Clover y su color de piel lo han alterado.

—Tócale un solo cabello a mi novia y te arrancaré ese trozo de piel con un cuchillo oxidado.

—Eres una puta vergüenza para los tuyos. —Se da unos toquecitos justo en el centro del tatuaje—. Pero tranquilo, Lorcan dijo que ella era intocable físicamente..., pero no para dejarle claro que debería ser carbonizada hasta volverse cenizas.

Golpeo el vidrio de nuevo. Odio que no se rompa para poder tomar al hijo de puta y acabar con él. Mi rabia es tangible y desesperante, y él me mira con desagrado y proclama mierdas sobre la supremacía de la raza aria y la aniquilación para conseguir la prevalencia de la perfección.

Es enfermizo y me altera, hasta que Lorcan aparece y analiza el panorama.

—Neal, ponte la camisa y largo de aquí. Tienes prohibido acercarte a Callum y a su novia.

Neal me dedica una última mirada de asco antes de alejarse acatando órdenes.

Observo a Lorcan como si me hubiese traicionado.

—¿Cómo puedes convivir con una basura así? Y seguramente con muchos más como él.

—No es mi elección. A veces entiendes que para algunos propósitos no todo es blanco y negro, sino que hay grises.

—A la mierda los grises, tienes a un puto nazi en tus filas.

—Sus intereses están con el clan y ya sabe que no se aprueban sus conductas totalitarias.

—¡Joder, tiene tatuado el símbolo de la Hermandad Aria en el pecho!

—Lo tenía antes de iniciarse. Él no será un problema para ustedes.

—Pero sí para los que no representen su loco deseo de la supremacía de la raza aria.

—Debes entender que no puedes salvarle el culo a todo el mundo —dice con tranquilidad—. Además está controlado, no puede ir asesinando a su conveniencia, actúa bajo las órdenes del clan.

»Tienes cinco minutos para limpiarte los nudillos, lavar el vidrio y recibir a tu novia, a menos que desees que le prohíba la entrada.

No respondo porque aún saboreo la ira, pero sabe que no rechazaré la oportunidad de ver a Clover, así que me da un breve asentimiento antes de irse, y hago exactamente lo que me dijo para no alarmar a Clover y fingir que no quería despellejar a Neal.

Tomar profundas respiraciones me ayuda a calmarme y luego sucede: la molestia se desintegra en cuanto veo aparecer a mi trébol.

Clover Mousavi camina por el pasillo hacia mí y, aunque luce preocupada y cabreada, a mí se me acelera el corazón. De verdad está aquí, en Irlanda.

Se detiene frente al ventanal y reparo en su cabello suelto abundante, en la camisa de cuello alto y mangas largas, en que va sin maquillar y parece algo cansada, pero me encanta verla.

—Eres un maldito desalmado inconsciente —es lo primero que me dice—, estás aislado con un posible agente letal en el cuerpo.

—Ya habría muerto si lo tuviera.

—Razonamiento estúpido.

—Clover —digo mirándola fijamente—, estás aquí, en una tierra que tiene un pedazo de mi corazón, y eso me hace feliz. Qué bueno es verte, aunque odio que este cristal nos separe.

Parece que va a discutir, pero analiza mis palabras y deja ir una lenta exhalación.

—¿Por qué quiero tanto a un loco como tú? —pregunta.

—Porque yo también te quiero así —respondo.

—Eres hábil para convertir situaciones extrañas en románticas.

—Uno de mis dones. —Le guiño el ojo y deslizo la mirada por cada milímetro de su rostro—. Me vuelves romántico.

—Ahora dime lo que viste, para entender la situación.

—Al fin puedo hablar con alguien que lo entienda.

Y comienzo a relatar desde el momento en el que me acerqué al cuerpo. No omito ningún detalle: el peso de algunos órganos, las muestras, la sangre, la viscosidad… Ella comenta al respecto y me hace preguntas, y mis respuestas le aclaran las dudas o hacen que ella aporte nuevas observaciones.

Para cuando termino de explicar cómo me di cuenta de lo que sucedía y que enseguida retrocedí, ella está asintiendo.

—¿Dices que posiblemente murió en el lapso de una hora?

—O poco menos; pero no más, por la manera en que se esparció el veneno; algunos órganos estaban comprometidos y otros intactos. Sin duda, fue un ataque letal destinado a no dejar rastro.

—Pero hiciste la autopsia raquídea y ahí lo viste claro.

—No del todo. Me tomó unos minutos, pero luego lo supe.

—Llevas poco más de treinta horas en aislamiento, tu tez no tiene ninguna coloración extraña y has ingerido alimentos sin devolverlos —recita, repasando todos los puntos importantes.

—Bueno, fui al baño un par de veces, pero nada grave.

—No presentas migraña y tus ojos están bien.

—Se me aceleraron ligeramente las pulsaciones en tres ocasiones, pero podría deberse a los nervios. También presenté sudoración fría hace dos horas, pero estudié la segregación de mi piel y no desprendía una textura comprometedora ni un olor alarmante.

—Muéstrame las uñas.

Lo hago y se acerca al cristal para verlas mejor.

—Tienen una coloración un poco más obscura de lo normal, pero podría ser por la temperatura en que te encuentras. ¿Hace frío ahí?

—No.

—Bueno, puede ser casualidad —dice, aclarándose la garganta—. ¿Tienes dolor intestinal?

—No, y tampoco muscular. Ninguna contracción ni sensación de ardor.

—Tuviste contacto con la sangre y los órganos, pero llevabas guantes. Aunque te salpicó, tal vez no había muchas toxinas. Si estuvieses en un grado de contaminación alto, en este momento tendrías que estar padeciendo grandes consecuencias, teniendo en cuenta que es aparentemente letal.

—No sabemos cuántos gramos le suministraron, pero, por los rastros que dejó, debió de ser poco.

—Entonces estarás bien, las pruebas darán negativo.

Esa es una suposición de la que ambos sabemos que no puede estar segura al cien por cien, pero le sonrío para alentarnos a los dos.

—¡Duendes! Hablarlo contigo de manera clínica y académica me ha dado más tranquilidad. Me ha hecho pensarlo con mayor claridad.

—Ahora que hemos hablado de esto, la verdad es que me siento mejor.

—Respira hondo—. Estaba asustada desde que tu papá me recogió en el aeropuerto ayer. Salió caro el favor a Lorcan.

—Pero lo haría de nuevo.

Eso alejó a Bryce de nuestras vidas. Para mí, valió totalmente la pena.

—Tienes que contarme cómo y cuándo planeaste venir aquí —le pido.

—Cuando salgas —promete, y me repasa con la mirada—. Ese aspecto de cautivo te queda sexy, tengo que admitirlo.

—Qué ganas de besar esa boquita provocativa… o hacer otras cosas con ella.

—Hay mucho de lo que hablar, pero qué bien se siente verte de nuevo, aunque sea a través de este cristal.

Nos quedamos en silencio observándonos con tanta intensidad que casi creería que la pared entre nosotros no existe.

—Mi trébol… —digo, agradecido de que podamos oírnos a la perfección.

—¿Sí, Irlandés?

—Saldré superbién de aquí, tranquis.

Pero ¿en serio estoy bien? Todo es incierto, pero los tranquilizo a papá y a ella antes de quedarme nuevamente solo con retorcijones, un sudor frío y estremecimientos.

20

FAMILIA BYRNE

Clover

La sensación de impotencia que experimento es muy grande. Me lleva a abrir y cerrar los puños de forma constante mientras mantengo la vista al frente, específicamente en Callum, que está en la cama de una habitación aislada que no tiene nada que envidiarle a una de hospital.

Múltiples máquinas están monitoreándolo y el cuarto tiene una temperatura alta para matar cualquier agente contaminante que pudiese haber. También hay doctores con ropa de protección ante partículas infecciosas.

Se supone que él tenía que estar bien, porque ayer no presentaba síntomas, pero cuando me fui todo fue cuesta abajo: desde los vómitos y la fiebre alta hasta cuando casi se asfixió. Una vez más le han hecho pruebas y, aunque no luce moribundo, la verdad es que ya no sé qué esperar. Sin embargo, no se lo menciono al señor Byrne, que se encuentra a mi lado, porque él confía en mis conocimientos, y trato de ser lo más optimista posible.

Supongo que Callum también intenta serlo, porque alza un pulgar en nuestra dirección, a pesar de estar más pálido de lo normal y de verse fatal.

—Mi hijo es estúpido, Clover.

—Ciertamente, mi novio es estúpido —concuerdo, y oigo al señor Byrne reír por lo bajo—. Estará bien. Si fuese grave y tuviera un virus mortal, ya presentaría serios daños en el sistema. Callum incluso está consciente y lúcido, mírelo, no pierde tiempo en ser un estúpido.

—Es demasiado terco para morirse y me ama lo suficiente como para no dejar que le dé una noticia como esa a Erin.

Me vuelvo hacia el señor Byrne, que mantiene la mirada de preocupación en su hijo. El papá de mi novio parece cansado y enfadado, pero, a pesar de eso, no ha sido más que hospitalario conmigo desde que llegué y le agradezco que me tenga en cuenta para ver a Callum siempre que se lo permiten.

—Gracias por lo que está haciendo por mí, señor Byrne.

—Soy yo quien tiene que agradecerte que no te hayas ido corriendo.

—Es que lo amo —susurro—, y si me fuera corriendo sería con él.

Alzo la mano en saludo a Callum y después le lanzo un beso que él finge atrapar.

Tengo ganas de orinar, así que me disculpo con el señor Byrne y hago el recorrido hasta el baño, con el que ya comienzo a familiarizarme.

Al terminar, tras lavarme las manos, me acomodo la cola de caballo frente al espejo. Eso es lo que me permite ver entrar al hombre rubio que siempre me mira con asco y que nadie me ha presentado, pero yo tampoco tengo ningún interés en conocerlo.

Estamos en el baño de mujeres, pero me contengo de decirlo mientras nos miramos a través del espejo. Entra en uno de los tres cubículos y deja la puerta abierta, por lo que cuando se baja el pantalón puedo ver su culo pálido antes de que aleje la mirada y sienta la necesidad de irme.

—¿De dónde eres? —pregunta con tono casual—. Te ves diferente.

—De Londres —respondo, caminando hacia la puerta—, pero tengo ascendencia iraní y brasileña.

—Hum… —tararea, pero no parece feliz.

Abro la puerta, salgo y respiro hondo al recorrer el largo pasillo blanco, pero tropiezo y alguien me empuja contra una pared. Me encuentro al rubio justo enfrente de mí, sin tocarme, pero mirándome con odio y asco.

Intento pasar de largo, pero él imita mi movimiento, sin llegar a tocarme en ningún momento.

—Lo diré porque no puedo callármelo y espero que seas lo suficiente inteligente como para no repetirlo, pero nunca lo olvides: eres un producto erróneo de esta sociedad. La gente como tú no deberíais existir, con esa piel sucia, ennegrecida y asquerosa… —Escupe y me sobresalto—. Perteneces a una minoría que a nadie le importa, parásitos que evocan lástima y ocupan un espacio que no es para ustedes, pero algún día mi hermandad y yo podremos erradicarles. Me asquea y molesta compartir aire con una mierda como tú, me estresa no poder acabar con tu miserable vida y verte vivir como si lo merecieras…

Desconecto de sus palabras porque están llenas de odio. Sin embargo, sus labios siguen moviéndose mientras habla.

No es la primera vez que soy víctima de racismo o xenofobia, pero sí es la primera vez que genuinamente percibo que una persona desea cometer un crimen de odio hacia mí.

No me toca porque le asqueo y porque se contiene de hacer lo que tiene ganas de hacer.

Su rostro está rojo de la rabia, y lo único que hago es sostenerle la mirada sabiendo que en algún momento tendrá que detenerse. Soy consciente de que si no me ha lastimado es porque se lo han prohibido.

No puedo evitar sentir miedo por el mundo, porque hay más como él, gente supremacista con pensamientos nefastos arraigados que quieren dividirnos por nuestras raíces, etnias, culturas y sexualidad.

—¿Lo has entendido? —finaliza.

Pero no le contesto. Simplemente avanzo, y el asco de que lo toque lo hace retroceder. Me alejo con la espalda tensa y sin decirle ni una sola palabra, sabiendo que esa es la mejor respuesta y también la mejor manera de protegerme de alguien que tiene un problema con mi existencia sin tan quisiera conocerme.

A mí no puede lastimarme, pero lamento a cuántos otros sí.

Mi plan de venir a Irlanda, sorprender a Callum y dejar atrás todo lo sucedido era perfecto. ¿Cuál fue el fallo? Que Callum Byrne quiso ayudar a su querido tío Lorcan —tos, tos—, el mafioso.

Conversé con Valentina y ambas evaluamos si sería muy alocado pasar unos días en Irlanda si me lo podía permitir económicamente. Aunque me siento culpable por no compartir estos días con Valentina, papá y mi hermanito, me dijo que no fuese tonta y aprovechara mi juventud. Así que me ayudó a hacer el equipaje y a comprar un vuelo cercano para que papá pudiera llevarme al aeropuerto sin que me saliese obscenamente costoso.

La idea era sorprender a Callum. Sabía que le encantaría porque él ya me había propuesto que fuera. Cuando aterricé en Irlanda estaba muy nerviosa porque no conseguía comunicarme con él. Estuve sentada durante dos horas en un banco y cuando finalmente mi llamada fue respondida lo último que me esperaba era oír la voz del señor Byrne. Lo más sorprendente aún fue que una hora después el papá de Callum, que solo había visto en fotos, apareció con un cartelito con mi nombre y un dibujo de un trébol de cuatro hojas.

Me sentí culpable al observar lo bien cuidado que se encontraba el señor Byrne: es un poco más alto que Callum, fornido, con un cabello rojo oscuro abundante y vivaces ojos verdes. Además, a diferencia de su hijo, tiene un montón de pecas en el rostro y la sonrisa más amable que he visto jamás.

Desconcertada, apenada y nerviosa, me acerqué al hombre, que se presentó como Donovan tras preguntarme: «¿Eres nuestro trébol?». Asentí con timidez antes de que me diera un torpe abrazo cálido y me hiciera sentir bienvenida. No mencionó a Callum ni por qué me vino a buscar en su lugar. Los nervios me hicieron hablar y le hice saber que el viaje era una sorpresa, y fue entonces cuando, riendo con ironía, me soltó la bomba: debía llevarme a un hotel y necesitaba que lo ayudara a cubrir la estupidez de su hijo, que «está aislado, posiblemente con un pie en el infierno, porque es un inconsciente que ha tomado una terrible decisión». Y no creo que fuera intencional, pero me bombardeó con información confusa que me aterró y me puse a caminar de un lado a otro en mi habitación de hotel (que me ayudó a conseguir). También hablé con Erin Byrne, la madre de Callum, y le mentí diciendo que su hijo estaba conmigo. Todo esto fue por audios, porque me daba miedo hacerlo por llamada.

No conseguí dormir. Intentaba entender todo lo que el señor Byrne había dicho. Ni siquiera mencionó a Lorcan ni a la mafia irlandesa, solo dijo que Callum se había metido en problemas con un tío complicado de trabajo cuestionable y moral inexistente. (Cabe destacar que sonaba enojado).

Algún día Callum tendrá que devolverme cada minuto de preocupación que me está haciendo vivir desde que aterricé en su amada tierra natal. Pensé, de manera ingenua, que tras verlo todo iría bien, pronto estaríamos juntos y él saldría de ese horrible aislamiento.

Error.

Porque Callum tuvo contacto directo con un agente contaminado que están estudiando actualmente y, si bien, por suerte, no terminó como el cadáver que examinaba, sí experimentó ciertas complicaciones. Tuvo una intoxicación tan fuerte que pudo haberlo deshidratado, pero fue atendido mucho antes de que sus vías respiratorias se obstruyeran del todo, aunque ya comenzaba a presentar indicios de asfixia y fuertes delirios por la fiebre. Y eso que solo tenía un ocho por ciento de contaminación en su sistema. ¿Qué clase de mierda ha creado el hombre para joder aún más a la humanidad?

Todo esto hizo que me encerrara en un hotel, comiera unas pocas veces con el señor Byrne, le explicara a mi papá que mi viaje de una semana posiblemente se convertiría en tres, visitara a Callum cuando se podía en el lugar donde lo estaban atendiendo, intentara aprender cosas nuevas para entender mejor su proceso de recuperación y viera un montón de películas a distancia con mis amigos.

Es cierto que pude conocer la ciudad por mi cuenta, pero de todos modos me hace ilusión y sé cuánto le emociona a Callum la idea de ser él quien me haga la ruta turística, así que lo reservo para él.

—Qué bien que Callum por fin se haya recuperado de la viruela. Dile que no se olvide de vacunarse contra ello, aunque me parece rarísimo que lo contrajera —dice Maida a través del teléfono en tono especulador.

Mi amiga es inteligente y astuta y es imposible que se crea esta patética excusa. Oscar y Kevin tampoco se la han tragado cuando me han preguntado por qué no estaba con mi novio.

—Cosas que pasan. —Carraspeo para que pasemos de mi mentira—. Pero háblame de ti. ¿Qué tal esta semana por el campus? ¿No te arrepientes de no haberte ido a casa?

—La verdad es que no. Me va bien en el trabajo de verano y me he inscrito a clases de voleibol. Soy malísima, pero me divierto.

—Esa es la actitud. —Sonrío.

—Y salgo de fiesta o me reúno con amigos… Stephan tampoco deja que me aburra. El pobre anda devorando libros porque quiere estar preparado para el inicio de semestre. Ya sabes que se preocupa por mantener la beca.

—Es muy inteligente, le confiaré mis dientes cuando tenga su consulta.

—¡Yo también! —Se ríe—. Parece que tiene talento para estudiar y, aun así, también tiene tiempo de divertirse, de modo que siempre tenemos algo que hacer.

—¿«Tenemos»? ¿En plural?

—Sí, tenemos.

—¿Pasa algo con Stephan? ¿Un romance, tal vez? —indago sin ninguna sutileza, y ella se ríe de nuevo.

—No pasa nada, somos amigos. —Hace una pausa—. Aunque…

—¿Aunque?

—Stephan es más de lo que puede parecer a primera vista. No es solo un fiestero mujeriego, en realidad es genial, mantiene conversaciones increíbles, sabe sobre muchas cosas, es divertido e ingenioso y es un buen amigo. ¡Ah! Y besa bien. Bueno, más que bien, y mira que he besado a un montón de personas.

—¿Cuándo besaste a Stephan?

—¡Uf! Hace mucho, cuando nos conocimos, obvio.

—«Obvio» —repito.

—Pero ¿quién no ha besado a Stephan?

—Eh… ¿Yo?

—Deberías besarlo, Callum lo hizo.

—¿Cuándo?

—Hace siglos, pregúntale. Fue un beso entre amigotes.

—¿Cómo hemos llegado a esta conversación?

—Ah, porque te dije que nos besamos hace siglos y que besa bien.

Se hacen unos segundos de silencio.

—Maida… ¿Estás enamorada de Stephan?

—Sí, pero no importa, ya sabes que luego se me pasa —dice rápidamente—. Pero me encanta porque somos amigos y nos divertimos. El otro día fuimos al cine y…

La escucho sin detenerla, sonriendo. Pese a que es una conversación telefónica, casi puedo imaginármela frente a mí, con sus expresiones y entusiasmo.

—Me lo paso bien, mi Canela Pasión Oriental, pero tengo que admitir que los extraño mucho. Ya quiero que regresen.

—Yo también te extraño, los extraño.

—Nos extraño —dice con melancolía—. Pero, bueno, tengo que colgar. Mi descanso ya terminó y el deber llama. Quiero que llegue el último día para decir: «Renuncio, perra».

—Espero un vídeo de ello.

—Lo intentaré. Cuídense, te amo, y dale besitos cariñosos de mi parte a Callum. ¡Dile que también lo extraño!

—Se lo haré saber. Saludos a Stephan, yo también te amo.

Termino la llamada, vuelvo a entrar en la clínica y me sitúo al lado del señor Byrne. Esta vez la espera es más dulce: hoy, el décimo día desde que tuvo contacto con el cadáver, cuatro días después de haberse recuperado de los pequeños percances y trece horas desde su última prueba de toxicología, que salió bien, Callum se acerca por el pasillo con una sonrisita y la ropa que su papá le ha traído. Lorcan lo sigue.

Afortunadamente, no hay rastro del rubio supremacista. No volví a verlo, y algo me dice que Lorcan se encargó de alejarlo. Yal vez vio lo que sucedió por las cámaras de seguridad.

Me quedo dos pasos detrás del señor Byrne, que estrecha en un abrazo a su hijo. Me conmueve que le tome el rostro mientras le pregunta cómo se siente, si tiene algún síntoma o si necesita descansar.

—Estoy bien, papá. Un irlandés con buena suerte no muere así de fácil.

—He tenido muchos días para pensar en todo esto, y cuanto más lo pienso, más me enfado —dice el señor Byrne, dándole otro abrazo un poco más breve.

—Entonces, papá, la solución es no pensarlo.

—Pequeño estúpido —gruñe el hombre, sacudiendo la cabeza.

Mi irlandés le guiña un ojo antes de caminar hacia mí. Se detiene lo suficiente cerca para que las puntas de sus zapatos toquen las mías.

Ver a Callum a través de ventanillas o vidrios de contención fue una absoluta mierda, ni siquiera las videollamadas fueron suficiente. Afortunadamente lo alimentaron bastante bien, va afeitado como siempre y parece que le han cortado un poco el pelo, puesto que las puntas ya no se le enroscan. A simple vista no pensarías que podría haber muerto por su entusiasmo en la ciencia.

—Hola, mi trébol, lamento la tardanza, pero más vale tarde que nunca.

Acorto todavía más la distancia entre nosotros para alcanzar su oreja y susurrarle unas palabras que deseo que solo él escuche:

—Tendrás que hacer mucho para compensar todo esto.

Es audaz y rápido en su reacción: desliza los labios en una caricia apenas perceptible desde la comisura de mi boca hasta mi oreja para ahora ser él quien me susurre:

—Lo haré todo para compensarte. Además, ¿recuerdas? Tenemos una cita anal.

—¡Callum!

No sé cómo no me ahogo con la saliva. Mientras verifico que nadie lo oyó, él ríe por lo bajo antes de atraerme hacia sí para darme un fuerte abrazo. Nuestra diferencia de altura hace posible que me acurruque contra su cuerpo, y me absorben su olor y calidez. ¡Cielos! Extrañé mucho su toque, todo de él.

—¡Duendes! Te extrañé muchísimo, Clover Mousavi. No sé si te extrañaba más cuando estabas en Londres o cuando te tenía cerca pero no podía tocarte.

—Yo también te extrañé.

Mantiene una mano presionada contra mi espalda y con la otra me toma la barbilla para que alce el rostro y conectemos nuestras miradas.

—Gracias por haberte quedado, sé que te arruiné los planes.

—Aún podemos hacer planes, estaré otra semana y media aquí.

—¿Podría quererte más? —me pregunta.

—Podrías —digo de manera presumida, lo que le hace ensanchar la sonrisa.

—Y será mejor que te alejes de mis hijos y de mí... —se oye la voz de Donovan—. Al menos durante un tiempo. Podrás entender lo molesto que estoy y que no deseo verte ni el ojo.

Callum y yo salimos de nuestra burbuja al darnos cuenta de que Lorcan y su papá tienen una conversación bastante intensa. O, en todo caso, el señor Byrne habla y Lorcan escucha.

—Papá, ya te he dicho que fue mi irresponsabilidad...

—Y yo ya te he dicho que te calles, Callum —lo corta él en un tono de voz que hasta a mí me intimida—. Agradecería que esperaran en el auto mientras termino esta charla con Lorcan.

—No soy un niño y no puedo dejar que le eches toda la culpa y responsabilidad a Lorcan. —Callum avanza hacia ellos—. Fui yo quien lo buscó inicialmente. Claro, él también contribuyó, pero tienes que entender que tomo mis decisiones y que a veces son una mierda. Desearía no haberte preocupado de esta manera y no haberte hecho enfadar. No soy padre, así que no alcanzo a imaginar cómo te sientes, pero me criaste bien y me hago responsable de mis acciones.

Hay unos largos y pesados segundos de silencio antes de que Donovan Byrne vuelva a hablar:

—Sí, bueno, Callum responsable, espera en el auto.

—Papá...

—Callum, no lo repetiré. No juegues con mi paciencia porque ya estoy cabreado, no lo lleves a un nuevo nivel.

—Call-me, será mejor que te marches —dice al final Lorcan—. Gracias por tu ayuda.

—¿Todavía estoy invitado a la boda? —pregunta Callum, mirando del uno al otro.

—Vayamos al auto —sugiero, tomándolo de la mano.

Pienso en despedirme de Lorcan, pero se supone que ante los ojos de Donovan Byrne yo no lo conozco.

—Hasta pronto, tío Lorcan —dice Callum.

Y, antes de que Donovan Byrne explote de rabia, saco a Callum de aquí y lo escucho hablando sobre lo mal que se siente por dejar a dos amigos destrozarse como leones.

—Callum, son adultos y uno de ellos es un mafioso. No importa lo que digas, tienen que soltarlo todo.

—¿Y si su amistad termina por mi culpa?

—No quiero ofenderte, Irlandés, pero no creo que después de tantos años una amistad que ha sobrevivido una organización criminal termine por ti. Tal vez dejaste alguna espina, pero no una ruptura. Lo solucionarán en algún momento.

O eso espero, pero lo digo para quitarle culpa y que se calme.

—Tienes razón, su amistad ha pasado por cosas más grandes, lo arreglarán. —Asiente para sí mismo.

Apoyo la espalda en el auto y lo observo: los tejanos ligeramente ajustados, la camisa de manga larga, las botas molonas y el cabello rojizo brillando bajo el sol. Cuando mis ojos llegan a su rostro, ahí está esa pequeña sonrisa traviesa. Se vuelve con lentitud y se da una palmada en el culo antes de volver a su posición original y caminar hacia mí.

Me acorrala contra el vehículo, con los antebrazos apoyados en los lados y la frente pegada a la mía.

—Parece un pecado mortal no haber besado aún esa boquita.

—Eso me entristece —murmuro, metiendo las manos en los bolsillos traseros de su tejano.

El corazón se me acelera, como ocurre cada vez que nos encontramos en esta situación. Creo que el hecho de que estuviésemos poco más de un mes sin vernos influye bastante en las expectativas.

Ladea el rostro y me acaricia los labios con los suyos.

—Por cierto, estás preciosa, como siempre —susurra, y me besa.

Es dulce al principio, con succiones ligeras y roces suaves. Se toma el tiempo de besarme el labio superior y luego el inferior, dándome cortos besos, y luego su lengua me acaricia y le doy paso a mi boca, de modo que el beso se vuelve sensual.

Mientras nos besamos, al fin la preocupación me abandona; porque está bien, no importan el estúpido vídeo viral, las llamadas tensas e incómodas ni la distancia que hubo durante un tiempo. En tanto que lo beso me doy cuenta de que... ¡Mierda! Cómo lo quiero. ¿Quién no se enamoraría de él? Era imposible que yo fuese una excepción.

La intensidad del beso escala. Cuando necesitamos respirar, traslada los besos a mi cuello, donde deja pequeños mordiscos. Ni siquiera sé en qué momento he enredado los dedos en su cabello, pero no pienso demasiado en ello cuando su boca vuelve a la mía sin más contemplación y con la misma pasión.

Creo que podríamos haber seguido durante horas, olvidando el lugar en el que estamos, pero el auto produce sonido cuando es desbloqueado y nos sobresalta, y eso hace que Callum me muerda con demasiada fuerza el labio inferior y me haga sangrar.

—¡Mierda! —mascullo, saboreando la sangre. Me presiono los dedos contra la piel magullada.

—Parecían bastante a gusto, pero hay una madre a la que tengo que llevarle su hijo porque ya sospecha, después de tanta ausencia —dice el señor Byrne con una ceja enarcada hacia nosotros—. Supongo que ya tendrán mucho tiempo para besarse contra mi auto, viendo lo extremadamente felices y entusiastas que están.

—Espero que sea suficiente tiempo, tengo muchísimos besos que dar —responde Callum asintiendo, y su papá pone los ojos en blanco.

El tono de mi piel no permite ver que estoy sonrojada, lo que agradezco. Desvío rápido la mirada antes de abrir la puerta trasera del auto.

Cuando Callum está sentado en el asiento del copiloto, el auto se pone en marcha.

—Lamento haberte mordido tan fuerte el labio —se disculpa Callum, volviéndose para verme.

—No pasa nada —me limito a decir.

—Tengo tu nuevo expediente médico ultrasecreto —dice Donovan Byrne—. Más te vale poner en práctica todo tu encanto mentiroso para que tu mamá no sospeche. No me siento orgulloso de esto, pero, en vista de que no moriste y que todo está bajo control, lo mejor será guardar este secreto. El factor de llevar a Clover es una distracción perfecta, si no te importa que te usemos, Clover. —Me mira por el espejo retrovisor y me enderezo.

—Pueden usarme con confianza, señor Byrne.

—Eso sonó horrible —comenta Callum.

—¡Sabes lo que quise decir!

—Sí, entiendo de qué manera me permites usarte, Clover.

—¡Duendes, papá! Lo empeoras. ¿Sabes que he leído con mamá y Moira libros en que el papá le roba la novia a su hijo? Se la folla y pervierte antes de llevársela.

—Ni siquiera preguntaré por qué lees esos libros con Erin, es una causa perdida.

—Es una lectura interesante. No mi favorita, pero se lee rápido —nos informa Callum, aunque nadie le preguntó.

Su papá ignora lo que dijo y retoma el tema anterior:

—En el maletero tengo equipaje con ropa tuya, porque se supone que te estabas quedando con Clover, y eso harás ahora que estás libre. Mantén la coartada —prosigue el señor Byrne—. Ustedes ya verán cómo arreglan eso. Basándome en la manera desvergonzada en la que se apoyaban en mi auto, supongo que no tienen problemas en quedarse juntos en un hotel.

—Amo tu modernismo, papá, enviándome a un hotel con mi novia. ¿También lo pagarás?

—Señor Byrne, ignore eso, yo cubrí mis gastos del hotel.

—Puedo pagar los condones si es lo que necesitan. Soy un papá en pro de la responsabilidad sexual.

Oh. Dios. Mío.

Me encojo en el asiento sin creérmelo, y Callum felicita a su papá por el apoyo y promoción de la responsabilidad sexual.

Mientras tanto, el señor Byrne pone al día a Callum sobre la mentira y cómo ha estado la familia, y yo me mentalizo sobre el hecho de que los voy a conocer.

—¿Eres alérgica a algún alimento, Clover? Tendría que habértelo preguntado antes de que mi esposa preparara el almuerzo.

—Me va bien todo.

—No come lechuga, prefiere la espinaca —señala Callum—, y le gustan más los jugos cítricos que los dulces. En ocasiones también quita el tomate a la comida, lo cual considero un sacrilegio.

—¡No puedo comerlo si lo veo!

—Sacrilegio, es pecado mortal —insiste.

—Pero estaré encantada de comer lo que haya preparado su esposa, señor Byrne.

—Puedes llamarme Donovan.

—¿Quién ha ocupado mi lugar en el bar, papá? Porque lo hago mejor que Moira.

Mientras ellos conversan sobre eso, evalúo el parecido de sus perfiles. Si Callum envejece así de bien, le esperan unos muy buenos años.

Son bastante considerados y no me dejan fuera de la conversación. Aunque Donovan ya me hizo algunas preguntas para conocerme y que no se hicieran silencios incómodos cuando nos veíamos, ahora que está más relajado me pregunta por Londres y me habla de las veces que ha estado allí.

Pronto Donovan estaciona el auto a la perfección y apaga el motor. Se vuelve y me regala una amplia sonrisa llena de diversión.

—Bienvenida, Clover, estás a instantes de presenciar en primera fila un almuerzo con los Byrne.

—No la asustes, somos muy normales.

—No lo somos —me susurra el señor Donovan antes de bajar.

—¡Callum! —grita una voz femenina.

Bajo justo en el momento en que una mujer más baja que Callum pero más alta que yo, con un cabello rojo que tira a naranja más claro que el suyo, lo abraza con fuerza.

—No te he visto hasta que Clover te ha dejado salir del hotel, hijo… Comenzaba a creer que ni siquiera comías en medio del asunto. Necesitas nutrientes, vitaminas y comida, o los orgasmos te matarán.

Me llevo una mano a la boca. Debo de tener los ojos muy abiertos, porque Donovan Byrne parece contener la risa. Luego se acerca a besar a su esposa cuando esta libera a Callum y a continuación Erin clava toda su atención en mí.

—¿Por qué no dejabas salir a mi bebé del hotel para visitar a su familia, Clover?

Abro y cierro la boca preguntándome cuándo firmé el contrato en el que se establecía que la tapadera incluía presentarme como una obsesa sexual que tenía a Callum Byrne agotado y privado de su libertad.

—Yo... no he estado teniendo... orgasmos.

De todo lo que podría decir, eso es lo que balbuceo. ¡Cielos! No es algo que deba decirle a la madre de mi novio.

Hay un largo silencio y percibo a Callum mirándome con los ojos entrecerrados.

—Me haces quedar mal, mi trébol. Haces pensar que no soy bueno dando orgasmos, y eso no es justo, nada justo.

—Cállate —susurro, aunque no me oye.

—Qué gusto conocerte, Clover. —La mamá de Callum sonríe al final—. Llámame Erin. Me han hablado mucho de ti. Bienvenida al clan irlandés.

Y pone fin a sus palabras con un abrazo cálido y un beso sonoro en mi mejilla. Al devolverle el abrazo, mi mirada se cruza con la de Callum, quien me alza los dos pulgares, lo cual me hace sonreír.

Supongo que ahora, de verdad y oficialmente, comienza mi viaje.

21

CONVERSACIONES CASUALES

Clover

El clan de seis irlandeses con apellido Byrne me mira con fijeza. Me siento nerviosa. Todos son más altos que yo... ¡Y, joder! Todos son atractivos, como si los señores Byrne hubiesen hecho una selección genética para estudiar su compatibilidad y tener óptimos resultados en la descendencia. ¡Bien hecho, suegros!

Sentada en el sofá, con una lata de Coca-Cola en la mano, finjo que todo está bien, que no me estoy orinando de los nervios y que el cabello no se me pega al cuello por la transpiración. Todo bien, todo controlado.

—¿Te hiciste algo en las pestañas? —me pregunta Arlene—. Parece lo que usan las Kardashian, Kim lo hace.

—Eh... No, son mis pestañas naturales, pero gracias.

—¿Y te hiciste los ojos así de rasgados y exóticos con algo? Si es así, dime dónde, porque yo también quiero —continúa.

—Esa belleza de ojos fue su bendición al nacer —responde Callum, sentado a mi lado, cómodo y emocionado, mientras juega con un mechón de mi cabello.

—¿Y te tiñes el pelo o es originalmente así de negro? —sigue Arlene.

—No me lo tiño.

—¡Diablos! ¿Por qué te bendijeron tanto? ¿Qué fuiste en tu vida anterior? ¿Una santa? Qué injusto —se queja—. ¿De dónde eres?

—No seas grosera —le recuerda Kyra, dándole un golpecito en la pierna.

—Todos quieren saberlo, pero les da miedo que pienses que somos políticamente incorrectos —indica Moira—, y la verdad es que olvidé de dónde dijiste que eras.

—Mi papá es de Irán y mi mamá era de Brasil.

—¿Bailas samba? —pregunta Moira.

—Es horrible que lo asumas solo porque dijo que tiene raíces brasileñas —se lamenta Callum.

179

—Pero hay que admitir que todos lo pensamos —dice Arlene.
—Es cierto que puede resultar ofensivo, es como si le preguntaras a un coreano si es un *idol* por ser joven y coreano —interviene Kyra.
—¿Por qué sacas a colación a coreanitos? —pregunta Donovan Byrne con el ceño fruncido—. Supéralo ya, no puedes compararlo todo con eso.
—¡Es un excelente ejemplo, papá! —se defiende ella, levantando la barbilla.
—Pero ¿bailas? —quiere saber la señora Byrne.
—Eh... No, no he tenido la oportunidad de aprender.
—¿Y tu mamá baila? —insiste Moira.
—Mi mamá está muerta —respondo sin ningún tipo de tacto, y se hace un silencio medio raro.
Se miran entre ellos, y Callum sacude la cabeza en negación como si dijera: «Gracias por tanto».
—¡Muy bien hecho, Moira! Ahora hazla llorar —dice Kyra.
—Pero ¿cómo iba a saberlo? No soy adivina, no es como si tuviera que asumir que todas las madres están muertas.
—No voy a llorar —aclaro, y de nuevo todos los pelirrojos me miran.
—¿No deberías usar eso que se ponen en la cabeza las mujeres? No sé el nombre.
—Eso sí ha sido desconsiderado, Lele —la reprende su papá—. No somos tan invasivos en esta familia.
—Ah, ¿no? —pregunta con sarcasmo Kyra.
Y mi cabeza comienza a moverse de un lado a otro porque todos se ponen a hacer preguntas sobre si eso es irrespetuoso o no y sobre quién está siendo invasivo o no. No tengo oportunidad de responder, así que bebo de mi gaseosa mientras los absorbo, entre fascinada y mareada por la dinámica familiar.
—Como sea —sentencia la señora Byrne, poniéndose de pie—. Vamos a comer, es bastante tarde. Niñas, ayúdenme a poner la mesa.
—¿Y por qué no se lo pides a Callum? Renuncio a cualquier pretensión de supremacía masculina en este hogar —alza la voz Kyra, y Erin pone los ojos en blanco.
—Bonito discurso, pero solo trato de darle a tu hermano dos minutos a solas con su novia antes de volver al ataque. Ahora, pon la mesa y no me hagas repetirlo, cariño. Donovan y Moira, vengan y ayúdenme a traer la comida.
—¿Y qué hago yo? —pregunta Arlene.
—Siéntate —dicen todos al unísono, y ella se encoge de hombros.
—Es que se le cae todo cuando se trata de poner la mesa o llevar la comida —me susurra Callum, y río por lo bajo.

Rápidamente, mientras conversan, se disponen a hacer lo que se les ordenó, pero los pierdo de vista porque la casa es bastante amplia y, además, Callum me toma de la barbilla para que lo mire.

—¿Y bien? ¿Te parecen tan locos como cuando los leíste en el chat? —me pregunta con diversión, pero también expectante.

Esto es importante para él, tanto como lo fue para mí que conociera a Valentina y a papá.

—Es una locura, pero una buena. Me gustan.

—Y tú les gustas a ellos. —Me da un breve beso en la boca antes de ponerse de pie y tirar de mi mano para que haga lo mismo.

No sé si mi mirada constante resulta grosera, pero mientras tomo asiento donde Callum me indica observo toda la dinámica familiar de risas y bromas. Me encanta mi dinámica familiar, pero tengo que admitir que esta me tiene cautivada. Incluso los insultos entre hermanos me hacen gracia. La mayoría son entre Callum, Moira y Kyra; Arlene parece más la soñadora e interviene con acotaciones extrañas o divertidas.

—¿Verdad que somos más bonitas que Call-me? —me pregunta Moira sentándose en la silla de al lado

—Sí, me replanteo mi relación —respondo.

—¿Y quién es más sexy de nosotras?

—Ninguna, todas son cosas feas. Levántate de mi lugar, Moira.

—Callum, no hagas sentir inseguras a tus hermanas llamándolas feas —dice Donovan, retirando la silla para su esposa.

—Y ninguna de mis hijas es fea —sentencia Erin, tomando asiento.

—Levántate de mi silla, Moira —insiste Callum.

—No veo que tenga tu nombre escrito.

—Levántate. —Le sacude la silla.

—Esta silla no es tuya, somos libres de sentarnos donde queramos —interviene Kyra para apoyar a Moira.

—Callum quiere ser romántico y sentarse al lado de su novia —asegura Arlene.

—Callum quiere estar cerca de Clover para meterle mano por debajo de la mesa —contesta Moira.

—¿Qué? —digo, mirando hacia sus padres—. No es cierto, no somos así. Somos peores, pero esa no es la cuestión.

—¡Callum! —grita Moira cuando su hermano la levanta en brazos y la sienta en una silla desocupada.

—Ahí estás mejor. —Sonríe antes de volver a mi lado y darme un beso en la mejilla—. Hola, mi trébol.

—Son adorables, Donovan, me encanta. Mira cómo le brillan los ojos a mi chiquito. Cásate con nosotros, Clover. —La mamá de Callum suena genuinamente entusiasmada.

—Me lo pensaré —consigo responder sin ahogarme.

—¡Perfecto! Tómate el tiempo que quieras, pero cásate con nosotros.

—Pero sin presión. —Donovan me guiña un ojo.

En serio, Callum va a envejecer genial.

El almuerzo va bastante bien. De hecho, pese a que suelo comer rápido, tardo más de lo normal por las risas o al responder sus preguntas, que en ocasiones resultan un poco invasivas. «¿Cuántos idiomas hablas?». Dos y medio. «¿Tienes quejas de Callum?». No, me encanta tal como es. «¿Te gusta abrir muertos?». No en plan psicópata o criminal, pero en modo científico lo amo. «¿Cuál es tu Kardashian favorita y cuál consideras que es la mejor temporada?». No estoy al día, pregúntamelo la próxima vez. «¿Bailas danza árabe?». De hecho, sí —esto hace que a Callum le brillen los ojos—. «¿Alguna vez algún idiota te ha llamado "terrorista"?». Sí, en varias ocasiones lo he pasado mal por eso. «¿Crees en los duendes?». Hummm. «¿Por qué te gusta Callum?». Esa es una respuesta que requiere varias horas. «¿Te está gustando Irlanda?». Me gusta desde que la conocí a través de los recuerdos de Callum. «¿Qué talla de sujetador usas? Creo que buscaré un tamaño así cuando me opere en el futuro». Esta última pregunta hace que le mire el pecho a Arlene.

—También quiero hacerme la nariz: mejorarme el perfil y levantar un poco la punta —me dice, tocándosela—. En un futuro me haré la nariz y las tetas.

—Ve a por ello si quieres, yo te ayudaré a recuperarte —asegura Moira.

—Pero no me lo pagas —se burla Kyra.

Las preguntas continúan y la comida es deliciosa. Me ofrezco a lavar los platos, cosa que odio, pero lo hago por educación; en secreto estoy feliz cuando Erin me dice que Arlene y Kyra se harán cargo.

Poco después, Callum les hace saber a sus padres que nos vamos porque tenemos planes, y Donovan —que me pidió de nuevo que no lo llame «señor»— le recuerda, o más bien le informa, que esta noche le toca atender en uno de los bares.

—Pero, Donovan, está con nuestro trébol —dice Erin, apelando por su pequeño.

—Puedo ayudar —me ofrezco—. Igualmente, yo estaré con él todo el tiempo.

—¿Todo el tiempo? —me pregunta Callum sonriendo, y asiento—. Me gusta.

Conversan otro poco más y al final subimos a uno de los autos del papá de Callum.

—¿En qué hotel te alojas?

—Nos alojamos —corrijo antes de decirle el nombre—. Es bonito y sencillo.

—Es barato.

—¿Y qué tiene eso de malo?

—No dije que tuviese nada malo. —Se ríe y pone en marcha el auto—. Pero vamos a por tus cosas, que tengo una idea.

—¿Buena o mala?

—Buenísima. —Hace una pausa—. Pon el dorso de la mano contra mi boca, por favor.

—¿Para qué?

—Para besarlo. Quería hacerlo yo, pero este auto me necesita con la mano bien agarrada a la palanca.

Río por lo bajo y, tras unos segundos de silencio, alzo la mano y llevo el dorso a sus labios. Callum sonríe antes de plantarme un beso.

—Estoy tan feliz de que estés aquí...

Yo también estoy feliz de estar aquí.

—Es la primera vez que te veo por aquí —dice el hombre al que le deslizo la bebida—. ¿Eres nueva? Porque estoy seguro de que no olvidaría una belleza como la tuya. No tendrías que estar sirviendo tragos, cariño; deberías tener algo mejor.

Entrecierro los ojos hacia el treintañero vestido de traje y me inclino sobre la barra para que me oiga.

—¿Te suele funcionar? Es una frase para ligar terrible. —Me río y sonríe—. No trabajo aquí.

—Si quieres podríamos...

—Ese es mi novio. —Asiento hacia Callum, que ríe con un grupo de universitarias en tanto que les sirve unos chupitos.

¿Me da un poco de celos? Sí, pero él es encantador. En las últimas cinco horas he aprendido que cuando se pone en modo barman tiene el triple de encanto y todos lo aman; casi le recomendaría dejar la universidad y hacerse cargo del bar, excepto que sé que será un gran criminalista.

—Eso lo cambia todo —dice el hombre, dando un sorbo a su trago.

—Tampoco iba a aceptar salir contigo si no tuviera novio. —No dejo de sonreír hasta que me vuelvo y me alejo a la otra esquina.

Respiro hondo y me paso el dorso de la mano por la frente. Es agotador. Tengo que admitir que no sirvo para trabajar en un bar. Callum y yo llegamos dos horas antes para que me explicara cómo preparar algunos tragos, pero estoy segurísima de que estoy embriagando a todo el mundo, porque le echo más alcohol de la cuenta, cosa que a Moira le hace gracia.

Callum hace que parezca fácil y Kyra también, pero Moira no. Moira es un desastre; se toma chupitos con quienes la invitan y derrama bebidas en la barra, razón por la cual los otros dos hermanos la asignaron a atender mesas. En cuanto a los otros dos trabajadores, uno parece tener una fijación por comerle el culo con la mirada a Callum y la otra es muy divertida. Estoy anotando muchas de sus técnicas de coqueteo porque es realmente buena.

Otra cosa que cabe destacar es que me esperaba un bar pequeño, aunque no de mala muerte, pero no me imaginaba este local tan grande, con estilo y lleno de gente. Fuera hay cola para entrar y ya es la una de la madrugada. Cuando lo comenté, Kyra se encargó de decirme que eso no era nada comparado con el bar del centro de Dublín, donde su papá está a cargo.

Me acerco a la barra cuando Moira me hace señas desde el otro lado.

—Siete cervezas alemanas, anótalo para la mesa seis. Qué vergüenza beber una sosa cerveza alemana en un bar de Irlanda.

—Dicen que la cerveza alemana es muy muy buena —me arriesgo a decir, y me dedica una mirada de muerte.

—Olvida esa ridiculez. Desde hoy solo bebes cerveza irlandesa.

—¿Qué dictadura es esta?

—Confía en tus mayores. —Me guiña un ojo—. ¡Estás haciendo buen trabajo con los tragos, Clover! Todos se están emborrachando y gastando más, excelente plan.

—No era el plan —mascullo, deslizando las botellas—. Es que no sé preparar bebidas.

—Excelente plan —insiste Moira—. Aunque cuando papá haga cuentas y vea que el alcohol bajó tan rápido, todos te culparemos, porque es verdad.

—¿Y si te echas la culpa? —Pestañeo varias veces mirándola hasta que suelta una carcajada.

—Ya te quiero, pero no a ese nivel. —Se vuelve para mirar el bar—. Esto está a reventar y hay tantos peces para pescar…

—No ligarás con nadie. —Kyra aparece repentinamente a su lado—. Clover, otra ronda de chupitos para la mesa tres y dos margaritas… Trata de no verter toda la botella.

Cualquiera creería que está siendo borde, pero sonríe de costado y me mira con diversión cuando preparo los tragos. Moira se lleva las cervezas.

Los dedos se me mojan con alcohol cuando preparo los margaritas, porque echo demasiado y lo derramo, así que maldigo. Consigo tener el pedido listo, aunque más lento de lo que seguramente es normal; Kyra no lo menciona, solo me guiña un ojo y se retira con la bandeja tras agradecérmelo.

—Qué desastre —digo mirándome los dedos, con la idea de limpiármelos, pero a mi lado me toman la mano.

—No, no. No desperdicies el alcohol —me regaña Callum antes de llevarse mis dedos a la boca y chuparlos.

Veo con los labios entreabiertos y la respiración agitada cómo se mete en la boca dos de mis dedos, lamiéndolos y chupándolos con lentitud. Lo siento en todas partes, sobre todo entre las piernas, donde de inmediato comienzo a mojarme.

Necesito que me follen como solo él sabe hacerlo. He tenido muy buenos orgasmos durante mi joven vida, pero la manera en que Callum me da placer es algo a lo que fácilmente podría volverme adicta. Siempre quiero más, y esta abstinencia ha sido difícil.

En cuanto al grandioso plan de Callum de antes, me contó que se había hecho amiguito de un tal Lincoln, un hombre importante de una línea de hoteles internacionales de cinco estrellas aún más importante. No sé qué le dijo, pero ahora estamos hospedados en un hotel lujoso con vistas espectaculares y una habitación digna de revista. En cuanto llegamos, no tardó en decirme que estaba desesperado entre besos, me apoyó contra la pared, cayó de rodillas tras desnudarme de cintura para abajo, se subió una de mis piernas al hombro y luego me hizo gemir con su boca y la lengua donde más húmeda me encontraba. Después de eso, lo toqué y trabajé con la mano cuando nos duchamos, pero supongo que estábamos cansados aunque no nos diéramos cuenta, porque nos acostamos y tomamos una larga siesta antes de venir al bar.

Espero que nos quede algo de energía cuando salgamos de aquí, porque la manera en la que mis dedos se deslizan de sus labios cuando por fin los libera hace que suba la temperatura. Los vítores de los clientes que están sentados en la barra lo confirman.

—Delicioso —dice, besándome las yemas de los dedos.

—Delicioso —repito en trance.

—Estoy enamorado de ti.

—Estoy enamorado de ti —repito otra vez, y ríe por lo bajo.

Me toma unos segundos entenderlo y entonces sacudo la cabeza para enderezarme y abro la boca con sorpresa.

En el bar de sus padres, tras lamerme los dedos, con clientes chismosos y embriagados posiblemente por mi culpa, Callum acaba de decir tan tranquilo que está enamorado de mí. Impresionante.

—¡Por favor, bésense! —exclama alguien, golpeando la barra.

Y no es que yo sea una muchacha obediente, pero sé hacer caso cuando me conviene. Sigo la indicación del extraño y me abalanzo sobre Callum, enredo los brazos alrededor de su cuello y lo beso directamente con lengua en una muestra de afecto que no debería ser pública en tanto que sus manos me aprietan el culo con descaro.

—Foto hecha —grita la voz de Kyra—. Se la enviaré a papá y le diré lo que haces en el trabajo.

Callum libera mis labios, me guiña un ojo y retrocede antes de centrar la atención en su hermana.

—A papá le caen mal los soplones, Kyky.

Me muerdo el labio, sonrío y lo veo contonearse al ritmo de la canción mientras se acerca al otro extremo para seguir atendiendo.

Me siento como en una nube. Eso explica por qué sirvo incluso más alcohol a una multitud que ya se encuentra más que achispada. Como no todos son buenos bebedores, hay alguna que otra pelea en que interviene seguridad. Sacan a cuatro personas y alguien intenta desnudarse, pero siempre sonrío repitiendo en mi cabeza las palabras de Callum, como si fuese mi canción favorita: «Estoy enamorado de ti».

Envío rápidamente un mensaje al grupo con mis amigos:

Clover: Callum dijo que ESTÁ ENAMORADO DE MÍ

Edna Moda: ¿No lo sabíamos ya?

Oscar: estaba dormido y me despiertas por esto

Maida‹3: VIVA EL AMOR INTERRACIAL

Clover: ¿¿¿???

Maida‹3: JAJAJAJA perdona quería decirlo

Kevin: aprovecha y dile que se tatúe tu nombre

Oscar: ¿¿??

> **Clover:** okay...

Envío un emoji y guardo el teléfono para seguir embriagando a todos estos desconocidos ¡porque estoy feliz!

—¡Ah! ¡Malditos duendes!

Me giro de inmediato, preocupada, y termino riendo cuando me encuentro a Callum con espuma en el cabello y en los ojos. No hace falta que me diga que le entró champú en los ojos.

—No te rías. —Hace un puchero mientras se mete debajo del agua para limpiarse.

Desnuda, apoyando la espalda contra la pared, pienso en los ocho días que hemos pasado juntos desde que salió de la clínica y esquivó lo que sabemos que habría sido algo peligroso. Lorcan no lo ha vuelto a contactar y no creemos que lo haga.

Estos días hemos hecho muchas cosas, como recorrer Irlanda, trabajar en el bar de sus padres (aún embriago a la gente), divertirnos con lo que ofrece este lujoso hotel y cumplir mi deseo de buscar un trébol de cuatro hojas en un vasto jardín, que ahora guardo en la funda de mi teléfono. Asimismo, desayunamos con su familia, subí a la motocicleta de su papá con Callum y fuimos a una fiesta donde conocí a varios de sus amigos y vi a uno de sus ligues. Por suerte no estaba el ex al que su familia odia y que oí que le había roto el corazón en el pasado.

También tuvimos mucho sexo, tanto que pensé que podría irritarme, pero la vida es milagrosa y no ha pasado. Además, su lengua es buena y cuida de mí después. Lo hemos hecho en muchos lugares y en muchas posiciones que buscamos en internet por curiosidad. En cuanto a la promesa pendiente de sexo anal, aún no ha sucedido; no porque lo hayamos olvidado o porque deseemos atrasarlo, sino porque pacientemente me está preparando con los dedos, con juguetes y con esa talentosa boca que no se cohíbe de humedecer la zona.

Mis cosas favoritas son la complicidad, verlo sonreír y reír juntos. Incluso las pequeñas discusiones, como cuando me enfadé en un centro comercial y le dije que me iba, pero él me siguió en silencio y se rio cuando tomé la dirección equivocada y me dijo que los duendes malditos me llevarían. Me encanta verlo trabajar, aunque se ría de mí cuando termino embriagándolos a todos con rapidez, y también me gustan los documentales de asesinatos que hemos visto, mirar las Kardashian con Arlene y que me obliguen a ver un k-drama con Kyra y él.

Aún repito en la cabeza cuando me dijo que estaba enamorado de mí. No lo ha mencionado de nuevo y yo me reprendo como una tonta por no habérselo dicho. En mi mente lo había hecho, pero me doy cuenta de que no lo dije en voz alta, y mi irlandés es superinteligente pero no me puede leer los pensamientos; aunque debe de saber cómo me siento, sé que es increíble oírlo.

—¿Callum?

—¿Sí? —Abre un ojo tras aclararse la espuma del cabello.

Lo miro en toda su gloriosa desnudez, con mis rasguños en la piel, un gran chupetón en la clavícula, los piercings en los pezones, sus pocas pecas, los labios inflamados por mis besos y algunos mordiscos. Es todo mío.

—¿Qué pasa, mi trébol? ¿Te quedarás a comerme con la mirada?

—No pasa nada, solo quería decirte que estoy enamorada de ti.

Pasan unos pocos segundos antes de que me guiñe el ojo. Se termina de sacar la espuma y me hace reír cuando se sacude el cabello, mojándome aún más, y luego cierra la llave de la ducha y me mira con intensidad.

Trago y noto que se me eriza la piel húmeda, los pezones se me endurecen y el corazón se me acelera al verlo acercarse a mí. Cuando me alcanza, se presiona contra mi cuerpo desnudo, mojado y todavía sensible por nuestro encuentro, y me aprisiona poniendo los bíceps a cada lado de mi cabeza.

Esos hermosos ojos verdes me miran con su chispa de alegría y picardía de siempre, pero también con algo más.

—Antes el trébol más importante en mi vida era uno de cuatro hojas, ahora eres tú —susurra contra mis labios antes de lamerlos—. ¿Estás enamorada de este irlandés?

—¿Cómo no estarlo? —respondo, aplanando las manos sobre sus abdominales, y siento que las gotas de agua de su cabello caen sobre mi cuerpo.

—Te amo, mi trébol.

Había miles de posibles escenarios románticos en que podía decir estas dos palabras, pero no cambiaría que haya sucedido ahora, en un momento tan poco esperado y tan peculiar como nosotros. Así que sonrío ampliamente y esta vez soy yo quien le guiña el ojo.

—Sé que me amas.

—Yo también sé que me amas —asegura.

—Es cierto, te amo.

—¡Duendes! Tengo que follarte de nuevo. —Asiente para sí mismo—. Sí, es lo correcto.

—Lo correcto es follarme y hacerlo más romántico —concuerdo—, pero primero ¿me besas?

No me responde con palabras, en lugar de ello me devora con un beso que me hace ponerme de puntitas y enredar los dedos en su cabello húmedo, pero soy yo quien exige más.

—Ahora bésame abajo —susurro.

—Si no estuviese enamorado de antes, lo habría hecho con esta frase. Repítela —pide, deslizando una mano entre mis pechos antes de envolverla alrededor de mi garganta y apretar.

Me encanta cuando hace esto, y él lo sabe.

—Ahora bésame abajo —repito casi sin aliento y conteniendo una sonrisa.

Y lo hace, me vuelve loca en esa ducha de hotel. Lo amo tanto pero tanto que me asusto. Porque los amores fuertes también se sufren y se lloran; los amores reales e intensos no siempre son sonrisas; los amores así te marcan para bien o para mal, y espero que sea la primera opción, porque el amor de Callum se siente tan bien que me niego a creer que algún día pudiese hacerme mal.

22

PESADILLA

Clover

Me arrastro por el suelo intentando huir de una sombra que viene detrás de mí. La oigo reír de manera siniestra y mi miedo casi se vuelve una entidad externa.

Hay neblina y no sé dónde estoy, pero lo único que hago es arrastrarme hacia delante con las uñas rotas y los dedos sangrantes. Saboreo la sangre en la boca, y el pelo se me pega al cuerpo sudoroso.

Grito pidiendo ayuda, o más bien lo intento, pero el sonido no sale. Me duele todo. Cuando me atrevo a mirar hacia atrás, la sombra, a la que solo le veo unos dientes afilados y sangrientos, cada vez está más cerca.

—Te atraparé —repite una y otra vez.

Mis movimientos se vuelven más torpes y desesperados, pero siento sus garras en la ropa, rasgándola, mientras sus manos deambulan por mi cuerpo y me hacen sentir asqueada. Cuando creo que estoy perdida, dos piernas aparecen frente a mí y alzo la mirada mientras extiendo la mano.

«Ayúdame», intento decir, pero no hay sonido en mi voz.

Al mirar su rostro borroso, solo puedo enfocar la sangre rodando desde la esquina de su ojo.

—Vaca gorda, mira lo que me hiciste. ¡Vas a pagar! —grita con furia.

Entonces levanta el pie para aplastarme la cara y finalmente consigo gritar con todas mis fuerzas.

Mis ojos se abren y me noto la garganta a fuego lento antes de darme cuenta de que estoy gritando de verdad y que Callum está repitiendo mi nombre mientras me insta a sentarme en la cama de la habitación del hotel donde nos hospedamos.

No puedo dejar de gritar. Estoy paralizada y confundida. El miedo irracional se arraiga en mí y me clavo las uñas en las palmas de las manos.

—Clover, estás aquí, estás conmigo —susurra Callum, tomándome el rostro entre sus manos temblorosas.

No logro enfocar la vista en él, solo sacudo la cabeza y grito.

Él repite mi nombre una y otra vez y me sostiene las manos cuando mis movimientos se convierten en espasmos involuntarios que posiblemente podrían hacerme daño o hacérselo a él.

Ni siquiera me doy cuenta de cuándo dejo de gritar ni tampoco de cuándo comienzo a llorar, pero mi cuerpo se sacude con sollozos profundos y mis manos se aferran a Callum, que en algún momento me ha subido a su regazo y me envuelve en sus brazos susurrándome palabras suaves que no consigo registrar porque estoy aturdida.

Solo puedo pensar en que me perseguían. En una sombra detrás de mí y sangre. En ropa rasgada, garras y manos errantes.

Murmuro algo una y otra vez. No lo registro, pero Callum me ayuda a ponerme de pie y me lleva al baño mientras repito lo mismo.

Me dejo guiar como una muñeca y entonces, cuando me abraza bajo el agua de la ducha, entiendo lo que estoy diciendo:

«Necesito ducharme, por favor, por favor».

El agua es cálida, pero no tanto como su abrazo. Consigo poco a poco salir de la bruma de una pesadilla que comienza a escaparse entre mis dedos; solo logro asociarla con sombras y sangre, con huir y con el eco del miedo que aún permanece en mí.

No hablamos, no hace preguntas; simplemente nos quedamos debajo del agua, él vestido con un pantalón de chándal y yo con su camisa.

Me recuerdo que estamos en Irlanda, que estoy bien y a salvo, que solo ha sido una pesadilla.

—Tengo frío —susurro cuando el agua caliente comienza a enfriarse.

Me besa la frente y nos saca de la ducha tras cerrar la llave. Se encarga de quitarnos la ropa mojada, secarnos y luego peinarme el cabello y secármelo.

No sé cuánto tiempo pasa antes de que nos guíe de vuelta a la cama completamente desnudos. Nos metemos debajo de la sábana y me deja descansar la mejilla contra su pecho mientras me peina el cabello con los dedos.

—¿Quieres hablar de ello? —pregunta.

Es la primera vez que permanecemos tanto tiempo en silencio estando despiertos, pero ha sido reconfortante mientras ha durado.

—Fue una pesadilla, lo siento por exagerar y despertarte…

—Mi trébol, no tienes que disculparte por ello. —Me acurruca más en su cuerpo con un brazo—. Tal vez si hablas de ello…

—No lo recuerdo. Supongo que es porque comí demasiado en la cena.

No sé si me cree, pero no insiste. Se limita a tararear una canción de Lady Gaga y continúa jugando con mi cabello.

No le digo que recuerdo que algo me perseguía, el toque de la sombra y el odio de la mujer sin rostro y sangrante. Tampoco le digo que no fue por la cena, que posiblemente se deba a aquel día, aquella tarde en la que pasó algo muy grande y lo bloqueé de mis recuerdos.

Al final consigo dormirme y, por fortuna, no tengo pesadillas.

23

ARRUINADOS

Callum

—¿Babearás sobre los tragos? —me pregunta Kyra, y ni siquiera me giro para mirarla.

—Es posible que lo haga —respondo, siguiendo con la mirada a Clover, que se encuentra repartiendo bebidas.

Amo su culo, sus piernas y cómo camina. También amo que sus pantalones nunca se le ajusten a la cintura porque es más estrecha que sus caderas y que el culo que ya declaré amar, y eso la obliga a usar cinturón. Y amo que la camisa rosa que lleva deje a la vista una franja de la piel de su baja espalda.

—Callum, están esperando el trago. —Kyra carraspea a mi lado.

Despego la mirada de Clover para ver al tipo que espera el trago y que ahora también mira a mi novia. Eso me hace enarcar una ceja y deslizo el trago hacia él con demasiada fuerza.

El tipo, al que he decidido que llamaré Rubio Sucio, me dedica una sonrisa como si compartiéramos un secreto o juguete. ¡Ja! Estúpido.

—Entiendo por qué te distraes, es un buen culo. —Me guiña el ojo antes de volver la atención a ella—. Un culo apetitoso. ¿Está disponible?

—Esta será una noche difícil —susurra Kyra, y soy el único que alcanza a oírla.

—Termina el trago y vete de mi bar —ordeno por encima de la música.

—Callum —sisea mi hermana.

—¿Perdón? —pregunta el Rubio Sucio.

—No te perdono y quiero que te largues de mi bar.

—Está de broma, ¿verdad? —le dice a mi hermana.

—La verdad es que… —Kyra se calla cuando Clover se acerca a nosotros.

Mi novia, tan inocente y pura, recita los tragos de la mesa seis, ajena al degenerado sucio que abiertamente le echa una mirada al culo y que parece que tiene intención de agarrárselo, ya que estira la mano.

—Hazlo y te arrancaré cada órgano del cuerpo mientras estés vivo —le aseguro con fuerza sin despegar los ojos de él—. Estira un poco más esa mano y por todo el oro de Irlanda que te la corto y te quito uno por uno los dedos que uses para tocar a mi novia.

Al oír mis palabras, Clover se vuelve y se da cuenta de lo que sucede. Veo el momento en que el fuego aparece en su mirada antes de que le golpee con la bandeja la mano al tipo con un fuerte ruido, y él grita de dolor. ¿Nos demandarán por esto?

¿La tocó? No, porque ella lo detuvo. ¿Es correcto lo que hizo? No me importa, porque hace mucho Clover vivía aterrorizada cuando era acosada y ya está harta de esa mierda. A mí me encanta que se defienda. «Eso es, reina, acaba con esos putos patanes que intentan pasarse de listos o lo haré yo».

Si hipotéticamente Clover asesinara a un tipo que la hubiera tocado sin su permiso, yo escondería el cuerpo sin preguntas y sin juzgar. Incluso podría felicitarla si lo hiciese sin dejar rastro, como hemos aprendido en nuestras clases compartidas. Qué gran pareja hacemos, ¿verdad?

Pero volviendo al Rubio Sucio: él está a punto de gritar y reclamar por el ataque, pero Clover se inclina y le susurra algo que le hace apretar los labios, palidecer y apartarse de ella antes de bajar de la silla e irse.

—¡Oye, paga! —Mi hermana se apresura a ir detrás de él. Como es atlética, sé que lo alcanzará.

Mi atención está en Clover, que me mira a través de las espesas pestañas cubiertas de rímel en tanto que desliza la bandeja agresora por la barra. No me importa nada y sé que hay dos trabajadores más atendiendo cerca de mí, pero tomo impulso y paso por encima de la barra hasta estar al lado de Clover, que me mira boquiabierta.

—¿Te ha calentado mi despliegue de atletismo y coordinación? —pregunto.

—Me ha mojado —responde sin dudar—, pero necesito que prepares el pedido de la mesa, que está esperando a que vuelva.

—Yo lo tomo —dice Kyra, llegando tras perseguir al Rubio Sucio—. Conseguí que pagara. Tienen cinco minutos para mimarse antes de volver a trabajar, ¿de acuerdo? —nos advierte, y le lanzo un beso.

Centro la atención en mi trébol y tomo un mechón de su cabello, envolviéndolo en mi índice. La verdad es que después de todo eso, de casi ser infectado por una bacteria desconocida, las cosas han ido superbién. Me encanta tener a Clover en mi tierra y ver cómo se relaciona con mi familia. Todavía embriaga a la gente en el bar porque no sabe mezclar bebidas y cada noche parece que acumula admiradores, pero no como el de hoy. También he amado todo el sexo alocado que hemos tenido, y no voy a negar que he disfrutado de meterle juguetes y dedos por el culo, esperando ansiosamente que algún día sea mi polla. ¡Qué bonito!

Sin embargo, aún me tenso al recordar que hace dos noches tuvo aquella pesadilla. Fue aterrador despertar con sus gritos y sentí que no podía alcanzarla cuando se despertó. No se ha repetido y ella lo descartó como algo que simplemente pasó, pero me cagué hasta la puta médula, esa madrugada.

—¿Qué le dijiste para que se estremeciera y huyera? —le pregunto con referencia al Rubio Sucio, tirando con un brazo de su cintura para acercarla a mi cuerpo.

—Solo jugué con sus miedos derivados de los prejuicios —responde, curvando esos labios sensuales en una sonrisa.

Mi espalda y yo nos hemos acostumbrado a que nuestra novia es bajita, y supongo que su espalda y ella también se han habituado a mi estatura, así que me resulta natural mirar hacia abajo cuando hablamos, ya ni me duele.

—Qué mala eres, mi trébol.

Se pone de puntillas, me toma el rostro entre las manos para obligarme a bajar más y me da un beso con lengua profundo y emocionante al que no me niego. Le pido más apretando los dedos en la carne de su culo para que sienta que comienza a ponerme duro, pero Kyra, que no es la hermana divertida, nos corta el rollo haciéndonos saber que debemos volver al trabajo, y, como me gusta el dinero, lo hago.

La noche es tranquila pese a ser jueves. No hay más patanes y Moira llega tarde. La veo coquetear con un par de tipos, pero sé que ella es más peligrosa que ellos, de modo que me relajo y me dedico a ser encantador con cada cliente con potencial de soltar tanto dinero en tragos como quiera.

Falta poco para que pueda irme, así que salgo por la puerta trasera con dos grandes bolsas de basura que arrojo al contenedor. Exactamente como en una película de terror, el panorama cambia.

Es un callejón oscuro y solitario y me da la sensación extraña de que alguien me vigila. Estoy atento, aunque me veo relajado, y eso explica por qué no grito ni me cago encima cuando alguien dice mi nombre.

Frunzo el ceño y me giro para encontrarme a Colin, el mafioso de manos amistosas que cometió el mismo error que muchos: enamorarse de mí.

De acuerdo, no se enamoró, pero sí que quiere que lo folle o follarme; tal vez, ambas cosas.

—La entrada al bar es por el otro lado —le hago saber.

Sonríe y me da un repaso visual lento para desvestirme mentalmente. Le gusta lo que se imagina.

—Lo sé. Me encantaría quedarme a conversar contigo o hacer algo más, pero esto tiene que ser rápido —dice, y me arroja algo que mis reflejos atrapan con rapidez—. Ya sabes quién lo manda. Ojalá algún día tengamos la oportunidad de conocernos mejor.

—Sueña con ello —respondo con odio.

—Lo hago. —Me guiña un ojo.

Ah, es verdad, que las personas masoquistas aman torturarse deseando lo que saben que no tendrán, soñando despiertos con hipotéticos escenarios que nunca se harán realidad.

Comienza a alejarse. Cuando ha desaparecido del todo, desenvuelvo la hoja atada con una liga, que resulta esconder un fajo de al menos cien billetes de cien euros. La hoja tiene un mensaje en lápiz negro con una letra bastante brusca.

> *No eres mi favorito y sigo creyendo que eres realmente raro.*
>
> *Tu papá en este momento me odia.*
>
> *Aún los espero en la boda.*
>
> *Gracias por abrir el cadáver y por alertarnos del agente químico creado que pudo matarte.*
>
> *Tu vida no tiene valor, pero cómprate un dulce.*
>
> *Revisa tu cuenta bancaria.*
>
> *No mates a nadie.*
>
> *Sin amor y con algo de aprecio,*
>
> Lorcan.
>
> *Disfruta del pago de tu trabajo.*
>
> *No vuelvas a llamarme... A menos que sea una emergencia de vida o muerte.*

Enarcando las cejas, me saco el teléfono del bolsillo todavía con el fajo de billetes en la mano y entro en una de mis cuentas bancarias. En la primera sigo teniendo el mismo saldo de ahorros para el máster y el doctorado, en la segunda me doy cuenta de que Arlene se compró cosas por internet con mi tarjeta (¡mocosa astuta!) y finalmente en la tercera veo algo que vale la pena.

Había unos tres mil euros en esa cuenta, pero ahora tengo ciento trece mil euros.

Es un tacaño, podría haberme dado doscientos cincuenta mil, pero mi bondad y yo aceptaremos este monto. ¿Qué esperaban?, ¿que gentilmente rechazara un dinero que me gané? ¡Qué va! Este dinero mal habido es mío. En cualquier caso, todo el dinero que corre por el mundo está manchado de sangre, eso a mí no me intimida. Fue un trabajo honesto y yo soy ambicioso, me gusta darme mis caprichos, y mi cuenta se ve hermosa con el dinero.

Me guardo el teléfono y el fajo de dinero, regreso al bar como si nada hubiese sucedido, recojo las cosas y echo un polvo rapidito en la oficina con Clover que hace que el cierre de la noche sea excelente.

Clover gime y menea el culo de una manera hermosa y me hace sudar al ver que su increíble culo absorbe mi dedo empapado de lubricante tras un poco de resistencia, mientras los dedos de mi otra mano masajean su clítoris.

—Te ves tan increíble.

—¿Con tu dedo en mi culo? —pregunta con la mejilla contra la cama, la almohada debajo de sus tetas, las rodillas abiertas presionadas en el colchón y el culo al aire.

Río por lo bajo y saco con lentitud el dedo antes de deslizarlo de nuevo. Le follo el culo con el dedo durante un par de minutos antes de tomar más lubricante y hacer que un dedo se convierta en dos. Ella exhala y se tensa, pero luego, la muy codiciosa, empuja contra mi mano y abandono el pequeño nudo de nervios entre sus piernas para abrir mejor su trasero y ver cómo se hunden los dedos.

Clover está lista para esto desde hace días, pero me gusta jugar con nuestras ganas y expectativas. Sin embargo, hoy ese culito hermoso será follado, y qué honor que sea por mí. Me siento como si tuviese una polla de oro o la más valiosa de Irlanda.

Dos dedos se convierten en tres y ella maldice aferrándose a las sábanas, se menea y empuja contra mi mano en tanto que murmura cosas que no logro entender.

—¿Qué dices, mi trébol?

—Que dejes de jugar y me la metas por el culo.

Le doy un azote en la nalga y gime con fuerza.

—Chica sucia —digo, dándole otro azote.

—Más.

—¿Cómo terminé emparejado con alguien igual de sucio que yo? —Dejo caer la palma de la mano con un poco más de fuerza y ella gime—. Estás goteando, te encanta que te azote mientras juego con tu culo.

—Lo amo.

—¿Tanto como me amas a mí?

—A ti te amo más.

Sonrío y abro los dedos en su interior, expandiéndola tanto como puedo, y veo que lo aguanta. Lo próximo que estará ahí seré yo. La vuelvo loca hasta que se quiebra, y me lloriquea y pide que la folle y la haga correrse, a la vez que empuja hacia atrás con ansias de sentirme en su interior como no ha hecho antes.

Manteniendo los dedos dentro de ella, con la otra mano me encargo del condón —soy un muchacho ágil y coordinado—. Después recojo su humedad y la mezclo con el lubricante para cubrirme hasta estar lo suficiente resbaladizo para no lastimarla, pese a que la primera vez duele.

—¿Preparada? ¿Quieres hacerlo?

—Sí —dice con voz ronca—, estoy nerviosa pero emocionada.

—Ah, interesante. Te emociona perder tu virginidad anal.

—Momento memorable de mi vida. —Se ríe.

—De nuestra vida. Marquémoslo en el calendario: día en el que tuvimos sexo anal por primera vez.

No la advierto para que no se tense, simplemente saco los dedos con lentitud y casi de manera inmediata presiono la punta de mi miembro cubierto de látex. No hay resistencia y se introduce con facilidad, pero sé que debe de estar sintiendo un escozor. Por un momento se tensa, pero llevo de nuevo una mano a jugar con su clítoris hasta relajarla lo suficiente para empujar otro poco más. Centímetro tras centímetro, tenso y cubierto en sudor, de rodillas detrás de ella, veo cómo su hermoso culo me traga poco a poco. ¡Es mejor de lo que imaginé! Apretado y cálido, la sensación de que muchos lo consideren sucio a mí me incita todavía más. Cuando está lo suficiente relajada, con ambas manos la separo para ver con más claridad cómo me introduzco hasta la base.

—Ya ha entrado toda —digo, y ella ríe por lo bajo.

—Grandiosa frase, Irlandés.

Le doy un azote y ella gime y me aprieta en su interior. ¡Joder!

—¿Cómo te sientes, mi trébol?

Porque antes de follarla necesito saber que esto le gusta y lo disfruta.

—Me ha dolido —admite con voz llorosa, sorbiéndose la nariz—, eres grande y siento que me partes en dos.

Me dedico más a su clítoris para compensarla en tanto que frunzo los labios porque su culo me aprieta la polla como un guante.

—Puedes moverte —dice en tono ronco—. Arde y escuece, pero puedo con ello. Además, me gusta que me siento llena, caliente, excitada y sucia por dejarte metérmela por el culo. —Se menea un poco y me hace poner los ojos en blanco—. Demuéstrame lo bueno que puede ser.

La tomo del cabello con una mano y le hago arquear la espalda. Con la otra la sujeto por la cintura y al principio embisto con lentitud para ayudarla a adaptarse, pero pasado un tiempo, cuando empuja hacia mí ansiosa, comienza la verdadera fiesta.

Empujo hasta que mis monedas de oro suenan contra la carne de sus nalgas, su cuerpo se sacude hacia delante con cada embestida y resuena el golpeteo del choque húmedo. Clover gime con fuerza retorciéndose debajo de mí y se menea tanto como puede. Amo cuando una de sus manos se mete debajo de su cuerpo para acariciarse e impulsa todavía más el *crescendo* hacia el orgasmo.

—¿Cómo te estás tocando, mi trébol?

—En el clítoris —gime—, y me estoy metiendo dos dedos.

—Métetelos como si fuesen míos.

Hablar sucio la enloquece. Me cuesta no correrme cuando me aprieta en su interior y veo su culo sacudirse con cada embestida. De hecho, me corro segundos antes que ella, pero siento que me muero porque en medio de mi orgasmo me aprieta.

¡Duendes! Espero hacer esto mil veces más.

Consigo salir de su culo antes de desplomarme boca arriba a su lado. Ella se mantiene boca abajo con el rostro sudado y la boca hinchada, y me mira entre jadeos.

—¿Te gustó? —susurro, y ella asiente—. ¿Cuánto?

—Lo haría de nuevo... Pero cuando no me arda el culo ni sienta que me lo estoy haciendo encima.

Ambos reímos y la atraigo a mi cuerpo para que descanse contra mi costado mientras le doy suaves besos por todo el rostro.

—Te han follado por el culo, ¿verdad? —Rompe el silencio, y sonrío hacia ella.

—Sí. No lo odio, me gustó, pero disfruto más ser quien folla. —Hago una pausa—. A ti te dejaría follarme.

Se hace un breve silencio.

—Creo que me gustaría —admite—. Nunca lo he hecho, eres el primer chico al que le toco y le meto un dedo cuando le hago una mamada, y eso me gusta. ¿Cómo te follaría? ¿Con los dedos?, ¿juguetes?, ¿un arnés?

—Podemos ser creativos. —Me río besándola.

—Amo que podamos hablar de estas cosas sin pensar que el otro es un loco desviado.

—Tenemos algo que muy pocos consiguen. A veces el amor es más fácil de encontrar que dar con alguien que sea tu alma gemela sexual. La química sexual se tiene con muchos, pero la compatibilidad hasta el punto de no tener miedo de decir tus deseos más profundos y de disfrutar cualquier práctica es difícil. Podría follar con otras personas y, aun así, no olvidarte. Ya nos hemos marcado, Clover, ya hemos arruinado la vida del otro.

—Me gusta estar arruinada —confiesa, dejándome un beso en el pecho.

—A mí también, me encanta que estemos arruinados.

No mentiré: me pone sentimental tener que despedirme de Clover.

¿Cómo me volví tan afortunado? Estas últimas dos semanas y media han sido espectaculares, viviendo en un hotel como ricos, trabajando en un bar como pobres y conviviendo como un matrimonio reciente que aún no tiene hijos pero sí familiares entrometidos. Fue casi perfecto, aunque discutimos un par de veces, pero ¿en qué relación no se tensan un poco las cosas?

Quisiera ser egoísta y decirle a Clover: «Quédate, vivamos en Irlanda, nos casamos y así obtienes la ciudadanía», pero eso sería estúpido, porque ambos somos estudiantes ambiciosos que quieren graduarse y tenemos planes para después que aún no sabemos cómo combinar.

Mi familia la amó. Incluso Kyra, que es la odiosita de la familia. Todos quedaron encantados, y esta mañana, al despedirse, le hicieron saber que podía volver siempre que quisiera, incluso si cortábamos, pero mamá resaltó que no rompiera conmigo porque seguro que yo me pondría muy miserable, cosa que no desmentí ni negué.

Ahora están anunciando que su vuelo embarcará pronto y ella tiene que pasar por seguridad, así que nos abrazamos con fuerza y luego nos besamos de una manera desesperada y poco recatada. Alguien que pasa por nuestro lado nos llama «indecentes» y «desvergonzados», pero no nos importa.

No volveré a Nottingham hasta dentro de un mes, cuando iniciemos nuestro último año. Cuatro semanas son poco, pero me ha gustado tenerla para mí.

—Gracias por haber venido —susurro contra sus labios.

—Me encantó venir, me voy enamorada de este lugar. No tardes en volver.

—Lo haré pronto —le aseguro, besándole la sien—, y basta de vídeos con el despreciable de Frankie.

—Lo prometo.

Le tomo el rostro entre las manos y le doy otro suave beso, uno más romántico.

—Que tengas un buen vuelo, dale mis saludos a tu familia. Tócate pensando en mí, yo lo haré pensando en ti.

—Qué romántico. —Se ríe.
—Te amo.
—Yo también te amo. —Me sonríe. Se ve muy feliz y radiante. Tras otro abrazo, la despido con la mano mientras se aleja. Antes de entrar, me lanza un beso, lo cual me hace sonreír.

Ahí va mi trébol, alias «El amor de mi vida».

24
¿TAL VEZ EN EL FUTURO?

Callum

—Esta vez no puedo estar del lado de Kim —dice Arlene en tanto me como un puñado de cacahuetes.

Asiento en acuerdo: Kim está actuando como una desconsiderada y una diva... Pero no está llorando, y eso es bueno.

—Está mal decirle a alguien que es una zorra, pero Kim está siendo una malvada. No me iré a su Instagram a decirle «Kim, eres una absoluta zorra malvada», pero te lo comento a ti.

—Eso lo hace menos ofensivo —me burlo.

Ella ríe por lo bajo y apoya la cabeza sobre mi hombro mientras continuamos viendo el *reality* en el enorme televisor de su habitación —alias, «una de las habitaciones de servicio», ja, ja, ja. Esa broma nunca muere—. Ya hemos visto cuatro episodios y, aunque esto suele ser nuestro ritual a distancia, se siente increíble hacerlo lado a lado.

—Extraño a Clover. —Suspira.

—Lele, solo la tuviste durante dos semanas y cuando la compartí.

—Pero fueron dos semanas geniales. Es tan bonita, agradable y divertida... —enumera—. Me enseñó un par de maquillajes, y el día que me maquilló para la fiesta fui el centro de atención.

—Yo también la extraño.

En poco menos de dos semanas volveré a Nottingham. A pesar de que estaré sumamente triste de dejar a mi familia, me hará feliz estar con Clover... y con Stephan. ¡Extraño a mi imbécil! Se ha vuelto una enfermedad sin la que no sé vivir.

—Sobre esa fiesta a la que fui... —comienza mi hermanita, y desvío la atención del televisor porque me parece que no será una conversación casual.

—La fiesta de la que me dijo Moira que llegaste tarde a casa.

—Esa zorra chismosa, habrá que cortarle la lengua.

—Tú la sostienes y yo se la corto —ofrezco.

—Trato. —Se ríe.

—Entonces… Sobre la fiesta… —tanteo.

—Draco estaba ahí.

—¿Draco Malfoy? —finjo sorpresa.

—¡No seas estúpido! —Se ríe otra vez—. Hablo del chico que te dije que era tímido y lindo pero que me había escrito una carta.

—Un poema sobre lo mucho que le gusta tu cabello y lo preciosa que eres. Me parece que hizo un buen trabajo, alabamos su buena ortografía y su dramatismo, y además hizo bonitas rimas.

—Sí, pero no me hablaba, mientras que otros chicos sí, y creo que me encapriché en esperar a Draco… Estaba en la fiesta y pensé que, como siempre, solo tendríamos un intercambio tenso de miraditas, pero decidí actuar.

—Mi Lele nunca ha sido tímida.

—Pues no. —Se ríe—. Le pregunté si únicamente iba a mirarme, porque en tal caso también podía regalarle una foto para que siguiera mirándome en el móvil cuando no estuviese frente a él. O, aún mejor, podía tomarme una foto con él.

—Arriesgada, eso me gusta.

—No fue todo. Le pedí el teléfono, tomé una foto de nosotros y agendé mi número.

—Qué atrevida.

—Me encantó cómo me miró y su sonrisa. Tardó cuatro días en escribirme. —Suspira—. Me encanta, su personalidad es tan buena como su físico, o incluso mejor. ¿Quieres verlo?

No tengo que responder, porque ya está enderezándose y buscándolo en el teléfono. Me muestra a un chico delgado, de piel morena oscura, con rizos negros dignos de un anuncio y ojos de un marrón sorprendentemente claro. Tiene razón, su sonrisa es genial.

—¿Verdad que es hermoso?

—Este muchacho es menor de edad. No me veré envuelto en problemas por señalar si es lindo o no, Arlene.

—Tiene dieciocho años recién cumplidos y yo los cumplo en un mes, es perfecto.

—Parece que lo tienes todo muy bien pensado.

—Me gusta mucho, es diferente al resto de estúpidos que quieren salir conmigo. Tal vez solo soy pretenciosa y ando juzgando a los demás, pero, como sea… Me gusta, quiero que sea mi novio, que nos besemos y luego follemos.

—¿En ese orden?

—Cualquier orden me viene bien.
No puedo evitar reírme antes de acomodarme para estar sentado frente a ella.
—Espero que todo salga bien con Draco. Quisiera conocerlo antes de irme, pero entiendo que le parezca raro que le hagas conocer a tu familia a estas alturas.
—Tendremos nuestra primera cita en dos días.
—¿Estás nerviosa?
—Estoy emocionada. Tengo un montón de ganas de besarlo y sé que él también quiere, así que daré el primer paso.
—Estoy orgulloso de ti. —Me llevo una mano al pecho fingiendo conmoción.
—Yo también estoy orgullosa de mí. —Hace una fingida expresión de modestia antes de volver a apoyar el costado de la cabeza contra mi hombro cuando me siento a su lado—. Mira, Kim está llorando…
—Otra vez —decimos ambos al mismo tiempo, y nos reímos.
Continuamos viendo el programa, riendo y comentando como un par de chismosas que creen que harían las cosas mejor si fuesen del clan de las Kardashian. Me parece que si veo otro episodio hablaré como Kylie o la propia Kris Jenner, pero entonces aparece papá y se detiene en la puerta de la habitación con una expresión que me resulta algo inquietante.
Me hace pensar que ha pasado algo malo.
—¿Qué sucede? —pregunto con cautela.
Papá mira a Arlene. Supongo que debate consigo mismo si mi hermana puede oír las próximas palabras, pero la respuesta debe de ser que sí, porque entonces entra en la habitación y se mantiene de pie, pasándose una mano por la barba rojiza.
—Esto no es una buena noticia, es lamentable —comienza.
Pero papá no es un hombre que se ande con rodeos, por lo que suelta la noticia. En secreto todos pensábamos que podría suceder algún día, pero esperábamos que nunca pasara, y hoy la lamentaremos.
—Vanessa ha sido asesinada.
Parpadeo y oigo vagamente el jadeo de Arlene.
—Sucedió hoy, la encontraron en su piso. Fue un virus —dice, compartiendo una mirada conmigo.
¡Joder! El agente químico creado, el que pudo haberme matado.
Vanessa, la bonita, dulce y brillante prometida del tío Lorcan, la que en una semana y media iba a casarse con un mafioso al que no entendí cómo enamoró pero que a su lado actuaba con tranquilidad y la cuidaba.

Es un secreto a voces, pero no se tolera que asesinen a mujeres inocentes, y Vanessa lo era. ¡Joder! Lo era, su error más grande fue comprometerse con un hombre dedicado al crimen organizado.

—Debemos ir con el tío… —empieza mi hermana, poniéndose en pie.

—No, no irán cerca de Lorcan. —Papá me dedica una mirada—. Es un virus desconocido y muy contagioso. No pondré a ninguno de mis hijos en peligro. Sin embargo, iré en nombre de la familia, porque es mi amigo. Aunque no lo exprese, se debe de sentir como si estuviera en el infierno. —Sacude la cabeza—. Por favor, manténganse en casa, no llamen a Lorcan. Creo que tiene suficiente en este momento y no sabemos qué podría pasar a continuación.

—Cuídate mucho, papi. —Arlene se acerca y lo abraza—. Vuelve a casa pronto, ¿sí?

—Claro, pequeñita. —Le devuelve el abrazo.

Papá me dedica una larga mirada antes de salir de la habitación. Le digo a Arlene que pause el programa y lo sigo hasta su habitación.

—¿Cómo fue? —pregunto en voz baja observando a papá, que saca una camisa negra de manga larga y botones.

—Suena frívolo decir que fue afortunada —dice, sacándose la camisa blanca y comenzando a ponerse la negra, que es más formal—, pero parece que tuvo una muerte relativamente rápida, aunque dolorosa… Debes de tener más información tú que yo.

—Lorcan va a arrasar con el mundo por el asesinato de Vanessa —susurro—. Quien lo haya hecho y haya creado esa mierda, mejor que se esconda.

—Odio las venganzas, pero Vanessa no quedará en el olvido; Lorcan no la olvidará. —Termina de abotonarse la camisa y va a por su reloj.

Cuando termina de prepararse, me indica que me ponga de pie para tomarme el rostro entre las manos, obligándome a mirarlo con fijeza.

—Prométeme que no saldrás de casa hoy.

—Pero el bar…

—Call-me, el bar me da igual ante la vida de mis hijos. Hoy no abriremos por respeto a Vanessa y a Lorcan. Puede que esté cabreado con ese imbécil, pero es mi mejor amigo y, aunque no lo muestre de manera convencional, lo está destrozando. Vanessa tomó sus decisiones, sabía las posibilidades, pero sé que Lorcan no lo verá así. En su mente, él la asesinó por quererla.

—Me siento mal por ellos. Ella estaba tan alegre y emocionada por la boda, era joven y… Es terrible, papá, no deberían haberla visto como un objetivo, era inocente.

—Prométeme que te quedarás aquí con tus hermanas y me harás caso, Callum. Que no te involucrarás en esto. Entiendo tu amor por la ciencia y todas esas cosas, pero piensa que en el futuro podrás hacer mucho de eso. Quizá lo ayudes dentro de unos años, porque me queda claro que no te puedo retener toda la vida, pero por hoy te pido esto: mantente al margen.

No me gusta la angustia de su mirada, el temor de que no pueda prometerle algo que tanto ansía que acate. Me encantaría descubrir de qué va este nuevo virus y por qué lo crearon y cómo, pero aún no estoy preparado para ello. Incluso yo, un arrogante que confía al cien por cien en su inteligencia, puede admitir eso. En unos años más lo estaré, pero no hoy.

Así que asiento a papá y le dedico una sonrisa que espero que lo tranquilice.

—Lo prometo, papá. Me quedaré aquí con mamá y mis hermanas.

—Gracias. —Me da un abrazo.

No le pido que le dé mis condolencias a Lorcan, ni un abrazo o palabras esperanzadoras, porque sé que a él poco le importará y que su mente está lejos de eso.

En un futuro tal vez pueda decirle: «Déjame estudiar eso tan letal que te quitó a un ser querido», pero no hoy.

Pero, en algún mañana, sí podré.

25

VUELVAN, POR FAVOR, VUELVAN

Callum

—Pero si mi machote ha vuelto.

Eso es lo primero que oigo cuando abro la puerta de la casa que comparto con Stephan en Nottingham. Lo encuentro comiendo helado, vestido solo con unos tejanos y con el cabello húmedo, supongo que por la ducha. Le sonrío arrastrando la maleta detrás de mí y cierro la puerta con el pie porque llevo unas bolsas con cosas que mamá consideró necesarias.

—Tu machote está de vuelta. —Le guiño un ojo y él me lanza un beso.

—Guau, esto es interesante, me encanta ver tanto despliegue amoroso masculino entre ustedes —dice una voz femenina.

Llevo la mirada al sofá y, sí, ahí está la bella y divertida Maida con lo que parece un vestido traslúcido que deja a la vista unos *shorts* diminutos y ajustados de color negro y un *bralette* de encaje que no oculta precisamente sus pezones. El cabello lleno de rizos al estilo afro luce más corto.

—Hola, Maida.

—Hola, amor. —Se pone de pie.

No hace daño admitir que Maida está que arde. Lo que mejor le sienta es la confianza con la que siempre viste cosas atrevidas y se desenvuelve. Además, en secreto envidio su cutis, porque su piel oscura siempre se ve espectacular. Una vez le toqué la mejilla y me maravillé porque era más suave de lo que pensaba.

Se acerca a mí y recibo un cálido abrazo. Me restriega un poco las tetas en el pecho, algo que Clover me ha mencionado que sucede cuando te abraza, y cuando se aleja sigue sonriendo.

—Pensábamos que nunca llegarías —dice Stephan, sentándose en el lugar donde antes estaba Maida—. Apuesto a que Clover creía que no te vería más.

—Clover sabía que volvía hoy, y yo sé que se fue a pasar unos días con su familia y regresará mañana —respondo, caminando hacia mi habitación para dejar el equipaje.

Stephan me sigue y ahora Maida ocupa el lugar donde la encontré inicialmente. Luce tan cómoda en la casa que me hace pensar que ha pasado bastante tiempo aquí.

Mi habitación está tal como la dejé, y por un breve momento extraño mi cuarto en Irlanda, pero es solo la nostalgia de saber que pasará un tiempo antes de que vuelva.

—¿Todo bien en Irlanda? —me pregunta mi mejor amigo.

—Parece que te has hecho muy amigo de Maida —dejo caer de una manera casual no tan casual.

—Sí —señala sin parar de comerse el helado—. Pasamos un montón de tiempo juntos este verano. Ella es increíble, podría casarme con ella y ser feliz.

—¿Y Edna?

—¿Qué pasa con Edna?

Simplemente nos miramos con fijeza, parpadeando cada pocos segundos e intentando descifrarnos el uno al otro.

—Eres muy confuso —concluyo—. ¿Te seguirás enrollando con Edna?

—Si aún quiere que follemos, sí.

—¿Y Maida?

Lo único que hace es mirarme de nuevo mientras continúa con el bol de helado, que al parecer es eterno o no tiene fondo.

—¿Por qué me preguntas por Maida?

—Dijiste que te casarías con ella y serías feliz.

—Era un decir, no es literal. —Ríe como si este tema pudiese incomodarlo—. Además, no creo que yo le guste; es muy inteligente y sabe lo que quiere. —Se encoge de hombros con despreocupación—. No tengo esa suerte y somos buenos amigos. No puede ser mi mejor amiga porque tú eres mi mejor amigo, pero es mi persona favorita en este momento.

—¿Yo no soy tu persona favorita?

—No sé, en un mes pasan muchas cosas —dice con una sonrisa divertida que me hace reír.

—¿No te parece que me diste una explicación larga pero medio rara para decir que Maida y tú son solo amigos?

—Me pareció razonable.

—La llamaste tu «persona favorita».

—Lo es, se convirtió en esa persona.

—Y la enalteciste mientras te menospreciabas porque podrías no gustarle —prosigo, y frunce el ceño.

—Ah, ¿sí?

—Sí.

—Me confundes, Callum, eso no se hace. Deja de enredarlo.

¡Resulta que es mi culpa! ¡Ja! Dejaré que se enrede en su triángulo y que todos lloremos sangre cuando nuestro grupo de amigos se rompa por él.

—¿Y bien? ¿Hablarás de cómo fue por Irlanda o no?

Pienso en el increíble tiempo en familia que he pasado, el dinero que gané trabajando en el bar, el cadáver que me expuso a un posible virus mortal, Clover en Irlanda, mi «luna de miel» gratis con ella en un hotel de cinco estrellas, todo el sexo que tuvimos, el asesinato de Vanessa y el nuevo detective que papá contrató para encontrar a mi hermano o hermana perdida.

Papá parece más determinado que nunca en dar con nuestro hermano o hermana perdida, la espera comienza a desesperarlo y esta vez tiene la certeza de que el nuevo detective, a diferencia del otro par que no consiguió nada cuando buscaba en Irlanda, obtendrá resultado. Quizá esa fe se deba a que se han ampliado las zonas de búsqueda convirtiéndolo en internacional al buscar en diferentes países de Europa. Yo lo había conversado con Clover durante su visita (qué buena decisión había sido contarle este tema familiar hace tantos meses, cuando nos sentamos juntos a ver nuestro primer *reality* y conversamos incluso de nuestras culturas). Ante el nuevo detective, le había hablado a mi novia sobre mis nervios y preocupaciones ante todo el tema, porque me asusta el cambio que esta búsqueda o resultados hará en mi familia.

Quiero encontrar a esta persona, pero me asusta cómo sea el desenlace, cuando esta persona con facilidad podría asumir que fue abandonada por gusto y no porque mi padre hasta hace un par de años no sabía de su existencia.

—Estuvo bastante bien, un sube y baja de emociones. ¿Qué tal estuviste sin mí?

—Fue divertido, Maida hizo que estas semanas fueran mejores. Siempre hacíamos planes, y me fue bastante bien en las clases de verano. Es imposible que pierda la beca, soy superinteligente.

—Para los estudios, sí; para la vida cotidiana, no tanto. Ahora dime cuánto me extrañaste.

—Te extrañé tanto que cada respiración sin ti me ardió.

—Ay, me extrañaste un montón. ¡Es conmovedor!

—¿Y tú cuánto me extrañaste?

—Te extrañé tanto que me despertaba y me sentaba en la cama desorientado, porque eres mi brújula y sin ti estaba perdido.

—Guau, me extrañaste mucho —dice, y ambos reímos.

¿Ven? Tengo una gran sintonía con este imbécil.

Sabiendo que es grosero que estemos aquí, volvemos a la sala con Maida y me siento en la butaca a observar, entretenido, la interacción entre ambos.

Casi siento escalofríos preguntándome si estoy frente a un triángulo amoroso que arruinará nuestra dinámica. Veo mucha química, pero Stephan tiene esa rara relación con Edna y parece que se gustan…

—¿Qué hay de nuevo en el campus? —pregunto metiéndome en la conversación.

—Lo mismo de siempre —responde Stephan—. Ah, Jagger volvió hace dos días… Lindsay no, creo que no volverá.

Se hace un largo silencio. Es imposible olvidar que fue víctima, aunque los vídeos ya no existan. Siento mucha impotencia, porque mientras otros pasábamos un buen rato, ella atravesaba un calvario que nadie debería vivir.

Me sorprende la habilidad de las autoridades universitarias para crear cortinas de humo que desvían completamente la atención de lo sucedido. El verano también se prestó para hacer borrón y cuenta nueva. Temo que la gente lo olvide, que todos lo vean como algo que le sucedió una vez a una muchacha que estudiaba en la OUON.

—¿Y cómo lo viste? —pregunto en referencia a Jagger—. Sé que no está bien, pero ya sabes a lo que me refiero.

—La verdad es que no lo he visto, solo vi a James —responde mi amigo—, y sabes que no le gusta contar chismes de Jagger, pero me dijo que está tan bien como podría estar… Es muy jodido lo que sucedió.

Espero tener la oportunidad de conversar con Jagger. Aunque no hablemos mucho, lo considero más que un conocido, tal vez hasta un amigo, y fui el que se acercó a Lindsay cuando todo ocurrió.

—Me pone furiosa que aún no den con los culpables. Me harta tanta injusticia en este mundo —protesta Maida, y asiento en acuerdo.

—Te entiendo, te dan ganas de encargarte tú mismo de la justicia.

Pienso momentáneamente en si sería malo ir un día asesinando a personas que se lo merecen, dar justicia donde las autoridades lo ignoran. Torturar, provocar grandes cantidades de dolor para que experimenten su propio infierno en vida antes de morir. Creo que sería capaz de hacerlo. Son basuras humanas y nunca me ha disgustado limpiar.

Me doy cuenta de que mis pensamientos se están volviendo peligrosos y sacudo la cabeza, consciente de que soy especial y hasta podría dar un poquito de miedo. Muy normal no soy.

—¿Algo más que puedan decirme que me haya perdido? —Cambio de tema para alejar esos pensamientos.

—Oscar y Kevin terminaron —suelta Maida.

—¿Que Oscar y Kevin qué? —casi grito.

—Dije lo mismo —señala Stephan.

—No sé si sigo creyendo en el amor después de saber de tal ruptura.
—Maida suspira—. Terminaron hace semanas y no lo habían dicho hasta hace un par de días, cuando llegaron por separado. Hay una tensión horrible y siguen compartiendo piso porque ya habían firmado otro año de contrato. Creo que sufren pero fingen que no.

—¿Por qué terminaron? —pregunto.

—Diferencias irreconciliables.

—¿Eso no es lo que dicen los famosos al terminar? —cuestiono, enarcando una ceja.

—Es justo lo que dijo Clover. —Maida se ríe antes de hacer un puchero—. Pero sí, parece que no terminaron en buenos términos. La verdad es que me entristece, se hablan muy poco.

—Pero si eran felices hace nada... —insisto.

—Pues ya ves que no. Ya no hay más Oscar y Kevin —comenta Stephan en tono de pesar.

—Me niego —digo con firmeza.

—Así nos sentimos todos —asegura Maida.

Oscar y Kevin no tenían la relación más larga, pero estaban tan unidos y se veían tan en sintonía que me siento como si hubiese cortado una pareja de famosos que admirara. Me niego a aceptarlo, casi ni siquiera quiero tuitear sobre ello.

—¿Cómo viviremos en un mundo en el que Oscar y Kevin no están juntos? —pregunto.

—Lo descubriremos —responde Stephan.

Qué locura, y apenas está comenzando el curso. ¿Qué más nos espera en nuestro último año?

Nunca me he considerado un tipo cursi, a pesar de mi dulzura y ternura, pero miles de poemas de amor me pasan por la cabeza cuando veo a Clover entrar en el aula con un vestido azul ajustado, chaqueta tejana, deportivas blancas, ese cabello abundante suelto en ondas, sus ojos más rasgados por el delineado que tanto le gusta hacerse y los labios carnosos en un tono claro... Pero no te dejes engañar, también pienso en cosas sucias.

Mi novia decidió quedarse más días con su familia y hoy regresó directa para la primera clase, así que estoy desesperado por tocarla y embelesado por verla después de semanas sin hacerlo.

Me pongo de pie sonriendo cuando nuestras miradas se encuentran y comienza a subir las escaleras. Todo esto es muy diferente al pasado, cuando ella me dejaba notas, yo me sentaba más abajo y solo le daba unos cuantos saludos insinuantes y le hacía alguna pregunta de tanto en tanto.

Ahora esa mujer hermosa es mi novia. Follamos, me dio su hermoso culo y me dice que me ama cuando yo le digo que la amo.

Cuando llega a un escalón por debajo de mí, hago que nos giremos para que ella esté en uno más arriba, de modo que nuestra diferencia de altura no sea tan grande —aunque sigue siendo notoria—. Le envuelvo la cintura con los brazos y comienzo a besarla con ganas pero con lentitud, deseoso de disfrutar cada bocadito de esa boquita deliciosa.

Oigo a los demás haciendo sonidos de burlas o besuqueo, pero no me importa mientras saludo a mi novia, que me extrañó tanto como yo a ella.

Hay lengua y un poco de manoseo decente antes de que tomemos asiento uno al lado del otro en una de las dos clases que compartiremos. Me esfuerzo en escuchar lo que me cuenta sobre su hermanito y la familia, pero me distraigo tocándola y con sus lindos gestos.

Maida llega y se sienta en una esquina. Después llega Kevin, que se sienta a un lado de Clover.

—Veo que te unes a nuestra fila. —Kevin me sonríe—. Te ves bien, Callum.

—Tú te ves con ojeras y tienes la camisa arrugada —señalo, porque soy así de desgraciado.

—Fiestas —responde, encogiéndose de hombros.

O tal vez sufre la ruptura en silencio y no logra dormir mientras vive con su ex, al que ama y adora. Ciertamente, me gusta más mi teoría.

Y hablando de su ex... Este llega y es muy incómodo cuando Oscar pasa junto a las piernas de Kevin para sentarse a mi lado. Quizá aún estoy a tiempo de cambiarme de clases..., pero quiero estar en esta asignatura con Clover y abrir cadáveres juntos de forma romántica como cuando comenzamos a conocernos. Eso fue muy bonito.

—Me quedé dormido, pensaba que no llegaría —comenta Oscar, reprimiendo un bostezo.

Él no tiene ojeras, pero se ve un poco pálido.

—¿Qué miras? —me pregunta con su típica expresión de «Te cobraré si sigues mirándome».

—Lo guapo que estás siempre —respondo, guiñándole un ojo—. Te queda muy bien el estilo de «Me acabo de despertar».

—A mí me encanta —me apoya Maida.

Alguien suelta un bufido y todos fingimos no notarlo, excepto Oscar, que frunce el ceño.

—¿Hay algún problema con mi aspecto?
—¿Me lo preguntas a mí? —responde Kevin.
—Teniendo en cuenta que te estoy mirando fijamente y que no eres estúpido, parece obvio que sí.

Me echo hacia atrás en el asiento para que las palabras no me abran la piel de lo afiladas que están y me vuelvo a preguntar si puedo cambiarme de clase o si tal vez puedo volver a mi habitual asiento, más abajo, pero el agarre de Clover en mi muslo me hace saber que nos hundiremos en este barco todos juntos porque no me dejará ir.

—No todo gira en torno a ti, Oscar.
—Ya me doy cuenta de eso, Kevin, nunca dije tal cosa.

Mantengo la vista al frente. Si no me muevo, no me notan.

—Diría más bien que en tu caso ahora todo gira en torno a las fiestas —sigue Oscar.

—¿Qué se supone que significa eso?

—Creo que iré... —comienzo a decir para huir de aquí, pero Clover me aprieta más la pierna y me clava malvadamente las uñas en la piel—... acostumbrándome a estar sentado aquí y no ser rebanado con los navajazos de palabras que me están rozando.

—¿Podemos volver, por favorcito, a la parte en que se miran con deseo en clase y se susurran muy alto lo mucho que quieren follarse? —implora Maida en un intento de ser mediadora.

Ambos la miran, bufan y vuelven la atención a ellos.

Tal vez estaba a punto de empezar el segundo asalto, pero la profesora llega; nunca me había sentido tan contento... Hasta que dice cómo funcionarán los grupos de prácticas este año: Clover y yo estamos en el mismo equipo porque la profesora me ama, soy su favorito y me quiere hacer feliz —tranquis, es justa a la hora de evaluarme—, pero, pensando que sigue haciéndonos un favor, también nos pone con los actuales enemigos que se aman más que odiarse: Oscar y Kevin.

Miro a Maida con nostalgia antes de susurrarle:
—Huye, sálvate, abandona este barco que está hundiéndose, no dejes que las palabras te rebanen la piel.
—No quisiera ser tú. —Es su respuesta.

Me da esperanza que se calmen lo que resta de la clase y que sean capaces de hablar civilizadamente sobre cómo nos organizaremos en las prácticas. Todo es casi normal, exceptuando que luego se van por separado sin despedirse.

¡Devuélvanme a Oscar y Kevin!

Clover y yo vamos a mi auto porque quiere guardar algo, y aprovechamos para hablar sobre estrategias para que nuestras prácticas no sean incómodas y que los enemigos que se aman dejen de odiarse y consigan tolerarse.

—No se odian, creo que están resentidos por no estar juntos y lo pagan con el otro. Eso pasa cuando amas mucho a alguien —dice ella.

—Es un argumento que acepto.

—¿Cómo está Lorcan? —pregunta, y el cambio de tema me toma por sorpresa.

Clover sabe del asesinato de Vanessa, lo hablamos por teléfono esa noche y especulamos sobre ese virus letal que se creó.

—La verdad es que no lo sé, pero no creo que esté bien. Papá dice que lo vio lidiando con ello muy a su estilo: sin sentir nada.

—Qué terrible desenlace para ella, tan joven y enamorada… Una pena que ese fuese su final.

—Está bastante confirmado que nunca nos dan lo que merecemos, sino lo que la vida quiere por capricho. La vida es una mierda cuando se vuelve una gata ponzoñosa.

—Pero la vida es hermosa cuando nos da momentos como este de estar juntos.

—En eso tienes razón, mi trébol.

Llegamos a mi auto y lo desbloqueo. Al abrir la puerta me vuelvo hacia Clover, que está paralizada y tiene los ojos entrecerrados. Una de sus manos tiembla.

—Oye, ¿qué sucede? —Le tomo la mano, que se encuentra fría.

—Yo… —Se calla y sacude la cabeza—. Creí tener un recuerdo. Estaba en el piso de ese edificio abandonado, y él… Él estaba ahí.

Se hace un largo silencio.

—¿Bryce? —pregunto con cautela, y asiente.

—Me parece que fue de aquella mañana que no recuerdo. —Su piel palidece—. ¿Me abrazas?

—Claro, mi trébol.

La atraigo a mí y la abrazo con fuerza para calmar su temor.

Tengo sentimientos encontrados: quiero que recupere los recuerdos, ya que tiene derecho a ello y sé que ella desea saber lo que sucedió, pero también me aterra lo que recuerde. Aunque las pruebas en su momento dijeron que no había ningún indicio de que hubiese sido forzada sexualmente, no tienen que penetrarte para abusar de ti, ni tocarte para ser lastimado de formas que te marcan hasta el alma.

La abrazo hasta que se serena. Por la mirada que me da, sé que no quiere que hablemos de lo que acaba de pasar, y por ahora puedo ceder, pero no es algo que podamos esconder durante demasiado tiempo. Clover necesita ayuda profesional para sobrellevar el trauma que bloqueó.

La miro. Ya no se encuentra pálida y su mano no tiembla, y me dedica una sonrisa tentativa que me transmite que está bien y tiene el control de sí misma y sus emociones, pero ¿y si dentro de poco tiempo se vuelve a sentir así? Debemos tener una importante conversación sobre recibir ayuda profesional para enfrentarse a lo que sucedió.

Respiro hondo y le sonrío para eliminar la tensión de su cuerpo.

—¿Qué quieres guardar en el auto? —pregunto.

—Nada.

—Pero me hiciste venir. —Entrecierro los ojos.

—Me gusta hacerte venir siempre.

—Sucia —digo, fingiendo modestia y pudor—. Tan sucia que me haces sentir tímido.

—No comenzaremos un debate sobre quién de los dos es más sucio.

—Ganarías totalmente.

—En fin, creo que tienes una admiradora. —Asiente hacia el auto.

Al volverme, veo una hoja de papel en el limpiaparabrisas y sonrío. No lo dije en voz alta, pero estaba decepcionado ante la idea de iniciar mi último año sin una nota de mi trébol.

El trébol de las cartas siempre me dejaba una nota al inicio del curso, y esta vez no es ninguna excepción.

Bajo su atenta mirada, tomo la hoja. La desdoblo y la leo sin perder el tiempo.

> *Hola, Callum:*
>
> *Te escribo esta nota porque hoy comienza nuestro último año y, por supuesto, no dejo de pensar en ti.*
>
> *El año anterior recuerdo que al inicio del curso te vi apoyado en tu auto en tanto que coqueteabas con un chico que se moría por devorarte. En ese momento me pregunté qué se sentiría.*
>
> *Quería tu lengua en mi boca.*
>
> *Tus manos en mí.*
>
> *Tu polla dentro de mí —ahí ya estaba dispuesta a negociar lo de la polla en el culo— y quería que me sonrieras de esa manera, quería saber qué se sentía al conocer al ver-*

dadero Callum Byrne, y no al de los breves vistazos que conseguía darle.

Y ahora empezamos el último año y eres mi novio.

Eres mío. (Si te parece posesivo y desagradable, dímelo. Y, si no te importa, lo repito: eres mío).

Sigo creyendo que eres un sol de puntas rojizas y tus sonrisas todavía me hacen sonreír, la única diferencia es que ahora me generas felicidad directamente.

No quiero pensar en el futuro que nos llama a la puerta, pero estoy ansiosa de vivir el presente.

La verdad es que venía con prisa porque temía llegar tarde y no sabía muy bien qué escribirte, pero no podíamos perder esta tradición, así que cerremos nuestra primera nota del año de manera épica:

Cuando quieras, atragántame y fóllame. Lo deseo.

Sigue amándome, estoy locamente enamorada de ti.

Soy tuya. (Pero solo lo usaremos entre nosotros, ¿vale? Y como algo caliente en momentos puntuales ardientes).

Eres mío. (Me gustó escribirlo, pero aplica lo mismo de arriba).

Somos nuestros. (Esto se lee genial).

¿Qué te parece si echamos uno rapidito en la biblioteca?

Con mucha ternura, para ti, Irlandés. 🍀

La atraigo hacia mí riendo y le planto un beso en la comisura de la boca mientras con la mano le toco tentativamente el culo.

—Claro que soy tuyo, y me encanta que digas que eres mía. Grítalo mientras follamos, ¿vale? —Ante mis dulces palabras, asiente con entusiasmo—. ¿Vamos a por ese rapidito en la biblioteca?

—Indícame el camino. —Sonríe.

La beso y pienso que tiene razón. Nuestro futuro es incierto y ha llegado el último año; tenemos metas alejadas y caminos separados, pero por ahora nos aferraremos al presente. Lo demás lo pensaremos después.

26

TEMER

Clover

—Mira, ahí está Callum —dice Edna en medio de un bostezo.

Encorvada hacia abajo para tocarme la punta de un pie mientras hago el calentamiento para trotar, alzo la mirada y me encuentro a cierto irlandés riendo con un muchacho que no conozco que camina a su lado.

No diré que soy celosa, pero mis ojos se posan en la mano demasiado amistosa del chico sobre el brazo de mi novio. Dicha mano comienza a pasearse por su abdomen al tiempo que le susurra algo que lo hace reír.

No soy una novia celosa, pero estoy celosa.

Me incorporo con lentitud y me aprieto la coleta de caballo, entrecerrando los ojos hacia ellos. El desconocido no se aleja, sino que sigue paso a paso al lado de Callum hasta que nos alcanzan.

—Mi trébol —me saluda mi novio con su típica sonrisa encantadora, y me da un beso en la boca antes de envolverme en sus brazos.

El abrazo no es muy inocente: sus manos se deslizan por mi espalda hasta acunarme el culo por encima de la ropa deportiva de licra, y es lo suficiente descarado para trazar con dos dedos el pequeño triángulo de la ropa interior y el inicio de la tira que descansa entre mis nalgas.

Le planto unos besitos en la barbilla antes de lanzar una mirada detrás de él. Descubro que el muchacho recién llegado me dedica una larga mirada, como si me evaluara, y alzo el mentón de manera desafiante en tanto que Callum me da un ligero apretón en el culo antes de liberarme.

—¿Qué haces aquí? —le pregunto después de que le pellizque la mejilla a Edna a modo de saludo, lo que por supuesto fastidia a mi amiga.

—Me autoinvité a trotar con ustedes. ¿Qué es más agradable que despertar un sábado temprano y correr con mi novia tras dormir apenas un par de horas?

—No suena divertido —digo, sonriéndole finalmente—, pero a mí me gusta que estés aquí.

—Quería ver tu dulce carita, no lo hice ayer, y hoy sacrifiqué mis horas de sueño para venir a trotar contigo.

—Gracias por tu encantador sacrificio. ¿Qué tal estuvo la fiesta? —pregunto.

Anoche Callum se fue de fiesta con Stephan y otros amigos. Yo decidí pasar porque quería adelantar los estudios y, francamente, no me apetecía festejar.

Llevamos dos semanas y media de nuestro último año y, pese a que la carga académica es menor, digamos que los profesores iniciaron el curso con fuerza y el tema del trabajo final ya comienza a darme pesadillas.

—Estuvo genial, pero habría sido mejor contigo. —Me da un toquecito en el costado con los dedos antes de alisar mi camiseta arrugada—. ¡Ah! Te presento a Christian, nos conocimos ayer.

Esta presentación me permite detallar con completa libertad a Christian: es alto, guapo, castaño y tiene una piel pálida que hace que sus ojos azules resalten. También luce atlético. ¡Es malditamente caliente!

Una vez más, él también me repasa con la mirada. No me gusta su sonrisa, porque, aunque es linda, mi mente asume que es una sonrisa de «Ah, esta es la noviecita del Irlandés, nada del otro mundo». Estira la mano hacia mí, con las uñas pintadas de negro, y se la estrecho.

—Soy Clover —señalo.

—Y, ya lo escuchaste, soy el nuevo amigo de Callum —me dice en tono burlón, y le aprieto un poquito más fuerte la mano.

—Y, ya lo viste, soy la novia.

—Bien… —interviene Callum con lentitud, mirando del uno al otro—. Chris quiso unirse a nosotros.

Ya lo llama Chris.

Sonrío con los labios apretados y asiento hacia Christian, que le guiña un ojo a Callum. A mí nadie me va a llamar «loca» cuando diga que ese hombre desea a mi novio; siento las fuertes vibras que emite.

—Si ya tienes compañía —dice Edna, y eso hace que nos volvamos hacia ella—, ¿significa que puedo volver al piso y no sufrir por este cardio innecesario?

—No, te quedas —le ordeno, y ella maldice por lo bajo.

—Soy Edna, por cierto, ya que nadie se dignó a presentarme. —Camina hacia Christian e intercambian un apretón de manos.

Entonces Christian se acerca a Callum y le susurra algo que hace que mi irlandés se ría.

Soy una novia superracional, confiada y segura.

También soy una novia que está reconectando con la sensación de los celos.

—«Clover aprieta el puño con rabia» —me narra Edna en el oído con diversión—. Relájate, loba, tu lobo está a salvo.

—Estoy relajada —mascullo antes de aclararme la garganta—. Bueno, empecemos a trotar, no hay tiempo que perder. La ruta es...

—Callum me la explicó mientras veníamos, conversamos de muchas cosas —me corta Christian.

—Mi novio siempre tan amable —digo acercándome a darle una palmadita en una nalga a Callum.

—Amo tus manos amistosas —responde, y me da un beso en la punta de la nariz.

Ese simple gesto me relaja y le dedico una sonrisa tan amplia que él se ríe antes de besarme en la boca. Sus continuos besos cortos me hacen suspirar.

—Tu novio también es un gran bailarín —me asegura Christian.

—Lo es, es muy bueno. —Le sonrío.

—Sí, muy bueno. —Desplaza la mirada hacia Callum.

—Tendría que haberme quedado durmiendo, aunque esto podría ponerse interesante —oigo a Edna en medio de un bostezo.

—Empecemos —sugiere Callum antes de volverse hacia mí—, pero primero dame otro beso.

Tomándome el rostro entre las manos, me da un beso sonoro en la boca que me hace reír.

—Trotemos, y después nos tomamos una ducha juntos —propone antes de retroceder.

Dicho eso, empezamos a correr.

Me gusta trotar sin hablar, así evito que me entre aire y pierda el control de la respiración. Edna es tan lenta como siempre y no para de quejarse, y yo mantengo mi ritmo habitual. Callum va por delante porque tiene una resistencia impresionante que envidio, pero me motiva ver la manera en la que su culo se tensa con cada pisada y la fuerza de sus piernas pálidas. Christian me pasa y asume el ritmo de mi novio, e inicia una conversación con él.

Ninguno de los dos pierde el control de la respiración. Está claro que ambos están familiarizados con el ejercicio físico.

—Al menos tengo motivación —grita Edna detrás de mí, y al volverme confirmo que su mirada está en los dos hombres que hay delante de nosotras.

Me tropiezo con mis propios pies y maldigo porque debo disminuir el paso y casi beso el suelo.

Cuando vuelvo al trote ligero, Callum y Christian van bastante adelantados. Suspiro diciéndome que me deje de tonterías y me concentre en lo mío, porque sé que Callum puede gustar a muchos, pero él me escogió a mí y no me pondría los cuernos.

Me centro en correr. Apenas alcanzo a ver la espalda de Callum, y Edna va tan atrás que me pregunto si tirará la toalla como suele hacer.

La verdad es que es muy buena amiga. Aunque odia trotar, siempre termina diciéndome que lo intentará de nuevo, únicamente para no dejarme hacerlo sola.

Estoy sudando, el corazón me late deprisa y me concentro en inhalar profundamente y exhalar con fuerza, pero entonces comienzo a acercarme a los edificios abandonados y mi paso se vuelvo incierto. Me lleno de inquietud al aproximarme al lugar donde olvidé lo que al parecer fueron importantes momentos, donde estuve el día que Bryce fue expulsado de la universidad.

Me detengo y simplemente miro una de las paredes mientras mi mente va a la deriva. Se me erizan los pelos de todo el cuerpo cuando oigo fragmentos de esa voz tormentosa que no quiero oír nunca más en mi vida.

«Tienes que ser buena, si él hizo tanto por protegerte...».

«Lo estás disfrutando, ¿verdad?».

—No —susurro, abrazándome a mí misma, y comienzo a sentirme ajena a mi cuerpo.

El corazón me late deprisa por el trote y mi respiración consiste en jadeos que no son consecuencia únicamente de correr.

Mi mente evoca sensaciones que me hacen experimentar el tacto frío de algo afilado contra el brazo y un aliento indeseado contra el cuello.

«Ni siquiera tengo que drogarte, te gusta tanto que te quedas dócil y tranquila...».

«Lo estabas esperando, lo quieres tanto como yo. ¿Por delante o por detrás? No importa, yo decido...».

No lo veo, pero siento que me sostienen las manos por encima de la cabeza, que soy retenida, y una sensación nauseabunda me embarga. Cierro los ojos y me digo que no es real, que debo alejar esa voz, esas sensaciones, que no puedo dejar que me invadan.

No, por favor, no.

Un pensamiento urgente me viene como un eco, el recuerdo de un ruego que me hice a mí misma:

«Por favor, muévete, Clover, por favor, hazlo».

«Por favor, haz algo, no le dejes hacerte esto».

Me estoy ahogando por mi respiración errática y siento que otra sensación me invade: alguien manoseándome los pechos, su voz susurrando cosas que no logro entender, unas manos errantes y el inconfundible miedo que me empapa todo el cuerpo de un frenesí desesperado por escapar.

Entonces grito.

Grito con mucha fuerza pidiendo ayuda, rogando que ayuden a la Clover de esa mañana, a la Clover de hoy que experimenta tal trauma. Grito hasta sentir que mi garganta se irrita. Grito una y otra vez, no puedo parar.

Quiero que pare.

Alguien intenta agarrarme desde atrás y me embarga el terror porque no soy capaz de distinguir entre los recuerdos y la realidad actual. Así que golpeo, me sacudo y lucho; no quiero que me lastimen.

No puedo permitir que me toque, no de nuevo, no otra vez.

Grito, pateo y golpeo intentando alejar las manos. Soy vagamente consciente de que hay voces a mi alrededor, que alguien dice mi nombre una y otra vez, y después siento dolor en las piernas, las rodillas y los antebrazos.

—Abre los ojos, Clover, ábrelos —me ruegan—. Por favor, ábrelos, mi trébol.

Los abro con la respiración aún errática y me encuentro un par de ojos verdes que me miran con preocupación y angustia.

Callum se pone sobre mí a horcajadas sin dejar caer su peso y me sostiene las manos. Su respiración está casi tan agitada como la mía, y sus brazos y cuello tienen rastros carmesíes de rasguños.

En tanto que me ubico en la realidad, me doy cuenta de que estoy derramando lágrimas. Me arde la garganta y por un momento creo que me ahogo, que el alma me pesa y mi espíritu se quiebra.

En este instante me siento como una cáscara vacía.

Abro la boca, pero me cuesta hablar, no encuentro mi voz. Es aterrador. Me toma varios intentos, y cuando consigo hablar, mi voz es inestable.

—No lo vi, pero me hizo algo… Aquí, en este lugar me hizo algo. —Un sonido lastimero escapa de mí—. Sentí sus manos, estuvieron en mí. ¡Me tocó! ¡Él me tocó!

Y rompo a llorar con profundos sollozos.

Siento que Callum libera mis muñecas y se incorpora hasta atraerme a su regazo, acurrucarme y abrazarme. Lloro diciendo cosas ininteligibles y me refugio en su pecho, aferrándome a su camiseta. Odio la voz de Bryce en mi cabeza, odio no poder ver lo que hizo, no saberlo, pero odio aún más la idea de que pude sentirlo… No sé cuánto me tocó, no sé qué le hizo a mi cuerpo, pero me tocó, sentí sus manos, saboreé el asco y el miedo.

—Pueden ir avanzando, nos quedaremos aquí un momento, necesita espacio —oigo que dice Callum, cuya voz suena afectada.

—No me iré, es mi mejor amiga. —Esa es Edna.

—Quiero que se vayan, no quiero que me vean, quiero que se vayan —lloro. Creo que Edna dice mi nombre, pero no respondo. Me aprieto más contra Callum, humedeciéndole el pecho con las lágrimas.

—Ella hablará contigo después, Edna —alcanzo a oírlo.

—Te quiero, Clover, y esperaré todo lo que haga falta hasta que quieras hablarlo conmigo, ¿de acuerdo? —dice mi amiga—. Y lamento ser tan lenta trotando, haberme quedado atrás ese día y haberte dejado sola. Todos los días lo lamento.

No fue su culpa.

Tampoco fue mía.

Pero no logro decirlo porque lucho contra las náuseas al sentir esas manos errantes sobre mí, en mi cuello, el cabello, los brazos, los pechos y… Parece estar en todas partes.

Nuestro alrededor se vuelve silencioso, pero mis pensamientos me gritan. La voz de Bryce junto con la de una mujer se convierten en un eco lejano, pero ese eco consigue lastimarme igualmente, porque lo oí fuerte y claro.

—No sé qué me hizo —susurro—, nunca lo sabré.

—Ojalá pudiera matarlo. Lo haría, Clover, en serio que lo haría. Ojalá pudiera arrancarle los dedos con los que se atrevió a tocarte, cortarle la lengua con la que se atrevió a hablarte y quemarle los ojos con los que se atrevió a mirarte. —Me toma la barbilla con los dedos, y con el pulgar me limpia las lágrimas—. Lo lamento mucho y odio no saber qué decirte, no poder borrar tu incertidumbre ni absorber tu dolor. Me siento inútil.

Lo miro y aprieto los labios porque me siento avergonzada del repentino pensamiento y de una confesión que me consume, que me hace sentir como una mierda: no quiero recordarlo.

—Si volviera, lo mataría, Clover. Lo mataría por hacerte esto.

—Basta —digo, liberándome de su agarre en mi rostro y poniéndome de pie.

De nuevo noto el dolor, y me doy cuenta de que las mallas de licra se me rompieron en las rodillas, donde tengo raspones sangrantes, igual que en los antebrazos.

—Te caíste. Te encontré forcejeando con Edna… La lastimaste, pero ya sabe que no fue adrede.

Me abrazo a mí misma en tanto que observo los rasguños en su piel pálida. También le hice daño.

—No me duele —se apresura a decir—. Bueno, escuece, pero no importa, no lo hiciste adrede…

—Pensé que eran sus manos —lo interrumpo, y Callum traga.

Se hace un enorme silencio entre nosotros y me estremezco. Es increíble cómo todo puede cambiar en cuestión de segundos. En mi ignorancia todo era más fácil.

—Clover, he querido decirte esto desde que ocurrió. —Su voz suena cautelosa—. Ver a un terapeuta te ayudaría. Conversar con un profesional que te ayude a manejar y entender lo que te sucedió, a tirar adelante. Fuiste agredida. Me duele decirlo y pensarlo, pero te agredieron y no… no sabemos cómo, y eso te hace daño.

Sacudo la cabeza en negación.

—Sabes que obtener ayuda no es estar loca ni estar enferma, ni tampoco ser débil. —Da un paso hacia mí como si yo fuese un animal acorralado.

—Ya sé que no me hace débil y que las personas fuertes piden ayuda —murmuro mirando detrás de él, porque me siento avergonzada de mis siguientes palabras—, pero no quiero.

Otro largo silencio transcurre.

—¿Por qué no quieres recibir ayuda?

—Porque no quiero recordarlo. Solo con oír unas pocas palabras con su voz y sentir el eco de sus manos me derrumbé. Recordarlo… No sé si lo soportaría. Y sé que eso le da poder. ¡Joder! Lo sé, pero tengo pánico de desbloquear los recuerdos y descubrir lo que me hizo… Que él… Que tocó mi cuerpo… No puedo. ¡No quiero!

Veo en su rostro que la frustración y la compresión lo embargan.

—Quiero dejarlo atrás —digo.

—Clover, no lo estarías dejando atrás, solo estarías enterrando a alguien que seguirá atormentándote en momentos inesperados como ahora. No puedo decir que entiendo cómo te sientes, porque no lo sé, pero sí puedo decir que me mató verte perder el control de esa manera.

»Me dolieron tus rasguños, pero me dolió más verte fuera de ti, temblando, gritando y lastimándonos porque pensaste que éramos él. No nos veías, lo veías a él.

—Sé que no eres él.

—Lo sabes ahora, pero en ese momento pensaste que mis manos te harían daño, que Edna te lastimaba. Ahora estás bien, pero ¿y si vuelve a suceder? No mereces vivir así, Clover.

Trago, porque tiene un argumento válido, porque me duele escuchar que los lastimé a Edna y a él y me asusta que vuelva a ocurrir.

Tras meses eludiendo esos recuerdos, pese a las noches sin dormir y las pesadillas, pasar por este lugar lo trajo todo de vuelta. Tal vez si lo evito…

—Clover...

Vuelvo a mirar a Callum, que me observa de manera suplicante.

—Yo... Lo pensaré, ¿de acuerdo?

Deja ir una lenta exhalación y acorta la distancia para abrazarme.

—Muy bien, mi trébol. Piénsalo, eso ya es un gran paso.

Excepto que no lo pensaré.

Le acabo de mentir y eso me duele.

Pero el miedo a recordarlo es demasiado grande.

27

¡PIENSEN EN MAIDA!

Clover

Tomo asiento al lado de Callum y dejo mi macedonia en la mesa de la cafetería de la Facultad de Ingeniería. Edna y Christian están terminando de desayunar y tengo que admitir que me hace sentir incómoda que este último, un completo desconocido para mí, me viera en un momento tan vulnerable.

Edna tiene el labio roto, un ojo comienza a hinchársele y también trae rasguños en la barbilla. Mi amiga es de complexión menuda, así que tengo mucha más fuerza y peso corporal que ella; no es difícil entender cómo logré lastimarla tanto cuando intentaba ayudarme.

—Edna, lo siento, no quise hacerte daño —digo con la voz rara, y ella me dedica un intento de sonrisa.

—Bien dicen que una pelea de amigas sella una amistad verdadera —se inventa para tranquilizarme.

—No está bien lo que hice, lo siento, yo... pensaba que...

—Sé que no querías lastimarme, Clover. —Se encoge de hombros—. Tengo que confesar que me siento magullada y nunca más quiero recibir tus golpes, pero no lo convirtamos en una gran cosa.

—Tampoco lo meteremos debajo de la alfombra. Está bien que ella se disculpe y reconozca lo que pasó —dice Callum—. Fingir que no lo hizo no hará ningún bien, Edna.

—De acuerdo, tal vez tengas razón. —Parpadea hacia Callum, sorprendida, antes de mirarme—. Te disculpo. Tratemos de que no vuelva a ocurrir, porque la verdad es que me duele, tienes mucha fuerza.

—No volverá a ocurrir —prometo, pero me siento insegura porque hace un rato perdí el control. ¿Y si me cegara una vez más?

—Si quieres hablar de ello, siempre te escucharé. Ni siquiera tendría que decírtelo —me hace saber Edna con seriedad—. Y, vale, no estudio nada relacionado con la mente, pero soy tu amiga y sé escuchar. Estoy a tu lado y siempre lo estaré. Hablo en serio cuando digo que lamento haber sido lenta ese día que salimos a trotar y te dejé sola. Si hubiese sido más rápida y te hubiera seguido el paso...

—No fue tu culpa, no lo sabías y yo tampoco.

Seguramente Christian no entiende lo que decimos. Tal vez podría hacerse una idea, pero ni Edna ni Callum hablarán de ello, y mucho menos yo. Es algo que solo sabe nuestro grupo de amigos y así permanecerá.

—Hablaremos mejor de esto cuando estemos solas —me dice Edna, y asiento en acuerdo.

Comienzo a desayunar pese a tener una sensación de pesadez en el estómago, y sonrío al ver que Stephan entra en la cafetería. Se ve magnífico, como siempre, y saluda a todos a su paso.

No pierde el tiempo de venir hacia nosotros y, cuando se da cuenta de la presencia de Christian, pone los ojos en blanco. Casi había olvidado que no soy la única que podría tener celos por el irlandés; tengo un aliado incluso más celoso que yo.

En cuanto el recién llegado se detiene en nuestra mesa, al lado de Edna, ella murmura un «Hola, tonto» que hace que el chico la mire, y me percato del momento exacto en el que la sonrisa de Stephan se borra.

—Pero... ¿a ti quién te ha dado una paliza? ¿A quién tengo que partirle la cara por atreverse a tocarte? —pregunta. Suena genuinamente indignado y molesto.

—Golpéame —respondo, y Stephan me mira con confusión—, fui yo.

Él ríe, pero cuando nadie más lo hace, frunce el ceño.

—¿Fuiste tú de verdad? —Habla con cautela y con los ojos muy abiertos—. Pero ¿por qué te pusiste tan agresiva? Esta mujer es tu mejor amiga. ¡Tu mejor amiga, Clover!

—No quise hacerlo. —Juego con mis dedos.

—Están bien las dos —asegura Callum.

—Pero mira cómo la ha dejado, si parece que la arrastró.

—Stephan —dice Callum con paciencia y calma—. Te lo explicaré luego.

—Lo siento —añado.

Stephan respira hondo y sacude la cabeza como si lo hubiese defraudado pero estuviese dispuesto a darme otra oportunidad.

Presto mucha atención a cómo se agacha y le toma la barbilla a mi amiga para evaluar el daño en tanto que ella le explica que no se lo debe tomar tan en serio ni ser un imbécil conmigo.

Se tocan con demasiada familiaridad.

Entrecierro los ojos cuando ella ríe por lo bajo por algo que él dice pero que los demás no alcanzamos a oír, y Stephan le planta un beso en la mejilla.

Un beso en la mejilla a Edna.

Y Edna lo permite. De hecho, le dedica una sonrisita. No hace ningún comentario sarcástico, cruel o frío. Sino que le sonríe.

Luego él le acaricia con cuidado el pómulo y le susurra algo que le hace poner los ojos en blanco, pero Edna no parece molesta ni fastidiada.

—¡Estás acostándote con mi amiga! —grito, o más bien lo acuso, como si estuviera cometiendo un crimen.

Ambos se giran hacia mí sobresaltados.

—No estoy acostándome con Edna.

—No mientas —lo reprende Callum—. Eres imbécil, no mentiroso.

—¡No estoy mintiendo! No me acuesto con Edna.

Bueno, tal vez entendí mal las señales y se han hecho amigos...

—Estoy follando con Edna.

De acuerdo, las entendí bien.

—Gran sutileza, imbécil —le dice Edna.

—¿Había que adornarlo? —pregunta, soltando un bufido—. Le estoy metiendo apasionadamente mi miembro erecto a tu muy buena amiga.

Callum rompe a reír y me vuelvo para mirarlo. Se tapa la boca con una mano, pero sus hombros tiemblan.

—No —les digo a mi amiga y a Stephan.

—«No» ¿qué? —pregunta Edna.

—No puedes follarte a Stephan.

—¿Y por qué no? —Ahora es ella quien frunce el ceño.

—Porque... Porque no... ¡no te gusta Stephan!

—Oye, le gusto a todo el mundo —interviene él.

—Ciertamente es guapo, aunque no es mi tipo —comenta Christian sin dejar de comer.

—Gracias, pero tú no me gustas y no me caes bien —le espeta Stephan de manera odiosa.

—¡Stephan! —lo reprende Callum, y él pone los ojos en blanco.

—¿Qué? No quiero ser su amigo ni que él sea el tuyo. Conmigo tienes suficiente y te dese...

—Tóxico —dice Christian, fingiendo una tos.

—Él no es tóxico —lo defiende Callum—. Es mi imbécil.

Pero ¿cómo ha terminado así la conversación? Tenemos que gestionar primero un drama y después otro.

Me aclaro la garganta y retomo el tema en cuestión:

—Edna y tú no puede ser. Simplemente no.

—Pero ¿por qué no? Somos libres de hacer lo que queramos. Y si queremos follar, pues lo hacemos —argumenta Edna.

—No entiendo por qué nuestro trébol está siendo tan dramática —dice Stephan, sentándose sobre el regazo de Edna, que finge quedarse sin aire—. Lo siento, mis músculos pesan.

Y ella se ríe.

¡Oh, Dios mío! Se gustan de verdad y están teniendo sexo desde vete a saber cuándo.

Me vuelvo hacia Callum, que se encoge de hombros y alza las manos como si intentara librarse de esto.

—Aún estoy procesándolo. Cuando lo supe, le dije a Edna que te lo dijera. ¡Por todo el oro de Irlanda que se lo dije!

—Tu jerga irlandesa es linda —interviene Christian, y me vuelvo para fulminarlo con la mirada—. ¿Qué?

«Un drama a la vez», me recuerdo.

—No me lo dijiste —le echo en cara a Edna.

—No tenemos una relación formal, solo nos estamos divirtiendo y no sé por qué piensan que debemos ir anunciando que estamos follando, es nuestra intimidad.

—Solo se están divirtiendo —repito. Me río de manera incrédula y le doy unos golpecitos en el muslo a Callum—. Dicen que se están divirtiendo.

—Sí. Ja. Ja. Ja. —Callum finge reírse y me mira desconcertado—. Creo que yo me lo tomé mejor.

—Montaste un drama, pero no así —concuerda Edna.

—Mi machote fue comprensivo.

—¡Soy comprensiva! Soy una amiga comprensiva —me defiendo, y Stephan me mira dudoso.

—En este momento no eres muy comprensiva, me estás juzgando.

—¡No te estoy juzgando!

—Lo miras como si lo juzgaras —asegura Callum.

—No lo está juzgando —me defiende Edna—. Clover nunca juzga.

—Qué amistades tan invasivas —comenta Christian.

—Clover no está siendo invasiva —lo acalla Stephan—. Solo nos quiere y se preocupa, eso hacen los amigos, lo sabrías si fueses nuestro amigo.

—Stephan —dice Callum.

—No lo quiero aquí. ¡Joder! No lo quiero —se queja Stephan.

—Tú tampoco me caes superbién. —Christian se encoge de hombros.

—¿A ti te cae bien? —me pregunta Stephan, como si me retara a dejarlo solo con su odio.

—Estás follando con mi mejor amiga, Stephan.
—Sí, ya establecimos que es así y que nos lo pasamos bien. Nos estamos divirtiendo. Tú te diviertes con mi machote y nadie te dice nada.
—Eh, no es lo mismo —se exalta Callum—. No compares.
—¿Podemos dejar de hablar sobre mi vida sexual y la de Stephan? —se lamenta Edna.
—Es entretenido —dice Christian.
—Cállate —le ordena Stephan.
—Sí, cállate —lo sigue Edna.
Se gustan, puedo verlo.
Los estoy viendo.
Y, para empeorar mi horror por este descubrimiento, Maida entra en la cafetería. Lleva una falda de cuerina rosa y un top de tirantes megaajustado plateado, y sonríe en cuanto nos ve.

Clavo las uñas en la pierna de Callum y él gime por lo bajo intentando sacudirse de mi mano mientras me preparo para ver esta trágica historia.

Maida nos saluda y Stephan le dedica una amplia sonrisa y dice que está feliz de verla. Maida le devuelve la sonrisa y después ve a Edna, le pregunta por qué está golpeada y toda la mesa me mira.

—¿Le pateaste el culo a tu amiga? —me pregunta Maida con desconcierto.
—No quise hacerlo.
—Pero si parece que la arrastraste, amor. Pobrecita, mi otro amor. —Hace un puchero hacia Edna, quien le sonríe.
—Fue sin querer, luego te lo explicaremos —le promete—. Clover y yo estamos bien.
—Qué bueno, porque estoy harta de los examantes enojados de OK.
—¿«OK»? —pregunta Stephan.
—Oscar y Kevin —responde Callum.
—¿Y tú quién eres? —le pregunta Maida a Christian.
—Un recién llegado —asegura Stephan.
—Es Christian —dice Callum, dedicándole una larga mirada a Stephan.
El mencionado se presenta como el nuevo amigo de Callum.

Después Maida le pregunta amorosamente a Callum por qué dejó que yo lo arañara tan fuerte durante el sexo, y él no le explica que también lo hice sin querer, solo se encoge de hombros antes de responder:
—Porque me encanta y me pone más caliente.
Ella permanece de pie mirando a su alrededor y yo me aferro con saña al muslo de Callum sabiendo que pasará algo.

—Amo el sexo duro, mi trébol, pero aparta tus garras de mí, por favor —me susurra en el oído.

Lo ignoro porque entonces Maida da un respingo y se fija en que Stephan está sentado sobre el regazo de nuestra amiga.

—Eso es raro —dice, señalándolos.

—Antes de que te sorprendas, se forme otra conversación alocada y hagas preguntas: nos estamos liando y lo hacemos desde hace tiempo —explica Edna—. No quiero que todos sigan actuando como si fuese el chisme del año o algo anormal.

Se hacen unos largos segundos de silencio y miro a Maida: los observa. Callum me repite que lo libere de mis uñas e intenta apartarme la mano.

—Oh… —responde Maida, jugueteando con su bonito collar, y sonríe con los labios apretados—. Qué increíble, no me lo esperaba.

No, mi dulce Maida no se lo esperaba y está claro que quiere irse, por lo que me pongo de pie.

—¡Por los duendes! Gracias, gracias —susurra Callum frotándose donde le clavé las uñas.

—Acabo de recordar que debo ir a la biblioteca. ¿Me acompañas, Maida?

—No la dejo responder y le tomo el brazo—. Hablamos más tarde, Callum, o espérame en mi piso, iré pronto.

Christian sonríe de manera ladina viendo que me voy. Aunque quiero quedarme, mi amiga me necesita. Maida es fuerte, pero también es sensible cuando se trata de sus enamoramientos, y con Stephan tal vez esperaba que todo fuese diferente.

La saco de la cafetería y consigo que nos vayamos en dirección a la Fuente de Sabiduría. Afortunadamente el camino está vacío, y entonces comienza a llorar y a llamarse «estúpida» antes de que siquiera lleguemos.

—No eres estúpida —aseguro.

—¡Sí lo soy! Y estoy enojada conmigo, no con él ni con Edna. ¿Quién no saldría con Edna? ¿Y quién no estaría con Stephan?

—¿Y quién no estaría con mi Maida? —digo, y ella se sorbe la nariz.

—Solo déjame llorar. Se me pasará, como todos mis desastrosos enamoramientos.

Pero Maida no ha llorado por ninguno de ellos, ni siquiera por Oscar cuando este le gustó durante unos cinco meses.

Me preocupo por sus sentimientos y también por los de Edna, que no se da cuenta de cuánto le gusta Stephan a Maida. A eso súmale que Oscar y Kevin parecen detestarse las pocas veces que se hablan y ya me tienes yendo con pies de plomo alrededor de mi grupo de amigos que siempre había sido robusto.

Nos quedamos un buen rato mientras llora y se masculla cosas a sí misma. Tengo miedo de que lo pase mal, porque Edna y Stephan dicen que solo es sexo pero yo los veo muy familiarizados, en sintonía y a gusto, y eso tiene que doler a Maida.

—Estoy bien. —Se enjuga el rastro de las lágrimas y sonríe—. No es la primera vez que no me funciona y no será la última. Ellos son mis amigos y estaré feliz por ellos, estaré bien.

—No tienes que obligarte a que te guste la situación, lo entiendo si…

—Estoy bien —me corta, enlazando el brazo con el mío—. Nunca me he detenido en la vida por un enamoramiento fallido y no lo haré ahora.

No me creo que esté bien. Me doy cuenta de que no es un simple enamoramiento, de que realmente le gusta Stephan; tal vez incluso haya sentimientos de los que no quiere hablar, porque me parece que pretende enterrarlo, pero me mantengo en silencio mientras me insta a acortar la distancia que nos resta hasta la Fuente de Sabiduría, que siempre está en funcionamiento.

—Moneda —me pide, y busco en mi bolso hasta dar con una.

—Soy una buena amiga, Clover, y si son felices, yo también lo soy —me asegura, jugando con la moneda entre los dedos.

—Sentir dolor al respecto no te haría una mala amiga —susurro, pero no sé si me oye.

La miro mientras cierra los ojos, suspira y luego se vuelve para lanzar la moneda de espaldas hacia la fuente. Se oye el inconfundible sonido de cuando golpea el agua y ella dibuja una sonrisa temblorosa en el rostro.

No le pregunto qué ha deseado porque sé que no me lo dirá. En lugar de ello, la dejo guiarme por el campus.

Es sábado y la mayoría de los estudiantes aprovechan para tomar el aire, hacer ejercicio o estorbar con su mera existencia, así que los jardines se encuentran concurridos. Maida saluda con una alegría exagerada a los conocidos con los que nos topamos en nuestro camino.

—No seré una mala amiga. Mis amigos me importan y quiero que todos ustedes sean felices —me dice de manera muy genuina.

—Te amo mucho, Maida.

—Lo sé, yo también te amo mucho.

Avanzamos y veo una figura masculina caminando a paso rápido y enojado. Está llorando y luego golpea un árbol antes de que James y Maddison lo abracen.

Es Jagger. No lo sé en ese momento, pero horas después todo el campus sabrá que Lindsay no volverá a la universidad porque se ha suicidado.

28

OK ESTÁ DOLIDO

Callum

Saludo a todos los que al parecer me conocen e incluso entablo una conversación con uno de esos amigos de fiesta, y también me escondo y finjo no ver a un exligue en tanto que espero fuera del aula. Sin embargo, diría que mi espera no tendrá que ser eterna, porque finalmente comienzan a salir del aula poco a poco los estudiantes, pero la persona a la que busco ni se asoma, así que decido entrar.

—¿Qué hay de nuevo, Irlandés? —me dice una morena bonita que creo que conozco, y le dedico un saludo cordial antes de pasar de ella.

No tardo en localizar a mi objetivo.

Está sentado con las piernas estiradas frente a él, la cabeza inclinada hacia atrás y la mirada clavada en el techo. Lleva unos días sin afeitarse y luce unas profundas ojeras. Se ve con la misma templanza de siempre, pero vislumbro un aire vulnerable y decaído.

—Jagger —le digo cuando subo las escaleras, y él dirige su atención a mí.

—Irlandés —se limita a decir mientras me siento a su lado—. ¿Algo con lo que pueda ayudarte?

Intenta sonreírme e incluso suena como el Jagger de siempre... Han pasado dos semanas del suicidio de Lindsay. La gente no habla de ello, porque al final, cuando los días comienzan a pasar y no tenías un vínculo emocional con esa persona, lo dejas como algo que sucedió y te olvidas del tema. Incluso han dejado de importar la violación atroz que Lindsay sufrió y la injusticia de que no hayan dado con los culpables y estén a poco de cerrar el caso. Quedó como «otro suceso lamentable que gracias al cielo no me pasó a mí», y duele que sea así.

Sé que el juego de poder también ha influido en ocultar lo sucedido, y de eso se han encargado las autoridades de la universidad con sus buenas estrategias de distracción, de represión ante las pocas protestas que hubo al respecto y para eliminar cualquier rastro que tachara de peligroso el centro. Me genera impotencia porque, como obreros, los estudiantes siguieron todas las pautas, se dejaron guiar por los más poderosos, y así fue como Lindsay ni siquiera se convirtió en una cifra de las estadísticas ni en una sombra. Ella simplemente fue una «persona de primer año cuyo nombre no recuerdo, pero a quien le pasó algo horrible, pobre».

He visto a Jagger en el campus actuando con normalidad, sin llorar ni derrumbarse. Al contrario, su popularidad y su influencia han crecido todavía más. Todos quieren un pedazo de él, su atención, favores, reconocimiento.

Se ha vuelto esa persona de la que oyes hablar, la que piensas que podría convertirse en una leyenda, y lo más impresionante es la rapidez con la que todos dejan atrás a Lindsay y ya no la asocian con él. Parece un borrón y cuenta nueva incluso para él... Simplemente sigue con lo suyo. No digo que eso sea malo, pero las formas me dejan un mal sabor de boca.

Veo a este chico en su segundo año de universidad y no vislumbro al inteligente, divertido, curioso y ambicioso estudiante que estaba creando algo genial con mucho potencial el curso anterior. Jagger sigue siendo inteligente, ambicioso e ingenioso, pero ahora su nombre es sinónimo de respuestas, poder, influencia y una red de misterios en la que no creo que quiera dejar entrar a nadie.

Se ha cerrado y me temo que muy pocos pueden realmente acercarse a sus emociones; solo a quien él se lo permita, y no parece tener interés en hacer tal cosa.

—¿Y bien? —me alienta a responder ante mi escrutinio silencioso.

—No necesito un favor, solo quería saber cómo estás y si necesitas, ya sabes, conversar o algo.

Me mira antes de parpadear.

—No hay nada de lo que quiera hablar, pero gracias. —Se estira antes de ponerse de pie.

—Soy bueno escuchando —le hago saber, levantándome y caminando a su lado.

—No tengo nada de lo que hablar.

Salimos del aula y asiente hacia algunas personas que lo saludan e ignora a otras pocas. En ningún momento sonríe. No es que antes mostrara los dientes todo el tiempo, pero no era tan... inaccesible.

—¿Seguro que no necesitas nada, Irlandés? —me pregunta mientras caminamos por el campus.

Me canso de las evasivas, así que lo tomo del brazo para que se detenga.

—Tienes derecho a sentir tu pérdida. Lo que pasó... fue horrible, atroz, y ella no lo merecía.

Cuando amas a alguien, no quieres que esa persona sufra, y Jagger vive cada día con las secuelas y pensamientos de todo lo sucedido.

—No sé cuáles son tus planes y sé que no me los dirás, pero he oído todo tipo de cosas sobre cómo estás haciendo crecer tu negocio y los contactos que estás haciendo. No cometas una estupidez, Jagger, eres brillante y te espera un futuro prometedor. Fuera hay gente terrible, gente como Bryce y como otros tantos que no quieren jugar con universitarios como nosotros, personas con más poder y herramientas de las que imaginamos. La universidad también tiene reglas, y si te pillan haciendo cosas como cambiar notas o meterte en su sistema de seguridad y administrativo, sabes que acabará mal...

—No sé qué ideas tienes, Callum. —Se desprende de mi agarre con algo de brusquedad—. Pero sé que tengo un futuro que no voy a arruinar y también sé lo que le pasó a mi novia, cosas que tú no sabes. Y tienes razón, no tienes ni idea de lo que estoy haciendo ni de por qué lo hago. Gracias al cielo no eres tú, gracias al cielo no es tu novia y gracias al cielo no tienes que vivir con las cosas que me pasan por la cabeza, con toda esa mierda que siento que está atada a mí.

Emite una risa seca para nada real antes de dirigirme una larga mirada. No se quiebra, no permite que ninguna emoción se refleje en sus ojos grises, y en ningún momento relaja la postura.

—Sé lo que hago y sé cómo hacerme cargo de mis putos sentimientos, del mismo modo que sé que a nadie le importa Lindsay, que todos respiran aliviados porque no fueron ellos. Sé cuáles son mis responsabilidades y mis culpas, y no me apetece hablar de ello contigo ni con nadie. Si quisiera ayuda la pediría.

»Supongo que agradezco tus intenciones, pero mantente al margen. No necesito ni quiero tu ayuda, y tampoco necesito que me digan cómo vivir o avanzar ante lo sucedido. Los consejos no cambiarán nada, desconoces lo que pasa aquí. —Con el índice se da unos golpecitos en la sien—. Ocúpate de tus cosas y déjame ocuparme de las mías, ¿de acuerdo? Si así es como elijo vivir, así es como será.

No hay titubeos ni dudas. Es firme y contundente, es el Jagger de ahora, el que la vida y los sucesos están forjando para no derrumbarse.

No siento lástima. De hecho, admiro que tenga tanta fuerza y se mantenga de pie, pero sí me entristece la manera en que tuvo que cambiar y obligarse a crecer.

—Si alguna vez necesitas ayuda o un amigo, no dudes en buscarme, sea hoy, mañana, dentro de tres años o dentro de diez, Jagger. No lo olvides.

Hay un largo momento de silencio.

—Lo mismo digo, Irlandés: si me necesitas alguna vez, no dudes en buscarme.

Lo dejo irse, incómodo de saber que la vida de Jagger cambió y no precisamente para bien. Sé que ha decidido cargar con demasiado equipaje y entiendo que no quiere ayuda.

Peor aún: cree que no la merece.

He dedicado largos minutos a mirar a Clover preparándose para la fiesta a la que vamos, pero ha valido totalmente la pena ahora que ha terminado y camina hacia mí. Abro las piernas para que quede de pie entre ellas y consigo colar las manos por debajo de la falda ajustada. Las poso sobre su culo y la empujo hacia mí para que se incline, lo que me permite enterrar la nariz en el escote.

—Te extrañé —digo contra su piel.

—Yo también te extrañé —me asegura, dándome un beso en la sien.

Nos quedamos en silencio mientras mis manos deambulan por su cuerpo y sus uñas me masajean el cuero cabelludo. Es la perfección absoluta y me relajo lo suficiente para decir lo que me ha estado rondando por la cabeza desde hace un par de semanas:

—¿Y si te mudas conmigo?

Clover retrocede, deshaciendo todo mi preciado contacto con su cuerpo, y arquea una ceja hacia mí.

—¿Estás bromeando?

—No me estoy riendo.

La he tomado por sorpresa, pero puedo decir que la idea no le parece tan descabellada.

—¿Qué opina Stephan de esto?

—Habrá que preguntárselo. —Me encojo de hombros—. Pero no creo que le moleste, no eres una malviviente.

—Importante detalle en una inquilina. —Respira hondo—. Pero dejaría a Edna sola.

—Podrías seguir cubriendo tu parte hasta que encuentre a alguien más o conservar tu espacio. No tienes que firmarme un contrato ni nada así, solo estar ahí... En realidad no tienes que hacerlo si no quieres, simplemente era una idea, no tienes que decirme que sí.

Sus manos me sostienen el rostro y sonríe con tanto amor que el pecho se me aprieta.

—Te estás sonrojando, qué adorable. —Me da un beso suave en la boca—. Sí quiero.

Me mira con fijeza durante unos largos segundos antes de ampliar aún más la sonrisa.

—Bien, Callum Byrne, me mudaré contigo.

La atraigo hacia mí, la siento a horcajadas de manera que la falda se le sube hasta las caderas y le aprieto las nalgas mientras la beso con entusiasmo. Le arruino el labial y al final llegamos tarde a la fiesta porque logro entrar dentro de ella medio vestidos y la veo rebotar sobre mí celebrando esta importante decisión que tomamos con tanta facilidad.

Al llegar a la fiesta, me doy cuenta de que Clover no está feliz. También sé que se debe a la presencia de Christian, que desliza una mano por mi brazo.

Recibo las vibras de que Christian quiere que me lo folle. No ha sido muy sutil.

La verdad es que me cae bien. En el pasado me parecería inofensivo su coqueteo y hasta me daría igual, o incluso le respondería, pero ahora tengo novia, y mi novia quiere estrangularlo.

Nunca había visto a Clover celosa, exceptuando la vez que fui imbécil y estaba enojado con ella por no ir a verme a mi casa como acordamos tras el orgasmo en el baño de prácticas, cuando aún no admitía ser mi trébol de las notas; esa también fue la noche en la que por esos celos se había marchado, topándose con Bryce y siendo rescatada por James. Tengo que admitir que soy un maldito estúpido y me deleito un poco con ello, pero Clover no se puede controlar. La mujer frunce el ceño y lo mira todo con asco. No creo siquiera que se dé cuenta de sus expresiones, pero una cosa es disfrutar de unos celos inofensivos y otra es dejar que alguien le falte al respeto ignorando deliberadamente que estamos en una relación.

Así que, sonriendo, tomo la mano de Christian, la retiro de mi brazo y retrocedo para envolver a Clover con un abrazo que de forma inmediata relaja su postura.

Christian parece desconcertado por un momento, pero luego se encoge de hombros y mira a su alrededor.

—¿Por qué no están bebiendo? —dice Kevin, que aparece de la nada.

—¡Joder, Kevin! Te ves caliente —lo alabo, y él sonríe.

—Lo sé.

Va vestido de negro con unos tejanos ajustados, una camisa de mangas largas que se adhiere a su cuerpo de nadador y unos botines bastante molones. Aparte, parece que su cabello está un poco más corto por los lados y arriba se le forman rizos en las puntas.

—Bueno, ¿por qué no están bebiendo? —repite, moviéndose al ritmo de la música.

—¿Quieres bailar? —le propone Christian.

Enarco las cejas ante este giro inesperado y me doy cuenta de que Christian mira a Kevin con genuino interés. Este le da un repaso con la mirada.

—¿Quién eres? —le pregunta.

—Soy Christian. —Le ofrece la mano, y Kevin se la estrecha.

Se repasan mutuamente con la mirada. Siendo objetivo, ambos son bastante guapos y sexis, por lo que es fácil que les guste lo que ven, pero mi corazón es cien por cien fiel a OK y está teniendo un ataque cardiaco.

—Así que ¿bailamos? —insiste Christian.

—Kevin vino a hablar con nosotros —intervengo.

—Sí, tenemos muchas ganas de conversar contigo, Kevin —asegura Clover, y él enarca las cejas.

—No me apetece estar a solas con ustedes, porque luego son unos pervertidos y yo me quedo tirado como un estúpido —nos echa en cara Kevin.

—No, no, seremos superaptos —prometo.

—Quiero bailar —se queja con el ceño fruncido.

—¡Baila conmigo! —exclamo sonriendo.

—Sí, baila con Callum. —Clover me empuja hacia nuestro amigo, que se ríe cuando lo abrazo y comienzo a moverme.

—Deja de ser tonto —me dice cuando nos hago girar.

—Baila conmigo —le pide Clover a Christian.

—Bueno…

Clover y yo nos sonreímos satisfechos cuando nos acercamos a la pista de baile y ella se pone a bailar con Christian mientras yo me encargo de Kevin. ¡Duendes! Kevin baila increíblemente, debería ir a algún programa de televisión. Me río con él, lo hago girar y dar unos cuantos meneos y lo abrazo sin ningún tipo de incomodidad, pero los duendes malditos de Irlanda nos atacan, porque, en un giro inesperado, Christian y Kevin acaban de frente y comienzan a bailar.

Mi corazón procede a iniciar un luto.

Llámame «inmaduro», pero si Kevin y Oscar no vuelven, la vida para mí no tendrá sentido. No quiero que follen con otros; es tóxico, pero quiero que solo follen el uno con el otro, sin nadie de por medio en el tiempo que estén separados, porque van a volver. ¡Tienen que volver!

Como soldados derrotados, mi trébol y yo volvemos al lugar de antes y observamos la tragedia de que Christian y Kevin bailen de una manera muy insinuante.

—Habría preferido que Christian siguiera babeando por ti, porque eso era una zona segura. ¡No debiste quitarle la mano del bíceps! —me reprende, y jadeo con indignación.

—¡Lo hice como novio respetuoso! No seas desagradecida.

—¡Pero ahora tiene las manos sobre Kevin! Y Kevin está soltero —señala.

Estoy a punto de responder cuando capto la ardiente presencia de Oscar... En una esquina, enjaulando con los brazos a una mujer bastante guapa que está riendo.

—Me quiero morir —digo.

—¿Qué? Pero ¿qué pasa? —pregunta Clover.

—Oscar está ligando con esa. —Los apunto con la cabeza.

—No, no, no. No puede ser. Esto es una pesadilla.

—Es horrible.

Ambos miramos de un lado al otro y luego aguantamos la respiración cuando Kevin mira a Oscar, pero son solo unos segundos y enseguida se enfoca de nuevo en Christian, y Oscar nunca se gira de nuevo.

—Tal vez sí son felices...

—¡No sigas! —la interrumpo, y enarca las cejas—. Si no van a ser felices juntos, prefiero que sean infelices separados.

—¡Callum! —Se ríe—. Eso es egoísta y cruel.

—Nunca hemos dicho que yo sea la mejor persona. —Me encojo de hombros, pero termino riendo.

No quiero que sean infelices. Si quieren pasar página está bien, pero los apoyaré mucho más si permanecen juntos.

Para no sufrir por un dolor que no es nuestro, decidimos cambiarnos a un lugar donde no podamos verlos, y eso nos permite disfrutar todo el rato que pasamos en la fiesta.

Nos besamos, bailamos y me gusta creer que nos enamoramos un poco más. Me pierdo en su mirada mientras sus brazos están alrededor de mi cuello, y mis manos sobre su culo.

—Te amo —le digo, aunque no me oye por la música, pero me abraza más fuerte.

Amar a Clover se ha convertido en una de mis verdades universales.

29

OK NO ESTÁ OKAY

Clover

Estoy estresándome con pensamientos que me invaden sobre mi negación a recordar lo que me sucedió, y siento que me esfuerzo mucho más desde que tuve ese episodio al pasar por aquel edificio abandonado. Temo no poder bloquear aquel suceso para siempre, y mi estrés deriva de la posibilidad de que vuelvan los recuerdos.

Callum ha preguntado en varias ocasiones si ya estoy buscando terapeuta e incluso se ha ofrecido a verificar algunos conmigo, pero le miento y le digo que quiero hacerlo sola y que estoy buscando. Él cree que lo estoy intentando, pero soy una estafa absoluta.

Odio mentirle y que mi miedo sea mucho más grande que mi capacidad de sanar. Antes me llamaba a mí misma «valiente» y «honesta», pero supongo que estaba equivocada.

¿Siempre tendré esta lucha conmigo misma? ¿Es alguna especie de castigo? Tal vez la verdadera pregunta es si quiero vivir sintiéndome de esta manera para siempre.

—Pensé que sería el primero en llegar —anuncia la voz de Kevin.

Alzo la mirada del libro de texto que ni siquiera leía y le sonrío a mi queridísimo amigo. Tiene el cabello despeinado y los ojos verdes rodeados de ojeras, pero no son de dolor. De hecho, está clarísimo que tiene resaca, y el café expreso doble lo confirma.

—No puedes ingerir alimentos ni bebidas en el laboratorio —le recuerdo.

—¿Me vas a echar? —pregunta enarcando una ceja, y deja la mochila sobre la mesa—. ¿O me delatarás como una chismosa? Porque haré mi mejor sonrisa angelical y lo negaré para que quedes como una horrible mentirosa.

—Qué malvado.

—Volví a mis andanzas de chico malo.

—Nunca fuiste un chico malo. —Me río—. Rompecorazones sí, pero malo no. El chico malo es Oscar.

—El diablo —dice.

—No lo llames así. —Le golpeo el brazo—. Ese diablo fue tu novio.

—Error de juicio, todos nos equivocamos.

—Terminar sí que fue un error de juicio —repongo.

No me contradice, pero tampoco lo afirma. Me vuelve loca que no hablen de lo que pasó, que se eviten y lancen indirectas, pero que también se miren cuando el otro no se da cuenta.

—¿Por qué no me cuentas por qué terminaron?

—Fueron diferencias irreconciliables.

—Tonterías —digo con un bufido, y me dedica un intento de sonrisa.

—No todas las relaciones son para siempre, Clover —asegura antes de beber lo que resta de su café, y luego camina hacia la papelera para tirar el vaso—. ¡Qué maldita resaca tengo! Fue una mala decisión beber un miércoles. No se tendría que ligar los días de entre semana.

Me muerdo la lengua para no gritarle por ligar con otros, y dedico unos segundos a charlar conmigo misma y recordarme que es normal que salga y se divierta.

Nos sentamos el uno al lado del otro sumidos en nuestros libros —o, al menos, eso fingimos— en tanto que esperamos a Callum y Oscar para hacer una práctica. Me cuesta concentrarme e intento relajarme masajeándome las sienes.

—¿Qué te inquieta? —me pregunta mi amigo subrayando algo en su libro—. No dejas de moverte y hacer exhalaciones profundas.

Le resto importancia con la mano, pero él se dedica a mirarme. Me conoce lo suficientemente bien para saber que algo me pasa.

—¿Alguna vez has ido a terapia? —tanteo.

—No, nunca he ido, pero sé que me vendría bien. Hablar con alguien que tiene herramientas para ayudarte tiene que ser liberador.

—Pero ¿qué pasa si vas y recuerdas algo que te duele mucho y que te marcó?

Kevin no es tonto y debe de saber a qué me refiero, pero no lo menciona.

—¿No es necesario vivir el dolor para poder sanarlo? —me responde, con una pregunta.

—Hay dolores que marcan.

—Es cierto, pero no es imposible vivir con marcas. ¿Sabes qué sí es difícil? Vivir con incertidumbre y miedo.

Ante mi falta de respuesta, vuelve la atención al libro, dándome así el tiempo para sentirme lista para retomar la conversación en tanto que proceso sus palabras.

—Le estoy mintiendo a Callum.

De nuevo alza la mirada. Esta vez está llena de incredulidad, porque sabe que odio las mentiras.

—Le dije que estoy buscando ayuda, pero no es cierto. Es que tengo miedo, pero no quiero decepcionarlo y tampoco quiero que vuelva a hablar de lo sucedido. Sé que está mal, pero no estoy lista, no quiero.

—Clover —dice con lentitud, casi con simpatía—. No le estás mintiendo a Callum más de lo que te mientes a ti misma. No lo estás decepcionando a él y definitivamente no es a quien más estás lastimando. No tienes que justificar por qué no estás lista, pero lo dices como si te sintieras culpable por no estarlo, como si te detestaras por ello.

Abro la boca, pero no consigo refutárselo.

Me entristece darme cuenta de que me he reducido a esto, que ha desaparecido mucha de la seguridad que tenía en mí misma, que soy más temor que valentía, que me avergüenzo de recuerdos perdidos que no son mi culpa, que miento para no decepcionar a las personas... Posiblemente estoy arruinando las cosas y, aun así, cuando intento arreglarlas, retrocedo porque los recuerdos distantes me hacen reducirme a alguien que perdió la voz.

Sé que sigo siendo yo, pero también sé que soy la versión que quedó después de una tarde perdida.

Y he estado llevando una buena vida, creando hermosos recuerdos, pero una parte de mí está atada.

—No quiero sentirme así, pero no sé cómo no tener miedo.

—Nadie te va a juzgar por eso, Clover. Pasaste por algo traumático y lo suficientemente hiriente como para que lo bloquearas.

—Pero sí me juzgarán por mentir.

—No, el Irlandés no lo hará, pero ambos sabemos que se sentirá herido y pensará que no confiaste en él. ¿Por qué mentirle?

—Yo... Es que no lo sé, lo hice y ya no puedo borrarlo.

—Pero puedes ser honesta con él y contigo.

—Si no hice nada malo, ¿por qué me siento tan culpable?

—Fuiste víctima de una agresión, todos lo entendemos.

—No quiero ser una víctima ni sentirme como tal.

Y esa es otra de las razones por las que me niego a recordar. La mirada de todos cuando me visitaron en el hospital era diferente, ser tratada como una víctima es frustrante, pensar como una me hace sentir vulnerable y no me gusta. Quiero ser fuerte y segura, como antes.

—A veces olvido que no viste el estado en el que te encontramos. —Su mano toma la mía—. Te vi, Clover, y lloré un montón, porque era evidente que te habían lastimado.

—No me gusta hablar de eso. —Le doy un apretón en la mano antes de soltarla.

Sé que quiere refutarlo y tal vez reprenderme, pero respira hondo y me da un lento asentimiento antes de hablarme de algo que ha subrayado en el libro. Respiro con un alivio que sé que no durará demasiado.

Unas risas masculinas nos hacen mirar hacia la puerta y nos encontramos a Callum y Oscar llegando al laboratorio. La sonrisa de Oscar vacila cuando ve a Kevin, y luego desplaza la mirada hacia mí y me guiña un ojo, pero Callum lo empuja para que sea él lo único que veo. Eso me hace sonreír y relajo los labios para recibir su beso de saludo.

—Tienes el peinado de la princesa Jasmín —me susurra. A continuación me besa la sien y mueve la silla de ruedecillas de Kevin para ponerse a mi lado.

—¡Oye!

—Todos saben que este es mi sitio, Kevin.

—¿Desde cuándo?

Él ni siquiera le responde, solo se encoge de hombros y deja los libros sobre la mesa. Pasa la atención de Oscar, que está a mi otro lado, a Kevin, que está a su lado.

—Por favor, hoy no lo hagan incómodo. Si alguno de ustedes dos me jode mi calificación perfecta de esta práctica, los amarraré de las pollas, y no de la forma divertida, los haré colgar de la cabeza y les arrancaré la piel estando vivos. ¿Entienden?

—Eso suena demasiado preciso para ser algo casual —responde Oscar—. Parece que has pensado mucho en este método de tortura. Eres un rarito peligroso, Irlandés.

—Es mi chispa especial.

—Tengo la teoría de que, si no siguieses la ley, estarías causando caos y sembrando el terror. Tienes malicia —lo acusa Kevin.

—No es cierto —intervengo—. Callum es buena persona.

—No digo que esté mal, a todos nos gustan los tipos peligrosos —asegura Kevin con una sonrisita.

—Habla por ti —lo corta Oscar.

La sonrisa de Kevin vacila y veo que cierra la mano alrededor del borde de la mesa.

—Tendría en cuenta tu opinión si te la hubiese ped... ¡Carajo, Callum! ¿Qué demonios?

Callum acaba de clavar un bisturí en el espacio que hay entre el dedo índice y el anular de la mano de Kevin que aferraba el borde de la mesa. Mi novio levanta el bisturí mirando fijamente a mi amigo y lo clava ahora entre el anular y el corazón con precisión, apenas un milímetro de atravesarle la piel.

—Dije que tendríamos una práctica perfecta y que Oscar y tú serían civilizados. Lo que presencié fue el inicio de una discusión que no tendría fin.

—¿Y por eso decidiste cortarle la mano? ¿Crees que eso es un comportamiento normal? —pregunta Oscar.

Ante sus palabras, me giro hacia Oscar, que frunce el ceño y tira del brazo de Callum hacia atrás para alejarlo de la mano de Kevin, que lo mira con los ojos entrecerrados.

—No iba a cortarle la mano, solo hacía una observación. —Deja el bisturí a un lado y bosteza—. Así que... ¿por dónde empezamos?

Los tres lo miramos con fijeza y después nos miramos entre nosotros. Kevin, que al parecer tampoco es normal, sonríe y toma el bisturí.

—Tienes que enseñarme cómo hiciste eso sin siquiera mirar hacia abajo, fue ardiente.

—Fue superextraño —dice Oscar—. No tiene ninguna gracia, Kevin.

Kevin pone los ojos en blanco y Callum se encoge de hombros antes de comenzar a leer la primera pregunta de la práctica, ignorándolo, pero Oscar emite un bufido que corta la lectura.

—¿Cuál es tu maldito problema? —pregunta Kevin.

—Claramente eres tú.

Esta vez es una tijera lo que baja con rapidez entre los dedos de Oscar, que se sobresalta. Callum ni siquiera baja la mirada hacia su mano, sino que la mantiene en nuestros amigos.

—Seguiré leyendo y ustedes escucharán, tomarán apuntes y resolveremos el ejercicio. Sacaré mi nota perfecta y luego, como buenos amantes que se odian, podrán discutir. Es mi última advertencia, la próxima vez me aseguraré de no tener tanta precisión entre los dedos.

Kevin ríe, pero Oscar mira a mi novio con los ojos entrecerrados.

—Prosigue. —Es todo lo que dice este último.

Observo a Callum leyendo con fluidez, con su encantador acento irlandés y su carisma. Dirijo la mirada hacia el bisturí con el que Kevin juega y la devuelvo al rarito de mi novio.

Oscar tiene razón: es bueno que Callum escogiera el lado de la ley, porque lo que él llama su «chispa especial» no es precisamente un toque de inocencia.

Por otra parte, la amenaza ha funcionado. Si bien Kevin y Oscar no son amigables, sí son racionales y se hablan mientras discutimos el caso de la práctica, que debemos resolver con solo los datos que se nos han proporcionado. Incluso parece que, sin darse cuenta, hablan entre ellos y con nosotros sobre sus trabajos de grado. Está lejos de ser el ambiente de antes, pero al menos no se están atacando como dos amantes que se aman y odian al mismo tiempo.

Como siempre, me sorprendo del cerebro de Callum y su capacidad de razonar. Sé que mis amigos y yo somos muy buenos, pero incluso ellos se dan cuenta de que la manera en la que Callum piensa, analiza y opina es diferente, sorprendente y cautivadora. Para él es casi tan natural como respirar, y es su convicción la que lo hace parecer tan determinado. Me da envidia que sea el mejor de la clase, pero tiene todo el sentido que ocupe ese puesto.

Para cuando llevamos la mitad de la práctica, estoy hambrienta y tengo ganas de echarme una siesta, por lo que soy feliz cuando Oscar, Callum y yo vamos a una cafetería fuera del campus en el auto de mi novio, pero a la vez estoy triste porque Kevin no quiso venir con nosotros pese a que tenía dos horas libres.

—¿Cuándo te mudarás? —me pregunta Oscar, sacándole los pepinillos a la hamburguesa después de hacer un trabajo estupendo, e ignorando las palabras de Callum sobre que Kevin se veía cansado.

Sonrío ante su pregunta. Este tema me tiene asustada y emocionada. ¡Ah! Aún no se lo he mencionado a mi papá.

—En dos semanas —respondo, entonces tomo los pepinillos que él ha desechado.

—Ah, después del cumpleaños de Callum.

—No puedes faltar a mi fiesta —dice el futuro cumpleañero después de tragar.

Callum cumplirá veintidós años el viernes y digamos que todos están extasiados por celebrar la vida del Irlandés. Me pregunto si el local que sus padres le alquilaron como regalo se quedará pequeño para tantas personas, porque él es muy popular y sociable.

—No pienso perdérmela. Necesito ir de fiesta y, ahora que estoy soltero, tengo mucho con lo que ponerme al día.

—«Soltero» —repito, porque aún necesito hacerme a la idea.

—La feliz soltería.

—Así que... —comienza Callum—, ¿en serio es el final de OK?

—En realidad no es asunto tuyo.

—Es verdad, pero no quita que quiera saber. —Le sonríe—. O sea, habla o vete.

—Nos vemos —se despide Oscar, poniéndose de pie, y Callum tira de su mano para que se siente nuevamente.

—No seas así, queremos entenderte —intenta manipularlo.

Mi amigo le frunce el ceño y yo apoyo la barbilla sobre un mano, atenta a su respuesta.

—Kevin está quedando con otras personas...

—Y tú también —agrego de inmediato—. Callum y yo te vimos en una fiesta.

—Y te quería apuñalar porque te vi el otro día en el jardín de la Facultad de Arquitectura con una chica en el regazo.

—No puedes ir por la vida diciendo que vas a apuñalar a la gente si no hacen lo que quieres —señala Oscar, y Callum sonríe en respuesta.

—Claro que puedo, solo se me prohíbe hacerlo, y eso si me atraparan. Podría hacerlo y nadie sabría que fui yo.

—No creo que debas decir eso —comento tras un breve silencio.

—Tranquis, mi trébol, no quería apuñalarlo, solo lo pensé.

—Eso me tranquiliza. —Mi amigo le dedica una sonrisa falsa—. Pero, respondiendo el chisme que tanto te angustia: hemos acabado, solo somos dos compañeros de piso que se toleran.

—¡Tonterías! Haz el favor de regresar con Kevin, no los queremos separados.

—Es lo que es.

—No me hagan odiarlos, porque cuando odio no hay vuelta atrás.

—¿Por qué sales con él? —me pregunta Oscar, aunque ambos sabemos que considera a Callum un amigo.

—Es que soy encantador, un diez en la cama, no me asusta que me manoseen el culo, veo *realities*, escucho pop, soy inteligente y muy atractivo. ¡Ah! Y mis manos son unos bonitos collares, doy unos azotes en el culo increíbles, no me da miedo ser el mejor amigo del clítoris, soy dulce y romántico a mi manera, el mejor de mi clase, doy buena suerte y soy pelirrojo natural. Tengo muchas cualidades más, pero estoy aprendiendo a ser modesto, porque mi mami me dijo que los demás podrían sentirse celosos.

—Iba a responder que «porque lo amo» —digo sonriendo, y paso los dedos por sus mechones rojizos—, pero él dio una buena respuesta.

Callum me sonríe antes de darme un rápido beso en la boca y luego vuelve la atención a Oscar.

—Pasarán los meses, Oscar, y si Kevin y tú no arreglan su problema se podrían arrepentir, y vivir con esa sensación es una mierda.

—Los arrepentimientos también son una consecuencia y algo inevitable de esta cosa llamada «vida». —Se encoge de hombros—. Ya fue, y no quiero hablar de ello.

—Bueno, en ese caso, te hablaré de nuestra relación —lo fastidia Callum, y río cuando Oscar hace ademán de levantarse y de nuevo mi irlandés tira de su mano—. Este relato te va a gustar.

—Conozco los detalles de su relación, no necesito más.

—Sabes que puedes hablar conmigo de lo que sea —intervengo—, e incluso Callum se irá si necesitas que hablemos a solas.

—Lo haré si eso quieres —dice Callum—, pero espero de corazón que prefieras que me quede.

Muy a su pesar, Oscar ríe por su ocurrencia y luego baja la mirada a su hamburguesa a medio comer.

—Clover, te había comentado que Kevin se sentía inseguro porque antes salí con muchísimas mujeres. Él era mi primer chico —nos recuerda—. El primer chico con el que hice algo más que darnos besos, y mi primer novio. No quería hablar de esa inseguridad y tal vez lo forcé demasiado. A Kevin no le gusta sentirse acorralado, y ahí empezaron a ponerse tensas las cosas. Luego, en las vacaciones de verano, fuimos a la fiesta de compromiso de mi mamá...

—Ay, joder —se me escapa.

No es ningún secreto la postura de su madre sobre su relación con Kevin o, bueno, sobre que le guste y ame a un chico.

—Yo pensé... Fui un imbécil. Pensé que, si mi mamá lo conocía, entendería por qué me enamoré. Ella me trató muy bien y tal vez eso me cegó en un principio, pero las indirectas y los comentarios terribles estaban disfrazados. Apartó a Kevin a un lado e hizo un comentario tan homófobo que pensé que vomitaría, pero no sé por qué no dije nada. Kevin fue simplemente Kevin. —Sonríe—. Respondió con sus propias frases mordaces y su encanto.

»Yo extrañaba los abrazos de mi mamá hasta el punto de que esa sensación de aprobación por unos instantes me impidió pensar con claridad. Cuando volvimos al hotel, Kevin dijo que lo entendía, que todo estaba bien. ¡Por Dios! Me abrazó cuando lloré por la horrible persona que es mi mamá, pero también por cuánto la extraño. Pensé que eso sería todo, pero...

—No lo fue, fue el inicio —dice Callum con suavidad.

—¿Cómo lo sabes?

—Porque una vez fui Kevin, y mientras sonreía y genuinamente comprendía que todos salen del armario a su tiempo y a su manera, me destrozaba y me dolía.

Oscar inspira hondo y se pasa las manos por el cabello.

—Pero podría haberlo hablado conmigo, ¿sabes? En lugar de ello comenzó a actuar como un imbécil. Empezó con cosas pequeñas como hacer comentarios sobre otros chicos, sobre que yo había estado con chicas en el pasado... ¡Joder! Sentía que estaba presionándome, evitándome hasta volverme loco.

»Me dijo que quería hacer un trío y no sé por qué acepté. Tal vez sea porque había hecho uno antes, pero con personas que no amaba, no con él ni estando en una relación. Estar ahí, verlo, fue demasiado para mí. Me fui, Clover, y él no lo hizo.

No suena como Kevin, porque mi amigo no es así, suele ser celoso y quiere tener a Oscar únicamente para él.

—Y pensé: «Kevin no me haría esta mierda». —Se aclara la garganta—. Pero luego volvió al piso y me dijo que llevaba semanas dándole vueltas al asunto y necesitaba que termináramos. La verdad es que no lo entendí y tal vez presioné demasiado para que me diera una razón. Y cuando me dio razones muy válidas, hice lo que mejor hago: me puse a la defensiva y dije idioteces hirientes de las que luego me arrepentí.

No miento cuando digo que siento muchas ganas de llorar por mis amigos haciéndose daño.

—Dijimos cosas terribles y que nunca debieron pronunciarse. Nunca me dijo por qué no regresó conmigo y se quedó con ese chico, no lo aclaró. Solo dijimos gilipolleces que no retiramos y al día siguiente éramos dos personas que no podían hablar, solo se atacaban y se ignoraban.

»Regresamos al campus y ahora él va de fiesta y yo también. La convivencia es horrible, nadie se retractó de las cosas que dijo y se ha creado un gran abismo.

»Me gustaría retroceder y no haber dicho nada de lo que dije. No importa lo herido que me sentí por sus palabras y razones para cortar conmigo; nunca debí haber dicho cosas en las que ni siquiera creo.

Se muerde el labio inferior y veo el dolor crudo en su mirada.

—Es horrible que te lastime tu persona favorita. Perdí a mi mejor amigo y ahora cualquier cosa nos enoja. Solo quiero que llegue la graduación, terminar el contrato del piso y que ambos nos liberemos de esta situación.

»Y ese es el resumen de las diferencias irreconciliables por las que terminamos o, bueno, por las que Kevin cortó conmigo y luego yo lo reafirmé.

—Lamento haberte presionado y haber bromeado sobre ello cuando claramente fue algo muy serio y delicado. No lo haré más —promete Callum.

—No te preocupes. De hecho, tus comentarios me hacen reír. —Se encoge de hombros—. Dijiste que una vez fuiste Kevin...

—Eh... Sí, pero él no fue tan buen muchacho como tú. —Callum se mueve incómodo—. Yo le gustaba, pero no le gustaba que yo le gustara. Entendí que tenía que hacer su proceso de aceptación y que no se sentía listo, pero él no pudo entender que para ocultarse no hacía falta lastimarme. Hizo cosas muy dolorosas y mi familia lo odia. Lo odiamos en familia para estar más unidos.

Me doy cuenta de que esto último lo dice como broma para protegerse y porque no quiere hablar de ello.

Estiro la mano, tomo la de Oscar y le sonrío.

—Estoy segura de que ninguno de los dos quería herir al otro y que ambos se arrepienten de lo que dijeron. Me apena que la situación sea tan tensa y que te sientas tan herido.

—Es lo que es.

—Perdón si te presioné, la verdad es que los amo a los dos. Sé que es problema de ambos y que no es asunto nuestro, pero sabes que estoy aquí para lo que necesites, del mismo modo que estaré a su lado.

—La verdad, prefiero no volver a hablar de esto. No me gusta y me hace sentir mal.

—De acuerdo.

Le doy un apretón en la mano y se la libero para continuar comiendo, porque sé que eso es lo que quiere, pero no sin antes darle un vistazo a Callum y preguntarme por qué exactamente los Byrne odian a su ex.

La biblioteca se encuentra en absoluto silencio mientras Callum y yo trabajamos en nuestro trabajo final. Sorprendentemente hemos logrado avanzar sin distraernos demasiado, pero pasado un par de horas comienzo a sentir sus miradas sobre mí y poco después el toque de su pie contra mi pantorrilla.

—Callum —siseo con diversión sin levantar la vista de mi portátil.

—Sabes que quieres un descanso —me engatusa, y la verdad es que no necesita insistirme demasiado.

En cuanto le doy mi atención, se cambia de sitio para estar tan cerca de mí como puede y me acaricia el cuello y me planta besos suaves detrás de la oreja.

—Soy tuyo —susurra, y me hace estremecer—. Tuyo para jugar, amar y desear. Tuyo para follar, para que sientas celos y tuyo para experimentar, pero soy tan tuyo que también me gusta pensar que eres mía.

—Basta —le pido, llevando una mano a su pecho.

—¿Por qué?

Aunque no lo veo, sé que está sonriendo.

Le tomo el rostro entre las manos y consigo que deje de acariciarme la oreja para mirarlo a los ojos. Como siempre, me encuentro embelesada.

—Tu mirada está gritando que me amas —susurra con una sonrisita.
—¿Cómo lo hago para quedarme contigo tanto tiempo como dure «mi siempre»?

Me niego a contar los meses y los días, pero sé que el tiempo corre y que nuestros futuros aún apuntan hacia objetivos y lugares diferentes. Eso me asusta porque no quiero perderlo.

—Podemos hacer que ese «siempre» dure tanto tiempo como queramos.

Me da otro beso en los labios y volvemos a nuestros apuntes para el trabajo. Es solo que ansiosamente me dejo consumir por los pensamientos de qué pasará después de la graduación, qué será de nosotros. Todavía falta, pero nada es eterno.

—Oye, Clover.

Me giro para verlo y me dedica una sonrisa incierta antes de tomarme la mano.

—¿Qué tal va la terapia?

De inmediato me tenso y me siento como una persona horrible y mentirosa.

Le sonrío, pero no soy capaz de mirarlo a los ojos.

—Va bien, supongo. No es fácil, pero sé que con el tiempo notaré lo mucho que me ayuda. Apenas empecé hace un par de días.

—Sé que pedir ayuda no es fácil, pero ya has dado el primer paso. Estoy orgulloso de ti.

Le dedico un asentimiento y con sutileza libero mi mano de la suya y vuelvo la vista al libro, pero las letras me parecen borrosas y siento el peso de mi enorme mentira sobre los hombros.

—Gracias por confiar en mí y hacerme partícipe del proceso —añade.

—Callum, yo...

Ladea el rostro, atento como siempre a lo que pueda decirle.

—Creo que poco a poco estaré mejor. Mi terapeuta es muy buena, o eso dicen, y me siento cómoda pese a llevar tan poco tiempo.

—Lo único que quiero es que te sientas bien, te recuperes a tu ritmo y puedas vivir sin miedo. —Se pasa una mano por el cabello—. Perdona si me pongo intenso con esto, pero es que te vi perderte ese día, y a veces cuando duermes tienes pesadillas. No mereces vivir así. Me encantaría ser la solución a tus problemas, pero sé que no tengo las herramientas ni las facultades médicas adecuadas para ayudarte, pero tu terapeuta puede guiarte.

Siento un cosquilleo en la nariz y sé que el sentimiento de culpa por mentir podría hacerme llorar, por lo que cambio de tema:

—¿Preparado para tu fiesta de cumpleaños de mañana?

—Superpreparado. —Me guiña un ojo y vuelve la atención a su libro.

Tal vez pueda ir de verdad a terapia antes de que Callum descubra que estoy mintiéndole. ¿Qué sucederá primero?

Kevin tiene razón: le miento a Callum, pero también me miento a mí misma.

30

EL DÍA QUE CALLUM NACIÓ

Callum

—¡Basta! Para ya, por favor, para.

Me despierto desorientado porque juraría que alguien estaba gritando de una manera alarmante y desgarradora.

El corazón me late deprisa cuando clavo la mirada en el techo intentando entender si lo imaginé o estaba teniendo una pesadilla. Pasados unos segundos me estiro como un gato perezoso antes de bostezar y sonreír. Seguramente lo imaginé.

Pero entonces sucede de nuevo.

—¡No! ¡Ya basta, ya basta! Quítate de encima. ¡Basta, basta! No me toques.

Los gritos roncos me hacen incorporar de inmediato al tiempo que miro a mi alrededor, y tardo unos segundos en darme cuenta de que los chillidos provienen de mi lado, junto con algunos movimientos desenfrenados.

Cuando me volteo descubro a Clover enredada en las sábanas, con las mejillas húmedas por las lágrimas y una expresión lastimosa en el rostro. Vuelve a gritar y esta vez es de dolor; sus extremidades se mueven como si luchara, arañando y golpeando el aire con desesperación.

Sé que no debería despertarla con brusquedad, pero es angustiante no poder sacarla de ese trance de inmediato.

—Clover —la llamo con suavidad, deslizando mis dedos entre los suyos y entrelazándolos—. Mi trébol, despierta.

Noto un ardor en el dorso de la mano cuando sus uñas se me clavan con fuerza. Una vez más la llamo por su nombre, pero es en el cuarto intento cuando sus ojos se abren con rapidez y posan una mirada vacía en el techo, como si realmente no viera nada.

Santa mierda. Es aterrador y doloroso de presenciar.

—Mi vida. —Es la primera vez que la llamo así—. Está bien, era una pesadilla.

Pero no habla, sus ojos se mantienen abiertos de esa manera aterradora y su piel palidece de forma inquietante, pero se vuelve aún peor cuando unos pequeños sonidos que van incrementando de tono comienzan a salir de ella. El pelo del cuerpo se me eriza. Esos sonidos resuenan por la habitación y me doy cuenta de que son de asfixia, lo que me moviliza para ayudarla.

Me arrodillo sobre el colchón, la tomo por los hombros, me ubico detrás de ella en tanto que le paso un brazo sobre el pecho, la siento e inclino su torso hacia delante mientras con la palma de la otra mano le doy cinco golpes espaciados entre los omoplatos.

—Vamos, Clover. ¡Joder! No me hagas esto —imploro. Comienzo a sudar, pero me mantengo sereno, palmeándole la espalda.

Hago un repaso mental rápido e intento pensar si se durmió con algún objeto en la boca que pudiese estarle obstruyendo las vías respiratorias, pero sé que no lo hizo. No dejo que mis manos tiemblen ni me permito enloquecer. Su respiración es caótica, pero ya no se oyen sonidos de asfixia. A continuación tose y una arcada la invade antes de que aparezca el hedor en cuanto vomita sobre sus piernas y parte de la sábana. De nuevo, le doy unas palmadas en la espalda mientras las arcadas se repiten y vomita toda la cena. Cuando parece que no hay más, saca la bilis y luego tiene unas arcadas que no expulsan nada pero que sé que la lastiman. Sin embargo, lo que termina por romperme el corazón es cuando se quiebra en sollozos con un llanto desgarrador lleno de dolor.

Haría cualquier cosa por absorber ese dolor o detenerlo, pero lo único que puedo hacer, tras confirmar que ya no se ahoga, es abrazarla desde atrás en un intento de darle consuelo y transmitirle que no está sola.

He dormido muchísimas noches con Clover, sobre todo desde que decidimos vivir juntos, pese a que aún no se ha mudado, y, aunque en Irlanda tuvo una pesadilla fuerte, ninguna había sido como esta. Esto ha sido incluso peligroso. Si hubiese estado sola, podría... No puedo ni pensarlo.

Los minutos transcurren mientras le tarareo en voz baja «Please Be Mine», de los Jonas Brothers (una de las favoritas de Moira), porque es la primera canción que me viene a la mente. Así le hago sentir mi calor corporal, sabiendo que está familiarizada con mi cuerpo y mi olor, aunque ahora predomina el del vómito.

—¿Callum? —susurra con voz quebradiza.

—Estoy aquí, mi trébol.

—Lo siento, hice todo este desastre.

—No me importa el desastre, me importas tú, Clover. ¿Y lo que acaba de pasar? Estoy cagado hasta la médula, ni siquiera sé cómo pude reaccionar tan rápido.

Esto es más grave que una pesadilla cualquiera.

—¡Joder! Simplemente, gracias por despertar, gracias, Clover —murmuro, abrazándola con fuerza.

Emite un llanto silencioso y su cuerpo se estremece con los sollozos que no libera. No paran de caerle lágrimas, y aprieto los labios sintiéndome los ojos húmedos y un nudo en la garganta.

Su dolor me quema. Es de las personas más fuertes que conozco, y verla así es difícil de procesar.

—Quiero tomar una ducha, por favor, solo quiero estar limpia —me implora.

Me resulta inevitable no tensarme al darme cuenta de que sus palabras podrían no referirse solo al vómito, sino que posiblemente habla de algo mucho más grande, pero mantengo el control de mis emociones al bajar de la cama y ayudarla a hacerlo.

Su piel vuelve a la coloración habitual, pero aún puedo visualizarla pálida en mi mente. Somos silenciosos en el baño mientras la desnudo, y dejo dentro de una bolsa el pijama cubierto de vómito para lavarlo al salir. Me desnudo para entrar en la ducha con ella, y bajo el agua me abraza con fuerza, apoya la mejilla en mi pecho y me clava las uñas en la espalda.

—¿Hablaremos de eso, Clover?

Sacude la cabeza en negación.

—Fue una pesadilla —susurra, pero el miedo en su voz me hace creer que es algo más.

Algo que no va a decirme, y eso me molesta porque soy un novio comprensivo, pero últimamente siento que me aparta de ciertas cosas, que desvía la mirada cuando no puede ser del todo sincera o no quiere hablar de algo.

Entiendo que no tiene por qué decírmelo todo, pero se guarda tantas cosas que está enloqueciéndome. Además, se está haciendo daño a sí misma.

—¿Quieres que hablemos de tu pesadilla?

—No, no quiero traerla aquí entre nosotros... Lo hablaré con mi terapeuta —susurra, y respiro hondo.

—¿Cuándo lo hablarás?

—Cuando tenga la próxima cita, lo prometo.

Pese a la creencia popular de los libros de romance y contemporáneos que leo, las promesas sí se pueden romper. De hecho, es muy común romperlas poco tiempo después de hacerlas; yo lo he hecho. Así que realmente no hay garantía de que Clover vaya a hablar de esto con alguien, ni siquiera con una profesional, y yo tengo que fingir que la creo aunque me duele.

Permanezco en silencio. Me echo su champú en la mano y le masajeo el cuero cabelludo hasta conseguir que se relaje mientras continúa apoyada en mi cuerpo.

—A veces —murmura con espuma en el cabello— desearía que solo fuésemos tú y yo.

—¿Sin nadie más?

—Sin nadie más —confirma en voz baja—. Estar contigo es mi momento favorito.

—Tú eres mi momento favorito —susurro, inclinándole la cabeza hacia atrás para que podamos mirarnos a la cara—. Aparte de mi familia, eres la persona que más me importa... Pero no se lo digas a Stephan, porque se cabreará y me dejará.

Eso consigue hacerla sonreír, lo cual me llena de alivio. Nunca más quiero verla como hace un rato. Quiero borrar ese recuerdo de mi cabeza.

La ayudo a sacarse el champú y luego a enjabonarla antes de ocuparme de mí bajo su atenta mirada. Cuando salimos de la ducha envueltos en toallas, dejo que ella sea la primera en cepillarse los dientes. Después se sienta sobre el inodoro, y se ve pensativa mientras me espera. Para cuando termino, parece que la pesadilla es cosa de hace mucho, pero todavía estoy preocupado en parte cuando volvemos a la habitación.

Sonrío al darme cuenta de que parecemos un matrimonio al retirar las sábanas sucias y reemplazarlas por unas nuevas, aunque solo llevamos las toallas y el cabello nos sigue goteando pese a habernos secado con una toalla.

Más le vale a Clover ser el amor de mi vida, porque si el destino me lleva a alguien más, lamento que no podré amar y desear a esa persona como lo hago por mi trébol. Mi corazón, mi cuestionable alma, mis deseos y mi polla tienen grabado su nombre.

Cuando terminamos con las almohadas, suspira y veo que sonríe con lentitud, como si recuperara su estado de ánimo y se sintiera muchísimo mejor.

—Déjame peinarte —me pide, pero ya está tirando de mi mano para que me siente en la cama y comienza a pasarme el peine por los mechones rojizos. Se mantiene de pie frente a mí, entre mis piernas—. Estás muy serio.

—Solo pensaba en lo que pasó...

—Irlandés, olvídalo.

—Recuerdo algo similar en Irlanda, pero ¿te había pasado antes así de fuerte? ¿Estando sola? —Inclino la cabeza hacia atrás para ver si desvía la mirada.

—No, es la primera vez —dice con firmeza, y la creo—. Estoy segura de que también será la última.

—Trata de no dormir boca arriba. No sueles hacerlo, y anoche, que sí lo hiciste, esa posición podría ser lo que te dio la sensación de asfixia al estar tan asustada por la pesadilla.

—Lo intentaré —me promete—. Soy la primera que no quiere revivir tal experiencia. Sentí que iba a morir —confiesa—, no podía respirar y quería hablarte, pero mis labios no se movían. Quería gritar para pedir ayuda y tocarte, pero no podía moverme.

—¿Me oías?

—De manera lejana, me sentía encerrada en mi propio cuerpo.

—Creo que deberíamos ir a un médico y claramente tendrías que hablar de eso con tu terapeuta.

—No iré a un médico hoy.

—Clover...

—Lo haré, Callum, pero no hoy, ¿de acuerdo? Lo prometo.

—Ya no sé si creer en tus promesas —susurro, pero no alcanza a oírme.

Me digo que tengo que respetar sus tiempos, que tengo que demostrar más mi paciencia de mierda y que si la presiono solo conseguiré que se cierre más, así que la abrazo y cierro los ojos para concentrarme en sus mimos.

Permanezco en silencio mientras me peina y presiono la nariz en la mullida toalla a la altura de su abdomen, inhalando el olor del jabón en su piel.

—Te prometo que cada caricia que me das viaja directa a mi polla —le hago saber, y ríe por lo bajo.

—¿Todo?

—Absolutamente todo. Mi polla dejó de ser mía para ser enteramente tuya, tu propiedad. Puedes hacer con tu polla lo que quieras, yo solo soy el portador del que cuelga, pero tú eres quien le da vida y la motivas a levantarse.

—Nadie nunca me había regalado el título de propiedad de su polla.

—Ay, soy tu primero. ¡Qué emoción! Ahora, además de ser el primero que te da por el culo, también soy el primero que te regala su polla.

—Precioso, me encantan estas primeras veces.

Cuando termina con el peine, lo arroja a algún punto de la cama y me pasa los dedos y luego las uñas por el cuero cabelludo de ese modo que sabe que me enloquece.

—Oye —me llama.

—¿Hum?

Abro los ojos y alzo la mirada para encontrarme con la suya, y puedo jurar por todo el oro del mundo que haría lo que sea por esta mujer, legal o ilegal, moral o inmoral, haría hasta lo imposible. La amo de una manera que duele, porque soy consciente de que si esto acaba me dolerá como la mierda.

Estoy enfermo de amor, pero no quiero curarme.

—Feliz cumpleaños, mi vida —susurra, y sonrío al darme cuenta de que oyó ese «mi vida» que le dije mientras luchaba para que volviera a mí.

Estaba tan emocionado por mi fiesta de cumpleaños que ahora me siento genuinamente sorprendido de que ya sea ese viernes que tanto había esperado. La mañana empezó de una forma tan imprevista y angustiante que mi cerebro olvidó del todo que un día como hoy, 30 de octubre, en Irlanda, un arcoíris salió mientras los duendes bailaban y los tréboles de cuatro hojas volaban; un muchacho pelirrojo con mucho amor para dar, inteligente e indispensable para la vida de cualquiera nacía bajo el nombre de Callum Byrne, el niño que bendijo a unos padres desgraciados que solo habían tenido a dos niñas —o eso es lo que digo para molestar a Moira y a Kyra—.

Mientras proceso que es mi cumpleaños número veintidós, Clover me da un empujón más fuerte que de costumbre que consigue hacerme caer de espaldas sobre la cama con los pies colgando. Luego deshace el nudo de mi toalla, se aparta el cabello, se lame la palma de la mano y toma mi polla. Bueno, su polla.

—Mi novio tiene veintidós años, ya no sales con una mujer mayor.

Me río con voz ronca. Ella es nueve meses mayor que yo y a veces bromeamos con eso.

—Qué dura me la pones, Clover. En serio, me impresiona.

—A mí me pone supermojada verte así, estoy lista para que me foll…

—¡Feliz cumpleaños! —grita Stephan abriendo la puerta sin picar.

Clover grita y me suelta el miembro. Frunzo el ceño y miro a Stephan, que no parece perturbado mientras sostiene una bandeja con el desayuno y unos globos atados con cintas. Francamente es un arreglo bonito, pero me acaba de arruinar el polvo de cumpleaños, y estoy seguro de que iba a tener sexo anal, porque siempre lo hay en ocasiones especiales.

Por suerte para Stephan, no tendré que sacarle los ojos por ver a Clover desnuda, ya que aún tenía la toalla. En cuanto a mí, poco me importa, aunque he de decir que todo estaría mejor si mi erección bajara más rápido.

—Te gané, he tenido el primer gran gesto romántico con el cumpleañero —le presume a Clover al entrar, y yo me vuelvo a poner la toalla—. Feliz cumpleaños, mi machote.

—Gracias, mi imbécil.

Río cuando deja el desayuno a mi lado de la cama y me besa la frente de manera sonora.

—Al fin entras en el mundo de los veintidós. Vive todas tus futuras vidas junto a mí, nazcamos siempre en el mismo siglo para seguir siendo amigos.

¿Sabes qué? Te prometo que en nuestra próxima vida seremos una pareja que se ama con locura y nadie nos impedirá nuestro amor.

—Qué intenso —masculla Clover, sentada en la silla frente a mi escritorio.

—Solo estás celosa porque te gané.

—No me habrías ganado si nos hubieses dejado tener un momento a solas.

Sí, definitivamente me iba a dar el culo.

—Si vas a mudarte, aprende a poner el pestillo en la puerta —continúa Stephan, esquivando por los pelos el libro que Clover le arroja.

Sonriendo por mi desayuno, abro la lata de cerveza irlandesa de mi marca favorita.

—¡Por el cumpleañero! —exclamo.

—Por el cumpleañero —dicen al unísono, deteniendo su discusión.

El desayuno está increíble y menciono un par de veces lo extraño que es que me miren comer.

Al terminar, Clover y yo vamos al área de lavandería de la casa y ponemos las sábanas sucias y su pijama en la lavadora. No se habla de la pesadilla y dudo que ninguno de los dos lo olvide, pero por hoy nos enfocamos en mi fiesta de cumpleaños.

31

ME DUELES, KEVIN

Callum

Arlene: te gustó mi regalooo?

Arlene: me esforcé editando el vídeo

Kyra: le faltaban comas.

Arlene: bueno es una suerte que el regalo no fuera para ti

Kyra: a tu mensaje también le faltan comas.

Moira: yo le envié una caja de regalo que se perdió en correos

Arlene: mentirosa!!! Admite que no compraste nada y que usas esa excusa

Mamá: yo le regalé la vida

Moira: mamá todos sabemos que eso no cuenta

Kyra: no es como si él te hubiese pedido que lo hicieras nacer. Fue tu egoísmo el que le dio la vida, no una petición de su parte.

Papá: decir eso no está bien, Kyra

Kyra: gracias por usar las comas, papá.

Arlene: nadie le compró un regalo a Callum? ¡Eso es cruel!

Kyra: le regalé un cupón para productos de cuidado de la piel y el cabello, de marca coreana.

Papá: le pagué un montón de cosas de su superfiesta

Mamá: ADEMÁS DE DARLE LA VIDA le envié dinero para que vaya a un restaurante elegante y tenga el mejor almuerzo de cumpleaños

Arlene: entonces solo Moira fue la desgraciada

Moira: FUE CORREOS!

Kyra: mentirosa, apuesto a que ni siquiera te acordabas de que era su cumpleaños.

Mamá: saquemos a Moira del grupo

Moira: ¡Mamá!

Arlene: te lo mereces

Kyra: fueraaa, eres una vergüenza para esta familia.

Moira: por qué siento que estás disfrutando de esto, Kyra?

Kyra: porque lo hago.

Y descargo la foto que Kyky envió, donde está sonriendo con una mascarilla verde en el rostro mientras hace el famoso corazón coreano con los dedos índice y pulgar.

Moira: bastarda infeliz

Arlene: no pierdan el tiempo y saquen a Moira!!!

Moira: NO ME VOY A IR

Mamá: ciao, hija, te amo, pero ¿olvidar el cumpleaños de Call-me?

Moira: no lo olvidé fue correooosss

Kyra: mentirosa.

Mamá: no mientas Moira los cumpleaños son sagrados

Papá: lo siento, Moi-Moi, pero mereces un exilio temporal para que recapacites *gruñido con tristeza*

Moira: nooo

Moira: Callum no es rencoroso

¿Desde cuándo no lo soy? Yo ni perdono ni olvido. El día que me muera arrastraré conmigo todo mi rencor para seguir despreciando desde el más allá.

Y para dejar claro cuánto me molestan su falta de regalo y su mentira, la saco del grupo y casi de inmediato recibo mensajes privados de su parte, que ignoro.

—¿Y esa sonrisa malvada? Feliz cumpleaños, Irlandés.

Alguien me desliza un café hacia mí y me encuentro con un sonriente Kevin que tiene ojeras y que se sienta en la silla de enfrente.

—Gracias. —Le sonrío y doy un trago de café, que está bastante bueno—. Pero llegas tarde.

—Me dormí muy tarde, estoy sufriendo por el puto insomnio y no oí la alarma, que sonó cuando apenas me quedé dormido.

Asiento mirándolo, recordando las palabras dolidas de Oscar y su versión de los hechos. La verdad es que, aunque Kevin es muy atractivo, se ve agotado, y si tiene insomnio debe de estar pasándolo bastante mal.

No despego los ojos de él mientras saca los libros y los apuntes para que hagamos el ensayo que luego deberemos exponer en pareja. Desde que Clover y yo somos novios, en las clases que Kevin y yo vemos juntos, al estudiar la misma carrera, siempre nos emparejamos. Además, somos los mejores de la promoción.

—¿Te veré más tarde en la fiesta? —pregunto.

—No lo sé. —Frunce el ceño mientras abre el portátil—. No tengo la estabilidad mental en este momento para sobrevivir a otro incómodo y horrible encuentro con Oscar, y menos cuando no he dormido bien desde hace días.

—¿No pueden ser civilizados?

—No —responde de manera inmediata sin levantar la mirada del libro en tanto que busca la página—. Lo lastimé y entiendo que me odie. Y como su odio me hace sentir asqueado conmigo mismo, no lidio bien con ello y actúo como una perra malvada y digo cosas de las que después me arrepiento.

—Guau, te llamaste «perra malvada».

Se encoge de hombros y alza la vista para conectar la mirada con la mía. ¡Duendes! Se ve miserable, lo único que veo es un dolor crudo.

—Yo simplemente... —Suspira—. Creo que no estoy bien, ¿sabes? No puedo dormir, me cuesta comer porque el estómago se me cierra... He bebido y festejado mucho, pero nada me hace encontrarme bien y me siento horrible en mi propia piel.

¡Carajo! Qué fuerte. Doy un sorbo de mi café, pero él espera que yo diga algo.

—Podrías estar atravesando una depresión, está claro que tu salud mental se está deteriorando, y no tiene que ser necesariamente por la ruptura con Oscar.

—Creo que me odio a mí mismo. —Hace una pausa y frunce el ceño de nuevo—. No, estoy seguro de que me odio. —Asiente—. Sí, me odio y me desprecio.

—Kevin, ¡vamos! Eres una gran persona.

—¿Sabes qué? Dejemos de hablar de esto, no quiero terminar llorando de manera vergonzosa y contarte todos mis secretos.

Vuelve la atención al portátil y luego se centra en el libro mientras lo miro.

—¿Qué pasa, Callum?

—Pensé que eras feliz estando soltero, e incluso conectaste con Christian.

—No conectamos.

—Amigo, todos te vimos rozando la lengua con la suya en esa fiesta.

—Después de ver a Oscar meterle la lengua a esa estudiante, y no llegó a más.

—Entonces... terminas con Oscar, dices que te sientes asqueado contigo mismo porque él te odia, tú te odias y desprecias, eres infeliz, besas a otro porque él besa a una chica, sufres insomnio, te ves fatal y sufres, pero ¿quieres que piense que no lo amas?

Nuevamente se encoge de hombros y teclea algo en el portátil.

—Ayúdame a entenderte —insisto.

—No hay nada que entender, estoy seguro de que ya oíste la versión de Oscar, soy el malo.

—¿Oscar me mintió?

—No, estoy seguro de que todo lo que te dijo es real, él nunca miente.

—Esto es muy confuso.

—No lo pienses demasiado. —Me sonríe—. Yo trato de no hacerlo. Lo que entiendo es: «Cierra la puta boca, no quiero hablar de ello». Pero soy Callum Byrne, así que lo intento una vez más.

—¿Tienes una enfermedad terminal de la que quieres protegerlo para que no sufra ni te vea así y por eso lo alejas? —pregunto con rapidez, y él parpadea hacia mí.

Eso pasa en un montón de libros, es una premisa superfamosa y una posibilidad.

—¿Te vas a morir? ¿El Kevin vivo se convertirá en el Kevin difunto?

—No tengo ninguna enfermedad.

—¿Seguro que no tienes cáncer, sida, un problema renal, obstrucciones graves en el cuerpo, una enfermedad rara o algún virus...?

—Estoy seguro, Callum —me corta—. Algunos dirían que la única enfermedad que tengo es ser maricón.

Enarco ambas cejas y asiento, procesando sus palabras.

Desde que conocí a Kevin en mi primera semana de clases de primero, nunca lo había oído referirse a sí mismo o a alguien más como «maricón», ni siquiera en broma, y mucho menos con el autodesprecio que detecto en este momento.

Esa simple palabra me dice muchísimo.

—¿Te amenazaron? —pregunto, y su silencio es una respuesta escandalosa—. ¿Quién lo hizo, Kevin? Y nunca más te llames «maricón».

—No importa, Callum.

—Por supuesto que importa. Tú importas. ¿Quién lo hizo? —pregunto con seriedad.

—No fue nada.

Hago un cálculo rápido y entrecierro los ojos.

—¿Fue la mamá de Oscar? ¿Fue esa homófoba quien lo hizo?

Aunque no conozco a esa señora, he oído la historia terrorífica de cómo rechazó, gritó y condenó a su hijo cuando este se sinceró y le dijo que es bisexual.

—No quiero hablar más de este tema, Callum.

—¡Carajo! ¿Qué te dijo su mamá? Qué maldita infeliz. Kevin, sea lo que sea que te dijo, no la escuches. En los libros, cuando escuchan a la mamá malvada, solo se sufre.

—Basta, Callum.

Le tiembla el labio inferior y luego cierra las manos en puños y las presiona contra sus ojos. Sin embargo, no puede detenerlo y comienza a llorar mientras se muerde el labio inferior con fuerza. Cuando me acerco a su lado y le paso un brazo por encima de los hombros, se quiebra con sollozos bajos y su cuerpo se sacude.

—No sé qué estoy haciendo, no me gusta ser yo en este momento —dice, apartándose los puños de los ojos—. Siento que todo el puto día me duele el pecho y a veces no puedo respirar. No me gusta ser el malo, yo… ¡Jesús! No sé qué hago y no sé cuánto aguantaré.

—Está bien, Kevin, déjalo ir todo, te escucho —aseguro, apretándole el hombro.

—No, no está bien —admite, sorbiéndose la nariz—. Mi mejor amigo me odia y es culpa mía, ¿sabes? Me lo merezco.

—Estoy seguro de que no es así, que tal vez lo haces por su bien…

—Solo quiero que esté bien. Vi el dolor por su mamá cuando lo repudió y luego vi su esperanza en la fiesta de compromiso. El estúpido es un niño de mami y la extraña, no le quitaré eso…

—Tampoco puedes quitarle sus decisiones. —Suspiro—. Dime la verdad, Kevin. ¿Te lo pidió su madre?

—Era su deseo, pero también es mi decisión. Ella dijo cosas que tienen sentido, y la vi con Oscar. ¿Qué novio alejaría al amor de su vida de su madre? Ahora lo he escuchado conversar por teléfono con su mamá e incluso ríe. Le brillan los putos ojos cuando habla con ella, porque la recuperó.

—Pero tú lo perdiste. ¿Qué pasó con el Kevin egoísta?

—Amo demasiado a Oscar. —Se pasa el dorso de la mano por la nariz—. A veces perdiendo también se gana, y él ahora es feliz con su mamá. Yo amo a mi mamá y me cuesta imaginarme no tener su apoyo y que un día me dé la espalda, así que no le haré eso a Oscar.

—¿Y qué pasa si se enamora de otro hombre? Es el mismo ciclo, Kevin, no estás haciéndole ningún bien. No puedes privarlo de esta decisión. Si él te escogió a ti y escogió ser libre, no reprimirse, tienes que respetarlo.

—No importa. —Se enjuga los ojos con el borde de la camisa, pero se mantienen húmedos—. El daño ya está hecho, ya he dicho y hecho mucha mierda y Oscar también dijo cosas que piensa de verdad, ¿sabes? Me hace darme cuenta de que no soy bueno para él…

—Oscar se arrepiente de decir esas cosas.
—Solo es educado, Callum —susurra—. Estará bien sin mí, ahora está bien sin mí.

Eso es una mierda y una mentira, porque, aunque Oscar lo oculta mejor que él, sufre por todo esto y lo extraña.

—¿Y estás bien tú sin él?
—Lo estaré. —Se mueve para salir de mi abrazo—. Ahora vuelve a tu asiento y sigamos con lo que vinimos a hacer.

Quiero decir más, pero decido dejarlo estar, al menos por ahora.
—Bien, hagamos el ensayo.

Pero, mientras lee el libro, por debajo de la mesa le escribo un mensaje a Clover.

> Callum: la mamá de Oscar es una bastarda infeliz que los separó y Kevin no lo está pasando nada bien

Ella está en clase y es posible que no me responda de inmediato, así que asiento y lanzo breves miradas a Kevin, que no se ha recuperado de los llantos pero finge que nada sucedió.

—¿Es muy grande la fiesta? —pregunta Moira por teléfono.

Tardo en responderle porque le hago señas a uno de los trabajadores para que coloque el sistema de sonido más hacia la izquierda.

—Oficialmente son ciento quince invitados, pero creemos que al menos ochenta personas se intentarán colar. Hay dos fiestas más en el campus, pero todos quieren celebrar la vida de este irlandés.

—Eres demasiado arrogante.

—Y me sienta de maravilla serlo —replico de inmediato, observando la decoración en verde y blanco.

—Es una fiesta enorme, Call-me.

—Sí, es la primera vez que tengo una fiesta tan grande, pero, piénsalo: tengo novia, sigo siendo el mejor de Criminalística, es mi último año y papá accedió a pagar varias cosas.

—¿Estás gastando tus ahorros?

No, estoy usando parte del dinero que Lincoln George me transfirió aquella vez tras «ayudarlo» con Edén en el bar. A menudo me pregunto si las cosas entre ellos funcionaron, pero las ocasiones en que he entrado en su perfil de Instagram no he visto ninguna actualización de ello. En un inicio, ese dinero iba a usarlo para comprar el boleto de Clover a Irlanda y cubrir su estancia, pero, debido a que llegó por sorpresa y que, de hecho, también gracias a Lincoln nos hospedamos gratis en un superhotel, decidí que era justo invertir una parte en mi fiesta de cumpleaños y reservar otra parte para las citas exclusivas que he estado teniendo al menos cada dos semanas con mi trébol.

Aunque ese no es el único dinero que tengo, lo que pasa es que el otro es ilícito...

—Todavía tengo ahorros, gracias por preocuparte por mis finanzas, Moimoi.

Y sobre el dinero ilícito... Tengo lo que me dio el tío Lorcan por el favorcito que le hice en Irlanda, pero eso es algo que prefiero guardarme, porque papá me obligaría a devolvérselo y amo mucho el dinero. Eso sí compra la felicidad, porque me permite comprar comida, condones, lubricante, ropa y libros de texto, pagar citas para mi novia, darle regalos, ponerle gasolina a mi auto, reponer la ropa interior de Clover cuando me pongo salvaje, pagar los gastos básicos del piso, ir de fiesta, hacer fiestas, gastar en tonterías y seguir ahorrando.

Mi felicidad sí que la compra el dinero.

—¿Puedes volver a meterme en el grupo? —pregunta, fingiendo ser pasiva en lugar de la fiera lunática que es.

—No, porque eres una hermana mayor horrible que olvidó mi nacimiento y fingió enviarme un regalo.

—¿Y si te dijera que llegaré de sorpresa a tu fiesta?

—Lloraría.

—Ay...

—De molestia, porque arruinarías mi logística y eres una borracha muy pesada.

—Pues jódete, ingrato, porque de hecho ya estoy en tu casa. Clover me ayudó a darte esta sorpresa y Kyra también vino.

—¡Jesús, Moira! Gracias por arruinar del todo la sorpresa.

Oigo a Kyra y sonrío.

—¿No las puedo devolver de donde sea que vinieran?

—No, no puedes. Además, te trajimos regalos —me engatusa.

—Oh, en ese caso, son totalmente bienvenidas y pueden quedarse.

—Estoy preparándote una merienda de cumpleaños, Call-me —me hace saber Kyra, tomando el teléfono—. Me alegra haber llegado sin ningún retraso en el vuelo. A Lele le habría gustado venir, pero no creo que tenga edad para estar en una de tus fiestas.

—Lo haces sonar como si mi fiesta de cumpleaños fuese un acto censurado lleno de perversión.

—Nunca se sabe. —Se ríe—. Al fin y al cabo, se trata de ti. Ven pronto para que puedas disfrutar de tu merienda de cumpleaños y hablemos.

—Iré pronto, solo déjame verificar que Stephan tenga toda la organización controlada.

Kyra vuelve a pasarle el teléfono a Moira, pero, antes de que se pueda poner a delirar, cuelgo. Seguro que esto me hace ganarme unos mensajes de odio.

Ansioso por ver los regalos que mis hermanas me trajeron y emocionado de que lo estén compartiendo con Clover, voy hacia mi imbécil y le entrego toda la lista de logística para dejarlo a cargo de la preparación de la fiesta.

Pese a su personalidad imbécil y elocuente, Stephan es un genio en planear fiestas. Además, es muy inteligente, no por nada tiene una beca enorme que le cubre la matrícula. Así que me escucha con atención y casi lo beso cuando aporta ideas que me parecen increíbles.

Mi fiesta de cumpleaños se hará a las afueras de la OUON, específicamente en una sala de fiesta de una discoteca que alquilé con el dinero que papá me dio. Como estoy en cuarto y hay muchas posibilidades de que sea el último año en mucho tiempo en que todos mis amigos de la universidad están reunidos en un mismo lugar, quise hacer algo a lo grande.

Sabiendo que Stephan no va a cagarla, me dirijo hacia la salida, y tengo que admitir lo intimidante que es ver una hilera de diez encargados de seguridad... Seis hombres y cuatro mujeres, todos ellos peligrosos y dedicados a la honrada vida de la mafia. Otros cuatro se encuentran en la parte trasera.

La mafia irlandesa. ¿Ves? Ahora que acepto mi maldad interior, puedo decirlo sin temblar ni titubear.

Desde el asesinato de Vanessa (en paz descanse ese dulce ser), poco he sabido del tío Lorcan. De hecho, no he sabido nada. No es que antes de su ayudita habláramos constantemente, ni siquiera tenía su número, pero de alguna manera siento que ahora es mucho más silencioso. Sin embargo, hace tres días me llegó un correo de su parte explicándome que sabía de mis planes inconscientes e irresponsables de hacer una fiesta de cumpleaños y que por mi seguridad ese sería su regalo: prestarme a catorce miembros de la mafia a su cargo.

No son veteranos, y lo más probable es que ninguno de ellos posea un rango importante, pero ¡joder! Esta gente está dispuesta a matar por mí, y tengo que admitir que es algo emocionante, además de inquietante. Tener tanto poder se siente bien.

Ojalá el tío Lorcan también me hubiese regalado otro cadáver para mí solito, para poder estudiarlo. Aunque me podría haber muerto la otra vez, la verdad es que estuvo increíble y deseo poner en práctica todo lo que sé.

—Call-me —me llama uno de los mafiosos, el que está a cargo.

Me llaman de esta manera porque es cómo el tío Lorcan se dirige a mí.

—Le llegó una caja que, tras ver el remitente, debimos revisar por seguridad y órdenes del jefe. Viene de Austria. Lorcan sugiere que decida si quieres responder, y si es así, haremos llegar el mensaje.

Entonces otro de ellos me extiende una caja blanca con unas manchas carmesíes que dudo que sean de pintura. Conozco muy bien la sangre.

La tomo con curiosidad y al sacudirla oigo algo moviéndose en su interior.

—Bien, lo veré en mi auto. Luego te digo qué quiero responder.

Asiente, pero dos de ellos me siguen hasta el auto. Resulta bastante raro, pero no mentiré: esto de tener unos tipos armados siguiéndome es muy entretenido.

Permanecen a cada lado de mi auto mientras yo estoy dentro, y una de las mujeres se ubica al frente sin dejar de mirar a su alrededor. En este momento soy un príncipe de la mafia. ¡Uy! Cuidado, que te disparo.

Quito el lazo brillante de la caja y confirmo que las manchas de sangre están secas. Dentro hay una nota y más sangre.

32

UN REGALO, UNA BROMA, UNA REALIDAD

Callum

Por supuesto, el regalo es de Bryce.

> *No me importa. Púdrete, espero no saber de ti nunca más.*

Esas son las simples palabras que escribo en la hoja de uno de mis cuadernos antes de introducirla dentro de la caja, que envuelvo con el mismo lazo brillante que él usó. Le devuelvo la caja con su elocuente regalo.

Es obvio que me gustaría escribir a esa basura una larga carta llena de desprecio, amenazas y coloridas palabras, pero ¿para qué? ¿Qué ganaría yo con eso? Está claro que su nota ni siquiera es una advertencia o amenaza, más bien un grito de atención desesperado para no ser olvidado, pero ciertamente, pese a todos los estragos y problemas que causó, Bryce es una basura que todos olvidamos sin siquiera planearlo. Nadie lo menciona ni rumorea sobre él, nada. Y eso tiene que ser muy frustrante para un narcisista como él.

Su nota dice:

> *Feliz cumpleaños, puto Irlandés. Diviértete con Clover como yo hice, dale mis recuerdos. Yo no la he olvidado y estoy seguro de que ella a mí tampoco.*

No fue creativo ni elocuente, pero no podemos esperar demasiado de él. Ni siquiera cortó bien el dedo que había dentro de la caja, porque es así de inútil incluso para ocasionar daño.

Bajo del auto, camino hacia el líder del sequito de mafiosos que me custodian durante la fiesta y les extiendo la caja con una sonrisa.

—Aquí está mi respuesta, que, por favor, le llegue sin falta.

Giro, vuelvo a mi auto y enciendo el motor tarareando *Hero*, de Sterling Knight, aunque claramente yo no soy un héroe.

—¡Moira, voy a matarte! —grito, golpeando la puerta del baño con una mano.

—¡Me estoy poniendo más guapa! Además, eres el cumpleañero, está bien que llegues elegantemente tarde —me responde, también a gritos.

—¡Nunca serás más guapa! —exclamo.

—Bastardo envidioso —me insulta.

De nuevo intento abrir la puerta, pero tiene el pestillo puesto.

—¡Joder, Moira! En serio, voy a matarte. —Golpeo la puerta y luego me giro hacia Kyra—. ¿Puedes creerte esta mierda?

—Moira es así.

Kyra ya está lista. Lleva un vestido cortísimo y se ve como una modelo. Algún otro hermano le diría algo sobre su vestido, pero a mí me da igual. Desde hace mucho, ella sabe qué hacer con su culo y, debido a que no quiero recibir su veneno, prefiero dejarla tranquila viviendo su libertad y saliendo como le dé la puta gana. Solo espero que no ligue delante de mí, porque, qué fastidio ver cómo manosean a mi hermana o se pone calenturienta.

—¿Y si la esperamos en el auto? Tal vez eso la presione a salir.

Llevo mi atención a la diosa de este lugar, que acaba de hablar: Clover Mousavi. Lleva un vestido que se asemeja al estilo griego: escote profundo en V de color beige y unas aberturas en pico que caen desde debajo de la cintura y dejan sus piernas al descubierto con cada movimiento. Le llega hasta los tobillos y está totalmente seductora. Además, se hizo el peinado de la princesa Jasmín y se ha maquillado los ojos con un delineado doble con negro y dorado, y en los labios tiene un brillo y están bordeados de manera que se vean aún más amplios. Sus sandalias son planas y trenzadas.

Te prometo que por un momento me planteo faltar a mi fiesta y follármela en un montón de posiciones que hemos estado estudiando del kamasutra, pero me controlo, puedo esperar... Eso creo, pero los pezones se le marcan y es difícil reprimir el deseo de agacharme a chuparlos y morderlos.

—¿Callum? —me llama, y salgo de mi trance.

Cuando me concentro en su cara en lugar de los pezones, la descubro mirándome con diversión.

—Bien —me espabilo—. Vamos. ¡Y si no sales en cinco minutos, te dejaremos aquí, Moira!

—Me quedaré a esperarla —nos hace saber Kyra.

Me paso una mano por el pantalón negro y voy hacia Clover, que me extiende la suya para entrelazar nuestros dedos.

Nos vemos bien. Hoy visto totalmente de negro: botas, pantalón, camisa de cuello y chaqueta. Esto hace que mi piel se vea etérea —eso dijo Clover— y el cabello más naranja que rojo. La manera en la que me miró mi trébol me hace saber que lo ama.

La dejo guiarme hacia mi auto y sonrío cuando descubro una nota escrita en una hoja de libreta, como todas las del pasado. En secreto lo estaba esperando, sabía que ella no me iba a dejar sin una nota, porque, aunque estamos juntos, sigue enviándomelas en fechas especiales.

Tomo la nota del parabrisas y me dedico a leerla.

> *Hola, Callum:*
>
> *Me gusta pensar que siempre esperas mis notas, porque eso me hace sentir especial. Al fin y al cabo, así es como comenzó.*
>
> *A veces te miro fijamente sin creerme que eres mío, y te imagino leyendo estas notas que ahora sé que te gusta recibir.*
>
> *Hoy es un día especial porque celebramos tu existencia, pero también es especial porque es mi primer cumpleaños para mimarte y hacerte sentir amado. Ya no tengo que dejar una simple nota con la esperanza de que la leas y te guste.*
>
> *Gracias por existir, por hacer mis días más especiales y por ser mi persona favorita.*
>
> *A veces pienso que estoy soñando, porque eres lo más bonito, sexy y divertido que me ha pasado en mucho tiempo. Te amo tanto que eres como una molesta enfermedad terminal que me matará si tiene un final. (De acuerdo, me doy cuenta de que lo último suena espeluznante. No me mataré si terminamos, pero, porfis, no terminemos).*
>
> *Eres mi sol de puntas rojizas.*
>
> *Tu sonrisa me hace sonreír.*

Escucharte reír me produce una calidez en el pecho.

Y cuando me miras... ¡Carajo, Callum! Cuando me miras siento que soy todo tu mundo, y eso nunca me había pasado.

Sé que puede resultar una sorpresa todo el romanticismo de esta nota, pero, como dices tú, «tranquis», tu trébol de las notas nunca deja las insinuaciones sexuales de lado.

Con sinceridad, me encantaría regalarte por tu cumpleaños algo que no te haya dado, pero el culo ya te lo di más de una vez, aunque no me molesta hacerlo de nuevo porque nunca deja de ser una novedad.

¡Ay! Seré honesta, estoy escribiendo esta nota deprisa porque debo ir a por tus hermanas a última hora y quería hacer la mejor nota que te he dado, pero lo retrasé tanto con el deseo de hacerla perfecta que ahora no tengo tiempo.

Te amo, Callum Byrne, y soy feliz de existir en la misma época que tú, de coincidir en la misma universidad, la misma facultad, y de que cuando me caí de culo fuera tu mano la que me ayudara a levantarme.

Me alegra que dieras el paso por ambos, que no te rindieras conmigo cuando estaba asustada ante la posibilidad de un «nosotros».

¡Bueno! Y me alegra que tengas la suficiente experiencia sexual para comprender mi cuerpo como nadie lo ha hecho. Me alegra tu curiosidad y que no te avergüence decir lo que deseas, sugerir ideas y aceptar mis fantasías y curiosidades respecto al sexo.

También me encanta que me dejes jugar contigo sexualmente como no había hecho con nadie (ejemplo, nunca le metí el dedo en el culo a nadie).

Contigo no tengo que cohibirme, comprendí que puedo tener un tipo de relación que ni siquiera imaginé.

Gracias por hacer mi vida más bonita, por ser una de las razones por las que sonrío cada día al despertar, por *amarme de una manera que me gusta creer que nadie más hará y por convertir mi nombre en tu amuleto de la suerte.*

Gracias por tanto, Callum. No sé si eres consciente de ello (tal vez sí), pero cambias la vida de las personas para mejor.

Cambiaste mi vida y sé que lo seguirás haciendo.

Vamos a amarnos y follar para siempre.

Te amo.

Para ti, Irlandés 🍀

Dice que la escribió a toda prisa, pero es la más larga que me ha dado desde que comenzó a escribirlas, y no sé por qué, pero me ha llegado a lo más profundo de mi corazón de oro.

—¿Callum?

Me volteo y la encuentro con una pequeña sonrisa nerviosa y las manos detrás de la espalda.

—Cierra los ojos.

—Uy, me estás emocionando.

Cierro los ojos sin preguntar y ella ríe cuando extiendo las manos y me lamo los labios, porque estoy seguro de que el regalo va acompañado de un beso, tiene que ser así. Pero fíjate que mi buena suerte hace que primero me dé un beso suave y, luego, algo ligero me cae en la palma de una mano.

—Ya puedes abrirlos.

Lo hago con exagerada lentitud y me doy cuenta de que se mordisquea el labio inferior y mantiene la mirada fija en la palma de mi mano.

—¡No me mires a mí! Mira el regalo —me ordena con nerviosismo.

—De acuerdo, mi trébol, pero primero quiero decirte que esta es mi nota favorita, junto con la primera que recibí, y que también me alegra que estemos aquí, juntos, y que te guste mi curiosidad sexual y que siempre quiero follar y hacer cosas. En fin, te amo, pero eso lo sabes bastante bien.

—Yo también te amo, pero mira el regalo.

Me inclino para robarle un beso rápido y luego bajo la mirada a mi mano, donde encuentro un anillo de oro. Lo sostengo entre los dedos y me lo acerco a los ojos para leer lo que tiene grabado: «Mi irlandés, contigo siempre», junto a un trébol de cuatro hojas. Es precioso. Como soy un muchacho amante de lo caro, sé que esto no es barato y que ella debe de haberlo pensado mucho.

La verdad, Clover es la única persona de la que no esperaba un regalo, porque el hecho de que esté conmigo este año para mí es suficiente. Claro, daba por hecho el sexo enloquecedor después de la fiesta, pero ver que me hizo este regalo tan significativo que nunca me quitaré me hace sentir cálido y especial.

—Clover. —Llevo la mirada hacia ella—. ¿Me estás pidiendo que me case contigo?

Es en parte broma, ¿cierto? Sus ojos se abren al igual que sus labios carnosos, después traga y parpadea como loca antes de conseguir volver a hablar:

—¿Quieres…?

—Sí, mi trébol, acepto. Me casaré contigo.

En mi mente estamos bromeando, pero de alguna manera también se siente bastante serio, tanto que me da la sensación de que unos duendes irlandeses bailan en mi estómago y es como si me hubiese bebido solito todo un barril de cerveza. Incluso comienza a sudarme la parte baja de la nuca y me noto el rostro caliente.

—¿Estamos bromeando o hablamos en serio? —me pregunta, aún con los ojos muy abiertos.

Parpadeamos en silencio, trago y vuelvo a hablar:

—Yo quiero si tú quieres.

Ella parpadea más.

—Yo quiero, pero no ahora…

—¿En unos años?

Asiente con lentitud y ambos miramos hacia el anillo, que sabemos que no tenía este propósito. Pero ¿sabes qué? La vida es incierta, los cambios siempre suceden y soy lo suficiente astuto como para obligar al destino a que se forje como yo quiero.

—Sí, quiero, Clover —digo, deslizándome el anillo por el dedo anular, y ella deja ir una lenta respiración.

Me llevo el dedo a los labios para besar la alianza que hemos convertido en una promesa y luego la contemplo. Es preciosa.

—¿Te acabo de hacer una propuesta de matrimonio? —susurra.

Más bien yo me hice una propuesta a mí mismo entre broma y broma con su anillo de regalo de cumpleaños, pero sí, estoy prometido a esta mujer.

—Solo te digo que será un compromiso largo y que quiero una gran boda —le hago saber, y ella únicamente parpadea—. Stephan será mi padrino, pero Oscar y Kevin no pueden quedar fuera, lo que nos permite usar a Edna y Maida como damas de honor, pero debemos organizarnos, porque mis hermanas también querrán serlo y se verá mal y cruel si no las eliges.

Soy consciente de que hablé muy rápido, pero ella se limita a tomarme la mano y me acaricia con la yema del pulgar la banda de oro que hay alrededor de mi dedo antes de dedicarme una sonrisa temblorosa.

—Estoy comprometida. —Se lleva una mano a la boca—. Mi regalo de cumpleaños se convirtió en un anillo de compromiso. ¿Eso quiere decir que di el primer paso?

—Sí, pero, tranquis, nos va el modernismo. Está genial que sea la chica quien le pide la mano al chico.

—Entonces ¿el anillo es como mi marca oficial en ti para que todos sepan que eres mío?

Ahora soy yo quien parpadea y asiente con lentitud.

Se ríe y se muerde el labio. Luego sus ojos se humedecen y los míos también. Somos muy raros y estamos felices, pero al mismo tiempo conmocionados e incrédulos.

Era un simple regalo que se convirtió en una broma y ahora es esta realidad. ¡De locos!

¡Viva el amor joven e imprudente!

—¡Estamos listas para la fiesta! —grita Moira mientras Kyra cierra la puerta de casa.

Mis hermanas se nos acercan y nos ven con los ojos seguramente lagrimosos, pero no estamos llorando.

—¿Callum está sonrojado o estoy viendo mal? —pregunta Moira a Kyra.

—Sin duda, es lo más sonrojado que lo he visto jamás. ¿Qué pasa, Call-me?

Alzo la mano y extiendo los cinco dedos cerca de mi rostro. Estoy seguro de que el anillo brilla.

—Le dije que sí —explico.

—¡Oh, mi puto duende maldito! ¿Le pediste matrimonio a Call-me? ¡Y no lo grabamos! —Moira grita de frustración—. ¡Me lo perdí! ¡Puta madre! ¡Me lo perdí!

—Por tardar maquillándote —le reprocha Kyra antes de mirarnos—. ¿Esto es real, Clover? ¿Le pediste matrimonio a Callum?

—Sí, una cosa llevó a la otra y vamos a casarnos en unos años. Estamos comprometidos de manera oficial y muy adulta. ¡Guau! ¿Ahora cómo se lo digo a papá? Se enfadará.

—Le diremos que será un compromiso de años, eso seguro que lo calmará —sugiero con rapidez.

—¿Cuántos años? —pregunta Moira.

—¿Tres? —sugiere Clover.

—¿O cuatro? Ya veremos, no hay prisa —la tranquilizo, como si no estuviera extasiado con lo que está sucediendo.

—Le pedí matrimonio a alguien —dice Clover, muy sorprendida—. Qué astuta soy, lo hice mío oficialmente.

Riendo, la atraigo por fin hacia mí y la alzo de tal modo que pueda enredar las piernas alrededor de mi cintura. Gracias al cielo, las aberturas del vestido lo permiten. No puedo evitar recordar que al principio no me dejaba alzarla porque era «demasiado pesada».

Sus dedos se introducen en mi cabello y me besa la sonrisa, haciéndome gemir muy bajo porque ese beso lo siento de muchas maneras. Es romántico, peculiar, torpe, emocionado y apasionado. Reímos nerviosos en medio del beso y, cuando tomamos un respiro, nos sonreímos.

Me felicito por haberlo convertido en un compromiso, porque, ¡duendes!, me quiero casar con esta mujer, lo quiero todo con Clover, y no me importa que ella crea que fue idea suya.

—Al menos dejen que tomemos una foto —pide Moira, sacando su teléfono.

Aún cargando a Clover, la sostengo del culo con un brazo y ella se agarra fuerte a mi cuerpo con los brazos y las piernas. Muestro el anillo a la cámara mientras ambos sonreímos de oreja a oreja.

Moira toma un montón de fotos y luego nos abraza.

¿Sabes cuál es la sorpresa? Que Kyra, esa cosa sin sentimientos, se pone a llorar, y eso hace que Moira también llore, pero lloran de modo feo, por lo que las grabo para burlarme de ellas después.

Dejo que Kyra conduzca mi auto mientras me besuqueo un montón con Clover en los asientos de atrás. Cuando Moira me envía todas las fotos que nos tomó, selecciono una donde nos estamos riendo y mirando para subirla a mis redes sociales.

> Holaaa, paso por aquí a decirles que oficialmente Clover me sacó del mercado.

> Me lo preguntó y yo dije que sí.

> Feliz cumpleaños para mí.

> El mejor regalo.

> Debía suceder, un irlandés tiene que estar con su «trébol».

33

ESTO PUEDE TERMINAR... ¿MAL?

Clover

—¿Es verdad? —me pregunta Kevin, dándome la sacudida de mi vida con sus manos sobre mis hombros.

No hay saludos, abrazos ni rodeos. Mi amigo simplemente me sacude con tanta fuerza como puede antes de liberarme y moverse hacia Callum, que se encuentra a mi lado sonriendo a una de las tantas personas que conoce. A Kevin no le importa interrumpirlo para tomarle la mano y estudiar el anillo.

—¡Dios mío! Es verdad. —Se ríe—. Y esto es un anillo caro, es oro de al menos...

Carraspeo, pero no lo oye por la música, así que lo pellizco para detener su indiscreción.

Es cierto que es un anillo caro, es la primera vez que le doy a un novio un regalo tan costoso: seis mil quinientas libras esterlinas. Y lo pagué con la tarjeta de papá, la que me dice que es para emergencias, pero es que para mí regalarle un anillo caro a mi hermoso novio era una emergencia.

Estoy preparando mi discurso y expresión de víctima para cuando papá vea el registro de compras y se entere de que fue un anillo. Además, un anillo de compromiso para otra persona. Pero, volviendo al asunto, le queda precioso y ahora lo declara mío oficialmente. Nunca fui una mujer posesiva, celosa o territorial, pero Callum me ha hecho descubrir muchos aspectos de mí misma y, como está más loco que yo, me queda claro que este tipo de cosas lo encienden.

—No toques el anillo si tienes la mano sucia de tu bebida. —Callum le aleja la mano a Kevin y este arquea una ceja.

—Qué delicado. —Sonríe—. ¡Felicidades! No puedo creer que de verdad se comprometieran, son los primeros del grupo en hacerlo.

—Sí —dice Stephan, que llega y le pasa un brazo por los hombros a Kevin—, todos pensábamos que esos serían Oscar y tú.

Kevin frunce el ceño de inmediato, pero me percato de su expresión de dolor antes de que ponga los ojos en blanco y sacuda la cabeza en negación.

—Oscar ni siquiera piensa en casarse, considera que todas las celebraciones son un malgasto de dinero.

—Eso es lo que piensa la gente pobre —opina Stephan, y Callum tose para ocultar la risa.

—Oscar no es pobre —lo defiende Kevin—, tiene más dinero que tú.

—Oh, ahora eres clasista —lo fastidia Stephan.

—Tú empezaste.

—Hablaba de Oscar, no de ti.

—Y te digo que no es pobre.

—Pero no tiene tanto dinero como tú —sigue Stephan.

—Sin embargo, tiene más que tú.

—¿Lo ves? —se burla Stephan—. Clasista.

—Ni siquiera lo discutiré contigo, ni cómo montaste todo este problema, Stephan.

—El asunto es que se suponía que Oscar y tú serían los primeros —retoma Stephan.

—Y hablando del chico sexy… —dice Callum antes de gritar el nombre de Oscar.

Todos nos volvemos y vemos a Oscar conversando con una mujer guapa que claramente está interesada. Él no se ve disgustado, parece cómodo. Nos da una mínima sonrisa cuando se da cuenta de que lo miramos, y se inclina para decirle algo a la mujer. A continuación se acerca a nosotros a un paso algo lento y saluda a unas cuantas personas por el camino.

—¿Está modelando? —pregunta Callum.

—No, es que Oscar camina así, cada día es una pasarela —le hago saber.

—Nunca caminaré a su lado —asegura Stephan—. Mírenlo, parece que vaya a cámara lenta.

—Es sexy —convengo.

—Está modelando —insiste Callum.

—Camina así —me apoya Kevin.

—Es caliente —opino.

Nuestra apreciación sobre mi amigo termina en cuanto llega hasta nosotros y arquea las cejas; según parece, se ha dado cuenta de que todos lo miramos cautivados, excepto Kevin.

—Feliz cumpleaños, Irlandés —dice, decidiendo ignorar nuestro comportamiento—, y felicidades a ambos por la futura boda.

—Justamente hablaba con tu ex sobre que todos pensábamos que ustedes serían los primeros del grupo en casarse —comenta Stephan sin ningún tipo de sutileza.

—Oscar ni siquiera quiere casarse —repite Kevin, ahora en su presencia, y da un sorbo a su trago.

Oscar dirige la mirada hacia Kevin con lentitud, no sé cómo este último no se retuerce bajo tanta intensidad.

—Nunca dije que no hubiese querido casarme contigo —lo corrige con sequedad, y Kevin se atraganta con la bebida.

Stephan le da unas fuertes palmadas en la espalda. Más que salvarlo, creo que podría sacarle un pulmón.

—Bueno —dice Moira, que aparece de nuevo con Kyra, y ambas llevan una bebida en la mano—, pero si es el famoso grupo universitario de la diversidad.

—¿Te estás burlando de nosotros o nos halagas? —pregunta Callum.

—Moira es así —responde Kyra, deslizando la mirada por todos nosotros como si intentara familiarizarse con el grupo, puesto que solo nos conoce a Stephan y a mí.

Quizá mira un poco más a Oscar, pero es que se trata de Oscar. ¿Quién no se queda mirándolo durante unos largos segundos de más?

—Hay tantos tipos y tipas de la MI que resulta emocionante.

—¡Moira! Cierra tu gran boca —le ordena Kyra, y Callum le frunce el ceño a la mayor de las hermanas.

—¿Qué es la MI? —pregunta Oscar con interés.

—Es la agencia de seguridad que contraté. Ya sabes, todas esas personas armadas y vestidas de negro —miente mi novio, ejem, mi prometido, con facilidad.

—Tienes dinero, pero no eres un príncipe. No entiendo por qué tanta seguridad, ni que fueses un gran heredero —comenta a la ligera Kevin.

—¿Ves? Clasista —lo fastidia Stephan.

—Voy a golpearte, Stephan. No soy clasista.

—¿Dónde está Edna? —interrumpe Moira.

—No la busques demasiado —responde Kevin—. Ahora anda con el rollo de follarse a Stephan, y creo que una vez tuviste la onda de follarte a Edna, ¿no? La última vez que viniste…

—¿Te follaste a Edna? —le preguntan Stephan y Moira al mismo tiempo.

—¿Te va el rollo de liarte con mujeres? —añade Kyra.

—¿Eres la otra hermana de Callum? —Ese es Oscar, que se dirige a Kyra.

—¿Por qué nos rodeamos de gente jodidamente rara? —Y ese es Callum hablándome a mí.

—La verdad es que resulta entretenido —me limito a decir antes de ahogar un chillido cuando veo a Christian acercándose a nosotros.

—¡Feliz cumpleaños a uno de los hombres más hermosos que he conocido jamás!

Tiene la audacia de apartarme para abrazar a Callum. Stephan aprieta los labios, y Oscar también, pero dudo que sea por las mismas razones.

—Es un abrazo demasiado largo para lo poco que conoces a mi machote —dice Stephan con sequedad—. Hazte a un lado, que ese es el lugar de nuestro trébol, que también es su prometida, por si no lo sabías.

Río por lo bajo y Kevin me lanza una mirada, a lo que me encojo de hombros. La verdad es que no sé qué se traen esos dos desde la fiesta en la que bailaron, Kevin es muy vago en sus respuestas cuando se lo pregunto.

Moira se interesa en saber quién es Christian, y es precisamente Oscar quien responde a su pregunta:

—Es Christian, alguien que aparece cuando no lo llaman.

—Yo lo invité —nos hace saber Kevin, con la barbilla alzada.

—En realidad es mi cumpleaños, por lo que yo lo invité —interviene Callum, porque es su cumpleaños y por el anuncio de su compromiso; nadie puede robarle la atención.

—En fin, yo soy Oscar. —Mi amigo sonríe y da un paso hacia Kyra, que lo evalúa con una sonrisa.

En mi mente suenan las alarmas, y por la mirada de pánico en el rostro de Callum, piensa lo mismo.

—Un gusto. Soy Kyra, hermana de esas cosas pelirrojas. Y soy tan especial que, si ellos son un copia y pega, yo soy más rubia rojiza.

—Eres una bastarda envidiosa —se mete Callum.

—Ni siquiera tenemos el mismo tipo de pelirrojo, solo eres una marginada celosa por no tener el pelo rojo —ataca Moira.

Kyra los ignora y le estrecha la mano a mi amigo, y yo miro el agarre de sus manos antes de que las liberen. Pensaba que ella era la hermana tranquila, centrada, de pocas fiestas y analítica, pero eso era porque nunca la había visto ligando. Sin embargo, ¿qué esperaba? Al fin y al cabo, es una Byrne, y solo el cielo sabe lo encantadores que son en esa familia.

Kyra se coloca unos mechones detrás de la oreja, lo mira a través de las espesas pestañas cubiertas de rímel y posiciona la barbilla de tal manera que parece que se hizo una cirugía para tener el perfil más impresionante y simétrico. Incluso a mí podría deslumbrarme en este momento por su belleza y seducirme con sus encantos.

—Eh, eh, no mires al Byrne equivocado. —Callum hace chascar los dedos frente a mi rostro, y parpadeo al salir del trance.

—¿Quieres bailar? —le pregunta Oscar a Kyra.

Mi amigo tiene una sonrisa que le marca los hoyuelos, y la hermana de Callum parpadea dos veces antes de devolverle la sonrisa.

—Solo si prometes hacerlo bien.

—Puedo hacerlo —dice, extendiendo la mano, y ella la toma y se alejan para bailar.

Solo bailar… Espero.

—Intenso… —aporta Stephan, que vive el intercambio como una serie televisiva—. ¿Alguien va a comentar lo poderosos que se ven juntos? Como una pareja de Hollywood creada para despertar envidia, celos, resentimiento, amor y mucha pasión entre el público.

—Impresionante, un coqueteo hetero me está excitando —comenta Christian, y Stephan pone los ojos en blanco porque odia todo lo referente a él, aunque apoye lo que diga.

—¿Alguien que sí me importe quiere opinar sobre lo que dije? —pregunta Stephan, ignorando a Christian.

—Como sea. —Kevin carraspea—. Nos queda claro que lo de Oscar son las mujeres.

—Eso no es cierto, sabes que le gustan hombres y mujeres —digo con suavidad, porque veo el dolor en sus ojos.

—Clover, míralo, desde que terminamos solo se lía con mujeres. Solo fui una fase para él, y está bien, espero que al menos se haya divertido…

—Kevin. —Ahora es Stephan el que le habla con simpatía, y creo que eso hace que Kevin se sienta aún peor—. Él te ama.

—No tienen que convencerme. —Kevin se ríe—. Estoy bien, me alegra que esté más centrado y que ahora sepa lo que le gusta de verdad. No pasa nada, no es la primera vez que soy una fase. Al menos le hice un favor al terminar con él —concluye, y todos nos encogemos como si nos hubiese herido—. En fin, iré a por un trago.

Se va al ritmo de la música como si estuviera feliz, pero está malditamente triste.

Christian parece que va a seguirlo, pero Stephan lo agarra del brazo.

—Aleja tu polla de Kevin, ¡joder!

—No eres ni su novio ni su padre. —Christian le sonríe y se sacude para apartarse de él—. Y acercaré mi polla tanto como quiera al precioso Kevin.

—Voy a romperte la cara de imbécil, porque es que ya no me aguanto…

Moira lo sujeta del brazo y Christian se aleja antes de que Stephan se ponga amoroso con los puños, porque, genuinamente, está indignado.

—No deberías haberlo invitado a tu cumpleaños —le reprocha a Callum, que luce arrepentido.

—Sí, ahora yo también lo pienso.
—Échalo.
—No puedo hacer eso, Stephan.
—Es tu maldita fiesta, por supuesto que puedes hacerlo —asegura, enojado—. No debes tenerlo en tu fiesta para ser más amable. ¡Todos te amamos! No necesitas a esa jodida serpiente entre tus amistades ni aprovechándose de la vulnerabilidad de Kevin. Primero fue a por ti, ¡y aún intenta seducirte! Y ahora parece una garrapata con Kevin. ¡Carajo! Échalo de la fiesta.
—Muy bien, mi querido Stephan. —Moira lo toma del brazo—. ¿Por qué no vamos a por un trago y me cuentas eso de que estás liándote con Edna?

Stephan le lanza una mirada de reproche a Callum antes de dejarse arrastrar por Moira entre la multitud de invitados.

Mi irlandés y yo nos quedamos en silencio. Estoy segura de que Stephan se enoja con él pocas veces y está sorprendido, pero igualmente ambos sabemos que lo superará y todo estará bien. Le doy un apretón en la mano y le sonrío en cuanto se vuelve hacia mí.

—Hazme olvidar que mi mejor amigo está enfadado y hablando con mi hermana sobre cosas sexuales de Edna, que Oscar se está ligando a mi otra hermana y que Kevin finge estar bien mientras lo sigue un tipo al que me arrepiento de haber invitado.

—Eso puedo hacerlo —promete. Lo tomo de la mano y lo llevo a la barra, donde pido chupitos de un buen tequila.

Es que a Callum no le gusta lo barato.

Mientras preparan nuestros chupitos, Callum acepta el abrazo de una entusiasta mujer que me dedica una sonrisa cordial antes de que mi mirada se deslice nuevamente entre toda esa gente vestida de negro, armada y con auriculares protegiendo la fiesta de mi novio.

Personal de la mafia que tiene a Callum emocionado y a mí preguntándome cómo he terminado envuelta en esta situación. Ah, cierto, todo fue culpa de ese sujeto en el que no me gusta ni siquiera pensar.

Devuelvo la mirada a Callum, que asiente y conversa con su invitada mientras extiende la mano del anillo para entrelazarla con la mía y jugar con mis dedos para hacerme saber que es consciente de mi presencia y que no está ignorándome.

Es tan hermoso y sexy..., pero también admito que peligroso. Ya no puedo andarme con rodeos ni adornar el hecho de que Callum tiene algunas peculiaridades: emociones, fascinaciones y curiosidades por cosas alarmantes que no se consideran correctas dentro del marco de la ley y de lo moralmente correcto. No me asusta y no sé cómo funciona su cabeza ni la percepción que tiene sobre la vida.

Sus manos pueden ser suaves o duras en mí, pero reconozco que hay habilidad en ellas. Puede que yo sea la que se especialice en ciencias forenses y estudie el cuerpo humano tras su deceso, pero por algo él es el mejor de nuestras clases compartidas y de las suyas propias, está por delante de muchos, siempre aprendiendo, siempre ansioso de aprender cosas nuevas y con una curiosidad que podría ser cuestionada.

Callum inclina la cabeza al reír, lo que me hace sonreír. No me pierdo la ironía de lo inofensivo y divertido que puede ser cuando se guarda todo eso en su interior, ocultándolo, porque pocas veces deja vislumbrar los rastros de eso que llama su «chispa especial». Posiblemente lo catalogarían como un peligro para la sociedad, pero yo decido verlo como alguien con mucho potencial para tener un impacto en el mundo.

Callum Byrne no es un hombre que la gente vaya a olvidar.

Callum Byrne es alguien que es probable que pase a la historia por alguna razón.

—¡Listos los chupitos! —nos anuncia el *bartender* que está atendiéndonos.

La mujer que conversaba con Callum le da un toque en el brazo y le dice que lo verá luego, me da un asentimiento y se va. Ambos nos volvemos hacia la barra y nos aplicamos sal en el dorso de la mano.

—Tomaré el limón de tu boca —me hace saber, y arqueo una ceja antes de alzar el pequeño vaso.

—Esto es por ti, mi irlandés, porque hagas historia y el mundo nunca olvide quién es Callum Byrne.

—¡Duendes! Es el brindis más conmovedor que han hecho jamás en mi nombre. ¡Salud, mi trébol!

Sin importarnos si lo hacemos bien o no, él lame mi dorso y yo el suyo, nos bebemos el trago, muerdo el limón para extraer el jugo ácido y luego su boca se posa en la mía para tomarlo mientras nos besamos.

Delicioso.

Después de eso, la fiesta comienza de verdad.

Callum y yo nos dirigimos a la pista de baile, donde nos movemos con provocación el uno contra el otro, girándonos, abrazándonos e incluso besándonos cuando nuestros rostros están a poca distancia. Cantamos y reímos, y también nos enamoramos otro poco más mientras él acepta todas las felicitaciones que le llueven. Es muy popular. Yo también acepto las felicitaciones por nuestro compromiso, algo que ya todos parecen saber.

Hay fotos, muchas bebidas y veo alguna que otra píldora de éxtasis. Estoy segura de que incluso podría haber drogas más fuertes y alucinógenos estimulando a todas estas personas que quieren disfrutar de la fiesta como si no hubiese un mañana.

Callum me hace girar y pega mi culo a su entrepierna. Me muevo al ritmo de la canción, llevando los brazos hacia atrás para aferrarme a su cuello. Su mejilla está contra mi sien y sus manos se posan en mis caderas, y se mueve siguiendo mi ritmo, seduciéndome y atrapándome en un trance.

Los ojos se me cierran y me dejo llevar por el momento, sintiéndome libre como siempre que estoy con él.

Cuando estamos juntos, de esta manera, me es más fácil lidiar con mis mentiras, esconder mis miedos y solo disfrutar de lo bueno.

—Tengo mucha sed, vamos a por algo de beber y volvemos —digo.

Asiente y me planta un beso en la sien. Callum pide una ronda de chupitos a la que se unen Edna y Maida, y también pide una botella de agua que compartimos para no emborracharnos demasiado.

—¿Por qué brindamos? —pregunta Edna cuando nos entregan los chupitos.

—Por los futuros novios que caminarán por el altar, porque siga siendo una historia que no conoce finales —ofrece Maida.

—¡Salud! —exclamamos al unísono antes de beber.

—Esto es muy fuerte —se estremece Maida.

—No tanto —decimos Callum y yo al mismo tiempo antes de sonreírnos.

—Dejen de restregarnos en la cara que están hechos el uno para el otro —exige Edna con fastidio—. Y pensar que Clover tontamente ni siquiera quería decirte que era la de las notas.

—Por fortuna, yo ya lo sabía —responde él con arrogancia, lo que me hace poner los ojos en blanco.

—Iré al baño, necesito liberar líquidos con urgencia —anuncio por si alguna de ellas también quiere ir, porque no me gusta ir sola cuando estoy en una fiesta.

—Qué elegancia para decir que vas a mear. —Edna se ríe—. Vamos, yo también tengo que ir. Ya sabes, cambio de tampón y todo eso.

—Yo me quedaré a bailar con Callum —anuncia Maida. Él le ofrece el brazo y ella no duda en tomarlo.

—Vamos a prender esa pista de baile, Mai.

—¡Vamos a por ello, amor!

Los miro irse y se me esboza una sonrisa tonta. Mientras Callum y Maida destrozan la pista de baile y se convierten en las estrellas del lugar, Edna me propone que nos bebamos otro chupito de tequila, a lo que no me niego.

Me permito observar a mi novio bailando con mi amiga durante unos buenos minutos, hasta que Edna me toma de la mano y me guía hacia los baños. Tal como Callum nos indicó antes, nos dirigimos a uno de los dos baños individuales, ignorando la larga fila que dejamos detrás para los baños de cubículos.

Uno de los hombres de la seguridad del establecimiento (no los «amables mafiosos») nos identifica tras decir la palabra clave para usar estos baños.

—Uno está ocupado por dos de ustedes —nos informa.

Y dudo que sea para orinar o hacer del dos. Tiene que ser Oscar o Kevin, porque Edna no está con Stephan, y Maida está con Callum, a menos que sea Moira, porque la última vez que vi a Kyra ella estaba con Oscar.

Qué puto desastre tienen Oscar y Kevin, en este momento los odio.

—Vamos, vamos, ya me has visto la vagina muchas veces, no me importa que entremos juntas —dice Edna, metiéndonos en el baño, y cierra la puerta detrás de nosotras—. Si están follando en el otro baño, no me parece que vayan a salir pronto.

—¿Crees que son Oscar o Kevin?

—Si no es Moira, es uno de ellos dos. Diría que llegó el momento de aceptar que fue el final para la perra de Kevin y el bombón de Oscar. Que en paz descanse OK.

—Me duele —digo, y ella se encoge de hombros.

El baño es amplio, huele bien y está limpio. Camino hacia el inodoro, me levanto el vestido y, medio agachada tras bajarme las bragas, comienzo a orinar mientras Edna se retoca el maquillaje frente al espejo.

—Es una gran fiesta, estoy segura de que todo el mundo la recordará —comenta.

—Sabes que Callum ama ser el centro de atención.

—No puedo creer que de verdad le pidieras matrimonio.

—Soy astuta, ¿eh? —presumo, aunque me queda claro que la idea no fue mía, pero me llevo el crédito descaradamente.

Tomo papel y me limpio antes de subirme las bragas.

—¿Por qué me tenía que bajar la regla para esta fiesta? Tengo muchas ganas de saltar sobre Stephan para echar un rapidito, pero en su lugar, el tonto se follará a alguien más.

—¿No te molesta? —pregunto, sacando el teléfono de entre los muslos, donde lo puse estratégicamente tras lavarme las manos.

—No. Follamos con otras personas, está bien. Tenemos sentimientos platónicos, pero nada de enamorarse.

—Mierda. Tengo seis llamadas perdidas de papá.
—Oh, prepárate. Debe de saber lo que hiciste, lo del compromiso.

Río con nerviosismo borrando las llamadas perdidas, y me parece curioso ver un mensaje de un número oculto.

Número oculto: la fiesta necesita diversión

Y segundos después me llega una foto que comienza a descargarse, pero entonces el teléfono vibra otra vez anunciando una llamada de papá. Me aclaro la garganta antes de responder:

—Hola, ¿cómo están todos, papá?

Se hacen unos largos instantes de silencio y me muevo sobre los pies al oír su respiración profunda.

—¿Vas a casarte, Clover?

Cierro los ojos y hago una mueca porque suena enfadado y a la vez calmado, y eso me inquieta porque no sé si está muy enojado, decepcionado o simplemente pensativo.

—Bueno, sí, pero no ahora… ¿Cómo es que lo sabes siquiera?

—Instagram. —Parece que escupe la palabra como si fuese un delito imperdonable.

—¿Qué? —Mi voz refleja a la perfección tal sorpresa—. ¿Desde cuándo tienes una cuenta de Instagram?

—Ese no es el asunto —desestima con firmeza, y hago una mueca de nuevo porque se viene un regaño fuerte—. ¿Qué se supone que estás haciendo? ¿Qué es esa publicación de ese muchacho?

—¿Sigues a Callum en Instagram? Guau, eso lo hará feliz.

—Ese tampoco es el asunto, Clover Mousavi.

Me encojo al oírlo llamarme por mi apellido. Está muy enfadado, aunque su voz no lo demuestre. No necesita gritar, ni yo verlo, simplemente lo sé.

—¿Es una especie de broma? ¿Y por qué hay tantos «me gusta» y gente comentando la publicación?

—Es que Callum es muy popular —no puedo evitar decir.

—Voy a reportar su cuenta y denunciarlo por infracción.

—¿Qué? Papá, no está infringiendo nada. —Emito una risa nerviosa—. No le eliminarán la cuenta, Instagram no funciona así.

—No denunciarás la cuenta de Callum, sus publicaciones son geniales. —Alcanzo a oír a Valentina.

—Clover —dice papá de manera contundente.

—¿Sí? —respondo con cautela al oír la fuerza de su respiración.

La risita de Edna me hace voltearme hacia ella mientras destapa un tampón nuevo.

—Ehsan tiene que estar enloqueciendo —se burla mi amiga, y me vuelvo para darle privacidad de encargarse de lo suyo.

—Déjame ver si lo entiendo —continúa papá tras una pausa—. ¿Le compraste un anillo y le pediste matrimonio a ese chico?

Y ni siquiera sabe que fue con su tarjeta porque no quería gastar de la mía.

—¡Me encantan las mujeres que toman la iniciativa! Así se hace, cariño.

—Oigo de nuevo la voz de Valentina, y luego el llanto de mi hermanito—. Ya, Santi, no llores, mami está aquí y tu hermana se va a casar.

—No es gracioso, Valentina —le dice papá—. Clover Mousavi...

—Papá...

Me callo abruptamente cuando un grito resuena en el lugar. Por un momento pienso que lo imaginé, pero segundos después no es un solo grito, sino muchos. A continuación se oyen cosas caer y un sonido muy parecido al de una estampida.

—¡Mierda! ¿Qué está pasando? —chilla Edna, subiéndose las bragas y los *shorts*.

—Clover, ¿qué son esos sonidos? —Papá pasa de enfadado a preocupado de inmediato.

—Papá, debo colgar...

—Clover...

—Te llamo mañana, todo está bien, ya sabes cómo son las fiestas. —Río de manera nerviosa al oír todo el caos proveniente de fuera—. Los amo.

Él sigue hablando, pero finalizo la llamada y Edna se lava las manos con rapidez antes de tomarme la mía. La puerta del baño se abre y por lo menos diez personas entran presas del pánico, empujándonos y tirándome del cabello cuando intento salir para saber qué sucede.

—¡No, no! No dejen que abra la puerta —grita un chico mientras me tironean del pelo—. Deténganla, no le dejen abrir la puerta.

—Quiero verte detenerla, hijo de puta. ¡Suéltale el cabello! —chilla Edna.

Los ojos se me humedecen porque siento que me están arrancando el pelo, y mi cabeza se inclina hacia atrás debido a la fuerza del meneo. Edna le da un puñetazo a alguien y tira de mi mano, y apenas conseguimos salir. Vemos el caos de personas corriendo y resuenan unos disparos, y de inmediato Edna y yo nos lanzamos al suelo.

Los gritos son fuertes y frente a mí veo a una muchacha inconsciente a la que parece que la gente le ha pasado por encima. No está bien e intento gatear hacia ella, pero se oye otro disparo.

—Mierda, mierda, mierda —dice Edna, aterrada.

—Estaremos bien —le prometo.

Intento mirar a mi alrededor y veo a varios hombres y mujeres de Lorcan disparando con silenciador a los intrusos, que parecen dispuestos a acabar con todo, incluidos nosotros.

Me doy cuenta de que estoy apretando el teléfono con fuerza cuando vibra en mi mano. Con dedos temblorosos, por alguna razón, lo desbloqueo.

> **Número oculto:** mi más sentido pésame, pero vas a extrañar a ese irlandés

Y descubro que en la foto que se estaba descargando cuando papá me llamó se ve la boquilla de un arma contra una cicatriz irregular y furiosa en lo que creo que es un rostro. Los mensajes desaparecen casi de manera inmediata y, muerta de miedo, miro a mi alrededor.

¿Dónde está Callum?

El corazón se me acelera porque no lo encuentro. Cuando alguien casi cae sobre mí, me doy cuenta de que en esta posición también estamos vulnerables.

—Edna, van a aplastarnos. La gente está corriendo histérica. Levántate.

—¡Están disparando! No podemos levantarnos.

—Detrás de la barra, vamos, vamos —le ordeno, obligándola a moverse.

—¡Ayuda! —grita una voz desgarradora—. ¡Que alguien lo ayude!

—Abajo, abajo —me ordena una de las mujeres de negro, con un acento irlandés, y apunta al frente para protegernos junto con otro hombre.

Abrazo a Edna, cuyo cuerpo tiembla.

—Irá bien, todo esto pasará —le prometo antes de tragar fuerte, oyendo gritos llenos de desesperación, angustia o dolor.

¿Dónde está Callum? ¿Dónde están Moira y Kyra?

¿Dónde está el resto de mis amigos?

—Todo irá bien, Edna —le susurro, apretando la mano en puño para que no vea lo mucho que tiembla.

34

I DON'T KNOW ABOUT YOU, BUT I'M FEELING 22

Callum

Creo que para entrar en el grupo de amigos de mi novia (tos, tos, tos), perdón, de mi prometida (qué bien suena), hicieron un casting que exigía los siguientes requisitos:
    Ser atractivo y caliente.
    Tener algún factor que hiciera al grupo inclusivo (ser gay, bisexual, negro, moreno, rubio, de una etnia diferente, de otra nacionalidad, de complexión corporal variada, con diversidad religiosa y cultural, con cabello liso, ondulado, afro o rizado, entre otras características).
    Ser inteligente, esto parece importantísimo.
    Parecer que se leen la mente.
    Que te gusten las fiestas.
    Que te guste follar.
    Estar en el mismo año universitario.
    Bailar increíblemente.
    ¿Que por qué divago sobre esto? Porque en este momento estoy bailando con Maida, que tiene unos movimientos candentes e increíbles que me hacen darlo todo de mí para seguirle el ritmo y convertirnos en esa pareja de baile genial que todos admiren.

No hay nada malo en disfrutar de ser el centro de atención. Es decir, nací para brillar, es como si mi interior (mi sangre y mis hermosos órganos) estuviesen cubiertos de todo el oro de Irlanda.

Sostengo la mano de Maida mientras ella baja hasta el suelo y hace un movimiento fantástico, como si saltara en cuclillas mientras sacude el culo. La gente grita y ella lo disfruta y vuelve a subir y girar cuando la insto a hacerlo. Le hago dar la vuelta para que su cuerpo choque con el mío y ambos reímos sudando al darlo todo en la pista de baile.

Creo que estoy un poquito achispado por el alcohol, pero me falta mucho para llegar a estar borracho.

Me lo estoy pasando de maravilla, es increíble, espectacular.

Normalmente dicen que cumplir un año más de vida no se siente diferente, y es lógico, porque solo tienes unas horas más de vida, pero cuando celebras tu cumpleaños a lo grande —si eres un fiestero como yo—, tu nuevo año de vida se siente fenomenal. Disfruté de los veintiuno, pero algo me dice que los veintidós traerán muchas cosas consigo.

—¡Qué bien me lo estoy pasando! —grita Maida por encima de la música, pasándome los brazos alrededor de los hombros, y la tomo de las caderas cuando se tambalea.

¿Maida cuándo se emborrachó? Parece que el alcohol comienza a hacer efecto en su sistema. Tal vez fueron todos esos giros que le hice hacer.

—Me da la impresión de que necesitas agua, Maida.

—Creo que necesito buscar a alguien para follarme.

—Además de sexo, necesitas agua. —Me rio, la tomo por el brazo y agarro el agua sellada de un tipo que pasa por mi lado.

—Eso es robar —me acusa Maida, risueña.

—Eso es tomar prestado.

Es una borracha linda y más amorosa de lo que ya es de por sí. Camino con ella mientras su mano está en mi cabello y lanza besos despreocupadamente a todo aquel que haga contacto visual con ella.

—Creo que podría vomitar.

—De acuerdo, aguántalo —suplico—. El baño debe de estar lleno y nos queda más cerca la salida de la basura.

—Qué asco la basura.

—Qué asco si te vomitas encima —replico, guiándola hacia una puerta trasera a la que tengo acceso.

Llegamos justo a tiempo para que Maida se incline y vomite a un lado de la basura. Debido a que tiene el pelo rizado al estilo afro, no tengo que ayudarla a sostenerlo, pero sí me encargo de ayudarla a mantenerse de pie agarrándola por la cadera. Frunzo el ceño al ver que esta dulce cosita amorosa en este momento es una asquerosidad de vómito maloliente.

—No puedes decir que no somos amigos ni que no te quiero, Maida.

Sacude la mano como si pretendiera decirme algo, pero unas nuevas arcadas la sacuden y expulsa más vómito a la vez que le caen unas lágrimas.

Ay, qué mal, su rímel y su delineador no son a prueba de agua.

—Ya no hay más vómito, creo —dice, llevándose el dorso de la mano a la boca para limpiarse.

—¡No hagas eso! Te vas a ensuciar.

—Me parece que voy a acostarme un rato en el suelo.

—Está asqueroso por el vómito y la basura. Entremos y busquemos a Edna o a Clover para que vayas con ellas a mi auto y…

—Pero no con Stephan, porque entonces me dolerá.

Hace una cosa horrible: se apoya en el contenedor de basura y su zapato pisa el charco de vómito. Es infinitamente asqueroso, pero me preocupa más que se pone a llorar.

—Edna y él son perfectos, pero yo lo quiero, y eso me convierte en mala persona.

—En realidad, eso convierte a Stephan en un imbécil con suerte.

—No, no. —Sacude la cabeza e intenta deslizarse hacia el suelo, pero la agarro rápidamente esquivando el vómito para que no lo haga—. ¡Déjame sentarme a llorar!

—No, porque entonces tendrás vómito en el trasero y nadie querrá que te subas a su auto.

—¡Dios mío! Eres un insensible —lloriquea, golpeándome el brazo.

—Pero si estoy contigo en tu momento más vil y asqueroso.

—Piensas que soy asquerosa, tal vez Stephan también lo piensa.

—Maida, no eres asquerosa, solo estás borracha. Tiene que ser horrible cómo te sientes por tu amiga y mi amigo, pero eso no te quita valor, y estoy seguro de que ellos no quieren hacerte daño. ¿No has pensado en decirle a Stephan cómo te sientes? —pregunto con suavidad.

—Cállate, no quiero hablar contigo de mis emociones. ¡No seas un entrometido!

Pero ¡malditos duendes! Si ella fue la que empezó a llorar y hablar. La suelto ofendidísimo, pero maldigo cuando finalmente termina sentándose sobre el vómito.

La miro poniéndome las manos en las caderas.

—Eres la persona más asquerosa en este momento, Maida.

—Huele mal.

—Es la basura, y también eres tú.

—Tú eres la basura cruel ahora mismo.

—No discutiré con una borracha sentada sobre su propio vómito.

—¡No seré dama de honor en tu boda! Eres malditamente cruel.

—Me sobrarán damas de honor —presumo, y ella suelta un bufido.

Mantiene la vista en sus pies llenos de vómito en tanto que la miro. Al fin, sus ojos acuosos y de borracha se encuentran con los míos.

—He follado con otros, no reservo mis orgasmos para Stephan. Mientras él ha estado follando con Edna, yo lo he hecho con otros y lo he disfrutado. Me he corrido y lo he gozado, pero no hace que duela menos saber que Stephan está con Edna —confiesa—. Y sé que él no es adivino, que le envié señales confusas y que debí hablar como hago siempre con cualquiera, pero se sentía tan diferente que tuve miedo. ¡Tuve miedo! Y ahora ya no hay ninguna oportunidad.

—¡Joder! Le dije que esto traería problemas —masculló—, pero me llamaron «exagerado».

—Pero se me pasará, siempre se me pasa.

Miro hacia el cielo y respiro hondo palmeándome el pantalón para encontrar el teléfono y pedir refuerzos, porque Maida está atravesando un momento muy emocional y parece que yo no le soy de mucha ayuda. Sin embargo, no llego a sacarlo porque unos gritos comienzan a venir desde dentro del local.

—Pero... ¿qué mierda? —murmuro sin entenderlo.

Entonces oigo un disparo y por un segundo siento que el corazón se me paraliza al pensar en Clover y mis hermanas. Mi instinto es ir a por ellas, pero no alcanzo a dar más de cuatro pasos cuando la puerta se abre y uno de los tipos del tío Lorcan levanta un arma hacia mí, lo cual me toma por sorpresa. En paralelo, los gritos desde dentro del local se oyen con fuerza antes de que la puerta se cierre.

El tipo aprieta el gatillo, pero yo no me sobresalto ni cierro los ojos. Su arma tiene un silenciador, pero ninguna bala impacta contra mí. En cambio, detrás de mí alguien maldice. Cuando me giro, un puñetazo cae sobre mi mandíbula y me doy cuenta de que yo no era el objetivo del trabajador del tío Lorcan. En realidad me estaba cubriendo literalmente la espalda.

—Maldita mierda. ¡Eso duele! —digo, notándome la sangre en la boca.

Pero eso no importa. El mafioso vuelve a disparar detrás de mí y veo que hay tres hombres también vestidos de negros (supongo que quieren confundirme, pero esos tienen que ser los tipos malos) con una expresión de que no quieren exactamente darme un abrazo de cumpleaños.

El hombre del tío Lorcan carga contra uno de ellos y lo derrumba con su cuerpo, pero ambos quedan inconscientes. Los otros dos están enfocados en mí. Miro de uno a otro y me percato de que ambos tienen puñales muy afilados y letales en las manos. Me sonríen con regocijo.

Tengo la impresión de que quieren matarme de verdad, por lo que trago fuerte, y comprendo que esto podría ponerse complicado.

Los veintidós años parece que entraron con mucha fuerza.

—Encárgate de la chica, no dejes testigos —le dice uno al otro.

¡Mierda! Maida, la maldita Maida, borracha y tirada en su charco de vómito.

Uno de los hombres corre hacia ella, y rápidamente lo tomo del cuello de la camisa y le doy un puñetazo en la cabeza antes de empujarlo al suelo. Luego doy un cabezazo hacia atrás que logra impactarle en un lateral de la cara.

—Hijo de puta —siseo cuando veo el mango del puñal sobresaliendo de mi hombro.

«Acaba de apuñalarme». Ese pensamiento me distrae y recibo una patada que me hace caer al suelo, pero eso me permite tirar del pie del tipo que va a por Maida, subirme sobre su espalda y golpearle la cabeza contra el charco de vómito dos veces hasta hacerlo sangrar.

—¿Estás bien? —pregunto a Maida, que parece aturdida, pero lo único que hace es tener otra arcada y vomitar bilis.

Tengo que sacarla de aquí. Oigo otro par de disparos dentro, junto con un eco de gritos, y siento la urgencia de ir a por Clover y mis hermanas para confirmar que estén bien. Me estoy angustiando, y esa distracción le permite al otro tipo agarrarme desde atrás. Por instinto, cuando siento su peso en mi lado izquierdo, me muevo a la derecha. Me alegra haberlo hecho, porque si no habría recibido una puñalada en el costado. De todos modos, el filo me roza el costado izquierdo, me abre la camisa y me provoca un tajo en la piel, del que comienza a derramarse abundante sangre.

No sé si es una herida letal ni si es muy profunda. Miro con horror durante unos breves segundos al tipo que está sucio de vómito y con el rostro sangrante, que llega hasta Maida y le da un puñetazo en el rostro que le rompe los labios.

—¡Maida! —grito mientras ella tose sangre.

Mi cuerpo comienza a temblar de la ira, una emoción tan potente y fuerte como la que sentí hace meses cuando ataqué a Bryce en la piscina.

Cargo todo el peso hacia atrás, cosa que mi atacante no esperaba, y eso nos hace caer al suelo mientras él sostiene todo mi peso. Un crujido resuena con fuerza y sus brazos me liberan. Pienso que he conseguido despistarlo, pero cuando me volteo descubro que se le ha partido el cráneo. Un charco de sangre se está formando alrededor de su cabeza, y sus ojos permanecen abiertos sin vida en tanto que un hilo de sangre le cae de la boca.

—¿Lo maté? —susurro, paralizado.

Por un instante siento que el suelo se tambalea mientras registro lo que sucede. El corazón se me acelera y el estómago se me revuelve, pero justo cuando creo que caeré en una espiral, Maida grita. Decido enfocarme en ella, no hay tiempo para el tipo del suelo.

El otro atacante está sobre ella, estrangulándola, y mi amiga tiene el rostro cubierto de sangre y de múltiples golpes mientras su cuerpo se sacude intentando liberarse, pero el alcohol la tiene atontada. No sé cuánto tiempo lleva sin respirar, pero arremeto contra el hombre y lo tiro al suelo. Recibo un puñetazo en el lateral de la cabeza que me aturde, y eso le da la oportunidad de ponerse encima de mí mientras sus manos van a mi cuello con la clara intención de estrangularme como hacía con Maida.

No voy a morir el día que nací, aunque ya haya pasado la medianoche y no sea mi cumpleaños.

No moriré con veintidós años, no es así como va la canción de mi querida Taylor Swift.

En un movimiento que para mí es un clásico, le golpeo en la tráquea para que se atragante y lo pateo para alejarlo de mí. Gateo tosiendo y, al echar un vistazo hacia mi hombro, recuerdo el puñal incrustado en mi carne. ¿Aún está ahí?

—Joder, joder, joder —digo, levantándome. Tomo el puñal con la intención de extraerlo, pero el atacante vuelve a estar de pie y lleva dos puñales.

Vagamente me digo que al menos no es una pistola.

Él me mira jadeante y le sangra el rostro, pero por alguna razón me es más fácil registrar que está cubierto del vómito de Maida.

Maida… Debo verificar que esté bien, pero no puedo volverme hacia ella, no puedo apartar la vista de este tipo cuando me observa con una sonrisa sádica en los labios. Me mira como si yo fuese un reto.

De dentro se oyen más disparos y me ordeno mantenerme centrado, porque para ir a por Clover y mis hermanas necesito salir vivo de esto. También me digo que ellas están bien, tienen que estar bien.

Estoy seguro de que debería estar sintiendo muchísimo dolor por las heridas; mi costado está empapado de sangre que se me adhiere a la camisa y gotea por el pantalón, y también saboreo el cobre en la boca, pero la adrenalina me permite no registrar el dolor.

Sacudo la cabeza. Por unos breves segundos me aturdo, lo que me hace ser consciente de que estoy perdiendo sangre alarmantemente rápido y tengo que salir de esta situación antes de que sea demasiado tarde.

—Hoy conocerás tu muerte…

—Por favor, mátame sin diálogos estúpidos de película —lo corto—. No toleraré esa mierda de oírte divagar.

—Esto es por lo que ella le hizo. Tal vez no es tu lucha, pero eres su punto débil.

Pero ¿de qué carajos me habla?

Lo que sí registro es ese puto acento parecido al alemán.

Él corre hacia mí con los dos puñales en posición de ataque, pero cuando está lo suficientemente cerca le doy un puñetazo en la nariz. Oigo el crujido, y le sale abundante sangre y me salpica. Sin embargo, consigue cortarme en el brazo. Le pateo una de sus manos y le cae el puñal, pero con el otro intenta atacarme en el rostro, por lo que lo sostengo con ambas manos.

—Quedarás irreconocible —se burla, y me hace retroceder.

Aplica toda su fuerza apuntando el puñal afilado cada vez más cerca de mi rostro, y mis manos tiemblan por el esfuerzo. ¿Cuánta sangre he perdido? No puedo calcularlo, no sé si estoy bien o mal, si tengo tiempo o no.

No quiero morir.

Necesito enfocarme. Tengo que sobrevivir y eliminar las amenazas.

—Nunca debes descuidar tus monedas —le digo sonriendo con los dientes, que seguramente todavía están cubiertos de sangre.

Parece desconcertado por mis palabras, y le doy un rodillazo en las pelotas que lo hace retorcerse y gritar. El puñal queda en mi poder y no dudo en voltearlo, alzarlo, apuntarlo y presionarlo contra su costado, atravesándole la piel. Con su sangre mojándome la mano, extiendo la otra para sostenerlo del cuello mientras retuerzo el puñal en su interior.

Él grita y lo miro con fijeza.

—Bryce te envió —afirmo.

—No.

¿No?

—¿Quién lo hizo?

No responde, así que saco el puñal y lo introduzco de nuevo en el mismo lugar. Él grita y sangra en abundancia sobre mi mano.

—¿Quién? —repito.

Me escupe.

El muy maldito me escupe, lo cual me hace sentir asqueado y me repugna. Mi ira es ciega. Tengo un objetivo, y es él.

Él es mi impedimento para verificar que Maida esté bien, es mi impedimento para ir a por Clover y mis hermanas.

Es la amenaza.

No sé qué transmite mi expresión, pero la suya cambia y se mueve con desesperación para escapar de mí, así que lo arrojo con fuerza al suelo.

No me permito repensarlo, simplemente me inclino sobre él de rodillas en el suelo y le clavo el puñal más abajo, haciéndole una nueva herida en el costado. Sus chillidos resuenan y no dejo de mirarlo.

—¡Maldito psicópata! —me grita, golpeándome, pero no lo siento.

Aprieto la mano sobre su cuello para cortarle la respiración. Sus pies se mueven e intenta apartarme de encima de él, pero empleo cada gramo de mi fuerza y remuevo el puñal en su interior.

—¿Quién?

Aflojo el agarre de su cuello, y el inservible lo único que hace es toser e intentar escupirme sangre. Extraigo el puñal de su costado para atravesarle una mano, y le destrozo las articulaciones y la palma mientras grita.

Pierde mucha sangre, no creo que nadie pueda salvarlo.

Aún cortándole gran parte del aire con mi mano en su garganta, le alzo la camisa para exponer su torso y, sin dejar de mirarlo, me extraigo el puñal del hombro. Siento la sangre saliendo de la herida, pero apenas me estremezco, porque no puedo concentrarme en el dolor, es como si no hubiera.

—Me parece que tendré que abrirte el estómago —murmuro—. No sé si lo sabes, pero soy bueno en eso.

Encajo la punta unos centímetros por debajo de su ombligo y se paraliza, consciente de que no bromeo y que tengo el poder.

—¿Quién te mandó? —pregunto de nuevo.

Aflojo el agarre en su garganta y sonríe con los dientes cubiertos de sangre.

—Púdrete, maldito psicópata.

—Respuesta equivocada.

Aprieto mi mano en su garganta para que no grite cuando introduzco parte del puñal en su piel hasta tocar, seguramente, la tripa. Luego lo subo unos centímetros en una pequeña línea precisa.

—¿Fue Bryce?

Libero lo suficiente su garganta para permitirle hablar.

—¡No! No, no fue él.

—Entonces ¿quién?

Como no habla, le aprieto más fuerte la garganta y subo el puñal hasta el ombligo. La sangre se desborda y me empapa el pantalón. No le dejo hablar, hundo más el puñal y le desgarro la piel subiendo otro poco más, hasta hacer de su ombligo un antiguo recuerdo.

—¡La Cobra! —grita en agonía cuando libero su garganta— ¡La Cobra! Tu novia… —dice con la boca llena de sangre—. Tu novia la…

Está muriendo. Toqué algún órgano importante, es posible que los intestinos y el páncreas, porque subí a la altura de su hígado. No le queda mucho tiempo.

—Tu novia… la marcó —consigue decir apenas, en medio de una tos de sangre.

¿Clover? ¿De qué mierda habla este tipo?

—Era... Era su venganza, quería... hacerla... sufrir.
Vuelve a toser y subo otro centímetro el cuchillo, lo que le hace llorar. Me asqueo aún más cuando el hedor de orina llega hasta mí y mi pantalón se empapa de ello.
—¿Quién es la Cobra?
Intenta hablar, pero se está ahogando con su sangre, está muriendo. No, no está muriendo. Ya está muerto.
Me echo hacia atrás y me caigo sobre el culo. Todavía sostengo el puñal a la altura de su hígado, lo que ocasiona que se le abran hacia abajo la piel y la carne y lo derramen todo hacia fuera. No era lo que pretendía, pero ya está hecho.
Los primeros en salir son su intestino grueso y el delgado, seguidos del páncreas y parte de su estómago. El hedor a sangre abunda junto al de bilis, ya que la vesícula biliar también ha quedado visible. La piel se mantiene abierta de par en par, si me acercara estoy seguro de que alcanzaría a ver el hígado y el apéndice más abajo.
Es una visión cruda, roja y desconcertante. Su sistema digestivo está fuera del cuerpo, y el recto actúa liberando gases y mierda, literalmente, que contaminan el aire. Cualquiera tendría arcadas por la peste, pero lo único que hago es mirarlo.
Destripado.
Me doy cuenta de que tengo los labios fruncidos, por lo que los relajo para tomar una bocanada de aire que me sabe a sangre. Estoy algo aturdido cuando consigo ponerme de pie y dejo caer el puñal al suelo.
El hedor es nauseabundo, pero puedo con ello. Me percato de toda la sangre que hay en el lugar: está en el suelo, en él, en mí, en todas partes.
Me siento mareado, como si el mundo diera vueltas, y no es por la sangre que pierdo ni por los golpes, sino por la confirmación de que acabo de asesinar a alguien.
Miro el otro cuerpo, el del tipo que se rompió el cráneo con la caída.
Asesiné a dos personas.
—Fue por supervivencia —susurro mirando a mi alrededor.
Parpadeo y sacudo la cabeza para orientarme. Es como si me apagara, como si una frialdad me envolviera y me permitiera pensar con claridad.
Eran mi vida y la de Maida contra la de ellos. Si no morían, nos habrían matado a nosotros. Que se partiera el cráneo al caer no fue planeado, y sobre el tipo destripado... No iba a abrirle completamente el estómago, pero...
Lo torturé, de acuerdo, parece que usé mis conocimientos para obtener información, sabía que iba a morir y no me detuve. De acuerdo, de acuerdo... Está hecho, no puedo borrarlo.

¿Me arrepiento?
¿Cómo me siento exactamente?
¿Qué hago?
¡Joder, joder! Esto es un puto desastre.
Hay sangre por todas partes, están los puñales, mis huellas, seguramente pelos rojizos... Y dos tipos muertos, dos tipos que maté.
¿Qué hago? ¿Qué hago?
De acuerdo, debo pensar. Hay una solución, puedo hacerlo. Puedo solucionarlo.
—Ya está hecho, ahora toca controlar la situación. —Soy consciente de lo fría que suena mi voz, pero consigo relajar el cuerpo y desacelerar los latidos de mi corazón.

Durante unos segundos o minutos, me quedo de pie con las manos sangrantes a mi lado y sin sentir nada, ni siquiera las consecuencias de lo que acabo de hacer.

Mi mano es firme cuando me alzo la camisa para revisar la herida de mi costado, y hago una mueca porque no tiene buen aspecto. Es profunda, alcanzo a verme la carne y hay demasiada sangre, lo que explica por qué el suelo me parece tan inestable debajo de los pies. Necesito recibir atención médica; esta herida no es inofensiva, podría ser incluso más grave que la puñalada del hombro.

Miro de nuevo a mi alrededor: el tipo del tío Lorcan sigue inconsciente y el hombre del que se hizo cargo tiene la garganta degollada.

—No hay testigos, eso está bien —me susurro, pero entonces recuerdo a Maida.

Me volteo hacia ella y veo que tiene la cabeza escondida entre las piernas flexionadas mientras se las abraza.

¿Me vio haciendo eso?

Hay que limpiarlo todo. Mis huellas están por todas partes, hay cámaras de seguridad y estoy empapado de mi sangre y la de otros.

—No puedo limpiar las evidencias, hay muchas —murmuro, frotándome la frente. Me doy cuenta de que me lleno de más sangre, pero ya es demasiado tarde.

Me palmeo el bolsillo y saco el teléfono. Me muevo entre mis contactos y me paralizo un momento al ver el anillo que me dio Clover cubierto de sangre.

Clover. ¡Mierda! ¿Qué le diré? Acabo de asesinar a dos hombres. Fue en defensa propia, pero el último... Se ve premeditado, hubo tortura y maldad.

—Bien, bien. Vayamos por pasos —me digo al localizar el número y presionar el botón de llamar.

Mantengo la mirada en Maida, que no levanta la cabeza, y me invade una gran tranquilidad cuando responden a mi llamada.

—Call-me, pensaba que estabas de celebración.

—Acabo de asesinar a dos hombres —digo en voz baja, y se hace un silencio al otro lado.

—¿Cómo que asesinaste a alguien? ¿Te fuiste y dejaste los cuerpos?

—No. Estoy aquí…

—¿Sigues en la escena del crimen? —Su voz se vuelve más fuerte, y me rasco una ceja mirando a mi alrededor.

—Acaba de suceder, es un puto desastre… Hay evidencias por todas partes, no puedo eliminarlas todas. Las tripas están fuera de su cuerpo.

Se hacen unos segundos de silencio que se sienten muy pesados.

—¿Destripaste a alguien?

No digo nada, pero asiento aunque sé que no puede verme.

—¿Call-me?

—Sí —susurro.

—¿Qué pasó exactamente?

—Me defendí.

—¿Te defendiste destripando a alguien? —dice con sorna, y trago porque entiendo a lo que se refiere.

No solo me defendí, también ataqué con crueldad.

—¿Dónde estás?

—En mi fiesta, fuera, detrás —consigo responder, y noto que mi mano tiembla porque la adrenalina comienza a desaparecer y he perdido mucha sangre—. Lorcan, ¿qué voy a hacer? Hay muchas evidencias.

—¿Hay testigos?

Miro a Maida. Si me vio, ¿me entregaría? Solo sé que estaría en peligro.

—No, no los hay. Mi amiga… Ella no vio nada, fue atacada primero y está muy borracha.

—Bien. No te muevas. No entiendo cómo pasó, pero haré que limpien el desastre.

—Maté a alguien —susurro.

—Sabíamos que era una posibilidad en ti. Ojalá no hubieses abierto esa puerta nunca, pero no es algo que podamos borrar. Ya está hecho y tienes que avanzar.

Y es aterrador, porque asiento como si, igual que él, hubiese sospechado que un día podría verme envuelto en esta situación.

Así que la chispa especial acaba de crecer.

—Tuve el poder… —murmuro— y me gustó.

Es la confesión más difícil que he hecho en mi vida y quiero retirarla aunque sea verdad.

No estoy contento de haber asesinado a alguien, pero el poder de no ser una víctima, el hecho de tomar el control y que el miedo le hiciera darme respuestas alimentó algo en mí.

No puedo ser un criminal, no puedo hacerle eso a mi familia, ni a mí.

¡Joder! Qué puto desastre.

¿Por qué soy así? Debería ser normal, tengo que ser normal.

Me rasco el cabello al sentir que el cuero cabelludo me pica, pero sé que es solo producto del estrés de lo que estoy viviendo.

—Call-me, limpiaré el desastre. Escúchame bien: no asesinaste a nadie, mis hombres lo hicieron. Eres un buen mentiroso y tú decides qué mierda les dirás a tus amigos sobre tu estado... ¿Estás herido?

—He perdido mucha sangre, necesitaré una transfusión. Me quedan aproximadamente entre dieciocho y veintitrés minutos antes de perder el conocimiento. Menos de una hora para entrar en *shock* si no consigo ser atendido y sigo sangrando.

—Qué específico.

—Estudio esto —respondo.

—Bien, quédate ahí y no llames a nadie. Luego hablaremos de qué cojones pasó.

Al colgar, voy hacia Maida. Me doy cuenta de que mis pasos son un arrastre lento y sacudo la cabeza dos veces para aclarar mi visión antes de agacharme y tocarle el brazo con una mano temblorosa. Cuando alza el rostro, la rabia me invade y no siento ningún arrepentimiento por lo que hice.

El rostro de Maida está destrozado. Tiene un ojo completamente hinchado y sangrando y el otro luce una coloración clara en el iris, que solía ser achocolatado. Es como si no me viera, y sus labios están partidos y sangrantes. También hay un sangrado que le recorre desde la cabeza hasta el cuello.

Maida está mal.

—Maida... Estoy aquí, ¿de acuerdo? Iremos a por Clover, mis hermanas y nuestros amigos en un rato.

Necesito verificar que estén bien. Que no les haya pasado nada malo, por favor. Quemaré el puto mundo si... ¡No! Tienen que estar bien.

Maida dice mi nombre con una voz muy baja y quebradiza que me activa todas las alarmas, porque no sé si estoy perdiendo la consciencia o si es por su estado.

—No te veo bien —susurra con la voz rota. Pese a su piel oscura, veo las marcas de los dedos que la estrangularon.

—Estoy aquí. —Le tomo la mano—. Maida, no sé qué viste, pero si el equipo de seguridad te pregunta qué sucedió, responde que nos atacaron y que perdiste el conocimiento, que no viste absolutamente nada.

—Nos atacaron —susurra—. Eso pasó... ¿Estás bien?

—Sí.

Pero mi garganta se siente seca y la lengua pesada. Mi visión no es muy clara y comienzo a registrar dolor por todo el cuerpo. Algunas zonas duelen más que otras, pero aun así reúno la poca fuerza que me queda para ayudarla a levantarse. Se tambalea, y no como una borracha ni debido a los golpes, sino que hay algo más.

—¿Maida?

—Algo... no va bien, no te veo bien. Mis piernas...

Intento sostenerla, pero me tiemblan las piernas, por lo que volvemos al suelo. Es entonces cuando la posición de su cabeza me permite obtener una mejor vista de esa área, y veo que sus rizos están llenos de sangre, que sale de una gran abertura. Veo carne, sangre y viscosidad.

—No me siento... bien.

—Te tengo, te tengo —le susurro, sosteniéndola contra mi cuerpo, que se sacude con un espasmo—. Todo irá bien, ¿de acuerdo? No te duermas.

La magnitud de su herida es alarmante y las posibilidades de Maida no son buenas.

—Es que no puedo... verte bien.

—Es que, tonta, tienes los ojos cerrados —le miento, viendo que la sangre le empapa tanto el cabello que comienza a correrle por las sienes. Intento limpiarla con dedos temblorosos, pero lo empeoro.

—Ah —acepta mi mentira—, tengo los ojos cerrados.

—Exacto, mantenlos así, pero no te duermas, Mai.

—No debí beber tanto ni tomar drogas, pero no... no era nada grande, solo para divertirme.

—Estás muy borracha. Y lo de las drogas, tranquis, te guardaré el secreto —digo con una risa fingida—. No te dejaré beber más y solo te drogarás con todos, como una familia alocada llena de malas mañas.

Emite una risita baja y sacudo la cabeza porque mi visión comienza a fallar con más fuerza y los brazos se sienten flojos. Mi agarre se vuelve débil, pero la sostengo hasta que la puerta se abre y aparece un grupo de por lo menos tres hombres y dos mujeres.

Me quitan a Maida de los brazos y nos llevan a un lugar que no registro porque por unos segundos pierdo el conocimiento. Lo pierdo y lo recupero sin control.

Pienso en Clover y creo que pregunto por ella, pero tengo la lengua pesada, igual que los brazos, y respirar se siente más difícil.

Oigo que Maida está inconsciente. Hay unos gritos y luego me golpean la mejilla y me piden que no me duerma a la vez que me rodean.

Intento preguntar por mi prometida, mis hermanas y mis amigos, pero no me dicen nada. Sin embargo, susurro el nombre de Maida, porque no sé si sigue aquí, y tampoco hay respuesta.

¿Se ha ido?

No me importa si asesiné a dos personas, no me importa que no me importe, pero lo que sí me importa es Maida.

Vaya fiesta de cumpleaños. Irónicamente, por alguna razón desconocida se reproduce una canción en mi cabeza:

I don't know about you, but I'm feeling 22
Everything will be alright if you keep me next to you
You don't know about me, but I bet you want to
Everything will be alright if we just keep dancing
Like we're 22, 22
I don't know about you, 22, 22

Y eso es lo que pienso antes de cerrar los ojos sin oír nada más de Maida y sin saber si saldré de esta.

35

RUMORES, CHISMES, MENTIRAS, NOTICIAS

Callum

Mantengo la mirada fija en el cielo nublado mientras estoy de pie en el jardín de casa. Mis pensamientos son caóticos y demasiado ruidosos. En ellos se repite una y otra vez lo sucedido, lo que he leído en redes y visto en las noticias, e incluso algo tan *vintage* como lo que he escuchado en la radio. El dolor sordo de mi hombro junto con el dolor intenso del costado son un latido presente que me recuerda que para mí podría haber sido peor. Pero ¿cuánto? Al fin y al cabo, me convertí en un asesino.

Mierda. Maté a dos tipos, es difícil no pensar en ello, pero tiene sentido, porque solo han pasado cuatro días desde mis superdulces veintidós. ¡Una fiesta épica! No se puede decir que estuviese falta de emociones (ja, ja, ja, me río nervioso).

—Callum...

La voz de papá llega hasta mí y me tenso, porque lo he estado evitando, al menos estar a solas con él. Pocas veces en la vida me he sentido cohibido, pero Donovan Byrne tiene la capacidad de lograrlo, principalmente porque nunca quiero decepcionarlo. No es que papá quiera cambiar quien soy, pero me queda claro que tener un hijo asesino no está en sus planes.

Me armo de valor y me vuelvo hacia él. Hago una mueca cuando los puntos me molestan, al igual que todo el mapa de moretones que tengo esparcidos por el cuerpo.

—Hola, papá. —Intento sonreírle, pero no me sale muy bien, con el labio aún roto y un feo moretón en la barbilla, que ya se ha desinflamado.

En este momento mi piel pálida es un inquietante lienzo de colores púrpura, amarillos y verdosos por los golpes, que se curan poco a poco, unos más lento que otros.

—Dime la verdad, Callum —me pide.

Y me encantaría hacerlo, porque en líneas generales somos una familia superhonesta entre nosotros, pero esto es diferente, del mismo modo que fue diferente cuando involucré a Lorcan en mis asuntos o cuando Bryce se convirtió en un peligro para mi vida.

Papá piensa que mi vida universitaria es tan normal como los primeros años, que consiste en ir a fiestas, estudiar y ser simplemente yo, pero ahora no sabe que ser yo es muy diferente a la idea del hijo elocuente que tiene.

Donovan es un tipo apuesto y encantador que suele parecer más joven de lo que es, pero el cansancio hace que hoy se vea desaliñado y muestre cada año de vida que ha vivido. Tiene sentido cuando te das cuenta de que la fiesta de tu hijo terminó en un tiroteo con muertos y tu hijo apuñalado de gravedad. Además, una hija fue pisoteada por una estampida y luce el rostro muy hinchado e irreconocible, lleva un collarín y tiene el brazo enyesado, y a la otra le tuvieron que cortar el cabello y raparle un gran parche de pelo para hacerle una sutura de trece puntos.

Mis padres llegaron la tarde del día siguiente, ambos angustiados y enojados por la presencia policial, queriendo saber si mis hermanas y yo nos encontrábamos bien.

Estuve seis horas inconsciente y recibí una transfusión de sangre. Dijeron que mi cuerpo casi había entrado en *shock* y que debían vigilarme por si tenía una conmoción cerebral, pero estoy vivo y desperté, algo que otros no hicieron.

Para las autoridades y muchos adultos, la «pandilla» atacante se fue sin heridos, y lamentablemente a uno de los estudiantes fallecidos se le acusa de haber sido el detonante por su consumo excesivo y público de drogas, junto con otros pequeños delitos. Se habla de que habían ido a por él debido a una deuda, y nadie lo ha desmentido, ni siquiera yo, porque Lorcan me ha hecho saber que debo seguir la narrativa.

Solo se quedaron cuatro hombres de Lorcan bajo el pretexto de ser seguridad legítima contratada. De hecho, resulta que hay una empresa de seguridad registrada para este tipo de escenarios y que tenían un contrato según el cual, aparentemente, yo había adquirido sus servicios. No habían dejado cabos sueltos y, gracias a mi facilidad para mentir, todo encaja.

Pero papá aún me pide una verdad que no puedo darle.

—La verdad es que estaba en mi fiesta de cumpleaños, salí a ayudar a una amiga que se sentía mal por la bebida y, mientras estábamos fuera, comenzó un tiroteo por las cuentas pendientes de otro estudiante. Me atacó uno de los pandilleros, al igual que a mi amiga, me defendí como pude, aunque salí herido. Luego nos dejaron a los dos en muy mal estado.

Se hace un pesado silencio en el que su mirada me escruta con el ceño fruncido.

—¿Sabes lo mal que está incriminar a inocentes de crímenes que no cometieron, Callum?

—Sí, sé que incriminar es malo, pero no sé por qué lo dices. Vi a ese estudiante en clase de Derecho. No sé si de verdad era culpable, pero igualmente no está para defenderse. Que en paz descanse.

—Callum...

—¿Qué es lo que quieres que te diga? —pregunto con exasperación—. ¿Que sé qué pasó? ¿Que fue algo contra mí e hice cosas como, no sé, matar a alguien? ¿Que todo es mi maldita culpa y que estoy metido en asuntos peligrosos? Dime si es lo que quieres escuchar y entonces crearé una historia, porque estás empeñado en obtener un relato que no puedo darte.

»Lo único que quería era una fiesta de cumpleaños memorable donde todos se lo pasaran bien, no una donde hubiese seis muertos y quince heridos. No quería ese tipo de responsabilidad ni carga en mi vida. Tampoco quería pasar todo este tiempo declarando a la policía ni nada de eso. Solo deseaba celebrar mi cumpleaños.

Consigo mantenerme firme bajo su mirada. No sé qué dice de mí el hecho de que pueda mentir con tanta facilidad. Al final, sus hombros pierden algo de tensión y acorta la distancia entre nosotros para abrazarme, poniéndome una mano en la nuca. Aunque soy alto, me supera por unos pocos centímetros. También es más fornido, por lo que me hace sentir nuevamente como un niño cuando le agarro la camisa y me permito sentirme indefenso y vulnerable por unos pocos minutos.

—Solo me preocupo por ti, sé que tu mente funciona de modo diferente. Eso no es necesariamente malo, hijo, pero a veces... Solo temo que un día...

—¿Que un día qué? —lo insto a continuar.

—Una situación te supere y hagas algo de lo que puedas arrepentirte. Sé que no eres una mala persona, pero te gusta ver la vida en los colores que se te antojan, y eso hace que en tu mente se vea bien aunque no lo esté.

Se separa lo suficiente para que nos miremos a los ojos, sin apartar la mano de la parte baja de mi nuca.

—Hay cosas que, aunque no son moralmente correctas, tienden a ser justas, pero no todos lo entenderán y podrías salir perjudicado. Sé que podría angustiarte el hecho de sentir que piensas de manera diferente y que tu mente tiene potencial para hacer cosas que no están aceptadas.

»Cuando supe que querías estudiar Criminalística, sentí alivio y preocupación en igual medida. Escogiste un lado que pensé que te alejaría de otras vertientes, pero a veces me pregunto si simplemente expandió tu potencial.

—Me dedica una sonrisa comprensiva—. Te entiendo, hijo, alguna vez es posible que me haya sentido o que haya actuado como tú, pero no me quedé ahí.

—¿Tienes una chispa especial? —susurro, y ríe por lo bajo.

—Sé que sería capaz de hacer muchas cosas por mi familia. —Hace una pausa breve—. Y sabía que no temía a tomar decisiones difíciles.

—¡Duendes! Papá, ¿eras un tipo malo?

—¿Qué significa realmente ser malo?

Me quedo en silencio antes de encontrar las palabras para mi próxima pregunta:

—¿Cómo lo apagaste? ¿Cómo conseguiste ser lo que la sociedad considera correcto y bueno?

—Supongo que al fin y al cabo yo no era tan especial y supe qué camino seguir.

El camino está claro, pero no me gusta.

Me gusta no pertenecer a lo bueno ni a lo malo, tener la libertad de pensar por mí mismo sobre qué considero correcto y no temer a cuidar de mí y de los que amo. Tampoco conozco de arrepentimientos y no me molesta la violencia cuando la creo justa.

Sigo siendo diferente de papá y él lo sabe, por eso sus ojos brillan con preocupación. Pese a mi mentira perfecta, en el fondo sabe que hay más.

—¿Todo bien por aquí? —pregunta la voz de mamá, que llega hasta nosotros.

—Todo bien —digo, sonriéndole. Aunque me devuelve la sonrisa, sus ojos se posan con tristeza en mis moratones—. Estoy bien, mami.

—Entremos, Clover y su familia han llegado.

El llanto de un bebé se oye, y sonrío sabiendo que se trata de mi pequeño cuñado. Valentina y Ehsan Mousavi, al igual que otras muchas familias, llegaron a Nottingham tras lo sucedido. Al fin y al cabo, la OUON se compone en su mayoría de un estudiantado que son hijos de personas importantes, adineradas e influyentes del mundo.

Las noticias se difundieron por internet y por la tele, por lo que los reporteros han estado molestándonos. ¡Duendes! Fue rarísimo ver mi foto en la televisión mientras hablaban de mí, el cumpleañero herido a quien la policía investigaba. Al menos salía infinitamente guapo.

Me pone triste que mi familia conozca a la de Clover en estas circunstancias, pero digo «Clover» tres veces en voz baja para tener buena suerte, debido a que queremos casarnos en el futuro y sería incómodo que se odiaran.

Tomo la mano de mamá, y papá nos sigue. Llego a la sala justo cuando Arlene está estrechándole la mano a Valentina, y Kyra a Ehsan.

Clover me lanza una mirada y le dedico el intento de una sonrisa, que me devuelve. Por fortuna no sufrió ningún daño, apenas un rasguño en el brazo, igual que Edna, Stephan y Oscar, que salieron ilesos salvo por algunos rasguños y moretones.

Mi trébol lloró sobre mí esa noche cuando al fin la dejaron entrar a verme, y me regañó y me dio las gracias por seguir vivo. Me besó los labios magullados y luego se disculpó en medio de ellos porque sabía que me dolía, aunque yo no lo dije en voz alta.

Stephan y ella son las únicas personas que saben que fui atacado directamente como si fuese una misión determinada, pero aún no he tenido tiempo de sentarme a conversar con ella sobre de qué rayos hablaba ese tipo cuando dijo que ella había marcado a una tal Cobra, porque entendí que era un ataque directo a Clover.

Clover tampoco sabe que en mi currículum ahora se podría leer «asesino y destripador accidental no arrepentido», y la verdad es que he pasado mucho tiempo pensando si es necesario decírselo ahora, porque una cosa es tener un novio raro y otra es que sea un puto asesino.

Aunque no he mentido porque ella no me lo ha preguntado, sí es omisión. Es una mierda, pero se supone que nunca pasó, que es algo que debería olvidar.

—Papá y Valentina, ya conocieron a Erin, pero este es Donovan, el papá de Callum —los presenta Clover, y ambos miramos a nuestras familias estrechándose las manos.

La relación entre papá y Ehsan no se ve amistosa, parecen tensos, pero me digo que ya mejorará y que solo están sensibles debido a la situación. Soy bueno convenciéndome de esto mientras Clover mira de uno al otro y siente las vibras de enemistad. ¡Y ni siquiera han hablado!

—Tomen asiento —insto con un gesto de la mano antes de acercarme a Valentina para besar la mejilla de mi cuñado bebé y sujetarlo.

Shadi me toca con su mano babosa y río por lo bajo. Es hermoso y está lleno de amor (lo cual traduciremos como que es un bebé pesado). Tiene los ojos llorosos porque no está contento y me mira con un puchero. Se pone a llorar de nuevo, pero no me siento ofendido, porque cuando se lo devuelvo a Valentina se hace evidente que lo que quería era la teta, y ella se la mete en la boca y lo silencia.

Shadi sigue obsesionado con la teta de su mamá, eso no ha cambiado.

Durante unos minutos, el silencio resulta denso mientras nos miramos unos a otros. Estoy seguro de que si Stephan estuviese aquí se pondría a comer palomitas como si estuviera mirando una serie. En cierta manera no puedo evitar pensar en el primer programa que Clover y yo vimos juntos, *Todo en 90 días*, pero espero que no termine así de desastroso.

—Te queda bien este corte de cabello —le dice Valentina a Kyra con torpeza, para romper el silencio.

Mi hermana parpadea un par de veces antes de tragar. Estoy seguro de que nunca le pasó por la cabeza cortarse el pelo así; de hecho, tuvo unos minutos de llanto por el duelo cuando se miró en el espejo. No se ve mal, está preciosa como siempre, pero no es una elección que ella habría hecho, ya que tenía el pelo muy largo y cuidado. Sin embargo, trata de sonreírle a Valentina.

—Gracias. —Finge que los ojos no se le ponen llorosos y se pasa una mano por su pelo corto.

—Te pareces a alguien —comenta Valentina, pensativa, mientras se balancea con Shadi pegado a su pezón—. ¡Ya lo sé! Tienes el mismo peinado que Dexter Jefferson, ya sabes, el famoso bajista de la banda BG.5.

—Valentina. —Clover le dedica una sutil mirada.

—¿Ves, Kyky? Te dan cumplidos. Parecerse a Dexter es ser sexy —alienta Moira, tiesa en el sofá debido al collarín.

¡Mierda! Tengo que admitir que me siento mal cada vez que veo su rostro cubierto de moretones, rasguños e hinchado; ni siquiera es reconocible. Todos estamos expectantes ante la desinflamación para saber si necesitará cirugía estética.

—Es un cumplido —aclara Valentina—, él es guapísimo y tú también lo eres.

—Clover dice que podemos irnos a casa, pero, debido a las investigaciones policiales, considero que aún deberíamos estar aquí —comienza Ehsan, mirando a mis padres— o que ella venga con nosotros.

—No puedo faltar a clase, ya te lo dije, y el período de luto en el campus termina en dos días. Papá, estoy y estaré bien.

—¿Ustedes tienen planes de irse y llevarse a su hijo con ustedes? —prosigue mi suegrito querido—. Estoy seguro de que la estancia de su hijo en el campus es lo que impide a mi hija venir a casa.

—¡Papá! Ya te dije que no se trata de eso.

—Ehsan —dice Valentina, dedicándole una larga mirada.

—Solo digo la verdad y hablo con preocupación por mi hija. Clover podría haber muerto, y la describen en la televisión nacional como la novia del responsable de la fiesta y de un posible sospechoso.

—Callum no hizo nada, no es su culpa —me defiende Clover—, y lo sabes.

—Lo sé, pero es inquietante tener que vivir con esas noticias que incrementan mi preocupación por tu bienestar, Clover.

—Mi hijo es adulto y capaz de tomar sus decisiones. No lo llevaremos a Irlanda en contra de su voluntad, y que su hija tiene las facultades necesarias para tomar decisiones por sí misma de manera independiente a Callum —responde papá con sequedad—. Mi hijo también es una víctima y está lidiando con el circo mediático que quiere señalarlo como algo más. Callum terminará los estudios, tras tanto esfuerzo, no le romperé los sueños ni desacreditaré su trabajo. Si quiere quedarse, se queda.

Esto se siente como recibir una maldición de siete años. ¿Qué pasó con mi ilusión de que ambas familias se llevaran superbién?

Esto es exactamente como *Todo en 90 días*, y ni siquiera estamos hablando de una boda.

—Por supuesto que mi hija es capaz de decidir por sí misma, pero entiendo que si Callum permanece aquí, ella querrá darle apoyo...

—¿Y qué clase de apoyo? Mi hijo no hizo nada malo.

«Ay, papá, tu hijo se cargó a dos personas y consigue dormir bien por la noche».

—No dije que hiciera nada malo, señor Byrne.

—Donovan —interviene mamá, poniéndole una mano en el brazo—, seamos más receptivos. El señor Mousavi está expresando su preocupación, no todos reaccionamos igual.

—Me parece absurdo que hablemos de Clover y Callum como si no fuesen capaces de decidir, como si no estuviesen aquí —continúa papá sin detenerse—. ¿Ha pensado en escuchar lo que su hija quiere?

—Sí, se lo pregunté, pero también pensé que quiero que mi hija siga viva y se mantenga alejada de fiestas que terminan en disparos.

Clover y yo compartimos una mirada de pánico viendo lo mal que está yendo esto.

—No sabía que ese chico estaba metido en cosas tan malas —digo, pidiendo perdón mentalmente al difunto por incriminarlo, pero es un sacrificio comprensible.

—Papá, no tenemos nada que ver con lo que sucedió y no puedo dejar atrás mi vida aquí por el miedo. La mayor parte de mis años universitarios han transcurrido sin inconvenientes y esto no va a detenerme. —Clover habla firme sin perder su suavidad—. Es cierto que quiero estar con Callum, pero quiero quedarme por mí. Por favor, para con esto.

—Ehsan, escucha a Clover —le pide Valentina con ternura.

Veo la frustración y preocupación en mi suegro. El pánico lo tiene hecho un lío, porque quiere proteger a su hija, y la OUON ahora mismo parece demasiado peligrosa.

—No sé si en este momento estar juntos es lo mejor para ustedes, Clover.

—Bueno, yo sí lo sé, papá —asegura mi trébol—. No voy a terminar por tus miedos la relación más increíble que he tenido. ¡Por Dios! Voy a casarme con él.

Las palabras resuenan en el lugar. Debido a lo sucedido, la verdad es que ninguno de nosotros ha conversado con nuestra familia sobre el compromiso. La mirada de Ehsan va a mi dedo, donde está el anillo. Su ceño fruncido me hace saber que esa no es una conversación que esté dispuesto a tener ahora.

—No podemos tomar las decisiones de nuestros hijos, ya no son unos niños —prosigue papá. Su argumento es genial, pero empeora la enemistad que está formándose.

—Lamento lo que sucedió en mi fiesta de cumpleaños —digo, llamando su atención—, pero no es algo que supiera o pudiese evitar. Seremos prudentes y en teoría todo debería ir bien. Entendemos sus preocupaciones, pero no somos niños y nos hemos esforzado en estudiar demasiado como para tirar la toalla por un evento que se nos escapó de las manos.

—Varias personas murieron —me recuerda mi suegro.

—Sí, pero nosotros no las matamos —digo con seriedad.

—La sutileza es horrible —murmura Kyra ante mis palabras, y por el rabillo del ojo alcanzo a ver a Valentina asintiendo en acuerdo.

—Papá, por favor, vayamos al hotel y conversemos —pide Clover.

No hay ningún movimiento por parte de Ehsan Mousavi, que mantiene una lucha de miradas con papá.

—Papá, por favor —repite Clover.

Ehsan se pone de pie y cede, al igual que Valentina. Clover parece aliviada. Las despedidas son tensas y mi trébol se me acerca para darme un abrazo cuidadoso. Durante unos segundos su mirada se entristece al ver el daño de mi piel, pero la distraigo con un beso suave y corto en los labios.

—Hablamos cuando logre llegar a un acuerdo con él.

—No creo que se odien para siempre, ¿verdad? —le susurro en el oído, con respecto a nuestros padres, y ella me dedica una risita nerviosa.

Sí, yo tampoco estoy muy seguro de que la situación mejore.

La puerta se cierra detrás de ella. Mientras Kyra nos hace saber cuánto odia su nuevo cabello corto, Moira asegura que tendrá el brazo flaco cuando le quiten el yeso y mamá habla con nerviosismo destacando todas las cosas buenas del señor Mousavi para que papá la escuche, pero este simplemente mantiene el ceño fruncido.

—Su hija no se parece a él —interrumpe a mamá.

Sí, creo que tengo una maldición de siete años, porque mi papá desprecia a mi suegro, y el sentimiento es mutuo.

Me gustaría poder decir que conozco a todas las víctimas de la fiesta, pero lo cierto es que solo reconozco a tres de ellas. A las demás solo las ubico mediante las fotografías expuestas durante el acto conmemorativo que se está llevando a cabo en el campus.

Intento ignorar los murmullos y las miradas. No es que me cohíban, pero sí me molesta que un acto de respeto hacia los fallecidos se concentre en todos los rumores que corren sobre mí.

Unos aseguran que me vieron disparar un arma dentro del local, otros, que estoy en una pandilla, e incluso alguien dice que me clavé el puñal en el hombro para tener una coartada y encubrir a mis hombres. Lo peor es que, aun así, quieren acercarse a mí, es como si les atrajera el morbo. Para mi fortuna, muchos son sensatos y repiten la historia que conté a la policía, pero los rumores ya están desatados y algo me dice que en esta universidad me recordarán por esa fiesta y todos los mitos inventados.

Tampoco ayuda que los reporteros persigan «la tragedia de la OUON» y compartan mi foto relatando una y otra vez que era mi fiesta de cumpleaños, que soy un sospechoso y toda esa mierda. Hasta han charlado con expertos en psicología criminal, que estudiaron mi lenguaje corporal en la foto y mi sonrisa, pero el tipo bromeó y tan solo dijo que era un chico encantador. Me debato entre dejar morir el asunto o hacer algo drástico como demandarlos por difamación o violación a la privacidad.

—Dicen que Callum les debía droga a esos tipos y vinieron a por él con la orden de matarlo. Él empezó a disparar, y algunos de los que murieron podrían ser víctimas suyas —oigo a una chica detrás de mí, y me giro para que sepa que no me pasa desapercibida la mierda que dice, pero su amiga no se da cuenta.

—Sí, al parecer andaba vendiendo droga adulterada. ¿Recuerdas que hace meses varios estudiantes murieron por esa droga nueva? Posiblemente se debía a él. Tal vez por eso casi ahogó a Bryce, fue un lío entre traficantes.

La mano de Clover aprieta la mía en un gesto de apoyo y calma, pero aun así me vuelvo para que las chismosas sepan que las he pillado.

—Puedes esparcir el rumor de que soy una puta, un cerebrito e incluso un asesino, si quieres, pero a mí no me taches de traficante. No tuve nada que ver con las muertes por sobredosis y no vendo drogas ni le debo nada a nadie —les hago saber, ofendidísimo—. Tampoco tuve relación con la droga adulterada de hace meses. Si vas a hacer correr rumores de mí, al menos consigue uno mejor.

—Yo... Yo...

—Estamos en un acto de respeto y lo único que haces es difundir rumores falsos de una fiesta en la que no estuviste, porque sé que no te invité, y a ti tampoco. —Frunzo el ceño—. Es una puta mierda tener que oír tantas gilipolleces.

—Lo siento, yo...

—¿Y qué hago con tu «lo siento»? —pregunto, mirándola con intensidad, y se mueve incómoda—. Estoy seguro de que sabes lo estúpido que es hablar sin conocimiento ni pruebas, que podrías arruinarle la vida a cualquiera. ¿Te gustaría que esparciera mierda falsa de ti?

Me doy cuenta de que me mira con miedo.

—Vamos, Callum —susurra Clover, y me percato de que nos hemos convertido en el centro de atención, incluso de dos policías que se encuentran junto al rector.

Dejo que Clover me guíe hacia la salida y camino con la frente en alto lanzando alguna que otra mirada. Esta gente es rara, parece que me temen, me respetan y me idolatran a la vez; una mezcla embriagadora que podría darme poder, y son los ingredientes idóneos para que naciera una dictadura si quisiera gobernar.

Clover y yo llegamos a mi auto, pero no subimos. En lugar de eso, ella se queda de pie en el lado del copiloto y yo en el del conductor.

Miro a mi alrededor y veo que, para mi fortuna, no hay ningún molesto reportero. Estoy harto de ser encantador con ellos mientras digo el clásico «sin comentarios».

Enfoco la mirada en mi trébol y ella arquea una ceja en respuesta.

—Siento que mi último año de universidad será muy diferente —comento—. De alguna manera, ahora todos tienen una opinión de mí. No saben si temerme, amarme o respetarme.

—Creo que hacen las tres cosas —contesta con inquietud.

—Tranquis, mi trébol, todo pasará —digo, y ella se mordisquea el labio inferior.

—¿Realmente estás bien? Pareces enojado.

—No quiero que me llamen «traficante» ni que me asocien con drogas. Fumar porros de tanto en tanto o tomarme una píldora de éxtasis es muy diferente a esa mierda. No quiero que la universidad abra una investigación sobre mí, eso podría acabar con mis oportunidades de estudios al graduarme, podrían expulsarme.

Me paso las manos por el cabello. Aunque no tengo nada que esconder sobre el tráfico de drogas, podrían inculparme fácilmente, sería una manera limpia de deshacerse de mí.

—Solo espero que esto se calme. —Respiro hondo—. En serio, solo quiero amarte, tener sexo, divertirme y pasármelo genial, tener unos pocos dramas normales y graduarme. Siento que esto me empuja a...

A ser más de lo que debería, a dejar de ocultar esos rasgos cuestionables en mí.

—¿Lorcan te dijo algo al respecto? —pregunta con precaución, como si temiera la respuesta.

—Aún no.

La miro fijamente recordando las últimas palabras que dijo el tipo moribundo, de las que todavía no hemos podido conversar.

—Esto no tiene que ver con Bryce, Clover —le digo sin desviar la mirada de la suya.

Da un respingo y me observa como si acabara de decirle que el sol no existe.

—¿Qué?

—Uno de esos tipos me lo dijo antes de... irse.

—Pero..., si no es él, ¿quién se supone que es?

—¿Conoces a alguien apodado «la Cobra»?

Parpadea un par de veces antes de negar con la cabeza y musitar un «no».

—¿Por qué tendría que saber quién es?

—Porque fue un mensaje para ti.

De acuerdo, debería haber sido más sutil. Sin duda, han sido unos días muy emotivos para mí y parezco una máquina increíble que dispara a diestro y siniestro mi cinismo y estrés por la situación.

Sé que no terminaré en la cárcel, pero la situación es estresante para mi familia y solo hace que los rumores parezcan más reales. Además, siento que el decano, el rector y el consejo tienen la vista puesta en mi culo irlandés y que si no me han echado es porque no quieren arruinar la reputación de su «intachable institución», ya que soy el mejor de la facultad y soy muy querido, incluso en este momento.

—Vamos, te lo explicaré de camino al hospital.

—¿Estás cabreado conmigo? —pregunta, encogiéndose un poco.

Me maldigo y rodeo el auto para ir hacia ella y abrazarla.

Estoy cabreado con la situación, pero no con mi trébol.

—No, mi vida —susurro con cariño. A veces realmente siento que se convierte en mi vida.

Soy tan romántico que incluso he llegado a considerarla los pulmones que me dan oxígeno, así de intenso soy.

—No estoy cabreado contigo, no hiciste nada malo. Porque si marcó supuestamente a un o una tal Cobra, alguna razón habrá, solo necesito que me la diga, porque no entiendo qué sucede.

—Te juro que no conozco a nadie que se llame Cobra.

—Está bien, te creo.

La abrazo y le doy un beso en la cabeza. Sé que comienza a sentirse ansiosa con esta información, debí decírselo con más tacto.

Permanecemos unos minutos así, y de forma tardía me llega un pensamiento: ¿y si no se trata de que no lo sepa, sino de que no lo recuerda? Tal vez aquella tarde...

—¿Podemos ir ya a ver a Maida y Kevin? —susurra, y asiento.

—Sí, vamos, mi trébol.

Kevin fue operado de emergencia debido a que una bala le impactó en el hueso de la pierna y tuvo una fuerte hemorragia. Por un momento se habló de amputarle la pierna, pero por fortuna se encuentra estable, con clavos intramedulares, y deberá hacer rehabilitación y sesiones de fisioterapia ambulatorias y domiciliarias para una mejor sanación y comodidad. No se sabe a ciencia exacta cómo será la movilidad de su pierna al terminar, tal vez tenga una movilidad parcial o reducida, pero somos optimistas y creo firmemente que estará bien con el paso del tiempo.

En cuanto a Maida... Consiguió despertar, pero no es la misma. Perdió el ochenta y seis por ciento de la vista del globo ocular izquierdo y los golpes de la cabeza le afectaron al cerebelo, comprometiendo la capacidad de respuesta motriz del lado derecho. Responde con al menos cuatro segundos de retraso y tiene problemas de equilibrio. Estos daños dificultan que pueda ejercer como médico forense, lo cual le ha arruinado sus sueños. Odio no haber podido hacer más por ella, me duele y me hace desear haber hecho más lenta la muerte de su atacante.

Ambos lidian con las secuelas de maneras diferentes. Tratamos de mantenernos optimistas y ser su mayor apoyo, pero sabemos que no podemos entender cómo se sienten. Sin embargo, estaremos a su lado en el proceso de adaptación y recuperación.

Al final suspiro, libero a Clover de mi abrazo y le abro la puerta del auto. Al girarme, mi mirada se encuentra con los ojos grises de Jagger, que me observan con intensidad. Ladea la cabeza y escribe rápidamente un mensaje en el móvil, y segundos después mi teléfono vibra. Cuando lo desbloqueo, leo su mensaje.

Jagger: te vi la noche de tu cumpleaños

Arqueo ambas cejas y me mordisqueo el labio inferior antes de responder.

Callum: por tu bien espero que me vieras únicamente bailando

Jagger: y bebiendo

Callum: nada más

Jagger: nada más

Me guardo el teléfono, le doy un asentimiento, que me corresponde, y subo al asiento del conductor. No quiero comprobar si sabe lo que hice, así que no se lo pregunto. No necesito saberlo y, por su bien, estoy seguro de que entiende que nadie más debe saberlo.

Él es bueno guardando secretos, y sonrío, porque en el fondo sé que en un futuro es posible que use esta carta para su beneficio, para que lo ayude.

36

COSAS DEL AMOR

Callum

Mantengo la mirada clavada en el gran ventanal del costoso hotel con vistas a la ciudad.

Me gusta pensar que conozco bien Nottingham, aunque paso más tiempo en los alrededores del campus que en el centro de la ciudad. Desde aquí puedo apreciar parte del centro, y es hermoso con su rica arquitectura histórica y las luces brillantes. Podría decir que es una ciudad romántica si dejara a un lado el puto detalle de que aquí he pasado los momentos más precarios de mi vida.

Cuando elegí estudiar Criminalística, sabía que no era una profesión tranquila, y menos teniendo en cuenta las especialidades que espero hacer después. Sin embargo, no esperaba todos los peligros que he vivido como estudiante.

—Nadie creería que la preciosa ciudad de Nottingham sería el escenario de tantas tragedias para una parte de la población estudiantil —digo, pero no recibo respuesta.

Es curioso que la Universidad de Nottingham, ampliamente conocida, represente la vida universitaria normal de la ciudad mientras que la Ocrox, una de las más importantes del mundo y segunda en la clasificación global, se ha convertido en la pesadilla de algunos.

El ventanal muestra mi reflejo, a pesar de que no es muy nítido. Observo mi cabello pelirrojo enroscándose en las puntas, porque no lo he cortado recientemente, y mi piel pálida en contraste con la camisa de color tinto de cuello y mangas largas. Aunque el reflejo no es muy potente, me permito mirarme a los ojos de nuevo preguntándome por qué se ven verdes brillantes, cómo es que no muestran lo que he hecho, lo que estoy dispuesto a ser.

Soy un ser humano capaz de llevar a cabo acciones sin sentir ninguna culpa ni arrepentimiento y luego mentir al respecto. Haber estudiado el lenguaje corporal desde que era adolescente me ayuda a saber cómo actuar y parecer normal, como la sociedad espera de mí. Porque el mundo no acepta bien lo diferente ni los cuestionamientos; está formado por un conjunto de reglas sociales que no se disputan ni modifican. Yo no encajo, a mí me considerarían peligroso, y cuando lo diferente te da miedo, tiendes a intentar destruirlo. Pero, ¡joder!, a mí nadie me destruirá.

—¿Crees que algún día me arrepentiré? —pregunto. Le doy un sorbo a mi trago y me volteo.

El tío Lorcan, que se encuentra sentado en una silla que parece un trono, moviendo en una mano su whisky y mirándome de manera calculadora, ladea la cabeza apenas un poco antes de responderme.

—La gente como tú no se arrepiente, Call-me. Eres un peligro para la sociedad.

—¿Qué significa eso? ¿Que vas a esconderme?, ¿entregarme? —me burlo, apoyando la espalda en el ventanal.

—Significa que el mundo tiene suerte de que no seas un villano y que, sin duda, eres capaz de cualquier cosa si te lo propones. Quemarías el mundo por la gente a la que amas y también a tu conveniencia, por tus intereses, que no creo que sean nobles o colectivos. No eres un enemigo fácil, pero hay que admitir que eres leal. En mi mundo, la lealtad es importante, es un rasgo clave para determinar tu valía y tu vida.

—Pero no soy de tu mundo.

—¿No lo eres? —Arquea una ceja—. Porque parece que te he visto más de lo necesario, que te he prestado lo que llamas «mis servicios» y, familia o no, todo tiene un precio, Call-me.

—¿Qué? ¿Vas a reclutarme? —Me doy unos golpecitos en el muslo con el vaso.

Para ser honesto, podría imaginar una vida en la mafia, pero no me apetece. No puedo trabajar para ellos abiertamente, porque sé que rompería el corazón a mis padres y los amo demasiado como para hacerles enfrentarse a tal decisión. Si por ahora he hecho acercamientos a la mafia es porque no son públicos ni oficiales.

—No lo haré de modo oficial, pero tengo que reconocer que serías muy útil —responde. Se pone de pie y mete la mano libre dentro de la parte delantera de su pantalón—. Vi el cuerpo que destripaste. Fue sucio, pero aun así dicen que tu incisión estaba hecha para que sufriera antes de morir, sabías dónde iniciarla y dónde terminar. Aunque puedes asesinar con facilidad, no es eso lo que usaría de ti.

Camina hasta mí, se detiene a una distancia prudente y con dos dedos me da unos toques en la sien.

—Esto es lo que me interesa: tu inteligencia, tus conocimientos. Eres muy listo y frío, recuerdo cómo estudiaste el cadáver y apuesto a que podrías descubrir cosas mucho más rápido sobre esos agentes tóxicos que el equipo encargado. —Da un paso hacia atrás—. Gradúate, continúa aprendiendo, consigue un buen puesto de trabajo y ten siempre tu teléfono a mano para cuando vuelva a necesitarte.

Toma el abrigo y me hace un asentimiento para que lo siga. Dos hombres caminan detrás de nosotros mientras me pongo mi abrigo beige. Una vez le pregunté por qué sus hombres iban detrás y no delante, a lo que me respondió que es más difícil atacar por la espalda a los enemigos que enfrentarse a la muerte de frente. Pensé que solo alardeaba, pero creo que ahora le encuentro sentido.

Tras salir del ascensor, vamos a una de sus camionetas oscuras. No hago preguntas cuando me subo, porque he aprendido a confiar en él con mi vida y también porque estoy procesando que este cabrón al que llamo «tío» tiene mi lealtad. ¡Por todo el oro de Irlanda! Yo haría lo que me pidiera, porque se ha convertido en una figura de autoridad y protección en mi vida.

Sí, puede que me diga que le debo un favor y que lo cobrará a su manera, pero no tenía obligación de salvarle el culo al hijo molesto de su mejor amigo ni mucho menos a su novia y, sin embargo, siempre ha respondido a mis llamadas.

Es mi familia, y no un familiar horrible a quien quieres darle la espalda. Me preocupo por él.

Mi teléfono vibra y al sacar descubro un mensaje de Clover.

> **Mi trébol:** vienes, vemos una peli, comemos, follamos y dormimos juntos?

Parece el plan perfecto, pero no sé hacia dónde me dirijo.

—¿Esto tomará mucho tiempo? —pregunto a Lorcan, que está buscando algo en el teléfono.

—Vamos a cenar y me explicarás muy detalladamente tu plan de vida. No me iré de aquí hasta que considere que es idóneo para que sobrevivas, me seas útil y no te conviertas en un talento desperdiciado.

—Solo tenías que decirme «sí».

> **Callum:** lo siento. No podré desocuparme hasta dentro de unas horas

> **Callum:** no llegaré a cenar, pero si aún quieres la peli y follar…

> **Mi trébol:** trataré de esperarte despierta, pero aunque no sea así, ven a dormir conmigo. Usa tu llave

Estoy deseoso de que se mude conmigo, casi desesperado. Se suponía que lo haríamos el fin de semana siguiente a mi cumpleaños, pero entre las investigaciones sobre mí, el ambiente sombrío del campus, el papá de Clover inquieto, que estuvo dos semanas enteras en Nottingham y la recuperación de nuestros amigos, lo aplazamos a este finde.

Han pasado tres semanas y media desde la fiesta y podemos decir que las cosas comienzan a normalizarse. La Universidad de Ocrox es experta en olvidar, en fingir que no ocurrió nada y pasar página. Lo curioso es que mi cumpleaños es catalogado como uno de los mejores.

Para mí no es fácil olvidar lo que sucedió, y no solo por lo que hice, sino también al ver a Maida, a mis hermanas, que se fueron una semana y media después con nuestros padres, a Kevin con las muletas o apretando los dientes cuando finge que no le duele y que no está enfadado… Al pasar por el memorial de los fallecidos o cruzar la mirada con alguno de los heridos.

Lorcan ha esperado hasta tener un hueco libre para venir a hablar conmigo y darme respuestas. Llegó hace unas horas y se irá esta madrugada.

Amañó las investigaciones, eso explica por qué terminaron tan rápido. Me declararon una víctima más y concluyeron que eran problemas de una pandilla con un estudiante fallecido que estaba metido en drogas. Para mí fue otra prueba de que la justicia se compra si tienes los contactos correctos, de que no puedes confiar en las autoridades, aunque la manera descarada e hiriente con la que cerraron el caso de Lindsay ya me había advertido de que no podía confiar en la supuesta justicia.

Suspiro y le escribo un mensaje rápido a Clover para decirle que llegaré tarde. Me responde con una selfi de ella sonriendo, y con el pulgar acaricio su rostro. Clover no me pregunta por qué llegaré tarde, sabe que estoy con Lorcan. Aún le desconcierta que lo sucedido no se debiera a Bryce y la frustra no saber de qué Cobra le habló, lo que nos lleva a conversar una vez más sobre sus recuerdos perdidos, pero, como siempre, se incomoda, termina poniéndose a la defensiva y quedamos al borde de una discusión.

No quiero presionarla, porque ahora yo también tengo secretos, pero me preocupa que finja que ha sanado, el falso optimismo cuando habla de estar superándolo y el misterio de la terapia.

Terapia que sé que no está recibiendo.
Cada vez que me miente me aparece una grieta en el corazón. Duele, pero más me afecta que se mienta a sí misma.
Bloqueo el teléfono y respiro hondo observando las luces de la ciudad por la ventana. Nottingham es preciosa, elegante y distinguida. La encuentro mucho más hermosa que el lúgubre y aburrido Londres, se ha vuelto mi ciudad, ha forjado mi carácter.

—Ericka es la hija bastarda de Linus, el hijo de uno de los capos de los Fischer —me dice Lorcan, y me giro para mirarlo—. No está reconocida porque es hija de una de las mujeres que Linus robó y prostituye manteniéndola adicta a la droga. Le encanta esa mierda de robar mujeres y venderlas, le pone la polla dura.

Mi mueca de asco tiene que ser bastante evidente.

Estoy cansado de escuchar ese puto apellido, era feliz cuando no sabía de ellos.

—Aunque sea su bastarda e hija de lo que abiertamente llama «una puta sin valor», digamos que la quiere o, al menos, le es útil. Ella debe de tener problemas de papá y una extraña necesidad de tener su aprobación. —Pone los ojos en blanco—. El tema es que Bryce a veces la usa para sus idioteces.

Deja que las palabras se asienten en mí.

—Déjame adivinar —digo fastidiado—. A Ericka la llaman «la Cobra».

—Qué inteligente —responde con burla.

—¿Y por qué esta mujer vino a por mí como un mensaje para Clover?

—Tiene una cicatriz profunda desde aquí —explica, apuntándose la esquina del ojo izquierdo— hasta aquí. —Termina señalándose el labio inferior.

Las palabras sobre marcar a la Cobra que me dijo ese tipo antes de morir comienzan a tener sentido, pero...

—Es una cicatriz bastante fea. Dos centímetros más y le habría comprometido el ojo. Le quitó un trozo del labio superior, que quedó deformado. También recibió una herida en el bajo abdomen. No sabes lo que puede hacer una llave bien usada, oxidada y sucia, pero creo que le enfada más su cara que haber sido apuñalada con una llave.

Me mira fijamente y luego chasquea la lengua.

—¿Tu novia te lo cuenta todo?

—Sí, o al menos casi todo.

—«Casi todo» —repite pensativo—. Parece que dejó de lado algo importante.

—No desconfiaré de Clover —digo con firmeza.

—Clover fue quien la desfiguró y la apuñaló.

—Me parece que hay una confusión.

—No hay confusión en destrozarle el rostro a alguien. ¿Sabes los dientes diagonales que tienen algunas llaves? Créeme, fue un corte bastante feo y profundo. Además, supongo que Bryce no hizo un buen trabajo al coserla.

—No lo entiendes. Clover no la conoce y no...

¡Por los duendes malditos!

Esa mañana.

Esa tarde perdida.

Los recuerdos bloqueados.

La única razón por la que Clover lastimaría a alguien es para defenderse... Y entonces recuerdo la llave ensangrentada. En ese momento no le dimos importancia debido a que estábamos preocupados por Clover.

—Parece que ahora lo crees.

—Clover... no lo recuerda. —Me paso una mano por la boca—. No tiene ni puta idea, y esta mujer le guarda rencor. Tuvo que hacerle algo para que mi trébol... Debo eliminarla, no puedo dejar que esté libre por el mundo...

—No puedes eliminar a cualquier persona sin consecuencias —me corta—. Es hija de Linus y, a su manera, la quiere. Si le tocas un pelo, él actuará y, como yo te he salvado el culo, será un conflicto de intereses. No puedes tocarla si ella no te ha afectado directamente.

—¡Intentó matarme para llegar a Clover!

—Pero no lo logró y eliminamos las pruebas. Si la atacas, parecerá que des el primer paso. Y, seamos honestos, ni siquiera sabes dónde está ni cómo es, y no te lo diré para que arruines tu vida y consigas que te maten. Eso les dolería a Donovan y Erin.

—¡Ah! Así que ahora sí pensamos en mamá y papá —digo con sorna, sin que me importe una mierda.

—A veces pienso en cortarte la lengua, a ver si mides mejor lo que dices.

—Entonces me siento y, tal como pasó con Bryce, espero a que esta cabrona venga a por mí. Maravilloso.

—Ya no eres asunto de Bryce, ese mocoso no tiene intenciones contigo. Casi diría que te respeta por lo que hiciste.

—No me sorprende, claramente está desequilibrado.

—No puedo tocar a la hija de Linus sin razones válidas, Call-me. Creo que podría retroceder al ver que su plan salió mal y que no eres un conejito tranquilo. No está obsesionada, simplemente enfadada, pero no tiene tiempo para enfocarse en ustedes y no es muy inteligente. Prueba de ello es la mala ejecución de su venganza.

El auto al fin se detiene en el estacionamiento de un lujoso restaurante al que nunca había ido y al que traeré a Clover en una cita en algún momento.

—Dices que no puede ser eliminada ni sancionada hasta que meta la pata en algo relacionado con tu mafia y deba pagar por ello —digo con calma—. Entonces necesitamos un señuelo, tiene que cometer un error o ser incriminada. Puedes hacer eso, Lorcan.

—Puedo, pero ¿por qué hacerlo? Ya sabemos que se dio cuenta de que no eres fácil de eliminar, no le interesas.

—Irá a por Clover.

Eso no cambia su expresión despreocupada. Lo entiendo, porque para él Clover es solo otra estudiante más, pero para mí es… todo, mi futuro, mis sueños, mi lugar seguro, mi amor. ¡Joder! Mis malditos pulmones, porque cuando estoy cerca de ella, respirar se siente mucho mejor.

—Lorcan, no sé si lo puedes entender, pero amo a esa mujer, ¿de acuerdo? Cuando veo un futuro, es con ella. Cuando pienso en niños, quiero tenerlos con ella. Cuando pienso en calma, es ella. Cuando siento dolor, es por ella. Y cuando pienso en amor, es ella.

»Haría cualquier cosa por Clover Mousavi, incluso matar. Iría a la cárcel por ella, me arrancaría la piel por ella. Llámalo «amor obsesivo, intenso, sorprendente o incomprensible», pero si a Clover le pasa algo, acabaré con el puto mundo, incluso con aquellos que podrían haberme ayudado pero no lo hicieron. —Ante mis palabras, arquea una ceja—. Vale, puede que yo sea un loco, un peligro para la sociedad o lo que quieras, pero Clover es un ser humano excepcional que nunca tendría que haberse visto envuelta en esto. Si marcó a esa basura, tuvo que ser por defenderse esa tarde traumática que le bloqueó los recuerdos.

»Trabajaré para ti si es lo que quieres. Haré cualquier sacrificio, pero ayúdame para que esa tal Cobra cometa el error que la lleve a su muerte.

—Los amores enfermizos matan, Call-me.

—Entonces el mío no lo es, porque mi amor por Clover me hace sentir vivo.

—¿No has pensado en que alejarte de ella y tomar caminos diferentes sería la solución para que todo mejorara?

Sí, me ha rondado la cabeza, pero soy egoísta. Leo muchas novelas y creo en el romance oscuro, por lo que tengo claro que me mataría verla con otros, que sería un bastardo infeliz y que ella me ama tanto como yo la amo. Además, separarnos no es garantía de que todo vaya a ir bien, hay un margen de error.

Este irlandés no se alejará de su trébol mientras ella me quiera a su lado.

No le respondo al tío Lorcan. En lugar de ello, lo miro hasta que suspira con fastidio.

—Tus deudas conmigo no dejan de crecer —dice, antes de abrir la puerta y salir.

Sonrío, porque eso significa «Bien, intentaré hacerlo».

E «intentaré hacerlo» significa «lo haré».

37

LOS AMIGUITOS

Clover

Mi mirada está en Kevin, que mantiene los labios apretados mientras observa a Oscar conversando con un chico que es amistoso con sus manos. No necesito preguntar nada para saber que está celoso e irritable. Está esperando a que Oscar vuelva con el hielo que fue a buscar, ya que la pierna de Kevin está hinchada. La tiene estirada sobre varias mochilas.

Estoy acostumbrada a ver todo tipo de cosas en el cuerpo humano, pero ver ese metal clavado en la carne de mi amigo, sabiendo que le duele, me hace sentir mal y me revuelve el estómago.

—Tal vez algún día al fin llegue con el hielo —bromeo.

—O quizá ya se derritió —responde, y aprieta los labios cuando hace un leve movimiento que parece dolerle.

Es horroroso que Kevin haya sido herido y de algo tan duradero. Pasa mucho tiempo con dolor, sobre todo ante el frío o cuando apoya sin querer el pie o hace movimientos bruscos. La rehabilitación es dura, lo sé porque lo acompañé a dos sesiones cuando Oscar no podía. Le fastidia y abruma depender de otros y, además, es Oscar quien ha asumido gran parte de su cuidado, lo que lo tiene aún más tenso.

Le retiro el cabello castaño de la frente, que comienza a humedecérsele con sudor por el evidente malestar físico, y sus ojos verdes muy claros se enfocan en mí. No son capaces de ocultar cuánto le duele.

—¿Quieres que te ayude a volver al piso?

—Olvídalo, dolerá más si me pongo en movimiento ahora, antes de desinflamarme, y me niego a tomar un puto calmante. No me haré adicto a esa mierda. Puedo con esto.

Miro con fijeza a mi amigo, que me dedica un intento de sonrisa. Me es inevitable no percatarme de las profundas ojeras y de que su rostro se ve más delgado y pálido.

—Estoy bien, mi querida Canela Pasión Oriental. Sobreviví a un tiroteo, puedo con esto. Sé que me veo fatal, pero, aunque es peor de cómo luce, saldré de esta.

Le creo, así que asiento y lo tomo de la mano cuando se encorva y entrecierra los ojos ante el dolor. Se lleva la otra mano, temblorosa, hasta el muslo, como si por un momento pensara que así aliviaría el dolor.

—Kevin, un calmante no te hará adicto. Se ve claramente que te duele muchísimo.

—Ya he tomado uno y medio hace dos horas —responde, apretando los dientes. El cabello se le pega a la frente sudada—. Debo aguantar, distraerme. Hablemos de algo.

—¿Cómo vas con todo esto de que Oscar esté cuidándote?

—¿De verdad, Clover?

—Fue lo primero que me vino a la mente, pero puedo cambiar de…

—Me gustaría que no lo hiciera, que no me cuidara. —Clava la mirada en su pierna—. Es una mierda que tenga que cuidarme después de lo que pasó, de lo que cree que le hice, y es horrible que te cuide alguien que… Olvídalo. —Suspira—. Tengo mucho dolor y no pienso bien.

Entiendo que no quiera hablar más de ello, así que permanezco en silencio a su lado hasta que Oscar al final se despide de su nuevo mejor amigo y llega hasta nosotros. Por fortuna no se ha derretido todo el hielo, que lleva envuelto en un pañuelo y lo presiona con cuidado sobre la pierna de Kevin, que se dedica a mirarlo. Cuando la mirada de ojos color avellana de Oscar se alza, le sostiene la suya a Kevin y de nuevo me siento como hace unos meses, cuando su tensión me asfixiaba y creía que sobraba.

Una risa aguda conocida nos hace volvernos. Nos encontramos a Maida a caballito sobre la espalda de Stephan, que trota hacia nosotros mientras Callum lamentablemente conversa con Christian, que, gracias al cielo, se aleja tras saludar con la mano a Kevin.

Maida ríe cuando Stephan se vuelve. Sonrío, porque es el reflejo del optimismo, de afrontar las cosas con paciencia, tranquilidad y encontrar lo positivo en todo. Maida tiene graves secuelas y lloró cuando supo que no podría ser médica forense, pero luego prefirió enfocarse en el hecho de que está viva, que conserva la totalidad de otros sentidos y que, aunque perdió mucha capacidad visual y su respuesta motriz inmediata, podría haber sido peor.

Cuando apenas le dieron el alta en el hospital, me pidió que me sentara con ella en su residencia y la ayudara a evaluar todas las otras opciones que tenía para ejercer tras graduarnos, dentro de unos meses. En ese momento fui yo la que lloró ante su entusiasmo y determinación. Se mudó dos semanas después con Edna al piso donde yo solía vivir, porque sus padres temían dejarla sola en la adaptación de los cambios físicos en su vida, y porque Edna la obligó.

Nunca había visto a Edna tan dedicada al cuidado de otra persona como con Maida. Aunque me pongo un poquito celosa de que se acerquen más de lo que yo estoy unida a ellas, me siento feliz.

En cuanto a Stephan, siempre estuvo en el hospital con Maida. Se ha convertido en un increíble amigo para ella: se encargó de llevarle comida saludable y libros, y me quitaba los apuntes para dárselos. Siento que eso los unió más, y al menos una vez al día lo verás acompañándola a clase o en la cafetería conversando.

Han pasado dos meses y medio desde la fiesta de cumpleaños de Callum y, aunque casi todo ha vuelto a la normalidad, algunas cosas no. La gente aún murmura sobre mi novio y algunos rumores son descabellados mientras que otros acertados. Lo tratan con respeto y admiración, pero también veo algo de miedo.

A pesar de que confío plenamente en Callum, en mi interior sé que algo pasó esa noche cuando estuvimos separados, pero él no lo dice.

Las cosas han estado calmadas y Lorcan mantiene un ojo en ello. A estas alturas no sé cuántos favores le debemos al mafioso, pero lo cierto es que por ahora nuestros problemas se reducen al trabajo final, a la respuesta de los posgrados en caso de que hayas aplicado a alguno, al estudio final de un cadáver, a las prácticas, a los dramas universitarios comunes y al hecho de que a mi papá no le cae bien el padre de Callum, un sentimiento que es mutuo.

Pero son problemas aceptables.

Bueno, no todos. No puedo ignorar que he vuelto a tener varias noches de insomnio en las que oigo voces de ese día que no recuerdo. Lo más duro es sentir manos en mi cuerpo, sentir la desesperación de algo que no sé, y a veces el corazón se me acelera mientras pienso «Tengo que decírselo, tengo que decírselo», pero no sé qué ni a quién.

Es jodido, doloroso y molesto que el tiempo haya pasado, que ese día todavía me persiga y que, por no querer recordarlo y por sus secuelas, me haya convertido en una mentirosa horrible con Callum.

Miento sobre recibir terapia por videollamada, miento sobre hablar muchas cosas con mi terapeuta y estar mejorando. Ya ni siquiera le menciono mis noches de insomnio, y generalmente, cuando me nota extraña, cansada, con ojeras o evidencia de alguna crisis de llanto, es fácil atribuirlo al estrés del trabajo final y a los nervios de las prácticas en la morgue de uno de los hospitales de la ciudad.

Tengo que decirle la verdad, pero admitir que he mentido me llena de ansiedad, porque me doy cuenta de que he faltado a la confianza que hemos construido.

—¿Soy invisible para mi trébol? —pregunta Callum, agachado frente a mí, y le sonrío.

—Sabes que eso no es posible.

Me guiña un ojo antes de darme un beso en los labios, girarse y dejarse caer sentado entre mis piernas abiertas apoyando la espalda en mi pecho. No dudo en envolverlo con los brazos mientras presiono la mejilla contra su suave cabello.

—¿Edna aún no ha llegado? —quiere saber Maida. Se sienta al lado de Kevin con ayuda de Stephan cuando parece que cede un lado de su cadera y que se caerá.

Todos fingimos no notarlo y ella le resta importancia antes de darle las gracias a Stephan y esperar a que respondamos. El ojo en el que perdió la mayor parte de la visión es ahora opaco, como si tuviese una malla, y el iris carece del vivaz color chocolate que siempre tuvo. Me ha llegado a confesar que a veces lo poco que ve con ese ojo le impide concentrarse. Se le reseca con mucha facilidad, le duele cuando debe dilatarlo con unas gotas y durante los días soleados deberá usar gafas de sol.

Es increíble cómo le cambió la vida.

—Estaba aquí, pero tuvo que irse para aprovechar diez minutos libres de la parca de su profesora —responde Kevin—. Está enloqueciendo con todo este asunto de prepararse para el juicio. Tiene sentido; si falla, no se gradúa. Es su equivalente al trabajo final.

—Lo hará genial, Edna es muy inteligente y nació para ser abogada —asegura Stephan antes de sonreírnos—. Conseguí hierba de la buena.

—Tú siempre consigues hierba —comenta Oscar, manteniendo presionado el hielo sobre la pierna de Kevin.

—¿Quieren venir esta noche a fumar a casa? —dice alegremente Stephan.

Y por «casa» se refiere a la que ahora también comparte conmigo, porque vivo con Callum desde hace poco más de un mes. Es la primera vez que me mudo con un novio en este caso, mi prometido. Aunque Callum y yo ya pasábamos bastante tiempo juntos y dormíamos el uno en casa del otro, se siente diferente ahora que es oficial.

Antes de mudarme ya conocía muchas de sus manías, por lo que el proceso de adaptación a la convivencia no ha sido una pesadilla. Admitiré que hemos tenido al menos un par de discusiones sobre la ropa sucia o las toallas en el suelo, pero el sexo antes de dormir y al despertar es increíble, y es emocionante percibir mi olor mezclado con el suyo, saber que estamos cerca y que nos conocemos todavía más. He entregado grandes partes de mi corazón al pelirrojo irlandés y, aunque cada día me asusta más el alcance de mi amor, también me parece una fantasía vivir este tipo de sentimientos y emociones.

Creo lo suficiente en nosotros para arriesgarme a mudarme con él sin habérselo dicho a papá, con quien discutí un poco por el compromiso con Callum, pero lidiaré con ello más adelante.

—Eso me ayudaría con el dolor. —Kevin acepta la propuesta de Stephan—. ¿Alguien puede pasar a por mí?

—Te llevaré —gruñe Oscar.

—A ti ni siquiera te gusta fumarte un porro, puedo ir con cualquiera de los demás.

—Dije que te llevaré y punto.

No paso por alto la sonrisa de Maida, porque, al igual que los demás, se da cuenta de que esto luce justo como al principio, cuando se gustaban y no se declaraban.

Oscar retira el hielo y luego todos lo observamos cuando se desinfecta las manos y le aplica con cuidado crema desinflamatoria en la pierna.

—Esto no te hará adicto y te ayudará —le dice, aunque tengo la impresión de que él no pretendía quejarse.

—Mi héroe. —Kevin finge un suspiro antes de poner los ojos en blanco, y lo curioso es que sé que Oscar y él reprimen una sonrisa.

—Estuve en la oficina del decano —anuncia Callum en un tono no muy feliz—. Me preguntó si los rumores sobre mí son ciertos...

—En caso de que lo fueran, ¿qué le hace pensar que lo reconocerías? —argumenta Oscar.

—Ingenuidad —responde Stephan—, pero mi machote no hizo nada de eso.

—Estoy limpio —asegura mi prometido.

—¿Qué más te dijo? —quiero saber.

—La universidad me está investigando por esos rumores. Sé que no encontrarán nada, pero me cabrea tanto esta actitud de mierda. ¡Ojalá actuaran así cuando suceden otras cosas en el campus!

—Como lo de Lindsay, que fue fuera del campus pero cerca, y era estudiante de la universidad —murmura Oscar—, o esas otras chicas agredidas.

—O los estudiantes que murieron por las drogas en fiestas —agrega Kevin.

—O el incremento desconcertante que tuvo hace tiempo la venta de drogas en el campus —finaliza Callum.

—¿Qué pasaría si encontraran algo en esta investigación? —pregunto preocupada.

Porque no hay pruebas de que él actúe como dicen los rumores, cada vez más ridículos, pero ¿y si lo inculpan? ¿Y si hay algo que no sé?

—Si encontraran algo, que no pasará, se irían a la mierda mis tres años y medio de estudio. Me expulsarían, posiblemente me vetarían de todas las sedes de Ocrox, y apuesto a que habría un escándalo.

—Pero no encontrarán nada —dice Maida pasados unos segundos, y la miro.

Sostiene la mano derecha, que en este momento permanece inerte debido a sus problemas de movilidad en ese lado del cuerpo, con la otra mano. Mi amiga ahora cojea, y tuve que reprimir las lágrimas el día que su pierna derecha falló y se cayó, raspándose la barbilla. Por eso, porque a veces el lado derecho deja de funcionar, siempre tratamos de acompañarla pese a que se ayuda con un bastón.

Pero lo intrigante en este momento es que tiene el foco de atención en Callum, que le responde algo a Stephan y dice que lo investigarán durante un par de meses. Maida no lo mira con miedo ni curiosidad, sino con respeto, y me atrevería a decir que agradecimiento. Cuando su atención recae en mí y se topa con mi mirada, me sonríe y le devuelvo el gesto.

Conversamos aprovechando el tiempo hasta la próxima clase. En algún punto, Callum alza la mirada hacia mí, inclina la cabeza atrás y lleva una de las manos hacia arriba para posarla en mi mejilla.

Siento sobre la piel la frialdad de su anillo, la promesa de legalizarlo algún día, y no puedo evitar bajar el rostro hasta el suyo e iniciar un suave beso en posiciones inversas que nos hace reír.

—En *Spider-Man* se veía más placentero —bromea.

Me da otro beso antes de volver a su posición apoyándose en mi pecho. Como me encanta atormentar mi mente, no puedo evitar preguntarme cuánto extrañaré estos momentos cuando, al graduarnos, Callum y yo tomemos caminos separados.

38

LA CUMPLEAÑERA

Clover

—¿Estás nervioso? —le pregunto a Callum, acostada a su lado en la cama. Me acomodo mejor la sábana por encima de las tetas desnudas para no distraerlo y apoyo la cabeza sobre la mano mientras mi codo sostiene el peso.

Mi pelirrojo irlandés está despeinado debido a mis manos, tiene un chupetón en el cuello y otro cerca de uno de los pezones perforados. Solo lleva puesto el bóxer, y sobre el regazo descansa su portátil mientras termina de adjuntar en el correo todo lo necesario.

—No —me responde, y se voltea para dedicarme una sonrisita antes de volver la atención a la pantalla—. Sé que ese lugar es mío.

—Qué sexy eres cuando estás confiado —digo con un fingido ronroneo que lo hace sonreír de nuevo.

Revisa una vez más que todo esté adjuntado y respira hondo antes de voltear hacia mí.

—¿Lo envío?

—Hazlo —lo aliento.

Y, tras otra respiración profunda, presiona el botón de enviar, aceptando la plaza de posgrado en la Universidad Ocrox de Berlín. Su especialización será en Ciencias Forenses y Física. Es increíble verlo alcanzar su meta. Había varias opciones, pero él ha tomado su elección.

La investigación que le hizo la universidad finalizó hace dos semanas. El decano se disculpó de manera renuente, pero también lo felicitó porque las Ocrox de Viena y Berlín lo habían aceptado para su posgrado, al igual que una importante universidad de Escocia.

Aún no hemos terminado las prácticas, y la defensa del trabajo final es en unos pocos meses, pero tanto él como todos estamos seguros al cien por cien de que conseguiremos graduarnos.

Me pone ansiosa la distancia que nos separará a Callum y a mí tras graduarnos; él estará en Alemania y, si tiro adelante con mis planes, durante un año yo estaré en Sudamérica, en Brasilia, conectando con mi cultura materna. Tengo confianza en nuestra relación, pero da miedo someternos a tanto tiempo separados y temo extrañarlo mucho, porque somos inseparables desde que nos hicimos novios, hace onces meses.

Hemos hecho muchas cosas juntos. Por ejemplo, en Año Nuevo pasó las fiestas con mi familia y conmigo en Londres; apenas estuvo dos días, pero fueron increíbles, porque estuvimos en casa conviviendo con mi familia. Y está entusiasmado porque en marzo podrá unirse a la celebración del Día Internacional del Nouruz, porque recuerda a la perfección cómo se lo describí la primera vez que nos sentamos a ver juntos un programa de televisión.

Nuestro amor es fuerte, siempre me sorprende su solidez, pero no puedo evitar temerle a la distancia.

—Enviado —anuncia. Cierra el portátil y lo deja a un lado mientras vuelvo a darle mi atención.

—Estoy orgullosa de ti —le hago saber por milésima vez.

—Tu orgullo me hace sentir más fuerte, mi trébol —me asegura, tomando en un puño la sábana y tirando de ella para revelar mis generosas tetas. Mis pezones no tardan en endurecerse bajo su mirada y el tirón de sus dedos expertos.

Su sonrisa me indica que ahora solo quiere concentrarse en mí, en mi cuerpo y en lo que podemos hacer, así que estiro la mano para tomar la suya que no me toca, me llevo a la boca el dedo donde tiene el anillo de compromiso y lo chupo hasta que la lengua se arremolina en torno a la pieza costosa y sus pupilas se dilatan. Me pellizca un pezón y me humedezco entre las piernas.

Ahueco las mejillas y le lamo el dedo como le gusta que le coma la polla. Cuando está lo suficientemente húmedo, pateo las sábanas, deslizo su mano hasta mi entrepierna y presiono y gimo antes de conseguir hablar:

—Méteme ese dedo —pido.

Primero me acaricia el clítoris para mojarme más, y cuando menos me lo espero, su dedo presiona en mi entrada y se hunde hasta que incluso el anillo se encuentra dentro de mí. Saberlo me hace gemir, y me arqueo y empujo contra su mano.

Su dedo me folla con lentitud, pero ambos sabemos que es solo un juego previo, porque no suelo correrme con un solo dedo y mucho menos si no juega con el clítoris. Sin embargo, me humedece hasta que se refleja en mis muslos internos.

—¿Cómo lo quiere la cumpleañera? —susurra con la mirada fija en su dedo, que entra y sale de mí.

Así es: hoy, 19 de enero, cumplo veintitrés años y, una vez más, vuelvo a ser mayor que él.

—La cumpleañera quiere que le des por el culo mientras le metes un juguete por delante —confieso. He estado fantaseando con eso.

Por un momento, el dedo de Callum se detiene en mi interior y su mirada conecta con la mía, pero se recupera y se lame los labios antes de curvarlos en una sonrisa que contiene promesas sucias.

—La cumpleañera se despertó salvaje.

Saca el dedo de mi interior, pero no va muy lejos, porque tira de mi cuerpo hasta el borde de la cama, cae de rodillas al suelo y se pasa mis piernas por los hombros. De nuevo, me mete el dedo con el anillo, pero esta vez también introduce el índice mientras me chupa el clítoris para hacerme gritar. Su lengua se pasea por los pliegues y se aplana para acompañar a los dedos en mi entrada, antes de que alce las caderas cuando me lame en el orificio fruncido que debe lubricar bien para la polla.

Callum juega conmigo, me prepara con dedicación y me saca dos orgasmos de manera experta. Luego, apoyada en las manos y rodillas, siento que empuja dentro de mí por lo que, elocuentemente, llamamos «la puerta trasera». Mientras me llena por detrás, se encarga de empujar un vibrador en mi entrada, así que me siento sobrestimulada mientras grito y apoyo la mejilla en la almohada debajo de mí.

Se oye el sonido de su piel chocando con la mía, y las sábanas se humedecen. Mi mano viaja entre mis piernas para jugar con el clítoris mientras él empuja una y otra vez el juguete y su miembro.

El orgasmo llega con fuerza y me hace gritar tanto que dudo que Stephan no lo oiga. Mis piernas tiemblan y colapso cuando se corre, y quedo en un estado adormilado mientras siento su nalgada y un mordisco en el lugar.

—Cómo me encanta salir con una mujer mayor —bromea, y sonrío de manera bobalicona.

Cierro los ojos, lo siento ponerse de pie y luego oigo los sonidos de unos cajones abriéndose y cerrándose antes de que la cama vuelva a hundirse a mi lado.

—Te amo —me dice con la voz cargada de sentimiento—, quiero pasar esta y todas mis vidas contigo. Mientras me quieras y aceptes, me tendrás. Llevo tu anillo con orgullo y quiero que tú también lleves el mío.

Noto algo frío deslizándose por el dedo anular y abro con rapidez los ojos. Me encuentro con sus ojos verdes y esa sonrisa encantadora, pero bajo la mirada a mi dedo, donde descansa una banda de oro delgada con incrustaciones de color jade discretas pero brillantes.

—Cásate conmigo, mi trébol.

Los ojos se me humedecen. Aunque nos comprometimos locamente en su cumpleaños, que ahora sea él quien me lo pide y me dé un anillo me hace sentir todo un revuelo en el interior. Tengo tanto pero tanto amor que no sé cómo me cabe en el cuerpo.

—Soy y seré tuya —susurro, conmovida por la simpleza de sus palabras, que también contienen mucho poder.

—No me robaste el corazón, Clover. Yo te lo entregué gustoso y no quiero que me lo devuelvas. Guárdalo tanto tiempo como desees, puede que esté en mi cuerpo para mantenerme vivo, pero late por ti.

—Te amo —susurro—, tanto pero tanto.

—Lo sé, mi vida, lo sé.

Deja caer la cabeza en la misma almohada que yo y nos miramos con ojos acuosos y sonrisas enamoradas mientras entrelaza nuestros dedos.

Más tarde, cuando me levanto de la cama y tomamos una ducha, veo la inscripción en la banda de oro:

«Contigo siempre 🍀🍀🍀».

No quise tener una fiesta de cumpleaños, y no se debe a cómo terminó la de Callum —al menos, no por la mayor parte—. Para mí, estar reunida con mis amigos en el jardín de casa bebiendo, escuchando música y conversando es perfecto.

Callum me abraza por atrás riéndonos de las ocurrencias de Stephan.

Kevin se ve cansado, porque hoy ha tenido una sesión de rehabilitación bastante dura, y Maida está dormitando con la cabeza apoyada en el hombro de Oscar, que frunce el ceño porque Edna juega con su cabello.

Poco después pasamos al interior de la casa para abrir los regalos, y la mayoría de ellos los han pensado muy bien. Se lo agradezco y reparto muchos abrazos antes de que cantemos la canción de cumpleaños feliz para que puedan irse a descansar.

Como regalo de cumpleaños adicional, Stephan me hace saber que se encargará de limpiar la casa, por lo que tomo una ducha y espero en la cama a Callum mientras hablo un rato con papá y reviso las redes sociales para responder los bonitos mensajes. Al de Frankie respondo de manera simple y cordial. Tengo varios mensajes suyos después de que discutiéramos sobre la «bromita», pero nunca los respondí; poner distancia fue lo mejor que podía haber hecho.

Cuando Callum vuelve a la cama, me acurruco con la mejilla contra su pecho y las piernas entrelazadas. Él juega con mi cabello.

—Tengo miedo de ir a Brasil —confieso.

—No lo entiendo, ¿te da miedo el país?

—No, no es eso. —Me aclaro la garganta y tomo su mano para juguetear con el anillo—. Me da miedo toda la distancia que habrá entre nosotros. Hay menos distancia de Londres a Berlín que a Brasil. Los vuelos son caros, los horarios, muy distintos, e internet...

—Clover Mousavi, no cambiarás de parecer porque tu prometido vaya a Berlín. ¿Te gustaría que renunciara a mi sueño por ti?

Sacudo la cabeza en negación y me acurruco más contra él.

—Yo tampoco quiero que hagas eso. Sé que asusta estar separados, pero somos fuertes y eres todo lo que quiero en la vida cuando se trata de amor.

—Me siento igual.

—Entonces sabemos que no buscaremos en otros lo que tenemos entre nosotros. Sé que te extrañaré con locura, pero también sé que cuando nos veamos será explosivo, y estoy orgulloso de la aventura que emprenderás para conectar con tus raíces.

—Tengo muchas ganas de ir —admito sonriendo—, de abrazar a mi familia materna y sentirme más cerca de mi mamá.

—Ya estoy ansioso por todas las fotos que me enviarás. —Me besa la frente.

Sonrío y alzo el rostro para mirarlo mejor.

—Y para tener buena suerte —dice con una sonrisa—: Clover, Clover, Clover.

39

EL REENCUENTRO DE LA FIESTA DEL AMOR

Clover

Sonrío a las personas que me saludan de camino al aula donde tengo la próxima clase e ignoro a los listillos que, como siempre, me hacen comentarios lascivos o insinuaciones. Les lanzo miradas robadas a los románticos, que hoy parecen más amorosos de lo habitual, y a las rosas, los globos y todos los regalos pomposos que están entregando.

Y es que hoy es San Valentín, un día que, si bien es considerado comercial, ocasiona que el ambiente se vuelva meloso, y la OUON no es ninguna excepción.

Llego hasta el aula y sonrío al ver que Maida ya se encuentra en nuestra fila habitual, con Callum sentado a su lado, conversando con entusiasmo. Mi amiga lleva puesto un vestido muy ajustado de color rojo con corazones blancos y unos broches de corazones dorados que hacen juego con sus aretes.

Subo las escaleras bajo la atenta mirada de ambos, respondiendo los saludos de la gente, y me deslizo al lado de mi irlandés. Sin decir palabra alguna, me toma la barbilla y me planta un beso húmedo muy dulce con un toque de pasión que me hace recordar que apenas esta mañana lo sentí dentro de mí. Para cuando libera mi boca, el labial le ha manchado los labios, y se lo limpio con los dedos, riendo.

—Amé tu nota de San Valentín —me hace saber, y sonrío con arrogancia, porque sabía que le encantaría.

Me he esforzado en dejarla en su auto después de que fuésemos a las primeras clases por separado. Es una carta corta, sexy, llena de elocuencia y referencias a la nota equivocada del año pasado, cuando nuestra verdadera historia comenzó.

Hace un año, nuestros labios se juntaron por primera vez y supe que él sabía que yo era el trébol de las notas.

Hace un año comencé a enamorarme de un hombre increíble con matices de muchos colores y complicado de explicar.

No puedo resistirme a darle otro beso. Luego me inclino sobre él y le planto un beso en la mejilla a Maida.

—Feliz San Valentín, amor —dice con entusiasmo.

—Feliz San Valentín. Recibí tu carta. Gracias, Maida.

—Y este año yo también he tenido una —celebra Callum.

—Es que también eres uno de mis amores —responde ella con una gran sonrisa—. Irán a la fiesta del amor, ¿verdad? Porque yo no me la pienso perder.

—Ahí estaremos —asegura Callum.

Miro al frente hacia Oscar y Kevin. Este último está frunciendo el ceño mientras Oscar vigila muy de cerca que suba las escaleras con las muletas sin lastimarse.

Qué diferente es todo del año pasado. Kevin y Maida no son los mismos, y los tortolitos calientes y enamorados de OK son exnovios y compañeros de piso.

No sé cuánto han acercado estos últimos meses a Oscar y Kevin o si tal vez aprendieron a reconstruir su amistad perdida, pero sé que al menos no son tan hostiles entre ellos, son más tolerantes.

Nos saludan al sentarse lado a lado, con Kevin junto a mí. Maida confirma que ellos también irán a la fiesta del amor y pronto me río, porque Oscar le pregunta a Maida por qué sigue siendo cursi en sus cartas, pero le sonríe porque sabe que forma parte de ella.

De alguna manera se siente como un déjà vu, pero con ciertos cambios, porque ahora, mientras bromeamos y hablamos del día del amor, Callum juega con mi anillo y yo no estoy angustiada por si me descubre y no hay notas equivocadas.

Sin embargo, hay algo nuevo en este San Valentín que no es bueno: mis mentiras, las malas noches y esa sombra persiguiéndome.

Para Callum, esta mañana salí temprano de casa para tener mi espacio en el campus y tener una cita con un terapeuta que no existe. Para Callum, hago ejercicios con el terapeuta para recordar y superar aquella tarde. Para Callum, a veces luzco cansada por el trabajo final y las prácticas. Y, para Callum, que hace una semana despertara con sensación de asfixia fue culpa del alcohol, aunque vi la incertidumbre y duda en su mirada.

Es un San Valentín en el que estoy enamorada, pero también tiene una nota agridulce, porque me doy cuenta de que no soy la mejor versión de mí misma.

Tengo la mirada clavada en el refresco y no puedo evitar hacer una mueca. Es una fiesta y me estoy absteniendo del alcohol con la esperanza de que eso me permita dormir sin pesadillas e infectada cuando vuelva a casa.

La marihuana y el alcohol podrían ser detonantes para relajar la mente y hacerme vivir esas historias de terror al dormir. Tal vez es una teoría errónea, pero no me cuesta nada intentarlo, teniendo en cuenta que cada episodio que he tenido ha sido después de beber o fumar un porro y que todo ha ido empeorando.

—La fiesta no consiste en beber —me animo, sonriendo.

—¿Te funciona bien hablar contigo misma? —pregunta una voz masculina.

En cuanto me vuelvo, encuentro a Jagger. Se ve tan bien como siempre, al menos físicamente, pero tan hermético y cerrado como en los últimos meses. Su posado inaccesible se ha reforzado desde lo sucedido con Lindsay.

Me pregunto cómo lleva la pérdida, la falta de justicia y todo lo ocurrido. ¿Habla con algún terapeuta? ¿Puede siquiera dormir? Después de lo de Lindsay, tuve noches difíciles por la impotencia, el impacto y el hecho de saber que yo podría ser una víctima, como miles de mujeres.

—¿Estás bien? —Por alguna razón, eso es lo primero que pregunto, y él se detiene a medias de tomar una lata de cerveza.

—Sí —me asegura con una sonrisa que no se ve falsa pero tampoco se siente bien.

No lo recuerdo como un muchacho risueño, pero tampoco tan distante y calculador.

—¿Y tú estás bien? —me pregunta, dedicándome toda su atención mientras da un sorbo a la bebida.

—Sí.

Ambos sabemos que somos dos mentirosos, pero fingimos creernos las respuestas.

Nos quedamos en silencio durante unos largos y tensos minutos, hasta que su amiga Maddie aparece y tomo la oportunidad para salir de aquel lugar cargado de nuestras mentiras. Voy directamente al estacionamiento, donde, como el año pasado, se ha reunido un grupo de personas bebiendo, fumando y conversando.

No tardo en localizar a Callum, Kevin, Maida y Stephan. Cuando los alcanzo, me reciben por todo lo alto. Riendo, abrazo a Maida y le beso la mejilla con fuerza antes de ir hacia Callum y plantarle un beso en el cuello.

—¿Refresco? —me pregunta Kevin con una mirada juzgona que me hace poner los ojos en blanco.

—Puedo divertirme sin beber, hoy estoy relajada con este tema. —Y, como puedo empeorarlo, agrego algo de lo que me arrepiento de inmediato—: Mi terapeuta me lo recomendó como técnica para estar lúcida y tener control sobre la mente para recordar…

—Oh, tiene sentido —dice Maida.

Sin embargo, siento que Callum se tensa a mi lado. Me vuelvo para mirarlo y veo que tiene los labios apretados y mira al frente, pero, tras sacudir la cabeza, me planta un beso en la sien y me atrae a su cuerpo apoyando mi espalda en su torso.

—¿Dónde está Oscar? —pregunto a Kevin.

—No vino porque no quiere verme. —Traga con fuerza—. Él lo sabe.

—¿El qué? —tanteo.

—Mis mentiras sobre dejarlo, lo que pasó realmente, mi cobardía y que tomé la decisión por ambos cuando terminé las cosas de esa horrible manera. —Emite una risa sin humor—. Si antes no me odiaba, quizá ahora sí lo hace.

—Como si pudiese odiarte —dice Maida—. Odiar es solo otra cara del amor cuando se trata de amantes. ¿Sabes cuánta fuerza conlleva odiar? La misma que amar.

—Es una lógica interesante —asegura Stephan, pellizcándole la mejilla a Maida, y esta le dedica su nueva sonrisa ladeada debido a que el lado derecho no responde con tanta rapidez.

Me gustaría poder decir que Maida ha mejorado, pero la respuesta motriz del lado derecho se ha vuelto un poco más lenta. Sin embargo, está esforzándose con los ejercicios de rehabilitación para luchar contra ello. Su objetivo es mejorar, y confío en que lo logrará.

—Su odio no se siente como su amor —concluye Kevin, apoyando el culo en el capó del auto de Callum para descansar las piernas y no depender de las muletas.

—¿Y Edna? —me pregunta Maida, que sabe que estábamos juntas.

—Se quedó con un compañero de clase, había chispas.

Todos le dan una mirada disimulada a Stephan, que se da cuenta de inmediato.

—¿Por qué me miran así? Cuando estábamos juntos nos liábamos con otros, y ahora que pusimos fin al sexo, es mucho más normal ligar con otros.

—¿Ya no follas con Edna? —interviene Kevin—. Genuinamente pensaba que se enamorarían como un cliché de comedia romántica.

—Lamento romper tu cliché, pero terminamos muy bien. La quiero, pero como una amiga, y sé que ella se siente igual. Lo pasamos bien, pero ya está.

—Gracias por conseguir no arruinar nuestro grupo de amistad —dice Callum, y Stephan le da un asentimiento.

Maida menciona algo de su trabajo final y la conversación se desvía hacia este tema. Callum me rodea con el brazo y me susurra en el oído:

—¿Estás bien?

—¿Por qué no lo estaría? —pregunto, ladeando la cabeza para mirarlo.

Sus ojos se posan con atención en mi rostro como si buscara y esperara algo. No sé de qué se trata, pero me siento como si fallara en una prueba importante cuando suspira y me dedica una sonrisa que no le llega a los ojos.

—Así que cero alcohol por recomendación de tu terapeuta, ¿eh? ¿Cómo lo llevas?

—Bien, no me siento en abstinencia —respondo con rapidez.

—Qué bien.

Me besa en la mejilla con suavidad antes de que me libere del abrazo y se ubique a mi lado sin hacer ningún tipo de contacto físico. Me siento rara por ese intercambio y lo miro mientras conversa con nuestros amigos. Luce relajado, pero no parece real, me da la impresión de que contiene las emociones, y yo siento un nudo en mi interior por agrandar las mentiras.

Mi teléfono vibra y al sacarlo descubro un vídeo de un número oculto. Es inquietante. Se ve una serpiente rodeando a un ratón, acechándolo, deslizándose alrededor de él, levantando la cabeza, lista para atacar. Al alzarse revela una especie de capucha y luego escupe el veneno hacia el roedor antes de atacar y comérselo.

Sé que así funciona la naturaleza, pero recibir este tipo de vídeo es un símbolo.

Es una cobra matando a su presa.

Mi teléfono vuelve a vibrar.

> **Número oculto:** el ratón no eres tú, puede ser cualquiera...

Luego llega otra foto: parte de una profunda cicatriz que comienza en la esquina de un ojo azul pálido. En ese pequeño parche de piel hay escritas con rotulador rojo las letras «HVD», sigla que reconozco como «Happy Valentine's day».

Pero todo desaparece con rapidez, sin dejar rastro, y me hace pensar si lo imaginé...

—Resulta que al final Oscar sí decidió venir. —Oigo a Stephan.

Quito la atención de mi teléfono para mirar al frente. Oscar se nos acerca con paso decidido, y Kevin se incorpora del auto y se acerca a mi lado como si buscara apoyo.

El recién llegado no nos saluda, solo lanza una mirada contundente a Kevin antes de trepar sobre el auto de Callum y ponerse de pie en el capó.

—Lo estás ensuciando —se altera Callum, pero Oscar lo ignora.

La mayoría de la gente lo mira, y no porque sea infinitamente atractivo, sino porque intuyen que algo pasará.

—Me odia —murmura Kevin, esperando lo peor, al igual que todos.

—Creo que dará un discurso épico —dice Stephan, cautivado por lo que promete ser un gran chisme.

Al final, Oscar comienza a hablar:

—Mi nombre es Oscar Coleman García y mi mamá es imbécil.

—Hola, Oscar —gritan Stephan y Callum al mismo tiempo, y se ríen.

La música suave que sonaba desde uno de los autos se detiene.

—¿Por qué digo que mi mamá es imbécil? Porque cree que soy defectuoso, ya que me gustan las mujeres y los hombres. Porque, cuando supo que tenía novio, pasó de llamarme su «amor más puro» a «la abominación que debería haber abortado».

—Su mamá es una maldita —murmura Stephan.

—Pasé de ser un niño de mami a uno sin mamá. Me dolió horrores y no sabía cómo procesarlo. Sin embargo, mi novio de ese momento me apoyó y me recordó que yo no había hecho nada malo. —Traga, y Kevin sin darse cuenta se apoya en mí—. Supongo que aprendí a vivir con el hecho de que mi madre es imbécil.

—Qué difícil —masculla Callum—. Esa horrible mujer…

—Fui tentado a ir a una de sus fiestas y llevé a mi novio conmigo. Ella fue abiertamente homófoba, pero yo estaba lo suficiente necesitado como para hacer oídos sordos. Desde entonces, la relación con mi novio no volvió a ser la misma. Pasaron cosas que no les diré…

—¡Da el chisme completo! —le reprocha alguien, y él le muestra el dedo corazón.

—La cuestión es que mi exnovio me dijo muchas idioteces y me hirió con sus acciones, y yo dije cosas de las que me arrepiento. Me sentí traicionado y abandonado…

—¡¿Qué le hiciste, Kevin?! —grita otra persona.

—Tengo que irme o acabaré crucificado —dice Kevin, alterado, y se aleja de mí.

—Es un jodido imbécil… —prosigue Oscar.

—Comentario innecesario —susurra Callum.

—… Porque me hirió pensando que me hacía bien, y me siento como una mierda por no darme cuenta de que mi novio jamás me haría esas cosas, que tuvo que haber pasado algo con la imbécil de mi madre. Estoy cabreado porque me mintió e hizo todo esto difícil, porque perdimos importantes meses y me hizo desear odiarlo, que me ahogara de tan solo imaginármelo con alguien más. —Mira directamente a mi lado—. Estoy cabreado contigo, Kevin.

—Nada nuevo —consigue decir.

—Estoy cabreado porque pensabas que me cuidabas, pero no cuidaste de ti, de tus sentimientos. Y no creo que mi molestia desaparezca tan fácilmente, porque quiero gritarte un montón, pero quiero más… Quiero estar cabreado contigo mientras estamos juntos.

Sonrío conmovida. Oscar es discreto, pero está haciendo esto para declarar en público y dejar claro lo que está dispuesto a hacer por Kevin.

—Ya no serás mi exnovio, ya no seremos compañeros de piso, me niego a terminar las cosas y darle el placer a la imbécil de mi madre de que estemos separados. Me gustan las pollas, pero amo especialmente la tuya.

—El romance no está muerto. —Stephan asiente, sonriendo.

—No me importa perder a mi mamá tanto como me importa perderte a ti. Viví unos meses sin ser su niño, pero me ha matado vivir unos meses sin que seas mío. Eres más que mi mejor amigo y… volvemos a ser novios.

—¿Somos novios? —pregunta Kevin, arqueando una ceja. Con el labio inferior hace un puchero, pero no creo que lo note siquiera.

Oscar baja del auto y Callum maldice al ver que la suela de su zapato se desliza por la carrocería. Mi amigo se acerca a Kevin y le envuelve un brazo alrededor de la cintura.

—Eres mi novio y punto.

—¿Y si no quiero? —desafía Kevin.

—No me gusta cuando eres un mentiroso, cariño.

—Así que… ¿no me odias?

—Un poco, pero te amo más de lo que te odio —asegura Oscar.

—Tu mamá es imbécil.

—Sí.

—Y nunca más la dejaré manipularme.

—Qué bien.

—Ni me haré el héroe.

—Por favor.

—Y tu mamá es imbécil.

—Eso ya lo dijiste, Kevin —intervengo.

Él se ríe por lo bajo y Oscar pone los ojos en blanco antes de besarlo finalmente. Creo que nos han dado entretenimiento de primera a todos, porque los gritos y aplausos me hacen reír y que me encante estar en la universidad con estos amigos tan increíbles y ocurrentes.

—¡Viva la fiesta del amor! —exclama Maida, y todos asentimos en completo acuerdo.

OK está okay.

40

+1 BYRNE

Callum

Clover gime con la cabeza inclinada hacia atrás, el cuerpo arqueado y montándome exactamente como le gusta mientras le clavo los dedos en la cintura y observo la belleza con la que engulle una y otra vez mi polla envuelta en látex. Sus tetas se sacuden y el sudor le cubre el cuerpo.
Es hermosa y toda una diosa.
Se ve libre, desinhibida y decidida a encontrar el placer. Sin embargo, la hago bajar para que se incline sobre mí a la vez que aplano los pies sobre la cama. Le tomo las nalgas para abrírselas y empujo desde abajo. Sus gemidos se incrementan y los golpes de mis monedas de oro contra su culo resuenan por el lugar. ¡Joder! Está muy mojada.

Su abundante cabello es como una cortina sobre nosotros y las tetas casi me golpean en la cara, así que acepto la invitación y le chupo y mordisqueo los pezones mientras la penetro sin piedad, sintiendo el clítoris presionarse contra mí.

Le azoto el culo y grita pidiéndome más a la vez que me aprieta en su interior. ¡Duendes! Mis monedas se tensan al luchar contra el orgasmo. Cuando empujo hacia arriba, ella lo hace hacia abajo, y consigue correrse de una manera espectacular que me hace rodar los ojos antes de salir de ella. Le meto tres dedos, que aprieta en medio del orgasmo, y con la otra mano me saco el condón y me masturbo hasta que me corro sobre sus nalgas y parte de la baja espalda.

A ella le encanta cuando hago eso.

No somos más que jadeos y miembros temblorosos cuando todo su cuerpo cae sobre mí, cubriéndome el rostro con parte de su cabello. Mis manos, siempre codiciosas, se deslizan por su culo para sentir el semen y lo extienden por su piel mientras la acaricio. No es que nos importe, nos gusta la suciedad.

—Eso fue... —comienza sin aliento.

—Lo sé, mi trébol, lo sé. —Le doy una nalgada que le hace soltar una risita, que a su vez me hace sonreír.

A veces se relaja tanto que es fácil olvidar que me miente, que me preocupa la envergadura de las consecuencias de aquel día y que está lidiando con todo esto sin querer ayuda profesional ni la mía, la de su familia o la de los amigos.

Pero se acabó dejarla salirse con la suya. He tomado la decisión de admitir que sé lo de sus mentiras y abordaré que se está haciendo daño a sí misma. No puedo permitir que esta mentira siga creciendo.

Me da miedo irme a Berlín después del verano y que ella esté en Brasilia cargando con todo esto sin resolver. Veo que la está hundiendo y envenenando el hecho de no tener una salida.

Suspira, baja de mi cuerpo y sale de la cama. Se pone mi camisa para ir al baño y la miro antes de clavar la atención en el techo.

No puedo creer que hayamos terminado las prácticas.

Que nuestros trabajos finales hayan sido aprobados.

Que solo estemos haciendo las evaluaciones finales.

Y que en tres semanas nos graduemos.

Siento que el tiempo pasó demasiado rápido y, aunque hemos hecho que cada día cuente, no es suficiente.

En marzo creamos un hermoso recuerdo cuando me invitó a celebrar con su familia y ella la fiesta de Nouruz. Fue increíble, sentí muchas emociones en un ambiente tan bonito y lleno de fe, y también conocí a miembros de la familia paterna de Clover. La mayoría de ellos son practicantes del islam y, aunque puede que tuviesen sus reservas hacia mí, no fueron desagradables y yo fui respetuoso y me nutrí de toda la experiencia. Los vi asociar el agua con la salud y reunirse en familia y con allegados alrededor de la mesa, con objetos que representaban la pureza, la luminosidad, la vida y la prosperidad. Pedimos nuestros deseos y luego los dejamos ir en un pequeño arroyo.

Comí muchísimo y escuché canciones en persa. No comprendo del todo el islam y dudo que me convierta en practicante, pero fue increíble apreciar y vivir otra cultura, y confirmo que me pareció una celebración sumamente hermosa.

Pero eso fue en marzo, y el tiempo ha ido pasando y ha dejado un sinfín de recuerdos y buenos momentos.

Estamos a punto de terminar una importante etapa de nuestra vida, y después la mayoría tomaremos caminos separados.

Maida hará un posgrado en Liverpool sobre Investigación y Biología para especializarse en ello profesionalmente, al no poder ser médico forense. A Oscar le ofrecieron una plaza en una morgue de la ciudad, donde hizo las prácticas, lo que encaja, porque Kevin hará un posgrado aquí, en la OUON. Edna tiene que hacer una especialización en la Universidad de Londres, donde gracias al cielo fue aceptada (fueron varios meses de angustia), y mi imbécil, Stephan, está listo para regresar a Manchester, donde hará diversos cursos y especializaciones mientras ejerce como ayudante en una clínica de ortodoncia.

Siento que será difícil reunirnos en el futuro. Nos hemos convertido en un grupo que siempre está cerca, y me asusta que la distancia nos separe, pero trato de ser optimista ante el hecho de que todos vayamos por caminos separados.

Me estiro hacia la mesita de noche para revisar el teléfono, pero aún no hay noticias de Lorcan. No hemos hablado desde aquellos días posteriores a mi cumpleaños, lo que quiere decir que aún no ha hecho nada con la Cobra, un cabo suelto que no olvido.

Con el paso de los meses fue más sencillo dejar de pensar en lo que sucedió esa madrugada, pero, tranquis, no olvido que asesiné. Es solo que no me perturba ni le doy demasiado poder en mis pensamientos.

Los últimos meses en la universidad transcurrieron como debía ser: entre romances, fiestas, estrés, evaluaciones, discusiones normales y diversión. Ha sido increíble. Siento nostalgia de saber que en pocas semanas lanzaremos el birrete y luego nos iremos, pero sé que nada es para siempre y que todo tiene su final.

Suspiro y cierro los ojos, pero eso no dura demasiado. Stephan irrumpe en la habitación con una gran sonrisa y se deja caer al final de la cama.

—Amo a Maida —suelta.

Me incorporo, porque una cosa es que le guste y otra es que la ame.

—¿Desde cuándo?

—Supongo que desde hace mucho. —Se ríe de manera tímida, lo que me resulta rarísimo—. Y lo sorprendente es que ella dijo que también me ama.

—Eres un gran tipo. Algo ligón, pero, en el fondo, bueno. —Sonrío cuando pone los ojos en blanco—. ¿Y cómo te sientes al respecto?

—Emocionado, nervioso, enérgico... Siento todo tipo de cosas. Y vivo caliente por ella, me cuesta no follarla siempre, dejar que se vista o vestirme.

—¿Cuándo ocurrió todo esto?

Sé que desde mi cumpleaños ellos han pasado mucho más tiempo juntos fortaleciendo su amistad, y un par de meses después Edna y Stephan dejaron de follar. Aunque pensé que podría ocurrir algo, estoy sorprendido.

—En San Valentín nos besamos, pero ella pensó que era desleal con Edna y no quise presionarla ni incomodarla. Pero era tan difícil no besarla... Sin embargo, seguimos pasando tiempo juntos... Yo... Hum, me llevo bien con sus padres.

—Guau, nada de tranquis, ya interactúas con sus padres.

—En fin, en abril finalmente pasó, ya sabes. —Se sonroja como nunca lo he visto hacerlo—. Follamos y fue... ¡Jesús! Fue increíble y no quería que fuese solo un rollo, pero ella quería mantenerlo casual y yo propuse que fuese exclusivo. No hemos estado viendo a nadie más, y hace un mes habló con Edna, que no se sintió herida. Y ahora puedo llamar a Maida «mi novia».

—¿Maida es tu novia? —pregunta Clover desde la puerta, con una toalla alrededor del cuerpo y otra en el cabello.

—Está enamorado —informo— y ella también.

—¡Oh, Dios mío! Eso explica sus sonrisas tontas al teléfono y el romance misterioso. ¡Eres tú!

—Soy yo, y quiero seguir siendo yo. —Sonríe mostrando esos dientes tan cuidados—. Aún estamos viendo cómo hacer funcionar una relación a distancia, pero estamos dispuestos. La amo, me hace feliz y me hace sentir todas las emociones que no tuve con otras.

—Eso suena bonito, Stephan —dice Clover, suspirando.

—Bienvenido al mundo de los enamorados, mi imbécil.

El restaurante es bonito y lujoso y la comida está exquisita. Espero que ayude a que nuestras familias se relacionen. Me gustaría llamarlo «un segundo intento», pero aquel primer encuentro tras mi fiesta de cumpleaños no cuenta. Clover y yo estamos sentados lado a lado, y en las sillas restantes se encuentran nuestras familias.

El ambiente no es denso, pero papá y Ehsan básicamente se ignoran y sí se lanzan miradas con mucho recelo.

El papá de Clover al final se enteró de que ella se había mudado conmigo y no le hizo gracia, pero tampoco la podía obligar a deshacerlo. Sé que no me odia ni le caigo mal, solo es sobreprotector y le cuesta entender que su hija creció. Constantemente, su mirada va hacia nuestros anillos y, aunque hemos asegurado que nos casaremos en el futuro, no ahora, veo las dudas en él. Me ofende su falta de fe, pero no le guardo rencor por ello.

Sin embargo, la cena está transcurriendo bien, no es incómoda y los demás llenamos el silencio. Valentina parece que se lleva muy bien con Moira, y Clover está muy ocupada respondiendo las ocurrencias de Arlene. Los demás conversamos entre nosotros, aunque Ehsan siempre ha sido un hombre de pocas palabras.

Lo más bonito de la mesa es Shadi, que está sentado en una sillita alta y se lleva un espárrago a la boca mientras gorgotea y grita. Tiene abundante cabello oscuro, como los Mousavi, los mismos labios que Clover y su forma rasgada de los ojos, pero son tan azules como los de Valentina. También heredó la nariz de ella, y su piel es varios tonos más clara que la de los Mousavi, pero no es blanco como Valentina. Lleva un traje rojo que le queda de maravilla y parece feliz con cualquiera que le preste atención. Esta mañana lo vi gatear como si estuviese en una competición. Papá se ablanda con él y le hace muecas que lo hacen reír, y eso relaja un poco a Ehsan. Dios bendiga a Shadi.

La razón de esta cena en el centro de Nottingham es que mañana será nuestra graduación. ¡Duendes! Hasta se me acelera el corazón, porque no me puedo creer que los años de estudiante de grado finalmente culminen.

Mis padres y hermanas llegaron hoy, pero la familia de Clover llegó hace tres días, así que ella ha pasado más tiempo con ellos que conmigo, y eso está bien. Yo he pasado gran parte de mi tiempo con Stephan, sobre todo cuando no está con Maida. A veces me sumo a ellos y me dedico a mirarlos coquetear y contenerse con lo que sin duda es una gran química y atracción.

En dos semanas, cuando terminemos de vaciar la casa, Stephan irá a Manchester y yo estaré tres semanas en Londres con los Mousavi, donde también pasaremos un fin de semana todo el grupo de amigos antes de separarnos definitivamente durante lo que espero que no sean años. Después iré a Irlanda a pasar el resto del verano, Clover pasará tres semanas conmigo y luego tendré que ir a Berlín a ver el piso donde espero residir durante el posgrado, hacer la visita guiada por la universidad y ponerlo todo en orden antes de iniciar el curso a mediados de septiembre.

Clover me visitará en Alemania antes de viajar a Brasilia a principios de noviembre, y lo demás lo iremos viendo sobre la marcha. Nos esforzaremos en que la relación a distancia funcione.

—No puedo creer que Call-me se gradúe en una de las mejores universidades —me fastidia Moira, y pongo los ojos en blanco.

—Y como el mejor de su clase —agrega mamá con orgullo.

—Todos sabemos que soy más inteligente que mis hermanas —digo.

—Eso quisieras —bufa Kyra, y sonrío.

—Mi alma máter ha sido la número dos en la clasificación mundial de los últimos años, y mi universidad de posgrado es la número uno. Llora por ello, Kyra.

—Niños —interviene mamá—, lo importante es que Clover y tú vivieron unos años maravillosos en el campus.

Maravillosos, y una mierda.

Fue increíble, pero a veces sentí que era víctima de una maldición de siete años, con todo lo que viví hacia el final.

Me vuelvo hacia Clover, que me dedica una sonrisa forzada antes de clavar la mirada en el postre. No paso por alto el sudor de sus sienes ni lo tensa que luce antes de que se las masajee.

—¿Estás bien? —pregunto en un susurro.

—Solo me duele la cabeza —responde antes de ponerse de pie—. Iré al baño.

La miro irse y aprieto los labios. Esta madrugada tuvo otra pesadilla; de nuevo se asfixiaba, y esta vez gritaba y me golpeaba para que me alejara. Me costó despertarla y tengo rasguños a carne viva en el cuello, me lo he cubierto con una camisa.

Esta situación nos está tensando hasta el punto de que temo que explotemos en cualquier momento. Quiero hablarlo, pero cuando lo tanteo, se va o cambia de tema.

—¿Está bien? —me pregunta Valentina.

Antes de que pueda responderle, Ehsan habla:

—¿Embarazaste a mi hija?

—¿Tendré un sobrino? —pregunta Moira.

—Podemos llamarla Chanel —ofrece Arlene.

—¿Seré abuela, Call-me?

Las preguntas siguen una tras otra, recordándome la locura a la que pertenezco, y me toma cinco minutos conseguir decir que Clover no está embarazada. Para cuando vuelve a la mesa, todos están en silencio. Cuando me mira, me encojo de hombros antes de tomar su mano por debajo de la mesa.

Reviso la nevera de la enorme suite en la que se hospeda mi familia. Es de dos pisos y estoy seguro de que es absurdamente cara, pero, debido a mi estrecha relación con Lincoln (je, je, je, exagero en mi beneficio), conseguí que solo pagaran el cincuenta por ciento y no tuve que mentirle a mi papá cuando le conté la historia, de la que mis hermanas fueron testigos.

Tengo prisa para ir a la fiesta de una de las fraternidades en honor a los graduados (una de tantas), pero papá dijo en la cena que necesitaba que estuviera para una importante reunión familiar, así que saco una botella de agua, me apoyo en la pared y miro a mis padres sentados y tomados de la mano.

Espero que no se trate de divorcio, porque entonces dejaría de creer en el amor, pero si ese fuese el caso no se agarrarían de la mano.

Abro la botella de agua cuando papá se aclara la garganta.
—Tengo algo muy importante que decirles —comienza.
—Eso explica el suspense —menciona Kyra, y mamá le lanza una mirada que la silencia.
—Como sabrán, el detective amplió la búsqueda de su hermano o hermana, la volvió internacional. Ha sido una búsqueda exhaustiva en la que Erin y yo no quisimos involucrarlos para no generarles estrés.
¿Estresarnos? Pero si este tema tiene que ver con toda la familia. Vale, que me preocupa un montón el cambio de dinámica que los resultados harían en nosotros, pero cuando estuve en Irlanda en verano, sabíamos y estábamos de acuerdo con esta búsqueda ampliada por Europa, también admito que no pregunté por avances, pero es porque, al igual que mis hermanas, esperaba que nuestros padres nos mantuvieran al tanto de todo.
Esta búsqueda lleva tanto tiempo que me pregunto qué tan agotador y estresante es para mis padres, estoy hablando de años.
—No nos habría estresado —asegura Moira, y estoy de acuerdo.
Casi nunca recibimos actualizaciones de lo que ha sido una larga búsqueda y, siendo honesto, en ocasiones hasta lo olvidé.
—El asunto es que, tras una búsqueda por el Reino Unido, Italia y Alemania, al fin hemos conseguido resultados.
—¡Mierda! —se le escapa a Kyra, y yo escupo parte de mi agua en el cabello de Moira, sentada frente a mí, que grita mi nombre y maldice.
Las palabras rebotan en mi cabeza porque no puedo creerlo. Siempre se ha hablado de posibilidades, pero nunca ha habido ninguna certeza, y es inquietante, emocionante y angustiante.
—¿Es mujer u hombre? —pregunta Arlene.
—¿De dónde es? —me atrevo a preguntar.
Mamá y papá comparten una mirada. Sin darme cuenta, me encuentro inclinándome hacia delante y apoyo las manos en el respaldo de la silla donde está sentada Moira.
—Londres —dice mamá.
—Londres —repite Kyra.
—He estado en Londres —murmuro.
Sé que las probabilidades de haberme topado con él o ella son de una en un millón, pero no puedo evitar pensarlo.
—Pero es lo suficiente grande para que no te hayas topado con él o ella —me tranquiliza mamá.
—Por favor, acaben con el misterio —pide Arlene—. Quiero saberlo.
—¿Estamos seguros? —pregunto.

—Sí, se hizo un seguimiento a fondo y pruebas de ADN. Es la hija de Desiree.

Desiree, su exnovia o exligue, la mamá del bebé perdido.

Papá explica toda la búsqueda de manera experta mientras toma una carpeta que mis hermanas y yo seguimos con la mirada, casi al borde de la desesperación.

—Ella no lo sabe, y quería hablarlo con ustedes antes de proceder, porque esto cambiará nuestras vidas y posiblemente nuestra dinámica.

—Suelta la maldita carpeta —se exaspera Moira.

Papá la abre y saca una foto de cuerpo entero que nos hace acercarnos a los cuatro para deslizar la mirada por cada aspecto de su rostro.

Es una foto profesional que buscaba captar la perfección, y supongo que lo hizo.

Kyra jadea con sorpresa y a mí se me acelera el corazón. No registro lo que sea que dice Arlene, porque no despego la mirada de la foto.

Es la foto que cambia nuestra familia, no por cómo fue tomada, sino por la persona que aparece.

—Es nuestra familia —musita Moira—. Tiene nuestra sangre.

—Es una «ella» —recalco sin creerme que sigo siendo el único hermano chico.

—Kyra, te pareces a ella —asegura Arlene, y tiene razón.

Pese a que esta mujer es rubia y de ojos grises, tiene casi la misma complexión que mi hermana, excepto que parece tan alta como Moira o yo, aunque en la foto está sentada. Su mirada es seria y un poco fría, directa a la cámara. Tiene los labios pequeños pero carnosos, la nariz perfilada... Se parece a todos nosotros, pero más a Kyra, y al verlas no hay ninguna duda de que son familiares.

Claramente es otra Byrne que demuestra que no somos feos.

—Mi hermana es rubia —intento procesar.

—Como Desiree —explica papá.

—¿Cómo se llama? —susurra Kyra, tomando la foto.

—Fabricia Bianchi —responde papá con voz afectada al ver nuestras reacciones.

—¿Es italiana? —me sorprendo.

—Fue adoptada y se la llevaron a Italia de pequeña, pero se emancipó a los diecisiete años y un año después se fue a vivir a Londres.

—Es preciosa. —Arlene sonríe.

—Se ve triste —observa Moira.

—Fría y distante —no puedo evitar decir, y me siento inquieto, porque dudo que ella nos reciba con calidez y emoción. Su mirada me lo dice.

Tengo mis dudas sobre que sea un encuentro amoroso de ensueño. En una simple foto percibo el muro y la distancia que Fabricia ha puesto entre ella y el mundo, pero no lo comento, porque aquí todos parecen muy positivos al respecto.

—Muy bien. ¿Qué es lo que sigue? —pregunta Kyra.

Sé que la conexión inicial con Fabricia Bianchi podría ser lo más difícil, pero ¿cuándo hemos abandonado a los nuestros?

Se derraman algunas lágrimas, se habla de hipótesis, miramos una y otra vez la foto de Fabricia y nos comprometemos a no buscarla en redes sociales hasta que papá se encargue de que todo esté listo para conocerla.

Mi hermana perdida tiene ahora nombre y apellido, y temo por cuál será el desenlace de esto.

41

HOLA, GRADUADO

Clover

En el auditorio resuenan múltiples voces de conversaciones y emociones. Hay togas y birretes donde sea que mires debido a los estudiantes de Criminalística, Ciencias Forenses y Criminología que nos graduamos hoy.

El auditorio, apodado «Nubes Azules» —por la leyenda de que al obtener el título te sientes como en una nube—, rebosa buena energía. Tiene capacidad para cinco mil personas, pero hoy no somos tantos. Sé que de Ciencias Forenses somos sesenta alumnos, incluyendo los que concluyeron sus estudios hace seis meses, de Criminalística son cuarenta y tres, y de Criminología son ochenta y siete. Familiares y allegados se encuentran en los asientos de atrás, con las cámaras preparadas y los pañuelos para las lágrimas, porque graduarse siempre se ha considerado un hito importante.

Me emociona que, tras largos años de estudios, haya conseguido obtener un título universitario. Soy graduada, pero siento la incertidumbre del mundo laboral que me espera más adelante, las responsabilidades y enfrentarme al mañana. Es aterrador y emocionante.

Ya tengo el billete de avión para Brasil. Sale en noviembre y la vuelta es en junio del año siguiente. Aparte de conectar con mi cultura y familia maternas, también me apunté a un voluntariado y para un puesto de asistente en una clínica forense, pero aún no he recibido respuesta.

Suspiro y me vuelvo tratando de encontrar a papá y Valentina. Shadi debió quedarse con una niñera porque no se permiten niños en el acto. Los localizo, porque a su lado hay un grupo pelirrojo que destaca mucho. Arlene me saluda con la mano y le devuelvo el gesto y sonrío cuando enfoca la cámara profesional hacia mí.

Como estamos ordenados por orden alfabético según nuestro apellido y grado, Maida está dos filas detrás de mí y Oscar tres hacia delante. En el lado izquierdo del auditorio veo a Kevin, entretenido tomándose selfis mientras un compañero le habla, y en primera fila está el cabello rojizo de Callum, que ríe con un pequeño grupo de personas, siendo tan amigable como siempre.

Se ve precioso e increíble, estoy muy orgullosa de él. Se gradúa con el promedio más alto de las tres carreras, el más alto que se ha visto en seis años, y es el encargado de dar el discurso.

Como si sintiera mi mirada, se voltea para mirarme y me dedica una amplia sonrisa antes de enviarme un beso y hacerme un corazón con las manos. La mía se ensancha de forma inmediata y tomo asiento.

Suspiro y miro hacia delante, al gran telón rojo, la madera pulida del suelo del escenario y las personas poniéndolo todo en su sitio.

Una vez más, mi despertar fue inquieto, pero esta vez la pesadilla no era una sombra, sino un recuerdo. Vi el rostro de Bryce sobre mí y luego yo sostenía una llave ensangrentada en la mano mientras estaba hecha un ovillo en el suelo de los edificios abandonados pensando «No le daré mi mente». Están volviendo los recuerdos, y quisiera detenerlos.

No me desperté asfixiándome ni llorando, pero durante unos segundos me sentí vacía y desolada antes de acurrucarme contra el cuerpo cálido de Callum, que dormía.

Observo por encima de la cabeza la hermosa arquitectura de óvalos de azul pastel y dorado, que simulan las nubes y el oro de la riqueza de un futuro prometedor. Es algo que caracteriza este lugar. La sonrisa vuelve a mí al buscar el teléfono en el escote del vestido que llevo debajo de la toga y tomo una foto del techo antes de hacer una selfi en la que se ve el techo.

Una vez me he guardado el móvil, converso con los compañeros de al lado y poco después nos invitan a todos a ocupar nuestro lugar, porque el acto está a breves instantes de comenzar.

Cruzando una pierna sobre la otra, acomodo el tirante de los tacones cerrados dorados y me enderezo.

La graduación de Edna es en cuatro horas y la de Stephan en dos días, así que este último ha venido como invitado y está junto a la familia de Maida y el padrastro de Oscar (su mamá no vino, y él tampoco la ha invitado).

Nos ponemos de pie para la llegada del decano, el rector y los miembros del profesorado, y también para escuchar el himno. La profesora de mis clases de Teoría y Prácticas Forenses es la encargada de dar un discurso, que está bien pero es impersonal, y luego el lugar estalla en aplausos cuando llaman a Callum Byrne para dar el discurso en representación del estudiantado.

Grito y aplaudo junto a los demás, y la gente golpea los pies en el suelo y exclama alguna que otra cosa que lo hace reír mientras sube las escaleras. En el escenario hace una reverencia antes de pararse frente al podio y subirse el micrófono debido a su altura. Parece que el lugar se caerá por la ovación que le hacen a un estudiante que no será olvidado.

—Entonces, así es como se siente Harry Styles —bromea, hablando por el micrófono, y las risas resuenan por el lugar—. Buenos días, decano, rector, miembros del profesorado, autoridades universitarias, estudiantado, familiares, amigos y todos los presentes que hoy forman parte de una meta que muchas veces se vio muy lejana y en ocasiones imposible. Escuché una canción famosa que dice: «¡Demonios! Sé lo que quiero ser, pero temo decirlo. Es más grande que yo, más fuerte que el miedo y más débil que mi valentía», y durante mucho tiempo reflexioné sobre ello, porque a veces soy así de intenso. —Ríe—. Tenía la certeza de que eran palabras poderosas y sustanciosas que hacían más que rimar con una melodía, y no estaba equivocado, porque así se sintió la decisión de elegir lo que queríamos ser en el futuro, y así se sintió este largo camino que hemos recorrido.

—Es mi novio —le susurro a la chica de al lado, y ella ríe por lo bajo.

—Todos lo sabemos, les votamos a ustedes como la mejor pareja de la promoción.

Se refiere a los premios de graduados que hacen las hermandades y fraternidades en la enorme fiesta que se celebra en honor a nosotros. Será el sábado, cuando culmine la ronda de graduaciones.

—Como ya me presentaron antes, me llamo Callum Byrne y a partir de hoy me podrán llamar «graduado» y «criminalista», aunque durante años he sido conocido como «el Irlandés», a pesar de que no era el único del campus. —Sonríe—. Muchos de ustedes, al igual que yo, supieron desde una edad muy temprana qué querían estudiar, pero supongo que, a diferencia de mí, fueron más sutiles y no les dijeron a sus padres: «Oye, en el futuro quiero abrir cuerpos y descubrir asesinatos porque parece un juego de pistas secretas».

El lugar se llena de risas, como si él bromeara y no fuese una historia real.

—Otros lo descubrieron más tarde, y luego están los que simplemente se arriesgaron a ver si esto era para ustedes —prosigue—. Cuando inicié la carrera, recuerdo que pensé: «¡Duendes! Somos muchos». Se sentía como una competición, pero hoy veo que pocos llegamos hasta el final. No es que los demás declinaran por cobardía, se trata de que conlleva sacrificios. Nadie nos advirtió del gran porcentaje de nuestra mente, paz e incluso bondad que dejaríamos en las aulas o las salas de prácticas. No seré tan osado como para llamarnos «valientes», porque admitamos que hemos sentido y sentimos miedo, pero me atrevo a llamarnos «arriesgados», «desafiantes» y «un poco locos» por tener la fortaleza y la agilidad mental, física y emocional para llegar hasta aquí.

»Hemos tenido que responder millones de veces por qué formamos parte de este gremio, si nos da miedo, si nos arrepentimos, si es escalofriante o si vemos fantasmas… No he visto a ninguno hasta ahora, por cierto, lo cual es decepcionante.

Nuevamente, las risas llenan el lugar. Espero que su familia esté grabando muy bien este momento.

—No ha sido fácil y, seré honesto, a veces ha sido asqueroso —hace una mueca— y sangriento. Hemos sudado, nos hemos esforzado y hemos sacrificado gran parte de nuestra salud mental.

—¡Dilo fuerte! —Se oye a alguien, y él sonríe.

—Entré con grandes expectativas e incertidumbre sobre quiénes seríamos al graduarnos, y hoy entiendo lo que somos: médicos forenses, criminólogos y criminalistas, somos lo que nos esforzamos en ser, los que tienen la ilusión de hacer un cambio y dejar nuestra huella en el mundo, quienes temen a lo que viene después pero fingen valentía porque saben que la vida es una y que lo daremos todo, aunque cueste.

»Somos una generación con unas herramientas increíbles para hacer algo grande. Que esos conocimientos no se queden en un aula, porque el mundo nos necesita y estamos preparados para ello. Las clases, prácticas, fiestas y todo lo que sabemos que pasó durante estos años nos dieron los cimientos y las raíces para crecer.

»Gracias al profesorado por habernos guiado y a las autoridades académicas por habernos aguantado, especialmente a mí. Sé que más de una vez quisieron echarme.

Las personas se ríen, incluso el decano y el rector, pero es un gesto forzado porque saben que Callum les está lanzando una indirecta.

—Gracias por la seguridad espectacular que nos brindaron. —Los mira—. Por tener el honor por encima del interés. Por prestar atención a que nuestras fiestas no se descontrolaran, ser empáticos y cuidar de nosotros, aunque algunos no estén aquí hoy.

El decano se remueve y Callum vuelve su atención al frente, sonriendo.

—Y gracias a todos los difuntos que estudiamos y que contribuyeron a este momento. Nos disculpamos por las veces que cometimos errores en el proceso de aprendizaje, prometemos que ahora lo haremos mejor.

—Solo tú agradecerías a los muertos —susurro sonriendo.

—Recuerdo que hace unos años leí un artículo de la Universidad Ocrox de Nottingham y pensé: «¡Malditos duendes! Esta debe ser mi alma máter», y aquí estoy, aquí estamos. Podría decirles un montón de mierda pintoresca…

Todos reímos ante el hecho de que diga palabrotas.

—… Pero, mis queridos colegas, mis queridos graduados, prefiero decirles que sean más grandes de lo que ya son. Estoy orgulloso de nosotros, porque no todos se atreven, porque no siempre ganamos y no siempre pareció posible, pero creímos y seguimos creyendo, y aunque no tenemos ni idea de qué nos depara el futuro, hoy celebramos que este momento es nuestro. Dejen su huella, amplíen la meta y vayan a por muchísimo más.
»Yo estoy listo para que el mundo me conozca. ¿Y ustedes? ¡Felicidades! Nuevo nivel desbloqueado, logro alcanzado. ¡Hola, graduados!

Todos nos ponemos de pie para aplaudirlo y gritar mientras él sonríe y, con un gesto de mano, finge modestia.

—Y, como soy un irlandés que cree en la buena suerte, repitan después de mí: Clover, Clover, Clover. —Guiña un ojo.

Río por lo bajo cuando mi nombre resuena alto y claro tres veces en el auditorio en un canto de buena suerte.

Los aplausos no cesan ni siquiera cuando baja del escenario y vuelve a su puesto, dándonos un saludo a todos con la mano como si fuese un rey.

La ceremonia es bastante rápida y un poco aburrida, pero aplaudimos a los estudiantes de Criminología, que son los primeros en pasar, y luego a los de Criminalística. Callum recibe una ovación y alza el título sonriendo al público antes de bajar. Finalmente es nuestro turno, y durante el trayecto hacia el escenario solo pienso en que espero que los nervios no me hagan rodar por las escaleras, con lo altos que son mis tacones. Por fortuna, no lo hago y tomo la mano que me ofrece uno de protocolo.

—Clover Mousavi, graduada en Ciencias Forenses —se oye.

—¡Esa es mi Canela Pasión Oriental! —dice la inconfundible voz de Maida, y sonrío mientras avanzo con los aplausos.

De manera automática estrecho manos y recibo el título junto con la medalla. Sonrío al frente pese a que mis ojos lagrimosos no me permiten localizar a mi familia, pero sí a mis amigos y Callum aplaudiendo de pie mientras gritan. Poso para la foto oficial al bajar y luego vuelvo a mi asiento para esperar a que el acto termine.

Lo hice.

Me gradué.

Lanzar los birretes es más engorroso de lo que esperaba. De hecho, uno casi me lastima el ojo, y el que tomé al final me queda un poco más flojo, pero eso poco importa cuando me reúno con papá y Valentina, que me dicen lo orgullosos que están de mí. Valentina llora y papá me hace poner a prueba el maquillaje cuando me susurra que mamá estaría orgullosa de mí.

Al salir logro reunirme con mis amigos y sus familiares. Me río cuando

Stephan me alza antes de ir a por Maida, y los Byrne son muy lindos. Cuando Callum me levanta, nos hace girar y luego me besa, siento que el momento es perfecto.

—¡Una foto! —pide Arlene, con la cámara profesional preparada.

Callum y yo nos colocamos frente a frente, ladeados hacia la cámara, con su mano en mi baja espalda y la mía en su hombro. Con toga, birrete y una diferencia de altura no tan notable gracias a los tacones. Sonreímos tanto que nuestros ojos se achican.

Irradiamos felicidad, y eso es precisamente lo que las cámaras capturan: nuestro momento especial.

42

SOY TU TRÉBOL

Clover

Pocas veces Callum y yo permanecemos en silencio cuando estamos juntos, y puedo contar con dos manos los momentos de tensión que hemos tenido a lo largo de nuestra relación de un año y medio. Sin embargo, el silencio y la tensión de ahora van mucho más allá de un mal rato.

Me remuevo en el asiento acomodándome la falda y revisando el escote de la camisa azul cielo ajustada. La música suena floja y llena el auto, y agradezco que Stephan no haya venido con nosotros y que saliera mucho antes, así no tiene que estar incómodo con esta situación.

No debí echarme esa siesta antes y tampoco debí reaccionar de esa manera cuando Callum solo quería ayudarme.

La mañana empezó bien, guardando y seleccionando las cosas que venderíamos o donaríamos, ya que en dos semanas y media debemos entregar la casa. Fue un momento lindo, divertido y nostálgico, porque esa ha sido nuestra casa, hemos estado viviendo juntos y hemos amado cada día en ella, incluso los no tan buenos.

Entre besos terminamos en la cama, follando lento pero tan profundo que aún lo siento dentro de mí. Lo describí como un momento perfecto porque, tras corrernos, tonteamos con sus manos jugando en mi cabello, y mis dedos dibujando sobre su piel, hablando, haciendo un recuento de nuestra historia y creando escenarios hipotéticos sobre nuestro futuro cuando regrese de Brasilia e inicie el posgrado en Londres.

Me dormí a su lado, en la seguridad de su calor corporal, y todo fue plácido hasta que se volvió una pesadilla.

Esta fue peor, muchísimo peor.

No corría, estaba en los edificios abandonados.

No era una sombra quien me tocaba, era Bryce.

Yo gritaba, pero no emitía ningún sonido. Tampoco podía oírlo a él, pero sus labios se movían mientras me miraba lascivamente y me hacía sentir asqueada. Sus manos estaban en mis pechos, mis costados, mis muslos y, cuando iba a por la entrepierna, el escenario cambió.

Ya no estaba en el suelo. Tenía la mejilla contra una pared y sentía el aliento de alguien en la oreja, pero no oía lo que me decía. Sin embargo, sabía que me estaba ocasionando daño con esas manos pequeñas pero duras.

Lo siguiente que supe es que estaba frente a ella. Era una mujer, pero no le distinguía los rasgos. Sus labios se movían con un sonido que no entendía, y entonces noté algo frío en las manos: las llaves del piso que compartía con Edna.

A partir de ahí me sentí como una espectadora. Estaba ajena a mi cuerpo, como si lo viera todo desde arriba.

Vi mi mano subir con la llave apuntada como un arma blanca, presencié que deslizaba los dientes irregulares de la llave desde la esquina del ojo de la mujer hasta el labio superior.

Había mucha sangre en su rostro y tenía la piel abierta.

Después, la llave estaba en su vientre, encajada en una puñalada. A continuación el escenario cambió, y ahora yo estaba en el suelo, con cortes, arañazos, temblando, dolorida, aturdida y con mucha sangre en la mano.

«No le daré mi mente, no le daré mi mente», era lo que pensaba, pero entonces la mano de la mujer fue a mi cuello y me sonrío mientras me asfixiaba.

—No se marca a una cobra, vaca gorda —dijo con crueldad, cortándome la respiración.

La herida de su rostro ya no era fresca, se había convertido en una furiosa línea de queloide rosada que le arruinaba el rostro. Finalmente pude conectar sus rasgos: ojos claros, cabello castaño, rostro ovalado con labios finos y pómulos altos. No me parecía horrenda, pero estaba claro que antes de la cicatriz era preciosa y perfecta.

En su mirada vi odio y la muerte mientras el aire escaseaba en mis pulmones. Finalmente supe quién era la Cobra, cuando me moría.

No moría en manos de Bryce, como siempre temí. Mi verdugo resultó tener un rostro más delicado, pero la misma demencia y sed de sangre por la venganza de un acto que fue en defensa propia.

No la habría lastimado si ella no hubiese querido hacerme daño.

No le habría desfigurado el rostro si no hubiese tenido que alejarla.

Ella formó parte de mi decisión y ahora me castigaba por ello.

Le clavé las uñas en los antebrazos intentando detenerla, pero me apretaba tan fuerte como una serpiente y de su boca comenzó a escapar un extraño líquido viscoso que de algún modo sabía que era veneno.

Ella sería mi muerte.

A lo lejos oí mi nombre con la voz de Callum, y no pude evitar sentir que era bueno que su voz fuese lo último que oyera cuando las demás parecían estar bloqueadas.

Dijo mi nombre una y otra vez en tono de súplica y angustia, mientras yo sentía unos toques suaves en los brazos pese al agarre de muerte con el que me estrangulaba la Cobra.

Era el final, lo percibía con la misma certeza de saber que no quería morir. Sin embargo, en un giro inesperado, todo parecía sacudirse. Al menos, mi cuerpo se sacudía en tanto que el rostro de la mujer comenzaba a desdibujarse. Finalmente, mis ojos se abrieron y lo primero que oí en estado de consciencia fue el sonido nauseabundo de mi asfixia cuando el aire no me entraba en los pulmones.

Había sido una pesadilla, pero me asfixiaba de verdad. La pesadilla me estaba matando.

Los anteriores ataques de asfixia al despertar habían sido graves, pero eran pocos y ninguno había sido tan preocupante como este.

Callum llamó a Stephan mientras manejaba mi cuerpo para sentarme. Poco importaba que estuviese desnuda, y no era algo a lo que Stephan prestara atención cuando Callum le gritaba órdenes y mi visión comenzaba a fallar.

No quería morir, pero no podía respirar. Era como si sus manos aún estuviesen en mi cuello, estrangulándome. Vagamente sabía que era todo mental, que era víctima de una pesadilla, pero no podía detenerlo.

Al final perdí el conocimiento. Cuando desperté, Stephan hablaba por teléfono con Emergencias y Callum me auxiliaba con manos firmes y el rostro tenso.

Callum había obligado a mi cuerpo a respirar con su boca hasta que pude hacerlo por mí misma. Cuando lo logré, vomité hasta la bilis, tosiendo, llorando y temblando entre jadeos.

Discutieron conmigo porque querían llevarme a Emergencias, pero me negué y les grité. Me tambaleé desnuda y débil hasta el baño, donde me encerré mientras Callum llamaba a la puerta y Stephan intentaba hablar conmigo.

Comprendía sus preocupaciones, pero quería que pararan, solo que no dije nada. En piloto automático, observé mi reflejo en el pequeño espejo; parecía extraña, ajena y sin vida.

Me decepcionó que ese fuera el reflejo de alguien que siempre transmitía alegría con la mirada y dulzura y travesura con la sonrisa.

Estuve una hora encerrada y podría haber sido más si Callum no hubiese roto la cerradura de la puerta. Me miraba con alarma.

—¿Estás bien? —me preguntó, haciendo un chequeo rápido por mi cuerpo, ahora envuelto en una toalla.

Vi el miedo en su mirada. Tal vez durante todo ese tiempo él pensó que estaba vulnerable y dispuesta a hacerme daño, pese a que nunca me pasó por la cabeza, pero él no lo sabe, porque me cierro cada vez que quiere hablar de lo que llamo «mis problemas».

En lugar de darle una respuesta en voz alta, lo único que hice fue respirar hondo, lavarme el rostro con agua fría y pasar por su lado y el de Stephan para ir al armario en busca de lo que me pondría para la fiesta.

«Clover, ¿qué está pasando?».
«¿Qué carajos, Clover?».
«¿Fingiremos que no pasó nada?».
«Habla conmigo, por favor».
«Estás asustándonos».
«¿Es que no oyes?».

Sus preguntas iban cambiando, no se detenían mientras buscaba mi mirada, pero yo necesitaba reunir las piezas, dejarlo a un lado por hoy, porque temía indagar en ello. No quise hablar y, cuando le mostré una amplia sonrisa, vi el dolor y la decepción en su mirada.

—¿A qué hora saldremos para la fiesta? —pregunté, y su respuesta fue darme la espalda y salir de la habitación y de casa.

Stephan me miró durante unos largos segundos antes de preguntarme si me sentía bien. Tras mi asentimiento, me dejó sola, pero sé que estaba cerca y atento por si me ocurría algo. Estaba muy afectado por lo que me había sucedido, porque hasta el momento solo Callum había visto un episodio así, y no de tal magnitud.

Lo oí hablar en voz baja con Callum por teléfono y fui lo suficientemente fuerte para no llorar mientras enfocaba toda la energía en prepararme.

Callum volvió tres horas después y se duchó, vistió y esperó a que terminara de maquillarme en silencio. Stephan se fue para recoger a Maida. No dijimos ni una sola palabra y ahora estamos en su auto con el mismo silencio, de camino a la gran fiesta en honor a los graduados.

Una fiesta donde hemos ganado el galardón a la pareja de la promoción, pareja segura de casarse, y él al señor popular, el inolvidable, el fiestero, el deseable, el que es más probable que domine el mundo. A mí me han dado el galardón de voluptuosa sexy, lo que seguramente es una manera horrible de disfrazar el mensaje: «Eres sexy, pese a tus kilos de más y tu cuerpo no normativo».

Apenas son las nueve, por lo que aún no ha oscurecido del todo cuando detiene el auto una calle abajo, ya que el lugar, a las afueras del campus, está muy lleno.

Cuando el motor se apaga, el silencio se hace mucho más inquietante y los minutos transcurren.

—Ya no puedo seguir haciendo esto, Clover. —Su voz rompe la quietud del lugar.

Sus palabras tienen un gran impacto físico y emocional.

Me vuelvo para mirarlo y veo que aprieta con fuerza las manos en el volante. Sus labios forman una línea, mientras que la mandíbula destaca por lo tensa que está.

—¿A qué te refieres? —pregunto con aparente calma, como si en mi cabeza no estuviesen sonando un montón de alarmas.

—A esta situación. —Voltea hacia mí—. ¿Te das cuenta de que podrías haber muerto asfixiada en nuestra cama?, ¿de que Stephan y yo nos moríamos de la puta angustia y luego me dejaste fuera?

—Fue una pesadilla...

—Fue otra de tus mentiras —deja caer.

Sé que no es real, pero oigo un crujido, algo rompiéndose, y siento que proviene de nuestra relación.

—No puedes cuestionar mis pesadillas, no estoy mintiendo.

—Tienes razón, tus pesadillas son la única cosa sincera sobre ti en muchos aspectos.

—No tengo que decírtelo todo, Callum.

Estoy a la defensiva y sospecho que odiaré muchas cosas de las que diga. Sé que no me está acorralando ni atacando, pero mi reacción es fuerte y defensiva.

—Tampoco tienes que mentirme. ¡Joder! ¿Sabes lo que sentí pensando que morías?, ¿que no me oías? Te diré lo que viví.

—Callum...

—Desperté con tus gritos y susurré tu nombre, te toqué con suavidad intentando despertarte. Entonces comenzaste a tener arcadas y a retorcerte, y seguí intentándolo cuando empezaste a asfixiarte. El sonido era escalofriante, tu piel cambió de color y, cuando abriste los ojos, no me mirabas. Tus ojos estaban vacíos.

»No me reconocías, no me oías, te estabas muriendo porque no podías respirar. Tus labios se colorearon de azul, y hemos estudiado suficientes cuerpos para saber cómo comienzan a fallar los órganos cuando te ahogas. Pero ¿sabes qué fue lo peor?

Me muerdo el labio, tembloroso, mientras sus ojos permanecen fijos en los míos.

—Que tus ojos se cerraron, la respiración se volvió lenta y hacías pequeños sonidos aterradores que me hacían saber que te estaba perdiendo. Te hice el boca a boca, Clover, y reanimación cardiopulmonar mientras tenía a Emergencias en el teléfono… —La voz se le quiebra antes de continuar hablando—: Y, cuando te despertaste, te fuiste, te encerraste y fingiste que no pasaba nada. Me dejaste fuera, no me hablaste, y quieres que nuevamente finja que no pasa nada, pero no puedo. ¡Joder! No puedo. Porque sentí que mi corazón se detenía, porque fue aterrador. Y no digo que no pueda estar contigo en este proceso, es que no me dejas, no dejas que nadie te ayude, le restas importancia. ¿Qué pasará si un día estás sola? ¿Eres consciente de que podrías morir? No quieres solucionarlo, quieres ocultarlo, y no está bien.

—Lo estoy trabajando con mi terapeuta…

—Basta, por favor, detente. Para. —Sale del auto y cierra la puerta con fuerza.

Yo también bajo, y agradezco que haya pocas personas caminando rumbo a la fiesta calle arriba.

—No puedes silenciarme, déjame hablar —digo en voz demasiado alta. Cierro la puerta con más fuerza que él y lo miro al otro lado del auto.

—Adelante, sígueme diciendo mentiras, pero esta vez no fingiré creerlas —me advierte, y algo en mi interior se aprieta.

Lo sabe.

—Callum… Lo estoy intentando… —Mi voz suena quebradiza, y él se acaricia el pecho como si le doliera.

—Me mientes. A mí, a tus amigos y, lo que es peor, a ti misma. —Rodea el auto y se detiene frente a mí—. ¿Puedes decirme el nombre de tu terapeuta?

Abro y cierro la boca.

—¿Es hombre o mujer? Porque un día te referías a ella y al siguiente a él.

—No…

—Llevas más de seis meses en terapia, ¿correcto?

—Por favor…

—Cancelándome citas para tus sesiones, faltando a alguna que otra clase por ello, aplicando un sinfín de técnicas que te han dado…

—¡Basta! —grito, alzando las manos como si pudiese detener sus palabras—. Por favor, para.

—Pensé… Pensé que en algún momento me lo dirías, pero ha pasado medio año y te he visto desmoronarte. ¿Por qué haces esto? No me estás lastimando a mí más de lo que te lastimas a ti misma.

—¡Porque no quiero recordar! Todos estaban encima de mí hablándome de ese día, sobre que tenía que enfrentarlo, sobre sufrir y sobre que nadie puede sentirse como yo. ¡Es mi dolor! ¡Son mis recuerdos! ¡Querías que estuviese bien, que estuviese perfecta como la Clover de siempre. ¡Todos lo querían! Pero no quiero recordar, yo… Yo quería dejarlo atrás y empezaste a sugerir terapeutas, como los demás. Todos decían que era lo que necesitaba, pero no quería, y cuando dije que empecé a recibir ayuda todos dejaron de tratarme como a una inútil indefensa, volví a ser Clover. Dejaron de ser invasivos sobre los recuerdos que no quiero. —La última parte resuena en un grito, y me mira en silencio durante unos largos segundos—. No quiero gritarte y no quiero que pasemos así nuestra fiesta, hablaremos…

—Hablaremos ahora. Me cansé de dejarte darle vueltas, distraerme o apartarme. Has gritado todo lo que piensas y lo que crees de mí con respecto a ti. —Nunca me había hablado tan serio.

—Callum…

—¿Alguna vez te he pedido o insinuado que quiero que seas perfecta? Sé que la respuesta es que no. Nunca he querido que seas perfecta, sé que no lo eres y eso me encanta, Clover. Quería que estuvieses bien por ti, no te presioné para que fueras a un terapeuta, lo sugerí y fingiste estar de acuerdo… Siempre te he tratado como a mi Clover. Si no es así, ¿cómo crees que hemos sobrevivido con una base de mentiras? Te amo con recuerdos y sin ellos, en las buenas y en las malas, incluso te amo cuando me mientes.

—No, no es cierto…

—¿Estás cuestionando mi amor por ti?

—¿Cómo puede haber tanto amor cuando dices que te he herido al mentir durante meses? —Me enjugo las lágrimas con el dorso de la mano—. Es un caos en mi cabeza, en mí. Y tal vez amas a la Clover de antes, pero sé que no soy totalmente ella. Estoy herida y sangrando, Callum, y no me curo de mis heridas por miedo a recordar.

—Puedo entenderlo, me esfuerzo por hacerlo, pero me dejas fuera.

—¡Porque son mis problemas! —grito—. Son míos, es mi dolor, mi asunto.

—No te estoy robando tus problemas… Solo quiero estar a tu lado.

—¿Y si no lo quiero? ¿Y si siento que todos ustedes, al querer ayudar, me empujan a cosas para las que no me siento lista?

—Si así es como te hago sentir, lo siento —dice con la voz afectada y parpadeando para evitar las lágrimas—. Tienes razón, nunca nos pediste ayuda ni consejos, y nos entrometimos para que dieras algo que no querías.

—Hablas de mis mentiras. ¿Y qué hay de ti? Es obvio que en tu fiesta de cumpleaños hubo más, pero no te tildo de mentiroso…

—Maté a dos personas —me interrumpe.

Me llegan los ecos de la fiesta mucho más arriba, pero siento un pitido en los oídos tras sus palabras contundentes. Aprieta con fuerza la mandíbula, y en el cuello veo que la vena le palpita.

—¿Que tú... qué?

—Asesiné a dos hombres que querían matarme. Lo hice para salvarnos a Maida y a mí, a uno ni siquiera se lo hice adrede. —Se pasa una mano por el cabello antes de volver a hablar—: Esa es mi gran mentira, aunque ¿de verdad lo es cuando nunca me preguntaste? Te gustó aceptar la realidad que te planteé, aunque te parecía evidente que había más. Una parte de ti tuvo que sospecharlo, y entiendo que era más fácil fingir que no había posibilidades de que eso sucediera.

Parpadeo y apoyo una mano sobre el auto para sopesar sus palabras. Una risa seca escapa de él.

—Veo la ironía: soy un asesino angustiado porque su novia le mintió. —Sacude la cabeza—. Creo que en este momento somos un mal par.

Nos miramos con fijeza. Las lágrimas caen por mi rostro y las suyas se contienen.

—Te amo, Clover, te amo de todas las formas y de una manera que pensé que era imposible. Te amo con tus imperfecciones, con tus mentiras y tus miedos. Y, porque te amo, aprendo a no ser egoísta contigo.

»Quiero amarte y estar a tu lado apoyándote, pero es muy duro verte lastimarte así, hasta que quedas a instantes de que tu mente te mate. —Traga—. Sabes que necesitas ayuda, que no está mal pedirla y que nadie puede obligarte a ello, pero no creo que esté bien que te ayude a fingir que los problemas no existen. No creo que esté bien que tema dejarte dormir sola cuando me vaya a Alemania, que mire el teléfono fijamente esperando a que me digan que has muerto en medio de una pesadilla o que esa oscuridad te consuma.

»Quiero estar contigo mientras te sanes, pero no sé cómo puedo estar contigo si no quieres ayudarte. No tienes que tomar mis sugerencias, porque claramente no es mi especialidad, pero puedes hablar con alguien que sí sepa. Te tomaré la mano, te escucharé, te abrazaré, te daré cualquier tipo de apoyo que necesites de mí, pero no puedo dejar que me sigas mintiendo, porque si acabamos con la confianza, solo tendremos un amor frágil.

Las palabras pesan sobre nosotros y de repente desearía tener un abrigo en el que ocultarme.

Sé que la intención de sus palabras no es herirme. De hecho, él no ha gritado como he hecho yo, no ha sido cruel ni mezquino. Quiero escucharlo, pero ahora se siente como demasiado. Así que simplemente asiento hacia él y paso de largo, caminando calle arriba hacia la fiesta.

Dice mi nombre y me detengo.

—Hoy no, Callum, por favor. Dame tiempo y espacio. —Carraspeo—. Soy tu trébol, pero ahora necesito... parar con todo esto, solo quiero... parar por un momento.

No sé si está de acuerdo, pero camina varios pasos detrás de mí en silencio. No me deja sola, sino que me demuestra una vez más el alcance de su amor y apoyo, aunque siento que hoy no lo merezco.

Mientras camino con los zapatos de tacón, pienso en su declaración. ¿Asesinó a dos personas? Me cuesta entenderlo y aceptarlo, a pesar de que una parte de mí alguna vez lo vio como una posibilidad. Imaginar sus manos... Es muy duro.

Me detengo y tomo una respiración profunda.

—¿Realmente lo hiciste? —pregunto sin voltearme, y él sabe a lo que me refiero.

—Sí.

—¿Te arrepientes?

—Maida y yo estamos vivos. —Es lo que me responde.

No le tengo miedo, pero temo en lo que podría convertirse si esto sigue así.

Retomo la caminata. Cuando llegamos a la fiesta, finjo una sonrisa mientras devuelvo los saludos. Parece que llegamos a tiempo para ver parte de los premios, y cinco minutos después Callum y yo estamos recogiendo el nuestro a la mejor pareja de la promoción, y nos damos un beso suave y corto cuando claman por ello.

No nos alejamos el uno del otro e incluso bailamos, lo cual lo hace más duro aún, porque nuestros cuerpos están cerca, pero emocionalmente hay un muro. Presiono la frente contra su pecho y cierro los ojos, porque quiero arreglar esto, quiero sanar, quiero ser mejor, quiero ser valiente.

Cuando la música afloja, nos reunimos en un grupo con Edna y otros graduados. Christian se nos une (aunque todavía le queda para graduarse) y, para mi sorpresa, no resulta molesto. A la distancia veo a Kevin y Oscar conversando apoyados en una pared, hasta que este último lo acalla con un beso en el que seguramente hay mucha lengua.

Sonrío. Al menos ellos están teniendo un cierre espectacular de la época universitaria, porque no dejaron que la mentira de Kevin fuera más lejos y porque era muy diferente a la mía.

Mi problema podría ser que odio que me asocien con una víctima, incluso me cuesta verme a mí misma de esa manera. Nunca me he referido a esa tarde como un abuso o un ataque de violencia física y sexual. Siempre lo he llamado «ese día» o «esa tarde». No le he dado una identificación especial a lo que sucedió, no dejo que el tema se aborde y no me permito poner palabras a los sucesos.

Mis pesadillas son recuerdos distorsionados y borrosos que convenientemente olvido en su mayor parte al despertar. No dejo que los demás me consuelen o me ayuden, y tomo cualquier muestra de apoyo como mi debilidad, mi vergüenza, como una herramienta que podría revivirlo todo.

En ningún momento me he admitido a mí misma que soy una víctima, y me cuesta siquiera pensarlo. Nunca he evaluado la posibilidad de admitir que fui abusada sexualmente, aunque esas manos de las sombras sobre mi cuerpo se sintieron muy reales, y aunque cualquier toque sexual es abuso, a pesar de que muchos no quieran llamarlo así. No dejé que nadie de mi círculo de amigos lo contara y ni siquiera se lo dije a papá ni a Valentina. De modo indirecto, lo traté como si fuese una vergüenza o mi culpa.

Como si me castigara por pensar que me puse en esa posición. Saboteándome como una especie de castigo del que no me doy cuenta.

Le doy el poder de quitarme el sueño, parte de mi fortaleza y la confianza de mi relación.

Yo no fui ni soy la villana, pero me di ese papel indefinido cuando asocié que ser una víctima era sinónimo de debilidad.

Estudié psicología humana a lo largo de la carrera y sé a la perfección que ser una víctima no significa ser débil, pero qué fácil es olvidarlo cuando se trata de ti.

Tengo una venda en los ojos que apenas ahora hago el esfuerzo de quitar, y es difícil.

Fui una víctima.

Soy una víctima.

—Soy una v… —Mis palabras mueren porque no puedo decirlo en voz alta, no me sale.

Edna me mira pese a que mi voz no se oyó por encima de la música, y le dedico una pequeña sonrisa que no la convence.

—¿Y Maida y Stephan? —pregunto para no darle tiempo a indagar.

Dejándome atrás una vez más.

—Creo que están pasando un rato a solas —dice con una pequeña sonrisa—. Merecían tener su tiempo especial, ahora lo sé. De hecho, me enoja que nadie me lo dijera, no lo habría tocado.

—Me alegra que no sea un triángulo amoroso —grita Callum por encima de la música.

Volvemos a bailar todos juntos, y esta vez Oscar y Kevin se nos unen. No puedo evitar pensar en cuánto extrañaré estos momentos juntos, en lo agradecida que estoy por esta familia que creamos. Me ayudaron mucho y, aunque no siempre fui la mejor amiga, siempre me apoyaron. Somos diferentes, pero de alguna manera conseguimos congeniar. Diría Kevin que «llegamos a la meta sin odiarnos», sobreviviendo romances, discusiones, competencia académica, fiestas, despechos, peligros y mucho estrés.

Nos abrazamos bailando y por un instante Callum y yo apartamos nuestra discusión mientras nos tomamos fotos, grabamos vídeos y vivimos el momento.

Disfrutamos tanto y suelto tanto mi tensión que por un momento me cuesta entender qué pasa, hasta que oigo jadeos y la música para. Nos acercamos al lugar de la conmoción y nos encontramos que están ayudando a Maida a ponerse de pie, porque ha perdido el equilibrio. No lleva el bastón y parece muy alterada.

Está histérica y su hermoso maquillaje es un desastre. Cuando nos ve, intenta correr hacia nosotros, pero entonces vuelve a caer y Callum se apresura a levantarla.

Maida clava las uñas en los brazos de él y le habla, pero no alcanzo a oírla y Callum parece no entenderla.

—Está ahí, está ahí —grita.

Dice algo más que no oigo y, cuando Oscar la ayuda a levantarse, Callum la suelta y corre escaleras arriba seguido por Kevin, otros curiosos y yo.

43

¿EL FINAL?

Callum

No sé cuánto tardo en subir las escaleras ni cómo consigo ser tan rápido sin caerme, pero poco después, en lo que se siente como unos segundos desde que Maida me dijo lo que pasaba, llego a la habitación, abro la puerta y me detengo cuando veo una serpiente en la cama.

No una serpiente cualquiera: es una cobra.

Tengo la respiración agitada. Miro hacia la puerta del baño, que está cerrada, y luego hacia la cama.

La serpiente se mueve con lentitud, enrollada, haciéndome saber que está lista para atacar a cualquiera que se le aproxime.

El ruido detrás de mí me confirma que no estoy solo, que me han seguido, y se corre la voz de la presencia de la serpiente.

—Una chaqueta —grito, y gracias al cielo alguien tiene una.

Avanzo a paso sigiloso, consciente del alcance que puede tener el escupitajo venenoso de una cobra, y no dejo de mirarla, aunque de tanto en tanto lanzo miradas a la puerta cerrada del baño.

Atrás, todos parecen notar la tensión, porque al menos intentan ser silenciosos.

—Uno —susurro, dando un paso—. Dos. —Avanzo otro poco más—. Tres.

Arrojo la chaqueta sobre la cobra cubriéndola casi del todo y me muevo con rapidez para envolverla y encerrarla entre las sábanas, de las que en verdad no estoy seguro de que no pueda escapar, pero al menos sé que tendré tiempo para ir al baño.

Oigo la voz de Clover pidiéndome que vuelva, pero me dirijo al baño y agarro el pomo de la puerta intentando abrirla, pero ha puesto el seguro.

—Mi imbécil, soy yo. Abre la puerta, no puedes dejarme aquí fuera con una puta cobra. —Finjo una risa que me sale demasiado tensa—. No te voy a juzgar porque te asustaras, yo también estaba que me lo hacía encima en cuanto la vi, pero no pasa nada. Por favor, déjame entrar.

Lo único que oigo y siento son los acelerados latidos de mi corazón.

—Abre o tendré que abrirla con mi superfuerza, y serás tú quien pague la puerta rota. No me obligues a hacerte pagar.

La puerta continúa cerrada.

—¡Vamos, imbécil! Tienes a Maida muy asustada. Si sigues así, te considerará el peor polvo de su vida. ¡Qué horror! —Otra risa hueca se me escapa—. Te lo estoy advirtiendo, tumbaré la puerta y tendrás que pagarla.

No sucede nada.

—Muy bien. —Lanzo una mirada a la cama para confirmar que la cobra siga atrapada—. Aquí voy.

Pateo la puerta tres veces y luego la golpeo con el hombro y todo el peso de mi cuerpo. No registro el dolor ni el sudor, mi objetivo es esa puerta. Cuesta más de lo que pensé, pero finalmente el pie hace ceder la madera de al lado de la cerradura, se abre un hueco y meto la mano. Siento las astillas clavándose en la piel de mi muñeca y antebrazo, y me sangran las uñas cuando excavo hasta agrandar el agujero. Al final logro quitar el seguro, abro la puerta y oigo ese «clic», que suena demasiado alto en la tranquilidad del baño.

Trago y me concentro en mis jadeos. Siento un miedo profundo ante lo que podría encontrar en el otro lado.

Todo tiene que estar bien.

Maida lo oyó gritarle en el baño que se fuera, que lo dejara solo mientras se encerraba, al menos eso entendí en medio de su llanto. Supongo que la cobra no estaba cuando ella bajó las escaleras corriendo. A un lado de la cama veo su bastón.

No puedo perder más tiempo, Stephan podría necesitar mi ayuda inmediata y no puedo fallarle.

—Más te vale tener una explicación para mí, mi imbécil —mascullo.

Saco la mano sangrante y empujo la puerta con ella para enfrentarme a los hechos.

El baño es pulcramente blanco y no hay rastros de sangre ni de desorden. Tampoco hay evidencias de lucha, lo que debería ser bueno.

Y lo sería si al lado del inodoro no estuviese mi imbécil boca arriba.

Inmóvil.

Con la piel extremadamente pálida.

Las venas brotadas y ennegrecidas, con manchas en la piel como si hubiese recibido golpes o manifestara los síntomas de alguna enfermedad letal.

Sus labios lucen una tonalidad de morado azulado, resecos y agrietados, con apenas un hilo de sangre cayéndole desde la comisura de la boca hasta la barbilla.

La piel segrega algo aceitoso.

Miro sus ojos y me inclino apoyándome sobre las rodillas.

Emito un sonido irreconocible y sacudo la cabeza mientras siento que algo en mi interior se quiebra.

Que me rompen.

—Imbécil, párate —susurro. El mundo me da vueltas.

Algo muy parecido a un lamento escapa de mí cuando sus ojos comienzan a segregar sangre. Tiene los vasos sanguíneos rotos.

Miro a Stephan, pero es como ver el cadáver del verano pasado que estudié para Lorcan.

Niego con la cabeza.

—No —digo, a nadie en particular—. No. No es Stephan, no puede ser mi imbécil. Estoy dormido y esto es una pesadilla.

Me doy una bofetada nada amble, pero ni siquiera registro el dolor, porque me duele más en el pecho, en mi interior, en el alma.

Las arcadas me invaden, pero las controlo mientras mi cuerpo se sacude. Quiero ir a él, me necesita... pero... Stephan está contaminado.

Han sido tan crueles de no permitirme acercarme a él, abrazarlo, hacer algo. ¡Joder! No puedo dejarlo solo.

—Por favor —susurro, sin saber qué imploro.

No proceso nada más allá de su cuerpo, y otro sonido desgarrador escapa de mí. Algunos me preguntan qué pasa, pero no puedo registrarlos. Miro el cadáver de mi mejor amigo, mi familia.

—Imbécil, tú no. Por favor, tú no. Estamos celebrando, Stephan, es nuestra fiesta. Acabas de estar con la mujer de tus sueños, te has graduado, tienes un futuro... Por favor, mátame a mí, por favor, hagan que sea yo. ¡Basta! Me está rompiendo, tú ganas, tú ganas, Cobra, pero basta. Devuélvelo, devuélvelo.

»Me duele. —Me presiono una mano contra el pecho—. Me está rompiendo. No, no. Devuélvanlo, por favor. Es mi mejor amigo, por favor, es mi familia.

Me siento sofocado en la propia piel. Deseo arrancármela, gritar, hacer algo. Está tan cerca y tan lejos...

Ni siquiera puedo tocarlo. No puedo abrazarlo, no puedo hacer nada.

—Callum...

Reconozco el tacto de Clover, pero me la sacudo para hacerla retroceder y hago la cosa más difícil: cerrar la puerta con Stephan dentro.

—¡Fuera! —grito a los espectadores—. Todos tienen que irse, es una zona contaminada. ¡Fuera! —Me giro y les hago señas—. Tienen que salir, tienen que irse, está contaminado.

Mis amigos y mi novia me miran desconcertados y Maida llora en los brazos de Oscar. Yo me dejo caer en el suelo entre jadeos.

—Callum… ¿Stephan…? —murmura Edna con lágrimas.

—Me lo quitaron, Edna, me lo quitaron —digo con la voz quebradiza.

Clover se arrodilla frente a mí y yo sacudo la cabeza antes de romperme y comenzar a llorar.

Mi llanto es fuerte y luego se convierte en gritos desesperados mientras Clover intenta abrazarme, pero no puedo, no puedo.

Lo único que veo es su cuerpo.

Lo único que pienso es que está dentro, solo.

Lo único que pienso es que le robaron su futuro.

Que no podré verlo de nuevo.

Que no puedo hacer nada.

Tengo que quedarme sentado contra esta puerta, con el cadáver de mi mejor amigo abandonado al otro lado para que nadie se contamine, mientras a mí se me rompe el corazón y pienso en cada momento perdido que no tendré con él.

Nunca en la vida había perdido a alguien tan importante, a alguien que amara con tanta fuerza y sin el que pensara que sería tan difícil seguir.

En algún punto mi cuerpo cede y le permite a Clover abrazarme, pero lo que veo es la cola de la puta cobra sobresaliendo de las mantas de la cama.

Me rompieron y, cuando logre unir mis piezas de nuevo, no creo que las cosas sean iguales.

44

¿LO HAN VISTO?

Día 1

> **Clover:** Callum, sé que nadie puede comprender cuánto te duele, por favor, déjanos apoyarte
>
> **Clover:** por favor, habla conmigo *(entregado a las 12.24)*
>
> **Clover:** a mí también me duele, todos estamos devastados *(entregado a las 15.13)*
>
> **Clover:** contesta al teléfono *(entregado a las 15.33)*
>
> **Clover:** tu familia dice que no sabe dónde estás. Callum, estás asustándome *(entregado a las 21.01)*

Día 2

> **Oscar:** la familia de Stephan pregunta por ti. Te necesitan *(entregado a las 10.16)*
>
> **Oscar:** no llego a imaginar cómo te sientes, pero estamos aquí para ti *(entregado a las 10.18)*
>
> **Kevin:** Callum por favor aparece. Estamos preocupados *(entregado a las 23.32)*

Clover: le dije a la familia de Stephan que estabas afligido y no podías venir en este momento. Están dejando muchas flores en un memorial para Stephan en el campus *(entregado a las 23.13)*

Día 3

Clover: todos lamentan la pérdida, parecen afectados. Mucha gente lo amaba y eso refleja que era una persona excepcional *(entregado a las 00.19)*

Clover: su cuerpo será cremado hoy debido al peligro de contagio. Diremos unas palabras y nos reuniremos con sus padres, que desean rezar por él, quizá querrías estar aquí con ellos *(entregado a las 00.33)*

Día 4

Maida: por favor dinos que estás bien, Callum *(entregado a las 17.52)*

Clover: estamos preocupados por ti. Te amo, por favor contesta mis llamadas *(entregado a las 18.41)*

Clover: los padres de Stephan se irán mañana con las cenizas, quieren hablar contigo cuando te sientas listo *(entregado a las 18.52)*

Día 8

Maida: lo extraño y no sé cómo hacerlo. Siento que me duele el alma. Temo por los recuerdos que aún no he perdido y lloro por los recuerdos que no pudimos crear *(entregado a las 2.13)*

Maida: era mi amor, mi gran amor. Era nuestro momento y ahora estoy sola *(entregado a las 2.14)*

Maida: quiero que sea una pesadilla y despertar. Duele tanto, siempre soy optimista, pero ahora no puedo, no puedo porque perdí al amor de mi vida *(entregado a las 2.15)*

Maida: ¿Cómo hago que duela menos? *(entregado a las 2.15)*

Día 11

Kevin: ¿Callum? Dime que sigues respirando, no podemos perderte a ti también *(entregado a las 8.06)*

Clover: Maida se quebró ayer, lloró tanto que pensé que se rompería. No sé cómo consolarla, lo amaba y tenían planes. Es tan difícil todo, Callum, por favor aparece *(entregado a las 21.02)*

Día 14

Maida: a veces siento que me duele respirar y otras que en cualquier momento aparecerá para decirme nuevamente que me ama *(entregado a las 6.06)*

Clover: hoy hablé con Kyra, está preocupada por ti, pero dice que estás en buenas manos y que estás vivo, eso me alivia, pero te extraño mucho y me angustia no saber dónde estás, no poder abrazarte y decirte que todo irá bien, que no estás solo *(entregado a las 15.21)*

Día 20

Clover: hablé con Valentina de lo que sucedió ese día, lloramos juntas y no me culpó ni reprochó. Me sugirió ir a terapia como hicieron ustedes y me dio espacio para pensarlo, como también hicieron ustedes *(entregado a las 4.08)*

Clover: lamento haber mentido y las cosas que dije a la defensiva, sé que querías apoyarme y que nunca me presionaste *(entregado a las 9.00)*

Clover: también sé que las cosas que hiciste fueron para salvarnos a Maida y a ti, no te culpo, no es fácil de digerir, pero no te culpo *(entregado a las 9.02)*

Clover: te amo, sigo siendo tu trébol. Siempre seré tu trébol *(entregado a las 23.49)*

Día 50

Clover: ayer me quebré, tuve la peor pesadilla y estoy cansada de fingir que no siento culpa por lo de Stephan *(entregado a las 8.08)*

Clover: esa cobra ERA EL SÍMBOLO para mí, ella envió señales y las ignoré. Si lo hubiese recordado tal vez Stephan estaría con nosotros *(entregado a las 8.13)*

Clover: siento rabia, impotencia y culpa. Miro a Maida a los ojos y siento que le quité a su amor con mi cobardía *(entregado a las 9.05)*

Clover: me quebré y Valentina me sostuvo. Me escuchó y lloró conmigo, sé que quería gritarme por callar, pero no era el momento *(entregado a las 9.07)*

Día 51

Clover: finalmente estoy buscando un terapeuta. He dado el primer paso, Callum. Tengo miedo, pero quiero sanar *(entregado a las 1.34)*

Día 56

Kevin: vi este trébol de cuatro hojas y me acordé de ti *(entregado a las 11.22)*

Día 59

Edna: estás enfadándome.
Te extrañamos *(entregado a las 20.09)*

Día 66

Maida: llámame, necesito hablar contigo *(entregado a las 2.56)*

Día 70

Clover: Maida está embarazada *(leído a las 5.44)*

AGRADECIMIENTOS

No me puedo creer que nuevamente estemos aquí, en este punto tan importante en que agradezco a cada persona que de alguna manera ha formado parte de esta aventura.

Escribir Clover 2 ha sido todo un reto, una montaña rusa y muchas emociones. Amé cada palabra, capítulo y suceso ocurrido (incluso los que dolieron), pero me queda claro que en el proceso creativo y nacimiento de este bebé muchos me asistieron; así que, aquí vamos.

En primer lugar, como siempre, un gigantesco gracias a mi mamá, Delia Aguilar, porque hemos sido un equipo y, mientras me pierdo en las letras, se ha encargado de alimentarme, recordarme tomar aire, cuidar de mi salud y alentarme a ir por más, gracias a ella nunca he estado sola, y su amor incondicional ha sido un apoyo fundamental para sacar cada libro adelante.

Un especial agradecimiento a mi papá, quien poco entenderá de las locuras que pasan por la mente de su hija al escribir, pero quien sonríe alentándome a continuar, me brinda su amor y apoyo, y me recuerda en cada conversación su inminente orgullo por no temer a compartir con el mundo mis historias.

Un gracias gigante a mi hermana, Derlis Victoria, porque fue mi primera lectora hace tantos años, porque me ama, es de mis mejores amigas y siempre celebra conmigo cada avance, por siempre estar ahí para mí y dejarme divagar incluso si se preocupa de mis planes o no los entiende; en esta y todas las vidas la elegiría sin duda alguna como mi hermana mayor. Y aquí entran mis hermanas de la vida: Willa, Du, Kris, Roma y Karla, mi eterno hilo rojo con el que sé que conectaré en todas las vidas, porque si el destino existe, este nos unirá una y otra vez, porque nuestros corazones laten a la par y nos hemos elegido, porque nuestra familia ha surgido más allá de un vínculo sanguíneo y sabemos en nuestras almas que cuando se trata de esta amistad siempre iremos por más.

A mis mujeres Ariana Godoy y Alex Mírez, mis rocas, mi lugar seguro, la sorpresa más bonita e inesperada. Gracias por creer en mí constantemente, por aguantar mis procesos creativos, comentarios de estrés, chismes, maldad y bromas. ¡Ariana! Mira, ya tienes el libro dos de Clover, te dije que sería rápido.

A mi Sammy, sabes que te agradezco un mundo, eres la amistad más bonita que he visto nacer, sin ti esta historia no sería lo mismo, constantemente sonrío pensando «¡Dios!, qué bonito es llamar a Sammy "mi amiga"», espero que sepas que no pienso soltarte el brazo, porque vamos a por muchas historias más.

Muchísimas gracias a mis niñas bonitas «Ari, Hill, Lupis, Maia y Kari», que comenzaron siendo un grupo de lectoras betas, pero que se han convertido en más. Gracias por vivir conmigo toda esta aventura, por las lágrimas, las risas y los ruegos de «Darlis, basta». La *playlist* no sería tan candente sin sus aportes, hicieron el proceso de este libro más ameno y conocen lo mucho que me esforcé para que esto fuese una realidad.

Obviamente no puedo quedarme sin agradecerle a mi casita naranja Wattpad que ha hecho esto posible, especialmente a Nina, que vela por mi bienestar, siempre está para mí y celebra mis logros con tanto ahínco y orgullo. También muchas gracias a mi casa editorial Penguin Random House, a todo su maravilloso equipo que formó parte de estos hermosos resultados.

Y por último, pero no menos importante, muchas gracias a ti, ese lector o lectora que posiblemente esté llorando, frustrado o con miles de emociones ante este final. A ti, que fuiste lo suficientemente valiente para emprender esta aventura desde el libro uno y que con ansias, desespero y esperanza desea que haya mucho más… ¿Una tercera parte?

Gracias por tu apoyo, amor y creer en mí. Escribir un libro no es fácil, es toda una aventura de emociones que conlleva lágrimas, estrés y sonrisas, noches, insomnios y renunciar muchas veces a otras cosas con el fin de hacerlo posible. Saber que eres parte de esto, que estás ahí en la distancia, significa mucho para mí, y un «gracias» no termina de englobar lo agradecida que estoy de que estés conmigo.

Esta aventura no ha terminado, los personajes aún tienen muchísimo para contar. ¿Nos vemos en una parte tres? Humm, quédate atento a lo que está por venir, y, para tu buena suerte, repite conmigo: «Clover, Clover, Clover».

ÍNDICE

Dedicatoria	9
Playlist	11
Prólogo	15
1. Clover y Callum	19
2. Clover, Clover, Clover	25
3. Las noches largas no son eternas	33
4. ¿Y Bryce?	39
5. ¿Débil? Fuerte	43
6. Callum, por favor	51
7. Señor sociable vs. señor de los viejos tiempos	57
8. El pasado ve que el presente se convierte en el futuro	73
9. El yerno malicioso	81
10. Sucesos inesperados	89
11. Eliminen a la humanidad	103
12. Cuando nos volvamos a ver...	109
13. La peor broma	115
14. Volverse viral	125
15. El huracán Callum	129
16. Qué buen día para ser Callum Byrne	139
17. Llamada errónea	149
18. Oh, no	153
19. Larga distancia	163
20. Familia Byrne	167
21. Conversaciones casuales	179
22. Pesadilla	191
23. Arruinados	195

24. ¿Tal vez en el futuro?........................ 205
25. Vuelvan, por favor, vuelvan..................... 211
26. Temer 221
27. ¡Piensen en Maida!........................... 229
28. OK está dolido............................. 237
29. OK no está okay............................ 245
30. El día que Callum nació 257
31. Me dueles, Kevin............................ 265
32. Un regalo, una broma, una realidad 275
33. Esto puede terminar... ¿Mal?.................... 283
34. *I don't know about you, but I'm feeling 22*............ 295
35. Rumores, chismes, mentiras, noticias................ 311
36. Cosas del amor............................. 325
37. Los amiguitos.............................. 333
38. La cumpleañera 339
39. El reencuentro de la fiesta del amor 345
40. +1 Byrne................................. 353
41. Hola, graduado............................. 363
42. Soy tu trébol 371
43. ¿El final?................................. 383
44. ¿Lo han visto? 387
Agradecimientos 393